雄黄／著

曼陀罗疑云

破茧

天津出版传媒集团
百花文艺出版社

图书在版编目（CIP）数据

曼陀罗疑云. 破茧 / 雄黄著. -- 天津 : 百花文艺出版社, 2017.7
ISBN 978-7-5306-7297-6

Ⅰ. ①曼… Ⅱ. ①雄… Ⅲ. ①长篇小说-中国-当代 Ⅳ. ①I247.5

中国版本图书馆 CIP 数据核字(2017)第 149991 号

选题策划: 唐　嵩　万亚方　　**封面设计:** 魏程程
责任编辑: 刘　勇　　**版式设计:** 王　欣

出版人: 汪惠仁
出版发行: 百花文艺出版社
地址: 天津市和平区西康路 35 号　**邮编:** 300051
电话传真: +86-22-23332651 (发行部)
+86-22-23332656 (总编室)
+86-22-23332478 (邮购部)
主页: http://www.baihuawenyi.com
印刷: 天津新华二印刷有限公司
开本: 880×1230 毫米　1/32
字数: 300 千字　**插页:** 2 页
印张: 12.75
版次: 2017 年7 月第1 版
印次: 2017 年7 月第1 次印刷
定价: 39.00元

目 录

contents

引　子

即将泄洪的蔡家湾，街道上已经看不见一个人影。黑夜中的蔡家湾二号工地，在倾盆大雨中孤独地耸立着。

天台的角落里，一道微弱的光亮在地面上闪烁，那是一个手机屏幕发出的光芒。屏幕里，是一朵黑色曼陀罗花的图案在不停地旋转着……这是谁的手机掉在了这里？放眼望去，天台周围漆黑一片，空无一人。

霎时，伴随着雷声，天空中划过一道尖厉的闪电，一个披头散发的黑衣中年女子正站在天台的中央，缓步朝天台的边缘走去。可能是因为她身穿黑衣又披头散发，所以在没有光亮的情况下，你几乎看不到天台上有这么一个人存在。这样的时间，这样的天气，她为什么站在天台上？她想干什么？谁也无从知晓。

闪电在夜空中又一次划过，我们可以看见黑衣女子已经来到了天台的边缘，她颤颤巍巍地爬上天台的护栏，站在了上面。

天台角落里遗落的手机，屏幕再次亮起，依然是那朵黑色的曼陀罗花——它仍在旋转着。可是这次,它旋转的速度越来越快,最后竟幻化出一个骷髅的模样。

借着手机微弱的亮光,骷髅从手机里慢慢地升上天空,和夜色中厚重得令人窒息的乌云融为一体,并在其中不断撕扯,最终把乌云也扭结成骷髅的模样。巨大的骷髅状乌云遮蔽了整个天空,变得越发狰狞,它化作一阵狂风朝黑衣女子奔袭而来,最后穿透了她的身体。

随着闪电再次在夜空中划过,我们这次清晰地看见了黑衣女子那有些惨白却依旧美丽的脸庞。她就是"老坛子肉"苦寻了三十年,即将见面的疑难案件的关键目击证人——张月!

张月此刻慢慢地抬起头,眼神木讷地看着前方。她的一只脚已经伸到了天台外面,准备从蔡家湾二号工地的天台上跳下去。

关键时刻,天台的门被人一脚踹开,"老坛子肉"气喘吁吁地闯了进来。二十多层的高楼,看得出他已是拼尽全力,一口气跑上来的。只是他的身边并没有徒弟肖建的踪影。

"老坛子肉"进来就喊道:"等等,张月!规定时间内,我赶到了!"张月停住了悬在空中的一只脚,暂时把自己从鬼门关里拉了回来。

一看张月被自己叫住了,"老坛子肉"马上接着喊道:"无论你有什么问题,我们都可以谈,只是这里不是一个谈话的地方,也没有时间,洪峰就要来了!"

张月回过身来,面朝"老坛子肉",毫无表情地低吟道:"婆娑自比小山,寂寞甘同苦行。"张月的这句话更像是在自言自语。"老坛子肉"一头雾水,根本没有听懂是什么意思。

张月望着"老坛子肉",嘴角突然露出一丝诡异的惨笑,随即转身一跃,朝天台外跳下……

第一章 “老坛子肉”

只见几百只黄鼠狼从百川身后的江堤外探出头来，乌压压的一片。它们看四处无人后，瞬间跑进了城市，消失得无影无踪。

只是百川已经走远，再没有回过头来。

7月的南江市在洪水的包围下，就像一座孤岛。一只江鹰从空中划过，穿过江堤，越过人流，最后落在了一间会议室的窗台上。

这里是南江市防汛指挥部的会议室，一面巨大的电子显示屏挂在会议室的正中央，上面标注着南江市各个方位的水位示意图，很多地方都显示为红色预警，警报声也不间断地响着。这里俨然就是一个战场指挥所，赵志高正在这个指挥所里坐镇指挥。

唐秘书匆匆走了进来，递过来几张图片。赵志高扫了两眼，来不及细看，示意唐秘书说话。

唐秘书声音不高，却汇报得十分清晰：“这是南江市水位的最新卫星图片，红色标识显示的是最危险的区域，可能会决堤！”赵志高拿着图片快步来到电子显示屏前，图片上的红色标识和电子显示屏上的红色标识完全吻合——是龙王庙和蔡水池两个位置。

赵志高松了一口气，这两个地方虽然的确是他的心病，但他还是放心的。1998年抗洪抢险，就是这两个地方濒临决堤。美国人的卫星显示，这两块地方的江堤下面已经被掏空，决堤不可避免。时任南江市常务副市长的他在现场指挥，坚信人定胜天，最终战胜了洪水，还因为洪水落下一身的皮肤病。

汛期过后，依然是他带领着众人，把当时被掏空的江堤逐一重新填实加固，并在加固长江堤防的基础上，进行荒滩改造的民生工程。正是因为这些成绩，他赵志高这些年才平步青云地坐到了省委领导的位子。

赵志高示意唐秘书，表示自己知道了，然后准备在椅子上歇会儿。自从汛期到来，他就没睡过一天安稳觉。尤其这十几天来，水位一路猛涨，已经超过了1998年时的水位，他几乎没有合过眼。赵志高太累了，现在他只想坐在椅子上打个盹，能休息片刻也是好的。

唐秘书却没有离开的意思，他走上前给赵志高揉捏双肩继续提醒着："最后一张卫星图片显示，龙王庙和蔡水池的江堤底部已经被掏空，可能会决堤！"

"不可能！"赵志高听完，从椅子上跳了起来。这个江堤底部的吹填工程是他赵志高的成绩——他亲手抓的——别的不敢打包票，龙王庙和蔡水池绝对不可能决堤。

现场所有人都被赵志高的举动吓到了，纷纷停下手中的工作望向这边。赵志高立刻意识到自己刚才这一下有些失态，调整了一下情绪，说道："会不会是卫星图片出错了？"唐秘书态度谨慎地回答："不会有错。水利部因为这件事专门做了报告报到国务院，国务院专门做出批示，调动了几颗卫星同时监测，这是最终确认后发来的图片。"

听完唐秘书这几句话，赵志高差点晕过去。他勉强支撑着自己，因为这个天大的难题忽然出现在他的面前，而且迫在眉睫。

明天夜间2点35分左右，今年最大的洪峰将要通过南江市，按照卫星图片的说法，南江市可以说是岌岌可危了！赵志高不断地揉搓着自己的太阳穴，示意自己要冷静，嘴中不断重复着：“这怎么可能？这怎么可能？”

唐秘书知道赵志高的意思，宽慰道：“我知道1998年那会儿，您在防洪堤的吹填加固上没少下功夫，可是……毕竟也快二十年了。”

唐秘书这句话点醒了赵志高，“是啊，二十年了，什么不可能发生呢？”赵志高在心里对自己说道。此时，他已经整理好情绪，重新来到了显示屏前。

赵志高努力振奋精神，提高了声音：“大家现在都把手上的事情放一下，我这里有一个重大情况要宣布！”大家不约而同地放下手中的工作，望向赵志高。

赵志高说道：“大家都知道，明天夜间2点35分左右，今年最大的洪峰即将通过南江市，离现在没有几个小时了。而我刚刚收到一份通报，说龙王庙和蔡水池两处堤坝的下面已经被洪水掏空，有决堤的危险！现在大家说说，怎么办？”

会议室里鸦雀无声，只听见窗外传来噼里啪啦的雨声。“既然都不说话，我就直接说了。泄洪！地点就选在蔡家湾！”赵志高说。

赵志高的话音刚落，就有人反对：“不能泄洪啊！就算泄洪也不能选蔡家湾，那是咱们新建的开发区，损失太大了！”说话的是蔡家湾开发区副区长老朱，赵志高的老部下。

“没时间了，就这么定了！蔡家湾马上组织疏散，确保每家每户安全撤离！龙王庙加固堤防，多派人手，确保五米一岗，出现管涌立即报告！后勤车辆和沙石准备充足！动员各个单位，除必要值班人员以外的所有力量，全部到蔡家湾做疏散劝离工作！时间紧迫啊，大家行动吧！南江市一千多万人民的安危就拜托大家了！”赵志高没给老朱说话的机会，布置完任务后就直接下了逐客令。

大家陆续起身离开，刚才说不能泄洪的老朱却被赵志高叫住了。

赵志高看着老朱刻意避开自己的视线，低声却很坚定地说道："老朱，我知道这几年在你的带领下，蔡家湾搞得不错，确实有了些家底，这次委屈你了。替我和蔡家湾的父老乡亲们说一声，就这一次！等到灾后重建，我赵志高还大家一个一劳永固的蔡家湾！"老朱抬起头看着这个满头银发，脸上布满皱纹的老上级，最后低下头回答道："知道了！"

窗外的江鹰看到会议室里的人先后离去，也扑腾了几下翅膀，向雨中飞去，划过街道，掠过车流，最后落在了一个老式房子的窗台前。

这个老式房子是早年间租界里的外国人修的，至于是哪国已经不太清楚，反正作为文化遗产得以保留，现在是南江市江岸区分局刑警队的办公所在地。

一个二十七八岁的小伙儿正在穿衣镜前精心地打扮着自己。小伙儿名叫肖建。人如其名，脸型瘦削且身材健硕，帅气的外表可以用现在的流行词汇——鲜肉——来形容。可是请记住他绝不是什么"小鲜肉"。皮肤白皙对于男人来说从来都算不上优点，而且这还凸显了他眼角的很多小细纹，笑起来纹路更深，一下子拉长了"鲜肉"的保质期，顶多只能算"老鲜肉"了。不过这种带着皱纹的笑容流露出一种说不出来的味道，却是很迷人的。

当然，他很少笑，长这么大他基本没笑过。这个世界上只有三个人能让他笑，第一个就是"老坛子肉"。

今天晚上对这块"老鲜肉"来说很特别，因为他要去见"老坛子肉"。"老坛子肉"今天过生日，他得好好打扮打扮。

说到这里，大家可能会问：什么，什么？除了"老鲜肉"还有"老坛子肉"?！是的，我说的这个"老坛子肉"是肖建的师父——真名叫左宗——刑警队的大队长。

肖建是烈士的遗孤，从小由"老坛子肉"带大，手把手地带到了刑警队里。在肖建心中，"老坛子肉"就是自己的父亲。有些时候，没有血缘关系维系的人,在某些人心里,甚至比有血缘关系的更亲,因为在他们心底对这份感情多了一份珍惜。

肖建就是这类人,可是值得他珍惜的人并不多,“老坛子肉”是其中之一。所以每一次工作之外的相处,他都格外珍惜。因为做刑警这行,说不定哪天就见不着了。您可能不觉着,那是因为您没有经历过,像肖建这种从小父母就双双殉职的孩子,对于刑警这个职业的危险性,比任何人理解得都要深刻。

肖建对着镜子用心梳理着后脑勺上的头发。因为他头扁,平时又没空打理,现在头发长长了贴在后面,看上去就是一个坑,真是太难看了。肖建正犹豫着要不要洗个头发再吹得蓬松点,方东从外面冲进来,拉着他就往外走。

方东是肖建的死党,也是他警校的同学,刑警队的同事。方东外表长得方方正正的,像一个大冬瓜。你不仔细看,会觉得他一直在笑,像一个弥勒佛似的。这形象好也不好,优势是到哪儿都有好人缘,不好的是,这模样做警察没有杀气,老被人戏耍。

记得做巡警那会儿,碰到打架扯皮这种小事,方东经常被“大妇女”追着满大街跑,还被抽了大耳刮子,成了警界的笑柄。为了锻炼自己的血性和杀气,方东四处托人找关系,最终进了刑警队。方东的“事迹”先介绍到这里,咱们先说正事。

方东拉着肖建边走边说:“够帅了,你还想怎么着!都几点了?还买不买礼物了?师父过生日,咱们迟到了合适吗?”肖建无奈地笑了,是的,第二个还有可能把他逗笑的就是这个人。

肖建笑着说道:“咱能说话不带高音炮,也不要舞蹈动作吗?你是一个警察——刑警!”方东明白肖建这是在笑话自己“娘炮”,其实他还真不娘!他只是外表白胖,嗓音天生高亢而已。方东压低声音:“知道了!”随即拽着肖建就往外跑。两个人打闹着出了门。

受大雨的影响，逛商场的人并不多，肖建和方东在手表柜台前转悠。肖建早就想给“老坛子肉”买一块手表了。因为“老坛子肉”还有一个外号叫“老农”，意思是他平时的穿着打扮太过寒酸太过土气。

肖建此时看上了一块意大利鹰表。如果“老坛子肉”手腕上戴着金光闪闪的鹰表，在刑警队的大堂里踱着方步，那将是何等的威风！想到这里，肖建的脸上露出了微笑。

“您好，就这块了！”肖建没看价钱就决定了。方东眼巴巴地看着肖建掏出钱包，又翻光了所有的口袋，售货员却依然笑着告诉他——现金不够。肖建一把拉过方东，连哄带骗地把他推到了商场外的一个提款机前。

肖建转身等候的时候，透过不远处的橱窗看见一个端庄秀丽的年轻女子，正在和一个西装男子谈笑风生。方东取完钱转回身，看到肖建冲着一个方向发呆，顺着他的目光看见了里面的情形。

方东看清楚后眉头立马皱了起来，说道：“什么情况？信不信我进去抽丫的！”方东这次说的是真话，因为只要有肖建在身边，他的血性和杀气立马就上来了。

这时，年轻女子正好望向这边，和肖建的眼神碰在了一起，肖建的嘴角露出一丝苦笑，随即转身离开。这是第三个能让他笑的人——一个美丽的女人，南江市公安局情况判断分析中心的警花——他的女朋友蒋钦。

肖建和方东赶到了“老坛子肉”的家里，刑警队的人几乎都在，大家正忙着摆桌子准备吃饭。“老坛子肉”问肖建，蒋钦怎么没来，肖建随口说单位有事，“老坛子肉”不理这茬儿，让肖建赶紧打电话叫人过来。“哎，百川哪？这种场合他每次不都是第一个到吗？”为了搪塞过去，肖建把话题扯到了同事百川身上，方东马上配合肖建，给百川拨通了电话。

此时的百川正和其他敢死队员一起在蔡水池堤坝临时搭建的休息室里休息，电视里正播报着洪峰将在明天夜间2点35分通过南江市的消息。百川接了方东的电话，和“老坛子肉”没寒暄几句，就被叫出门，轮到他巡逻了。

穿着雨衣的百川和防汛指挥部的人一前一后地探查着堤坝的情况。突然，一个地方出现管涌，百川停住脚步，上前查看。

百川在这方面没什么经验，于是问道：“老刘，这里管涌了，要汇报吗？”防汛指挥部的老刘看了看，说：“再看看吧，这种管涌现在到处都有，就算报了也是那句话——继续观察！”

百川看着不远处的几处管涌，心里想着，管涌的地方太多了，上报确实解决不了问题，于是点头听从了老刘的建议。百川和老刘一前一后地走着，忽然他们身后有一只黄鼠狼探出头来，随即从堤坝里窜进了城市中。百川似乎察觉到了什么，回头张望却什么都没有发现，他又看了一眼刚才管涌的地方，然后转身继续巡逻。

突然，只见几百只黄鼠狼从百川身后的江堤外探出头来，乌压压的一片。它们看四处无人后，瞬间跑进了城市，消失得无影无踪。而此时，管涌再次爆裂，比刚才大了许多，只是百川已经走远，再没有回过头来。

“老坛子肉”的家中，大家都在喧闹，纷纷给寿星敬酒，肖建帮着师娘忙乎上菜。方东沉不住气，喝了两杯酒后看肖建仍旧不理自己，高声嚷嚷了起来。

“怎么个意思啊？把礼物拿出来啊！赶紧的！是不是想等我走了自己偷偷邀功啊！我告诉你，你要再不说，我可都招了啊！”喝了酒的方东可是什么都敢说。

肖建就怕方东说钱的事，因为“老坛子肉”平时很节省，贵重的东西他是肯定不收的。肖建忙把话茬儿接了过去：“什么招不招的？哪回好事没带上你呀！”说着，便把手表从兜里掏了出来。

打开盒盖，意大利鹰牌手表金灿灿的外壳，在灯光的照耀下瞬间点亮了大家的眼。众人围了过来，从不喜形于色的“老坛子肉”都露出了惊叹的神情，不住地点头。

肖建看到“老坛子肉”这么喜欢，脸上露出了开心的微笑。“这个我们不能收！”端着盘子上菜的师娘一口回绝。肖建一着急，立马声音拔高，都变得有点像方东了。

“这个真不贵，不信您问方东！您问问大家伙儿！现在都什么年代了，一块手表能值几个钱啊？我要是买个iPhone 6s什么的，那是贵！这个根本就不值什么钱！你们都说话呀！”

别看这帮刑警队的小伙儿平时对同事都是大呼小叫的，可是面对肖建还是有二怕：一怕他认真，二怕他着急。现在肖建是真急了，大家马上就得打圆场。众人七嘴八舌地随声应和了起来，却被“老坛子肉”一口喝住。

“你们是觉得我老糊涂了，还是笑话我这老农民没见过世面啊？这块手表虽然没你们说的苹果手机贵，那也便宜不到哪儿去！骗谁呢？”“老坛子肉”这么一说，谁也没敢再多嘴。说到底，比起肖建，大家最怕的还是“老坛子肉”。

事情总有例外，警队里有一个人不怕，相反“老坛子肉”见了她还得笑，这个人现在正从屋外走了进来，她就是肖建的警队女友——蒋钦。

蒋钦拎着蛋糕站在门口，三两句话就把局面搞定了。蒋钦说：“左老农，别不识好歹！这是徒弟的一片心意，不会影响你的高风亮节，这是刑警队全体青年小伙儿的一份心！”

蒋钦这么一说，大家异口同声地应和着：“我们都有份儿！”“老坛子肉”笑着说：“既然研判中心的‘蒋政委’把情况分析得这么透彻，那我就收下了！但这钱，我得自己付！”

肖建还想再争辩一下，被蒋钦拦住。蒋钦说道：“那再好不过了，我正担心这个轴人为了这块手表，还不知要偷着吃几个月的方便面呢！”

“老坛子肉”一边乐呵呵地戴着手表一边回答道：“那以后你得好好管教，不许他再这么乱来！”蒋钦一边摆弄着蛋糕一边说：“那是肯定的，下不为例！切蛋糕吧。”

蒋钦的话一说完，蛋糕正好摆放在了桌上，那块意大利鹰表也正好戴在了“老坛子肉”的手上。

“老坛子肉”看着手表上的时间，说道：“切吧，时间正好！”方东想插嘴说时间没到，被“老坛子肉”一个大耳刮子打在后脑上。方东纳闷地看着“老坛子肉”的眼神，又扫了一眼大家的神情，方才心领神会。大家配合地来到肖建面前取走切好的蛋糕，然后默契地走去客厅看电视，其实就是在给肖建和蒋钦腾地儿。

只剩下肖建和蒋钦两个人了，蒋钦伸出手来要蛋糕。肖建本来想问一嘴，今天蒋钦是否在父母的威逼下又去相亲了，可话到嘴边，又咽了回去。

警察这个特殊职业造就了不一样的个性。在崇尚彰显自我、张扬个性的今天，同样是年轻人的他们，表达方式却是含蓄而内敛的。不轻易说出自己的心里话，已经成为各自的习惯，心有灵犀成了沟通的关键。反正你我心里都有对方，又何必多言呢？

想到这里，肖建不再考虑，拿起蛋糕递到蒋钦面前。蒋钦露出了微笑，她分明也知道肖建在想些什么。

万万没想到的是，肖建竟然把蛋糕拍在了蒋钦的脸上。蒋钦猝不及防，十分狼狈。她气急败坏地擦了擦脸，努力地睁开眼睛，看到的是肖建那张迷人还带着些邪恶的笑脸。“你个浑蛋！”蒋钦想打肖建，肖建飞快地起身躲过。

两个人在房间内开始了追打,眼看蒋钦就要追上了,肖建突然停住脚步,回头看着蒋钦微笑。蒋钦没有料到肖建的举动,一下子没刹住车,径直撞了上去。肖建趁机吻到了蒋钦的嘴唇。

肖建还想继续深吻下去,蒋钦却从桌上拿起蛋糕糊了他一脸。肖建开始反过来追打蒋钦,蒋钦跑到了屋外的客厅,在众人的哄笑声中,两个人在人群中追逐,生日聚会冲向高潮。

在方东的张罗下,大家簇拥在一起拍合影,“老坛子肉”坐在大家的正中间。刚拍了两张,“老坛子肉”嚷嚷着重来,因为他的那块意大利鹰牌手表没有露出来!

大家笑着再次摆好姿势,“老坛子肉”的电话又响了,他又跑出镜头。蒋钦示意方东趁间歇时间给肖建和她拍张合影,两个人满是奶油的脸瞬间定格成了永恒。

“老坛子肉”再次进来的时候,脸上已经没有了一丝笑容。生日聚会提前结束,此刻大家各自的手机纷纷响起,都接到了任务,说是洪峰要来,全员回单位值班待命。

大家向“老坛子肉”告别,匆匆离开。肖建本想送蒋钦回单位,却被“老坛子肉”叫住了,他让肖建和自己一起走。

肖建留意到“老坛子肉”的神情,心里清楚肯定还有别的事,但又没敢多问。等众人离开以后,“老坛子肉”指示肖建开车,直奔蔡家湾而去。

第二章　蔡家湾

船长提醒道:“那你们可得抓紧时间了,拖船一靠岸,可能就要定点爆破了。”

肖建忙问道:“什么?炸船?”

船长肯定地答复道:“对!炸船,而且是马上!”

张月还没有找到,船长又说马上要炸船。话说到这里,“老坛子肉”的眉头已经拧成了一股绳。

“蔡家湾?!”肖建一边开车一边喊了出来,那是马上就要泄洪的地方,而且现在距洪峰到来已经不到两个小时了,所有的人都在从那里撤离,他们这个时候却要进去!不管有什么事,这也太危险了!

“老坛子肉”却说:“三十年前的一个老朋友约在这个时候见一面,我怎么能不去呢?”此时坐在车里的“老坛子肉”,思绪已经回到了三十年前。

那个时候的“老坛子肉”还是一个刚从部队转业回来,在辖区派出所里干巡逻的普通民警。那天他在辖区内正常巡逻,一个男子推着自行车从他身边走过,不久就听见了枪响,男子倒在血泊之中。

而这个他参警以来碰到的第一例刑事案件,居然成了悬而未决的疑难案件,“老坛子肉”一直认为这是当时自己的年轻稚嫩造成的,他应该承担不可推卸的责任,所以他从未放弃过追查。

而现在他苦苦追寻了三十年之久的目击证人——张月给自己打来电话约见面,他怎么能不去呢?哪怕是刀山火海!

肖建从车内的反光镜里观察着“老坛子肉”的神情,决定不再问什么了。吉普车在暴雨中疾驰着。

肖建的担心并非多余,前面确实存在着危险,可是他和“老坛子肉”想不到的是,危险远比他们想象的大得多,而结果更不是他们所能承受的,但这一切都是后话。

洪峰即将到来的夜晚,暴雨夹杂着闪电倾盆而出,没有丝毫减弱的意思,反而一阵比一阵猛烈。

蔡家湾二号工地的天台上,一个披头散发的中年女子拿着一部手机,正一步一步朝着天台的边缘走去。一道道闪电在夜空中划过,我们可以看见她那有些惨白却依旧美丽的脸庞。她就是“老坛子肉”苦寻三十年,即将见面的疑难案件的关键目击证人——张月!

她手中的手机已经掉落在地上,手机的屏幕上显示着一朵曼陀罗花的图案。她颤颤巍巍地站在天台的围栏上,在暴风雨的侵袭下,单薄的身躯摇摇欲坠,更显得情况岌岌可危。

是的,她现在准备自杀。

关键时刻,天台的门被人一脚踹开,“老坛子肉”气喘吁吁地闯了进来。看得出他是拼了命一口气跑上来的,只是他的身边没有了肖建的踪影。

“老坛子肉”一边喘气一边叫住张月:“等等,张月!规定时间内,我赶到了!”张月停住了悬在空中的一只脚,暂时把自己从鬼门关里拉了回来。

“老坛子肉”一看张月的动作暂时停住,马上接着说道:“无论你有什么问题,我们都可以谈,只是这里不是一个谈话的地方,也没有时间,洪峰就要来了!”

张月回过身来,面朝“老坛子肉”,毫无表情地低吟道:“婆娑自比小山,寂寞甘同苦行。”张月望着“老坛子肉”,嘴角露出一丝惨笑,随即转身，纵身一跃。

说时迟，那时快，肖建正好从天台下面的阳台翻了上来，纵身一跃，把张月扑倒在地。“老坛子肉”连忙喊道：“快，洪峰要到了！”两个人搀扶起张月就往楼下跑去。

张月掉落在天台上的手机，屏幕突然亮起，那朵诡异的曼陀罗花的图案又出现了，随即画面突然一转，幻化成了一个骷髅的图案，狰狞地抽动了两下。

手机画面又一次暗淡下来之后，肖建从楼道里冲了出来，一把捡起张月的手机。可惜的是，刚才那一幕，肖建并没有看到。

蔡家湾二号工地的空地里，“老坛子肉”和肖建搀扶着张月准备上车。“老坛子肉”忽然停住了手上的动作，狐疑地看着身后的墙。他听到了异常的声音，但又不能确定是什么。

肖建挥手招呼着：“师父，上车啊！”话音刚落，随着“轰”的一声，墙壁瞬间倒塌，洪水汹涌而至。“老坛子肉”一把将张月从车里拉出，朝肖建喊道：“上天台！”肖建迅速从汽车后座里拿出砍刀、绳索，快步跑回大楼。身后的吉普车瞬间被洪水淹没。

门外大雨滂沱，大风刮得门噼里啪啦乱响。借着应急灯微弱的光亮，可以看见楼梯走道里，一行三人浑身都已湿透，并排坐在台阶上。

“老坛子肉”一边望着门外的雨势一边问道：“电台怎么样，还能联系吗？”

“进水了，我正在想办法。”肖建一边说一边用打火机烤着电台。

“老坛子肉”对这种做法的科学性有所怀疑：“这样能管用吗？”

肖建没有停下手中的活儿，回答道：“我手机掉马桶里，用吹风机吹干还能用。这个应该也可以。”

“老坛子肉”不再多问，他看了一眼仍是痴呆迷茫的张月，心中十分焦急。

这时，只听肖建说了一声："差不多了！"随即伸手拧开电台，灯亮了。肖建兴奋又有些得意地看着"老坛子肉"。"老坛子肉"朝肖建伸出了大拇哥。肖建办事，"老坛子肉"是绝对放心的。要不，怎么会什么事都带着他呢？您说是不是？

百川终于巡查回刚才的管涌处，管涌已经变得很大，喷出的水柱有两三米高。"老刘，这里管涌好像又大了些，你过来看看！"

老刘应声走来，看着管涌有些吃惊："是大了些啊?！"

百川问道："要不要马上上报啊？"

老刘点头回答："必须得报！洪峰就要到了，按这种形势发展下去，会很危险！"老刘说完，拿起电台开始呼叫。

"301！301！听到请回话，我这里……""咕咕，咕咕咕！"奇怪的声音再次响起，百川和老刘都听到了响动。他俩慢慢回过头望向江堤——"啊"的一声，两个人不约而同地叫出声来，洪水从江堤外破堤而出，把百川和老刘冲到了一边。

很幸运，他们没有被洪水卷走。江水瞬间汹涌而至，"轰轰"几声巨响，江堤决出一个十米多的大口子。百川和老刘的警哨相继响起。"嘘嘘，嘘嘘！"防洪队员们从休息室里蜂拥而出。

南江市电视台的大楼里灯火通明。新闻主编几乎是脚不沾地地闯进了办公室，一边小跑一边传达任务。

主编说道："大梅，蔡水池那边决口了，你马上带人去一下！"

大梅环顾四周，除了一个刚来的实习生，已经没有别人了，于是说道："人都出去了，我这边没人了。"

主编这才发现办公室里确实没人，只角落里有一个刚来的实习生。主编想了想，说道："你就带着他去吧。这是刚分来的实习生，耿实。正好锻炼锻炼！"

耿实听说要带自己前往第一线，兴奋得直点头。

就着耿实还在兴奋头上，大梅已经把他领进了采访车。对于大梅这种雷厉风行的办事风格，耿实很是欣赏。

采访车开动以后，耿实问道：“梅姐，这回得是大新闻吧？”

大梅答道：“防汛期间，不是这里管涌，就是那里决口，英雄事迹每天都在报道，算不上什么大新闻。”

耿实果然是一只菜鸟，接着又问道：“那什么是大新闻？”

大梅显得有些不耐烦，反问道：“学校里怎么学的？”

耿实摆出一副谦虚的态度，说道：“理论知识还得结合社会实践嘛，这不是向您请教嘛。”

大梅看耿实态度不错，一笑答道：“嘴还挺贫！多看，多学，多思考。慢慢就懂了！”

两个人说话的工夫，大梅的采访车已经到了蔡水池决堤现场。

大梅和耿实相继从采访车内跳了下来。大梅裹着雨衣站在栏杆旁准备播报，而江面的狂风却吹得大梅的身体直往一边跑偏。

远处，一面“抗洪抢险敢死队”的旗帜树立在决堤口不远处，赵志高正在给敢死队员们鼓舞士气。

“一会儿拍的时候，把这个景给我包进来。”大梅用手指着训话的场面。耿实一边忙着给摄像机包塑料板一边表示没问题。

随着耿实伸出手指示意，大梅开始了现场播报。大梅在风中，头发和雨衣被吹得七零八落。大梅对着镜头几乎是喊出来的：“大家好，这里是南江市电视台。现在是2点35分，洪峰正在通过南江市。我是记者大梅，我在这里给大家做现场播报。大家可以从我的状况看到风势很大——”大梅大声做着介绍，整个人不由自主地被吹得往一边跑。

“我身后是蔡水池大堤，现在情况非常危急，蔡水池的决口已经拉长了十五米多，缺口还在不断加长，江堤随时有大面积溃堤的危险，武警官兵、公安干警正在跟洪水进行着殊死搏斗！”镜头朝着大梅手指的方向转动,一辆卡车驶入画面,随即急刹停住。

武警战士从卡车上跳下,迅速投入战斗。武警们在决堤口扶着木桩,大浪一个接一个打来,他们倔强地站在那里纹丝不动。战士们组成人墙,手挽手,肩并肩。洪水一浪高过一浪,他们被冲散,又聚集,几次都有人险些被冲走。赵志高站在不远的江堤上,一筹莫展。

就在这时,一个电话打了进来。唐秘书接听完电话,马上向赵志高进行了汇报:“防汛指挥部刚来电话,附近有艘拖船正驶过来。”

赵志高仿佛看到了救星,马上命令道:“让他们全速,要快!”

天空刚刚吐白,天地间略带着一层白雾。江面上,一艘拖船正在全速驶来。驾驶舱里,一个电台正在问询:“0317,报告你们的位置,还有多久可以到?”

船长拿起步话机回复道:“大约半小时,快了!”

透过驾驶舱的玻璃,可以清晰地看到肖建、“老坛子肉”和张月坐着的救生筏被船员拉起,三个人陆续从救生筏上下来。张月被船员送进了驾驶舱。

肖建和“老坛子肉”帮船员绑着救生筏。两个人一边干活儿一边聊天。

“老坛子肉”难得表扬起了肖建:“幸亏电台没坏,要不咱们就被困在蔡家湾了,有点脑子!”

肖建笑着回答道:“谁还没点生活小常识啊。”

“老坛子肉”接着又说道:“刚才抖绳索那下,有几年功夫!”

肖建回答道:“小时候总在山里跑,跟我叔学的。”

接连被“老坛子肉”表扬了好几句,肖建的脸都红了,这在平时他想都不敢想,看来这次他干得还真不赖。

“老坛子肉”和肖建干完手中的活儿,走进驾驶舱。“老坛子肉”第一眼先找到张月的位置,确定张月现在的状况。

张月看上去还不错，正披着干毛巾擦拭着自己湿漉漉的头发，看似神智已经清醒。“老坛子肉”放下心来，开始询问船长最终的目的地：“师傅，咱们这是去哪儿啊？”

船长回答道：“本来是去岳阳的，刚接到通知，蔡水池的堤坝决口了，现在赶去堵口。”

“老坛子肉”点头，回头还想说什么，却发现张月不见了。“老坛子肉”转头问肖建：“张月呢？”肖建摇头，表示没有看见。

船长在一旁听说有人不见了，马上提醒道：“那你们可得抓紧时间了，拖船一靠岸，可能就要定点爆破了。”

肖建忙问道：“什么？炸船？”

船长肯定地答复道：“对！炸船，而且是马上！”

话说到这里，“老坛子肉”的眉头已经拧成了一股绳。

第三章　意外

肖建从“老坛子肉”手里接过张月。水中的“老坛子肉”伸出大拇哥，肖建一笑。

这个笑容还是来得太早了一些，战胜洪水确实不是那么容易的事，他们没有看到身后的危险，或者说就算看到了危险，他们也已经无法摆脱。

没有时间细想，拖船再次发生爆炸，肖建和“老坛子肉”被水中的爆炸冲击波冲散开去。

从江堤的一角可以看见拖船已经靠岸，工作人员正在往拖船上搬运炸药。不远处，大梅和耿实正在收拾摄像器材。

大梅说道：“耿实，找个地方，拖船一会儿爆破，争取拍得清晰一些。”

耿实回答道：“梅姐，放心吧！”

江堤上，大梅和耿实准备换角度拍摄拖船爆破的时候，拖船上，所有人员正在有序撤离。而此刻，“老坛子肉”的脸色依旧那么凝重，因为张月还没有找到。

准备离开的船长看见“老坛子肉”还没有撤离，疾步走到他面前说道：“必须马上撤离，拖船马上就要爆破了！”

“老坛子肉”回答道：“您先走，给我们留一个救生筏，我们随后就撤！”

船长看着“老坛子肉”坚定的神情，咬咬牙说道：“好！拖船将在十分钟后爆破，你们尽快撤离！”

船长说完,带着船员转身离开。

“老坛子肉”对站在一旁的肖建喊道:“还愣着干什么? 快找! 只有十分钟了! ”

肖建还没有把嘴里的“是”字喊出来,张月已经从“老坛子肉”身后走了出来。“老坛子肉”顺着肖建的手指,转身看到了张月。

可张月并没有走向他们,而是走到拖船的船舷处,爬上了护栏。张月看着脚下的江水,纵身一跳。

电光石火之间,一个绳索套住了张月的身体。正如“老坛子肉”刚才说的,肖建套绳索的功夫还真是不得不服! 张月的身体悬在半空,二人费力地往上拉着。

江堤的一角,大梅和耿实找到了拍摄爆炸的最佳角度,大梅又一次站到了镜头前。大梅对着镜头说道:“及时赶到的拖船就要爆炸了,它将在决口中心堵住下面被掏空的漩涡! ”

镜头随即摇到拖船上,等着拖船最后的爆炸。

而拖船上的肖建跟“老坛子肉”还没有离开,他们还在拽绳索,因为张月还没有被救上来。

经过三个人的努力,张月的一只手终于抓住了“老坛子肉”的手。然而,随着“轰”的一声巨响,拖船爆炸,巨大的冲击波把“老坛子肉”和肖建他们击飞。

肖建的头狠狠地撞在锚头上。“老坛子肉”和张月也重重地跌落在甲板上。

紧接着,拖船开始倾斜,张月再次滑入江中。但在救援张月的过程中,张月、“老坛子肉”和肖建三个人是绑在一根绳索上的,随着张月的滑落,紧接着的是“老坛子肉”,再接着的是肖建,三个人被一根绳索串在一起,极速地朝江中滑去。

不幸中的万幸——绳索的末尾一截挂住了一块因炸裂而突起的

钢板——三个人就这样被一根绳索吊在了翘起的船头，暂时逃过了死亡的威胁。

耿实通过摄像机第一时间发现了情况，他喊道："船上有人！"大梅随即也发现了，"快，叫人！"两个人向后奔跑着呼叫救人。

耿实在慌乱中碰倒了摄像机，他犹豫了一下，还是跑开了，毕竟人命比机器重要。

被冲击波震晕的肖建和"老坛子肉"相继醒来，肖建忙问："师父，没事吧？"

"老坛子肉"表示没事以后想活动一下，却发现自己被绳子缠住动弹不得。他示意肖建抓住身边最近的护栏，以此为支撑点，把两个人拉上去。肖建朝身边的护栏靠过去，谁曾想不动还行，一动就听见"嘎嘣"一声，挂在钢板上的绳索断掉了一股。

原来，因为拖船的爆炸，翘起的钢板已经变得锋利无比，犹如一把刚在磨刀石上打磨过的钢刀。肖建和"老坛子肉"一下子意识到了处境的危险和艰难。

船体的下沉速度不是很快，危险还在其次，问题在于三个人怎么上岸？利用护栏为支点，很有可能拉到一半，绳索就会断掉。因为一根绳索缠住的是三个人，绳索一断，水性再好恐怕也很难一起逃脱。肖建一下子愣在那儿，不知如何是好。

而挂在钢板上的绳索更是乱上添乱，在这节骨眼上又断掉了一股。吊在肖建脚下的"老坛子肉"预判到危险，喊道："肖建，砍断绳子！绳子承受不了我们的重量！肖建，快！"而此时的肖建则盯着旁边缠铁锚的铁柱，他要在绳索断裂之前抱住铁柱，他不能砍断绳索让"老坛子肉"掉入江中。

虽然他知道"老坛子肉"水性很好，但是毕竟他下面还吊着一个张月。现在是汛期，洪峰刚过，水流太急了，他绝不会让师父冒这个险。肖建喊道:“我可以！让我试一下！”

“老坛子肉”当然知道肖建想干什么,可是时间紧迫,他怕肖建拼到最后一个人都救不了,还把自己折进去,于是更加急迫地喊道:“有刀我就自己砍了。快啊！”

肖建不再回答，咬紧牙狠下一股劲想抓住身旁不远处的铁柱,他的手指头已经摸到了铁柱的边缘,再多给他一点时间,他一定能够到,他也一定能把“老坛子肉”和张月拉上岸!

可绳索已经承受不住三个人的重量,又断了两股,只剩最后一股。肖建最后果断地砍断了绳索,“老坛子肉”和张月瞬间坠入江中。差不多同时,最后一股绳索也断掉了,肖建紧接着也坠入了江中。

洪峰过后,江面看似平静,其实水下暗流涌动。肖建水性绝佳,在水下奋力潜行,寻觅着“老坛子肉”的身影。

不远处,“老坛子肉”正托举着张月,肖建发现后加速游到“老坛子肉”身旁,帮张月把身上的绳索解掉,从“老坛子肉”手里接过张月。水中的“老坛子肉”伸出大拇哥,肖建一笑。

这个笑容还是来得太早了一些，战胜洪水确实不是那么容易的事,他们没有看到身后的危险,或者说就算看到了危险,他们也已经无法摆脱。

没有时间细想,拖船再次发生爆炸,肖建和“老坛子肉”被水中的爆炸冲击波冲散开去。

从肖建落水到水底爆炸,其实只是一瞬间的事。所有人都看不到水底发生的一切,但他们却都看见了肖建、“老坛子肉”和张月被一根绳索吊在爆炸的拖船上,而肖建竟然用砍刀砍断了绳索,让脚下的两个人落入水中。

百川也看到了肖建挥刀砍绳索的一幕,这个行为致使“老坛子肉”和张月掉入了江中。虽然心急如焚,百川此刻却只能选择无视。这个无视不是因为冷漠，而是因为他有更艰巨的任务在身——您可能猜到了,那就是——他现在是站在抗洪抢险第一线的勇士!

百川和其他武警战士站在一起,他们在决堤口扶着木桩,和洪水进行着争分夺秒的殊死搏斗。大浪一个接一个地打来,他们倔强地矗立在那里纹丝不动。

有的战士组成人墙,手挽手,肩并肩;有的战士扛着沙包,摔倒,爬起,摔倒,爬起。而最终沙包和木桩在钢铁战士的手里,变成了制胜的法宝,决堤口在慢慢缩小。

雨终于停了,太阳从远空中跃出,就像一枚巨大的奖章。江堤上,最后一个缺口被沙包堵住,决堤的蔡水池堤坝胜利合龙。一名战士冲上合龙的堤坝,把一面旗帜插在了上面。

在红日的照耀下,“抗洪抢险敢死队”的旗帜在风中飘扬,人群中响起阵阵欢呼。而江面上,一艘救援的冲锋舟把昏迷的肖建从水中捞出,带离。

第四章 分手(上)

肖建从地上爬起来,嘴角渗着鲜血。百川还想上去再打,却被跑过来的其他刑警队员拉住。

百川大声吼道:“师父对你不好吗?! 从小把你带到大,进刑警队以来给你开过多少小灶,节假日带你回家吃饭,每个专业项目手把手地教,养你个狼心狗肺的东西,最后害死他!”

南江市中心医院的病床上,随着肖建喊出一声“师父”,他也彻底清醒了过来。如果他早知道后面的结果,可能宁愿选择不再醒来。肖建从床上一下子坐起来,发现刑警队的龙俊飞就站在自己面前。

龙俊飞是刑警队的大队长,大家统一称呼他为——龙大。

肖建问道:“龙大,这是哪儿? 我师父呢?”

龙大的声音没有丝毫的温度:“这是医院。你已经昏迷三天了。你能告诉我发生了什么吗?”

龙大转过身,露出身后的电视,屏幕上正在反复播放肖建砍断绳索的画面。随即,大梅开始进行访谈节目——《生死关头的抉择》。

播报开始没两分钟,肖建就发现这居然是一个负面报道,话题的指向竟然是说肖建临阵退缩,为了自己保命而砍断绳索!

事情怎么会发展到这种地步呢? 这还得从大梅和耿实回到电视台说起。

回到电视台以后,大梅和耿实从没有关机的摄像机里看到了肖建砍断绳索的画面。画面中依稀可见肖建和“老坛子肉”好像有争执,却无法听到他们说了什么。为了让这段影像在这个时段产生爆炸性的效果,大梅选择了进行负面报道。作为一个已经在电视台跑了五年新闻的小记者，她太想让自己坐到主持人的位置上了，而这就是她的机会。

可她为什么选择负面报道呢?首先她主观认定,争吵就是有矛盾,危急时刻的争吵不是为了保命还能因为什么?!况且现在是汛期,宣传好人好事的新闻太多了,她私下里觉得,现在人的心理,好人好事说再多也没人理,一旦有了什么质疑,出了什么幺蛾子,那这新闻准火！她要的不就是这样的机会吗?

现在她如愿以偿地坐在主持人的位置上了,看着接连三天的收视率直线上升,她知道自己赌对了。可她不知道,这样不负责任的报道,给一个年轻人带来了多大的责难,而这个年轻人却根本没有错!

此时这个年轻人正愣愣地坐在床上,不敢相信又不得不相信这是自己干的,因为两次爆炸的冲击波让肖建的这段记忆碎片化了,短期内他是不可能完全想起来了。其实到了最后我们才知道,这已经是完全不可能了,就是这种不可能让他被别人玩弄于股掌之中,这是后话。

龙大看着呆坐在病床上的肖建,急脾气上来了,刚要发作,电话响了。刑警队发来微信,江滩发现尸体!

江水顺从地拍打着江堤,表示了对堤坝的折服。

江滩上,一具女尸扑倒在地面,龙大指挥着刑警队员正在勘查现场,肖建冲了进去。肖建跑到龙大跟前,龙大正好将死者翻过来,是张月的脸。

肖建站在一旁发呆,他预感到了师父“老坛子肉”的处境不妙。他的耳朵里产生了严重的耳鸣,脑子里全是落水以后的画面,可是就是连不成一条线——一条完整的逻辑线。

这时,有一只手搭在了肖建的肩上。肖建回头还没看清楚来人,一拳就重重地击打在他的脸上,打他的人是百川。

肖建从地上爬起来,嘴角渗着鲜血。百川还想上去再打,却被跑过来的其他刑警队员拉住。

百川大声吼道:“师父对你不好吗?!从小把你带到大,进刑警队以来给你开过多少小灶,节假日带你回家吃饭,每个专业项目手把手地教,养你个狼心狗肺的东西,最后害死他!”

肖建无言以对,因为他根本就不知道自己到底干了什么。他只知道刑警队兄弟们的眼神里投过来的都是冷漠,是看畜生一样的冷漠,哪怕是他最好的兄弟方东,眼里残留的那一点同情也只是一闪而过。

肖建知道自己做错了,但他为什么要砍断绳索呢?他真想狠狠地给自己两个大耳刮子,让自己什么都能想起来。没有人给他这个机会,随着龙大的一声“收队”,大家像躲避瘟疫一样逃离而去,留下肖建孤零零地立在江滩上。

刑警队的人走远了,大梅带着耿实跑了过来,他们在做现场直播采访。大梅拿着话筒,劈头盖脸地问开了。

大梅咄咄逼人:“对于今天这个结果,你作为当事人,有什么想说的吗?你为什么要这么做?”

肖建狼狈地推开众人夺路而逃。大梅拿着话筒还在后面执着地追问。

大梅大声质问道:“难道你就只会躲避吗?你是一个警察,你这样会害死很多人,现在你已经害死一个了……”

一个神秘的小屋里,电视屏幕上播放着大梅做现场报道的画面,一个年轻的女子蜷缩在沙发上泪流满面。

她叫米阳,死者张月是她的母亲。几天前她还和母亲发生过争吵。现在回想起来真是后悔不已,巨大的内疚感几乎把她摧垮。因为她的母亲为了她,这些年活得确实很艰辛。

米阳是一个私生女。张月早年不幸被人强奸以后导致怀孕,最后在家人的反对声中生下了她。为了能让女儿生长在一个相对正常的环境里,不被别人的流言蜚语所伤害,张月选择了背井离乡,两个人相依为命,对外只是以亲戚相互称呼。

张月说米阳是自己的侄女,米阳在外面管张月叫阿姨。就算这样,米阳也很小就进入了寄宿学校,母女俩在外面很少在一起。大家可以想象,在一个陌生的城市里,举目无亲的一个弱女子独自带着孩子在外打拼,是多么的不容易。

然而这一切终于熬到了头。米阳长大成人,一切都可以不再遮遮掩掩,母女二人就要一起生活在明媚的阳光下,美好的日子指日可待。可就在这个时候,张月就这么死了,米阳觉得母亲死得太委屈了,她要报仇!幸运的是,仇人,她并不陌生。

她一遍遍地看着画面上砍断绳索的那个人的面孔,那个叫肖建的人她不仅认识,而且还深深地伤害过她!

此时的肖建不知道自己又得罪了一个人,一个貌美如花,内心却无比狠毒的女人。此刻的他正陷在孤独而深刻的悲伤之中。

人生第一次在没有"老坛子肉"的城市里漫无目的地行走,他着实感受到"孤儿"这两个字的滋味。虽然他一直都是,可这些年在"老坛子肉"的照顾下,他生活得很幸福,已经把这些都忘了。

不知不觉中,他走到了"老坛子肉"家小院的门口,他倚靠着墙角偷偷朝里张望。

院子里师娘正在扫地,肖建好想冲进去跪在师娘面前放声痛哭,说自己错了,让师娘大耳刮子地使劲抽自己。可他感觉自己的脚像被钉了钉子,怎么也挪不开步。是啊,他有什么脸去乞求师娘的原谅呢?

这时,烧水的水壶发出了声响,师娘着急回屋,脚下一个踉跄,差点摔倒。肖建几乎要冲进去把师娘扶起来,然后把活儿都干了。虽然"老坛子肉"的事队里肯定还没说,但师娘肯定有预感,要不她做些普通的家务事也不会这么慌张。

肖建很少见到师娘着急,除非是"老坛子肉"办什么大案子,感觉又有生命危险的时候。肖建无法抑制地带出了声响,师娘回头望向肖建躲藏的地方。

肖建夺路而逃,他怕师娘问他"老坛子肉"怎么还没回来;他怕师娘问他电视里说的都是真的吗;他怕师娘问他怎么眼睛里全是眼泪……总之,他现在什么都怕,所以他只能逃。

肖建跑到街角,靠着墙边,眼泪流了出来。他在心里骂着自己,"妈的,你还有脸见谁?"

来不及痛快地宣泄一场,一个声音从他的脑后传来,"能跟我说说,这几天都发生了什么吗?"肖建连忙擦干眼角的泪水,因为他知道来的人是蒋钦。无论如何,哪怕是死他也不会让心爱的人看见自己的泪水,因为肖建视其为软弱。

一个软弱的男人怎么会给人安全感?没有安全感,女人还找你干什么?这是肖建的逻辑,所以再苦再难,在蒋钦面前也要撑住。

还有一个让肖建决定死扛的重要原因,那就是他现在决定向蒋钦提出分手!

蒋钦现在有一个出国交流学习的机会,这样的机会他肖建想都不敢想,一生就这一次。而公安系统内部管理严格,一旦你的亲戚或者有亲密关系的人出了什么事,哪怕跟法律八竿子打不着,只要社会反响是负面的,你就会受影响,到手的机会说没就没。

想到这里,肖建的心狠了下来。他转过身来,朝着蒋钦冷冷地说道:"没什么大不了的,就那么回事。"

蒋钦一看肖建的态度就来气,马上问道:"什么叫就那么回事?那在你心里,什么事能当回事呢?”

肖建听蒋钦的语气,知道她有些生气了,故意说道:“我现在不想吵架。”

肖建太知道自己说什么能让蒋钦更生气了。

蒋钦果然上当,大声说道:“我也不想吵架。我只是想让你明白,于公我们是同事,于私我是你女朋友,我们在一起快七年了,我现在只想知道到底是怎么回事!”

肖建继续压低声音说道:“每个人都问我到底是怎么回事,我也很想知道到底是怎么了。”

蒋钦最气的就是肖建这种死不认错的样子,显得他还很有理。蒋钦喊了起来:“你能不能不要这么说话, 能不能把事情跟我说清楚了,这样让我很难做,你知道吗?!”

肖建一看机会来了,于是说道:“我知道,咱俩的关系,在这种情况下让你很难做,也很难堪,以后再也不会这样了。”蒋钦一愣,她没想到肖建会说出这种话,肖建之前是从来不敢这么跟她说话的。她瞪着肖建的眼睛问道:“你什么意思?”

肖建斩钉截铁地说道:“分手,就这个意思!”

肖建说完,头也不回地走了。确切地说,他这是在逃离。

疲惫的肖建回到了刑警队他自己的寝室。杂乱的一天就要过去了,还好,他这把快刀把所有的乱麻全斩干净了,剩下的就由他自己来承担吧。想到这里,肖建感觉轻松了一些,长舒了一口气,打开了房门。

他转身关门的时候,脚下踢到了一个档案袋。肖建捡起档案袋随手打开,生日照片掉落下来。照片里,“老坛子肉”、肖建和蒋钦被大家围坐在中间,其乐融融。肖建再也控制不住了,泪如泉涌般地流了出来。

他这一生中最爱的两个人,现在一个生死未卜,一个马上要远走他乡,他的心里真的很疼。现在好了,在这个没人的地方,他终于可以安静地哭会儿了。男人流泪真不是一件容易的事，必须选好时间、地点,永远都不要被别人看见。

第五章　分手(下)

倔强的背后,是高度的虚脱,因为一切无所谓的表现都是假象。在说分手的时间里,他强撑了太久,耗费了太多的体力、心力。

他掏出一颗糖放进嘴里,眼泪再次流了出来。他把糖盒抓得紧了又紧,以后这就是他的念想。

南江市公安局的训练场里,蒋钦正在打沙袋。从招式的凶狠程度看得出,蒋钦的肚子里正憋着很大一股气,谁在这时间出现谁就是自找没趣。

可偏偏就有人爱自找没趣,这个人就是方东。方东想上前讨个好,贱巴兮兮地直接抱住蒋钦打的沙袋问道:"'大尾巴狼'说你什么了,把你气成这样?"

方东不说还好,没等他说完,蒋钦一个飞踹,力道透过沙袋直接让方东横飞出去趴在了地上。看着方东的狼狈样,蒋钦这才算消了口气。

蒋钦骂道:"他不但是'大尾巴狼',还是'白眼狼'!"

方东从地上爬起来,说道:"我就问你一句,信不信他吧?"

蒋钦还是气鼓鼓地说道:"爱信不信!"

方东替肖建解释道:"'大尾巴狼'就这臭德行,你还不了解他?事越大越要死扛,现在最受伤的就是他。"

蒋钦听方东这么一说,心里有些触动,但嘴上还是逞强:"活该,憋死他最好！”

方东听出了蒋钦心里的松动，这些年肖建和蒋钦吵架，全仗着方东在两个人之间说好话，所以蒋钦心里是怎么想的，他可是一清二楚。

方东说道：“爱一个人，你就得相信他的一切。其实，他这么做是为你好！”

说到这里，蒋钦看着方东似乎有些不解。方东一看有戏，马上接着说道：“你这么聪明的人还不明白吗？真是女人一恋爱，智商等于零。你想想出了这么大的事，什么结果都有可能。谁都知道你们俩的关系，他就是想把你择干净，你不是马上要出国培训了吗？”

方东的话点醒了蒋钦。蒋钦觉得方东的话不无道理，肖建很有可能就是这么想的，这个“二货”碰到什么事都爱自己扛。可她有什么办法，这些天肖建信息不回，电话不接，她还找理由去刑警队找过肖建好几次，可都被告知人不在。

方东说到这里，最后表达了来意：“你马上要出国了，再不说清楚就来不及了！反正人我帮你约好了，剩下的你自己看着办！”

晚上的大排档里，一瓶二锅头被放在了桌子中央。肖建被方东约了出来。从他的神情和状态可以看出来，他比谁都要承受着更大的煎熬。

作为兄弟的方东，看在眼里，急在心中，他要再不出手，真怕肖建自己把自己给憋死了！所以，方东拿起酒瓶，给肖建倒满，又给自己斟上，然后一饮而尽。

方东酒量不行——刚才那一杯二锅头下肚他就大了——但是正因为这样，他的好多话就敢对肖建喊出来了。

方东一杯白酒下肚，张嘴就嚷嚷：“别人不知道你，我还不了解？！首先你不会害咱师父，其中肯定有什么原因你自己没说。第二，出了事，你怕耽误蒋钦出国深造，就狠心来了个分手。伟大啊，你就不怕蒋钦真跟别人跑了？”

肖建苦笑道：“我算什么呀？”

方东指着肖建说道：“我告诉你，说这种话你就是小心眼！蒋钦不是那种人！”

肖建回答道：“就因为她不是，我就得让她是！”

方东看着肖建，十分不解。这让坐在肖建后面听他辩解的蒋钦更是不解。

肖建说道：“人人都有梦想，对于我来说，北公大是我的梦想，对于蒋钦来说，出国深造学习是她的梦想，机会只有一次，爱一个人要懂得替对方着想，干吗非死缠着不放手呢？明天她就要走了！”

肖建说完，拿起酒杯一饮而尽。方东看着肖建身后，蒋钦站起身走了出来。

蒋钦走过来坐下，开始说道：“我知道你心里想的是什么，不就是这么点事吗？我告诉你，咱师父肯定没事，他是谁呀，那是混江龙转世，十八岁横渡长江到现在，哪年他落下过？一个水底下能睡上三天三夜的人，难道就这么轻易地没了？我不信！我觉得咱师父现在指不定猫哪儿睡大觉呢！”

方东听完蒋钦的开场白，知道自己的使命完成了，剩下的就看肖建和蒋钦他们自己了。

肖建没想到自己被方东出卖了，他当然知道方东的用心，可是他不能心软。他已经对不起“老坛子肉”了，不想再对不起蒋钦。这两个人，他都爱。

匆匆便饭之后，蒋钦把肖建拉到了江边，这里是他们相恋的地方。她希望这次谈话能有一个好的结果，能让她在出国前把心定下来。现在她和肖建面对面地站着，江风吹拂着两个人的脸颊。

蒋钦努力让自己的声音变得柔和，虽然她说话从来都是咋咋呼呼的。蒋钦低声缓语道:“我知道,一天到晚追在你屁股后面,确实挺招人烦的,我也知道你心里想的是什么。”

肖建忽然听到蒋钦这种语气,还真不适应,这要是在以往,少不了一通讥讽,但此时他却不能流露出丝毫情绪,语调更是冷冰冰的,因为他心中主意已定。肖建生硬地说道:“说完了吗?”

蒋钦温柔了一句,又变回了原来咋呼的语气。没办法,她就是这种人:“没有!我明天就要走了,今年生日陪不了你了,生日快乐!”

说到生日,那是肖建的硬伤。一个孤儿,除了“老坛子肉”谁会给他过生日?可“老坛子肉”是个办案疯子,工作都忙不过来,大老爷们还记得什么生日?所以,肖建的第一个生日是蒋钦给他过的。

记得警校第一年肖建生日那天,恰好全班都坐轮船外出春游。肖建独自一人站在船尾,当时蒋钦的开场白是这么来的——

蒋钦来到船尾,看着独自一人的肖建说道:“怎么的,谁又招惹你了?一个人跑这儿吹凉风,生闷气!”

肖建嘴上装作没事似的:“干吗没事就非要跟你们搅和到一块儿,吹吹江风挺好的!”

蒋钦一语戳穿肖建,说道:“别一天到晚装‘大尾巴狼’好吗?”

肖建一听蒋钦讥讽自己,急了眼,说道:“谁‘大尾巴狼’?”

蒋钦看上去笑得没心没肺,也不和肖建急眼,继续说道:“你呀!我知道你为什么不开心,不就是今天过生日,没人给你庆祝呗!”

肖建嘴角露出一丝无所谓的笑容,说道:“还真没这么想,长这么大,哥哥我就没过过生日,习惯了。”

蒋钦没理肖建的茬儿,肖建这种鸭子死了嘴巴硬的架势,她看在眼里多日了。只不过她蒋大小姐就好这一口,所以她根本不计较。

蒋钦说道:“‘大尾巴狼’,从今天起,以后的每个生日我都陪你过,怎么样?”

肖建没想到蒋钦能说出这句话。蒋大美女可一直都是警校里公认的校花,给她过生日的见多了,她给别人过生日还是第一次——这次,让肖建赶上了。

在肖建愣神的时候,蒋钦说道:“把你的打火机给我。”

肖建不知道蒋钦要干什么,掏出打火机递给蒋钦。

蒋钦接过打火机,说道:“过生日可以没有礼物,但一定要许愿的。来吧,‘大尾巴狼’,许个愿吧。”

蒋钦说完,点燃了手中的打火机。在肖建闭上眼许愿的时候,蒋钦吻向了肖建……

也就是从那天起,肖建和蒋钦情定轮渡码头,传为一段佳话。以后每年的生日确实都是蒋钦给肖建过,肖建还得了一个好听又好记的外号——“大尾巴狼”!

蒋钦看着肖建的脸上露出了些许笑意,马上从兜里取出生日礼物递了过去,谁知却被肖建一口回绝。

肖建还是冷冷的:“用不着了吧?”

蒋钦虽然说话大大咧咧,但是每句话的含义都很温暖,从不缺少诚意。蒋钦说道:“不是什么贵重的东西,一个糖盒。注意点自己的低血糖,少抽点烟,多吃点糖,我还等着你娶我呢!”

话说到这份儿上,蒋钦的心思已经表达得很明白,就看肖建的反应了。

肖建看着蒋钦,伸手接过了糖盒。就在蒋钦以为有了转机,眼神里闪现出期待的时候,肖建却没有如她所愿的那样把礼物珍惜地放进兜里,而是直接把手中的糖盒朝远处扔了出去。糖盒落地的声音,代表了两个人之间一切结束。

蒋钦明白肖建已经不打算回头了,刚才肖建对方东说的都只是托词,现在她都明白了,肖建就是铁了心要甩了她!

蒋钦控制住躁动的情绪，说道："断了念想也好，我可能出国回来就留北京了。"

蒋钦说完，眼角泛起了泪花。而此时，肖建却表现得很是淡定和从容。在旁人看来，肖建似乎对两个人的分手感觉良好，状态轻松得恨不得哼个歌才好。

肖建轻松地对蒋钦说道："别哭，就算这辈子再也见不着了，咱们也要笑着离开，之前不是说好了吗？笑一个！"

看着肖建的神态是那么的从容，蒋钦也勉强挤出了一丝笑容。蒋钦从来就不是一个认输的人，尤其是在肖建面前。

蒋钦努力摆出一副淡定的样子，微笑着说道："再见！"

肖建就那么微笑着目送蒋钦转身离开。两个人真是天造的一双，连分手都配合得那么默契，让旁观者不知该替他们喜悦还是心酸。

肖建其实根本笑不出来，他看着蒋钦的背影走远了，赶忙跑到远处拾起自己扔掉的糖盒。

他就这样，把生命中第二个重要的人送走了。用他自己的话说，他什么都没有，所以他只能用成全去表达自己的爱，不管当时是否把对方伤得体无完肤。他也不能去想蒋钦分手时背对着他走出的每一步是否都是泪流满面。

倔强的背后，是高度的虚脱，因为一切无所谓的表现都是假象，除非你是真的不爱对方。现在的肖建正是高度的虚脱，他低血糖的毛病犯了，因为在坚持和蒋钦笑着说分手的时间里，他强撑了太久，耗费了太多的体力，当然更多的是心力。

现在，他从糖盒里掏出一颗糖放进嘴里，眼泪再次流了出来。他把糖盒抓得紧了又紧，蒋钦没有说错，以后这就是他的念想。

以后和蒋钦的一切，都只是记忆中的画面。也许再过几年相见，他们已然为人父母，那时的蒋钦会明白肖建的成全，而报以一个会心的微笑,那么肖建也就知足了!

而现在的肖建,只能再次默默地流泪。都说男儿有泪不轻弹,怎么到了他这儿,就全是眼泪呢?

第六章　偶遇

是谁割了张月的舌头？我不知道。我现在能告诉您的是，张月的舌头正放在一块大理石砌成的橱柜案板上，一个皮肤白净、手指修长的男子正拿着牛排刀把张月的舌头一分为二。

男子把其中的一半熟练地抹上蜂蜜和调料，然后放进了蒸锅。待蒸熟以后取出，再切成薄片，蘸上调料，最后送进了自己的嘴里。

老陶是南江市中心医院值班的看门人。这天晚上他像平常一样，把自己灌得醉醺醺的，然后开始在医院里巡夜。

不喝酒是绝对不行的，等你有一天有机会干上老陶这活儿就知道了，医院里面这死人啊、怪事啊，都太多！每天不喝点酒，这活儿你还真干不了。

您还别不信，说话这工夫，怪事就来了。

老陶巡视到太平间门口，发现太平间的门好像开了一道缝。深更半夜，你敢这时候进太平间里查看尸体吗？反正我不敢，可老陶他敢，因为他喝了酒。

老陶走进太平间，发现有一具尸体居然被从冰柜里搬出来，放在了担架上。担架上盖着一个手术用的白布单，上面还留有零星的血迹。

黄豆大小的汗珠从老陶的额头上滚落下来。老陶战战兢兢地走到担架前，掀开白布单，里面确实有一个死者——张月。

张月的面部被人用刀切割以后，显得格外的狰狞。

医院的走廊里立刻回荡起老陶的一声惨叫，他随即跌跌撞撞地跑出来，一路跑进了派出所。

是谁割了张月的舌头？我不知道。我现在能告诉您的是，张月的舌头正放在一块大理石砌成的橱柜案板上，一个皮肤白净、手指修长的男子正拿着牛排刀把张月的舌头一分为二。

男子把其中的一半熟练地抹上蜂蜜和调料，然后放进了蒸锅。待蒸熟以后取出，切成薄片，蘸上调料，最后送进了自己的嘴里。

是的，他吃掉了张月的半片舌头。然而，他居然留下了另一半，放进一个装满福尔马林的玻璃器皿中，上面贴着一个标签——妄语。

当然这一切，肖建是不知道的。

现在的肖建——严格意义上来说——在相当长的一段时间里，还回不到刑警的岗位上去。

肖建的判断没有错，前脚送走了蒋钦，后脚对他的处罚也跟着下来了。他上交了警衔，现在正坐在课堂里接受待岗培训。讲台上，教官正在训话。

教官神情严厉："人都会犯错，问题是怎么去面对自己的过失。如果你们还想当警察，还想在这个行业里好好干，那我们就共同努力。今天我们来学习《警察法》——第一章。"肖建将手中的《人民警察法》翻开，开始了他漫长的禁闭期。

当然，这并不是肖建从此以后的全部生活，他还有一件事要做，因为他和蒋钦的直觉一样，绝不相信"老坛子肉"会这么轻易地死掉，只要一天找不着尸体，他就要一直找下去，哪怕一辈子！这是他认为自己能做和该做的事。

下课之后，肖建拿着"老坛子肉"的照片来到了他可能会出现的渔村。肖建按照手机中的地图，一边走一边问，向每个村民散发"老坛子肉"的照片，希望能找到线索。

线索来得还真快，有人把肖建引到了一根电线杆旁，肖建发现上面也有“老坛子肉”的寻人启事，只是纸张的颜色不一样。

肖建取下寻人启事，四下张望，最后发现发传单的居然是百川。虽然百川打了他，但冲着百川对“老坛子肉”的这份心，肖建觉得自己被他打十次也无所谓，而且绝对不还手。

百川也看见了肖建，马上转身装作不认识。肖建只好自己凑了过去。

肖建赔着笑脸问道：“不上班，跑这儿来干吗？”

百川说话还是那么冲，回答道：“又找抽啊，你管得着吗？”

肖建深知百川对自己有误解，可是他不怪百川。

肖建依然小心笑道：“那我可以加入吗？”

联想到肖建平时的为人，往好听说是冷漠孤傲，说得不好听就是又臭又硬。这次肖建不仅没有因为百川的态度和他急眼，还低三下四地问他，百川实在装不下去了，口气软了下来：“伤口还疼吗？”百川指的自然是他揍肖建的那一拳。

肖建做了个无所谓的手势，两个人相视而笑。这就是兄弟，可以因为一时的误解打得你死我活，也可以因为理解而一笑泯恩仇。

两个人说话间，方东带着刑警队的弟兄们从各处走了过来，原来大家都在工作之余忙着寻找“老坛子肉”的下落。看到大家对他的态度不再那么敌视了，肖建知道方东没少在其中做工作。

大家寒暄了几句之后，各自分组散开，肖建和方东自然走到了一块儿，开始散发传单。

十字路口，一张传单落在了地上，随即被风吹起来又滚动了两圈，最后落在了一个穿着白色连衣裙，留着披肩发的女子脚下。

从背影分析，女子身材高挑，身高在一米六八左右，腿很长，腰很细，如果转过身来脸盘还不错的话，那绝对算得上是一个美女。

方东刚想到这里，女子意识到自己的脚踩到了传单，转身弯腰拾起，透过领口还能看见里面戴着文胸的胸脯，若隐若现，白得有些晃眼。

方东咽着口水的同时，女子抬起了头。方东没有看错，这确实是一个美女。典型的中国江浙女子的长相，无可挑剔的精致五官，最准确的定位就是留着一头披肩发的奥黛丽·赫本！

方东的传单没发多少，此时脑中更是一片空白，几乎忘了自己是干什么来的了。方东是警队里有名的“花花警察”，什么案件都不怎么上心，除非案件和美女有关，立马就会变成另外一个人，凡事都肯定亲力亲为，跑前跑后。因为他的外表长得像个大冬瓜，而内心又极其好色，所以警队里大家都叫他“花东”！

虽然“花东”现在哈喇子流了一地，可真正愣在原地犯傻的人却不是他，而是肖建。因为这个女人肖建他不但认识，而且曾经还很熟悉。她，叫米阳，是肖建的初恋，或者准确地说是肖建最初的单恋对象。

肖建的思绪一下子被拉回到他十三四岁那会儿……一口气跑不到头的瓦片房，冒着热气的洗澡盆，当然还有伴随着他急促喘息声的裸体女人……

记得那时，他住的街道还满是瓦片房。瓦片房最大的好处就是可以把家家户户连成一个大操场，而肖建最大的乐趣就是在这个操场上穿梭、奔跑，无拘无束地看夕阳。

当然，最令他开心的是，当时米阳和她姥姥就住在自己家隔壁，肖建可以透过屋顶的天窗，看见米阳家里发生的一切。

那时的房子没有现在这么讲究，还几室几厅的，就是一个大开间，有两个大开间拼在一起的就很了不起了。米阳住的就是这样的房子。当时张月一个人工作养家，实在忙不过来，只好请自己的母亲临时过来照顾米阳。米阳和姥姥就租住在肖建家隔壁冷冻库的值班室里。

由于值班室空间很小,夏天洗澡的时候,米阳会把洗澡盆搬到隔壁一个堆杂物的房间里,因为这里宽敞。而这个宽敞的房间虽然位置隐蔽,却有天窗,肖建得以透过这个天窗清晰地看见里面的一切。

所以在那个夏天夜晚的某个时段,米阳家的天窗是肖建最爱去的地方,因为去完以后他可以憋红着脸,揣着满怀乱撞的小鹿回到家中,最后美美地睡去,去等待明天的这个时段。

当然,肖建每天去偷窥米阳,并不只为了看米阳赤身裸体地洗澡。米阳不同于别人,她会在洗澡前跳一段舞蹈。跳舞的人都有一种与众不同的气质。而米阳身上的这种气质,还是很出类拔萃的那种,令肖建迷恋不已。

本来肖建以为自己偷窥,米阳是不知道的。直到有一次,肖建和米阳一起上学,米阳直言不讳地问他是否在偷看自己洗澡,肖建这才知道,米阳其实早就知晓了他的隐秘。

可能就是从这层窗户纸被捅破以后,他们开始了懵懂的初恋。当然,好景不长,不久两个人就分开了。那是后话。来不及回忆起剩下的往事,米阳就径直走到了肖建面前,热情地伸出玉雕一般精致的双手,抓住了肖建的胳膊。

米阳惊喜地大叫:“肖建? 还真的是你呀,太巧了!”

方东一看女神和肖建搭讪了,连忙冲过去介绍自己。

方东挤到两个人中间说道:“你俩认识啊? 那还真是巧巧碰到巧巧了,太巧了!”

方东说完,自己哈哈大笑,他自以为说得很幽默。没想到,笑完后他发现肖建和米阳根本没有笑,一时间气氛显得很尴尬。

肖建这时把话接了过去,给方东介绍道:“我俩是初中同学。”

方东说:“初中同学,真好!我怎么就没有这么好的初中同学呢?你好,我叫方东!”

方东说完,连忙热情洋溢地伸出自己的肥手,而米阳只是微笑点头,并没有和方东握手的意思。

米阳把头转向肖建问道:“你们在忙什么呢?”

肖建回答道:“没什么,发个寻人启事。”

米阳热情地说:“我下午没事,我帮你们吧。”

肖建礼貌地回绝道:“不用了!”

简单的寒暄后,肖建拒绝了米阳的好意,气得一旁的方东翻着白眼,心里直骂肖建。米阳看肖建没有挽留自己的意思,马上说道:“其实我马上也要值班,还要赶回单位。”看着方东依依不舍的眼神,她不由得轻轻一笑,大方地说道:“那留个电话,有空常联系。”

肖建刚要说什么,被方东抢先打断。方东不忍再错过这最后的机会,冲到米阳面前说道:“留我的,我俩是铁哥们儿,留谁的都一样!”

米阳看着肖建的反应,思考着把电话号码留给方东是否合适。于是,米阳选择了另一种方式,她把自己的电话说出来,把电话留给了对方的同时,自然也留下了对方的号码。

肖建和方东拿出手机,三个人就这样记下了对方的电话。之后,米阳知趣地先行离开了。

因为肖建没有挽留,米阳就这么走了。方东痴迷的脸色一变,开始大骂肖建不仗义:“发个寻人启事有什么大不了的,有美女陪着效率不更高吗?也不瞧瞧自己什么德行,要不是同学,哪个美女能瞧上你呀!就算你瞧不上,还有我呀!一天到晚叫兄弟,真碰到事想到过兄弟的感受吗?知道为什么叫你‘大尾巴狼’吗?那是说你没人性!”

方东就是这样,别的事都可以谈,你怎么都行,但是一旦和美女沾上边，他就犯浑，浑到什么都敢说，谁都敢骂。这一点肖建不是不知道，主要是肖建和米阳之间还有一个很大的隔阂……

方东当然不知道这些，肖建也没有必要告诉他。况且，就肖建对米阳的了解程度，不管方东怎么喜欢米阳，他也绝对不是米阳喜欢的类型。

第七章 “飞锤杀人魔”

现在,“飞锤杀人魔”就站在米阳面前,由于帽衫的遮挡,依旧看不见他的脸,可就是这看不见脸的阴影部分,使他在黑暗中就像一个无头僵尸一样,是那么阴森而恐怖!

“飞锤杀人魔”从腰间抽出铁锤,举到了半空中。

再说米阳,这会儿工夫她已经回到了单位。她是中心医院段院长的秘书,段院长看到米阳回来一再劝慰,说其实米阳用不着这么早就恢复上班,既然生病了,可以在家多休息几天。

米阳听从院长的建议,交接完工作就早早下班了。她的确是病了,但病的不是身体,而是心里。这些天,她确实遇到了太沉重的事件,她心里的抑郁更是烧灼般地难以承受。现在她来到了酒吧,想通过麻醉自己的方式,减轻一些压力。

酒吧的吧台里调酒师正在进行表演,伴随着音乐的节拍,调酒师从嘴里吐出一团火球,正好把酒杯里的鸡尾酒点燃。

随即响起了一阵掌声,夹杂着口哨和尖叫声。米阳也为精彩的表演拍着巴掌,随即示意调酒师再来一杯。

在调试鸡尾酒的过程中,米阳来到舞池里,一改遇见肖建、方东时白裙飘飘、清纯可人的样子,毫无顾忌地摆动着纤细的腰肢,疯狂地甩起了一头如瀑布般乌黑柔顺的长发。

几个穿着韩国服饰的小青年在一旁看着热舞的米阳，随即围了过来，和米阳一起热辣起舞。

一曲跳完，米阳回到吧台喝酒。小青年中一个左耳戴着大耳钉的小伙儿凑过来搭讪，他伸出手搭在了米阳的肩上。

“大耳钉”色眯眯地对米阳说道：“美女，一个人跳舞不寂寞啊？我陪你啊？”米阳看着“大耳钉”笑了起来，“大耳钉”瞬间感觉米阳和自己对上眼了，搭在米阳肩头的手趁机滑向米阳的腰间。

米阳伸手拿起酒杯，将酒泼到了“大耳钉”的脸上。紧接着，争吵当然不可避免，米阳和“大耳钉”从酒吧内吵到了酒吧外。

“大耳钉”看来是这帮青年的头儿，在他的指示下，穿着韩国服饰的几个小子，围着米阳找碴儿，就是不让她离开。

米阳知道自己遇到了流氓，可她孤立无援，只能眼看着“大耳钉”吃自己的豆腐。“大耳钉”看米阳也不吭气，以为米阳害怕自己，可以任由他摆布了。

“大耳钉”威胁道：“陪哥儿几个去吃个消夜，这事我们就算了，否则……”

“否则怎么着啊？”一个声音从街道的拐角处传来，米阳循声望去，肖建从拐角处的阴影里走了出来。

您现在心里可能在想，哥们儿，咱的剧情能写得不这么low吗？哪有这么巧的？对，就这么巧！而且后面的情节越来越巧，请您耐心往下看，我一定会给您一个合理的解释。

话说米阳在酒吧门口碰到流氓，正好被肖建和方东遇上。“大耳钉”一看有人坏他的好事，有些恼羞成怒，指着肖建的鼻子发狠道：“怎么，这么爱管闲事啊？认识我‘大耳钉’吗？”

米阳看见了救兵，连忙跑向肖建，躲到了肖建和方东的身后。“大耳钉”一看这情形，到嘴的鸭子就这么飞了，心中一阵暴怒。但此刻表面上“大耳钉”却脸上堆笑，表现得好像这一切都是一场误会一样。

只见“大耳钉”嘴里不停地说：“哦，原来认识。认识就好，认识就好！”背地里却悄悄从身后抄起一个酒瓶，朝肖建一步步逼近。米阳发现了“大耳钉”手里的酒瓶，急忙大喊：“小心！”然而为时已晚，“大耳钉”手中的酒瓶已经砸向了肖建的头部。

说时迟，那时快。“大耳钉”根本没看清肖建是如何躲过他这下酒瓶偷袭的，后脖颈就被重拳一击，摔倒在地，一头扎在碎玻璃上。

“大耳钉”的小兄弟“小辫子”眼见大哥吃亏，偷偷从地上拾起砖头。方东一只手按住了“小辫子”的手腕，“小辫子”疼得直撇嘴。

方东吼道：“还不快滚！”

这群小流氓知道今天算是遇到硬茬儿了，几个人连忙搀扶着“大耳钉”狼狈地逃走了。

两位“英雄”救美之后，三个人顺理成章地坐到咖啡厅里，可以把白天没有寒暄完的话题续上了。这可能就是所谓的缘分。而最有这种感觉的就是方东，他清楚地意识到自己的缘分来了。所以，自从三个人走进咖啡厅他就没闲着，先是殷勤地帮米阳擦桌子，又跑来跑去忙着端咖啡。

方东见大家落座后又陷入一阵沉默，马上用胳膊肘捅了捅肖建，示意肖建打开话题，别又因为冷场而早早地不欢而散。

由于用力过猛，方东的胳膊肘把桌上的汤勺碰到了地上，响亮的声音令气氛更加紧张。肖建赶紧弯腰去捡，抬眼就看见了米阳白嫩光洁的长腿。肖建盯着米阳的大腿根部，一下子呆住了。

不要误会，这里我不是要告诉大家肖建的偷窥欲又回来了。青春期干过的傻事，随着年龄的增长、社会经历的丰富，慢慢就不会再有了。所以说青春这东西，永远都值得你回味。

随着年龄的增长，肖建的兴趣完全转移到了侦破案件上，可以预料到，再过三十年，他就成了另一个“老坛子肉”，这是后话。肖建之所以看着米阳的大腿根部发呆，是因为他曾经对米阳干过一件令他后悔终生的事。

这还得从两个人初中那会儿说起。米阳是突然转学到肖建他们班的。而让米阳迅速成为班中焦点的，不光是因为她人长得漂亮，而且她还会跳芭蕾舞。一些开朗好动的同学迅速就和米阳成了好朋友。

而性格内向，像肖建这种喜欢又说不出口的，憋的时间太长，最后就把喜欢转变成了莫名其妙的嫉妒或者怨恨。那时像肖建这样沉默寡言的孩子不止他一个，但是最后演变为怨恨的，以他和兰波最为突出，究其根本，却是因为太喜欢了。

记得那天召开全校联欢大会，每个班级的同学都在礼堂里正襟危坐。

米阳代表自己的班集体跳了一段芭蕾舞独舞，全校同学都为她精彩的表演所折服，报以热烈的掌声。

在米阳即将回到自己座位的时候，兰波从兜里掏出了一把水果刀，也不知道他是从哪儿弄来的。兰波示意肖建搞个恶作剧，在米阳坐向椅子的时候，把水果刀放到她屁股下面，吓唬米阳一下。谁让她出了那么大风头，全校男生都眼睛亮闪闪地盯着她，真让人气不打一处来。要给她点教训，让她在得意之余出点小意外，打击一下她那高傲的气焰。

肖建当时也没多想，以为不过是个恶作剧，就把刀尖朝上，悄悄立在了米阳要坐的椅子上。可能是演出成功后太兴奋，米阳坐下的力道特别猛烈，鲜血瞬间流了出来，覆盖了椅子。这和肖建想象中“吓一跳”的效果可完全不一样。

米阳痛苦地回过头，皱眉盯着手里拿着水果刀的肖建。米阳那时的眼神肖建现在还记得。她的目光中充满了不可置信，无论如何也没想到伤害自己的人居然是肖建。

那时的肖建头脑直发蒙,不知道怎么办才好。他当时好像还伸出了一根手指放在自己嘴前,示意米阳不要出声。他天真地以为,只要米阳不声张,事情就可以掩饰过去。多年以后,他才意识到自己当时的行为有多么的可笑。

这当然是不可能的,米阳哭出来的第一声就让整个联欢大会停了下来。米阳被紧急送去了医院,据说当时很危险,只差一丁点就把大动脉切断了。

万幸的是米阳活下来了,只是大腿根部留下条很长的伤疤,而且伤及腿筋,她再也不能跳芭蕾舞了!

肖建本想向米阳道歉,可是已经没有机会了,因为米阳转学了。他和米阳之间的一切就此戛然而止,肖建从此再也没有见过她。

肖建长大成熟以后,很想找个机会见见米阳,和她说声对不起,告诉她,都是青春惹的祸,他当时只是想引起米阳的注意,因为他喜欢她。现在肖建再次看到了米阳大腿根部的那条伤疤,所有的往事涌上心头。

方东看肖建俯下身去捡东西就再也没有起来,于是也俯下身去看个究竟,结果发现肖建在偷看米阳的长腿,气得他把肖建一脚踢了出来。

因为在方东心里,米阳俨然已经是自己的女友了。没办法,他"花东"就是这么多情。

话题还是米阳先打开的。等肖建和方东有些狼狈地从桌子底下钻出来后,米阳问肖建在找什么人。当然,没等肖建解释,方东就一五一十地把"老坛子肉"失踪、肖建犯错受罚的事和盘托出了。

听完方东的回答,米阳宽慰肖建,不要不开心,冲着肖建的这股子干劲,肯定能找到的。最后还似乎不经意地问肖建,连累了一个无辜的女人死去,心里有什么感受?

肖建不知道也没有心情回答,方东马上接过话题。他表示肖建对于造成这种意外,心里肯定很难受,可他自从爆炸以后,对当时发生的一切都已经完全记不起来了。米阳观察着肖建没落的神情,认为肖建的心理现在出现了问题。她说她有一个朋友是个很不错的心理学家,建议肖建去看看。

肖建拒绝了米阳的好意,米阳表示理解。她告诉肖建,如果哪天想通了,只要有需要,随时都可以去找她。

聊天虽然不热烈,但是很温馨。聊到最后,在方东的坚持下,两个人决定把米阳送回家再走。说说笑笑,三个人很快就到了米阳家小区门口。看着米阳离开的窈窕背影,方东意犹未尽,恋恋不舍地说道:“真不错,你说是不是,真挺漂亮的。”

肖建瞟了眼方东,他是真见不得方东犯花痴的劲儿,可又实在不忍心一语道破,于是说道:“行了,别再说了。哈喇子都快淹死人了。”

方东还在为肖建刚才的举动生气,说道:“是,我是哈喇子淹死人,可我不像有些人假正经,表面上装得一本正经,暗地里却偷偷在桌子底下看人家大腿。”

肖建知道方东误会自己了,于是解释给他听。两个人你一言我一语,打闹着在夜幕中走远了。

而这个时候,在一个胡同的拐角里,经过包扎的“大耳钉”露出头来。他窥探着肖建和方东远去,随即转身朝米阳离开的方向跑去。

这时的米阳正走在小区的小路上。这条小路到了晚上没什么人,还真有点阴森的感觉。

米阳走着走着,意识到身后好像有人在跟着自己,猛地站住回头,身后却空无一人。米阳觉得这是自己的错觉,定了定神,转身继续朝前走。

突然,一个大铁锤擦着她的头皮飞了过去,差点砸到她的脑袋,轰然落在地上。

米阳被这突如其来的危险吓住了,战战兢兢地再次转过身来。一个穿着黑帽衫的人站在她的面前,帽檐很深,根本看不见里面的脸。

米阳和“黑帽衫”就这样各自站在原地一动不动地看着对方。“黑帽衫”的手慢慢地朝腰后摸去,最后居然又掏出了一个更大的铁质飞锤。

正在这时,一辆电动车开了过来,“黑帽衫”可能怕被别人看见他的脸,闪身躲进了小树林。米阳迅速跑开,一直跑出了小路,最后脚一软晕倒在了地上。

肖建接到方东电话赶到米阳家的时候,方东正坐在房间里细心地安慰着米阳。

米阳坐在沙发上,从她的神情和状态可以看出,着实被吓得不轻。距事发已经过去好几个小时了,肖建依然可以听见沙发脚发出的有节奏的声响,那是因为蜷卧在沙发上的米阳,她的身体还在不停地发抖。

通过米阳断断续续的复述,肖建了解了案发的全过程。此时的肖建基本能确定这个案子大概是什么情况了。因为这案子跟他手上经办的“飞锤杀人魔”案件很相似。

每年夏季总会发生几起这样的案子。“飞锤杀人魔”先跟踪盯梢,选中作为攻击目标的单身女性,然后尾随,选择僻静路段,用铁锤袭击受害人的后脑勺,再进行性侵犯和抢劫。

肖建说道:“都好几年了,几个受害者都被他杀死了!而且这个‘飞锤杀人魔’很狡猾,我们一直没有抓住他。去年就有一个女孩被他袭击,后来没救过来。”

方东示意肖建不要再吓唬米阳, 接着说道:“叫你来就是这意思,这种案子你拿手。”

肖建有些为难地说:"我现在还在学习班待岗培训呢。"

方东可不管那些,有美女在场,他方东就必须办这个案,这是他"花东"办案的原则。方东很随意地吩咐道:"闲着也没事,现在正是需要你伸出援手的时候。"

和方东调侃了几句之后,肖建再次望向米阳,米阳还在沙发上瑟瑟发抖。肖建想,这次于公于私他都应该帮助米阳。当然对于肖建而言,这还是一种偿还,偿还自己年轻时曾经犯下的过失。想到这里,肖建接下了这个案子。

三个人就在米阳家制订了详细的抓捕计划。在接下来的两个礼拜里,肖建和方东做得最多的事,可能就是接送米阳上下班了。

一切准备就绪,现在就等着瓮中捉鳖了。因为今天米阳下班以后,已经感觉到有人在后面跟着自己了。

米阳和同事一起走着,"黑帽衫"不紧不慢地在不远处跟着。米阳想回头看清楚,却总是看不见人影。

到了十字路口,同事奇怪地问道:"你看什么呢?"米阳摇头,表示什么也没看见。等米阳和同事道别以后,"黑帽衫"再次闪身出现,跟在了米阳的身后。

米阳一边走一边用蓝牙耳机和肖建联系,告诉电话那头的肖建,"黑帽衫"在跟踪自己。肖建则指示米阳不要慌乱,让她按照既定方案,把"黑帽衫"引到江滩公园以后再实施抓捕。

米阳依照肖建的指示,不紧不慢地走着,最后来到了江滩公园,在一处长椅上坐了下来。

米阳紧张地打量着四周。周围虽然有三三两两的人群,却看不见肖建和方东的身影。米阳明显感觉自己有些紧张。

米阳用蓝牙耳机问道:"你们在哪儿啊?我好害怕!觉得他一直都在我后面。"

方东抢着回答——这可是最应该献殷勤的时候——他在电话那头安慰道:“别怕,我们就在你周围,绝对保证你的安全。这次不把坏人引出来抓住,以后你就会一直担惊受怕。”

为了让米阳不那么紧张,方东伸出自己的肥手晃了晃,米阳这才发现了蹲在不远处的方东和肖建。

肖建向米阳点头,示意她再忍耐一下。米阳看见了保护自己的方东和肖建,提着的心稍微放下了,但还是不时地朝这边看上几眼,生怕关键时刻两个人不见了。这个年月,不确定的东西太多,不可信任的人也太多。

方东看天还没完全黑下来,人流也大,估摸着一时半会儿“黑帽衫”也不会出现,正好借机和肖建聊聊米阳。方东拦下肖建手中玩耍的铁链,问道:“米阳是你同学啊?”

肖建“嗯”了一声,表示回答。

方东接着问道:“那以前怎么没听你提起过?”

肖建显得有些无奈,说道:“初中同学,没待多长时间就转学走了,我提得过来吗?”

其实这话肖建解释得有些牵强,但他实在不想让别人知道太多。那段回忆确实太私密,而且不怎么光彩。

方东察觉到肖建有些敷衍自己,说道:“少来啦,长得这么漂亮的一个同学,你能不记得?嘴上不提,心里老提吧?你俩到底有没有事啊?我怎么看你们的眼神总有点怪怪的?”

肖建怕再说下去自己的底儿被戳穿,于是直截了当地问道:“你什么意思吧?”

方东看肖建要跟自己摊牌,这正是他想要的结果。方东说道:“我的意思是,咱们兄弟之间有什么事说开了最好,免得以后为了女人伤和气。如果是你的妞儿咱不碰,不是你的……咱可就要出手了。”

肖建揶揄道:“你不是早就出手了吗?”

听肖建这么一说,方东笑了起来。他太高兴了,肖建应该对米阳没什么意思,没了这个强劲的对手,自己追米阳绝对有戏!

当然,这只是他一厢情愿的想法,方东没泡过几个“尖果”(指绝色美女),所以久而久之,他最爱干的事就是凭空幻想。在自己的梦里,他能把什么事都办了,而且还不费吹灰之力。“意淫”指的就是他这种人,很“色”但不乏可爱。

方东现在莫名地兴奋起来,觉得米阳就是自己的了,他已经顾不上什么任务不任务的,笑呵呵地张罗着给肖建去买水。还没等肖建做出反应,方东就一溜烟跑没了影。

就这么会儿工夫,天色已经完全暗了下来,人流也已经很稀少了。

不远处的报亭正在熄灯关门,一对情侣从大树下走过。一双眼睛从树后露了出来,窥视着孤零零坐在长椅上的米阳。

是“黑帽衫”!看来他要伺机下手了。“黑帽衫”看四下无人,朝坐在长椅上的米阳走了过去。

而埋伏在不远处的肖建,则从侧面悄悄地跟了上去。“黑帽衫”来到米阳身后不远处,慢慢从腰间拉出铁锤,举过头顶,准备朝米阳的后脑砸去。

看来,“黑帽衫”就是“飞锤杀人魔”,这一点已经确定无误了。肖建正准备上前抓捕,不想此时方东买水回来,正好撞见。

方东大喝一声:“站住!”“飞锤杀人魔”一愣,随即发现了埋伏在米阳身边的肖建,急忙转身跑开。

“别跑!”这种时刻方东岂能在米阳面前示弱。方东使出吃奶的劲儿,追了出去。那速度,那执着,连肖建都觉得惊讶。从警校到警队,认识方东这么多年,肖建可从没见他这么卖力过。所以说,女人才是男人的原动力——尤其是美女。

片刻工夫,方东独自一人从不远处跑了回来。

“人呢?”肖建问道。

方东上气不接下气地回答道:“拐了几个弯就不见了。”

由于方东打草惊蛇,“飞锤杀人魔”最终还是跑掉了。天色已晚,这次抓捕行动只能到此为止。

为了不让米阳担心,肖建宽慰她说,经过这么一次,“飞锤杀人魔”得知米阳有人保护,应该不敢再来了。就这样,肖建和方东再三劝慰米阳不要害怕,不一会儿就来到了米阳家楼下。

临别时方东嘱咐米阳:“自己关好门窗,一有情况马上打给我!”

米阳感激地看着方东说道:“麻烦你们了!”

肖建催促米阳赶快进门,说道:“进去吧,我们走啦。”

看着肖建和方东的背影走远,米阳长吁了一口气。她转过身,从兜里掏出门卡开门,低头却看见地上一个拉长的人影正慢慢朝自己靠近。

没有想象中惊声尖叫,弱不禁风地昏倒在地的场面,米阳娇艳如花的脸庞不动声色,楚楚动人的目光更是挂了一层冰霜一般,和平日娇弱的模样判若两人。她,并没有在意,她知道这个人是“大耳钉”。

这是怎么一回事呢?这当然是米阳的报复计划!自己的身世再加上从小的经历,让米阳这个看似弱不禁风、温婉柔顺的妙龄美女有着非同一般的坚忍心智。经过母亲去世最初几天的无助、彷徨和难以言表的痛苦挣扎后,她竭力调整好心态,行动起来。她事先打听好肖建的行踪,故意制造出和肖建在郊区渔村的偶遇。米阳知道自己的美貌对于男人有着怎样的冲击力,再加上多年前肖建对自己的迷恋,必然一击成功。始料未及的是,肖建对她并不热情。米阳分析,可能是少年时那场事故留下的阴影,让肖建选择了逃避。

不管怎样,第一次偶遇并不成功。她不得不调整计划,找来了“大耳钉”,在肖建的必经之路上,上演了一出等待肖建来“英雄救美”的好戏。

“大耳钉”为此也付出了不小的代价。打斗中,他的脸摔在玻璃碴上,破相了。米阳答应给“大耳钉”一笔钱疗伤,条件是帮她把戏演完。米阳想尽一切办法,要在短期内和肖建熟络到无话不谈的地步,能挑起他的情愫成为男女朋友最好,这样她报仇的机会就来了。

“大耳钉”假扮“飞锤杀人魔”,成功地让肖建继续和米阳纠缠在一起。此时肖建离开了,米阳自然知道“大耳钉”该来找她要钱了。

等米阳不慌不忙地转过身来,看向对面这个“黑帽衫”时,突然发觉对方并不是“大耳钉”——她根本就不认识这个人!

真正的“飞锤杀人魔”竟然不请自来,闯进了“猎物”的家中。

米阳这样的姿色,加上窈窕诱人的身材,到哪里都是明星一样的焦点。理所当然,今天在江滩公园的时候米阳就被盯上了。所以说,漂亮的女人不要走夜路,这句话还是有它的道理的。

现在,“飞锤杀人魔”就站在米阳面前,由于帽衫的遮挡,依旧看不见他的脸,可就是这看不见脸的阴影部分,使他在黑暗中就像一个无头僵尸一样,是那么阴森而恐怖!

“飞锤杀人魔”从腰间抽出铁锤,举到了半空中。米阳惊恐之余,心中叫苦连天,没想到自己引来了真的“飞锤杀人魔”。米阳绝望地闭上了眼睛,心里不由得苦笑,这算是自作自受吧!

铁锤并没有如意料中地砸下来,只见一根铁链缠住了“飞锤杀人魔”举起铁锤的手,紧接着一个飞踹,“飞锤杀人魔”躺在了地上。等米阳再睁开眼,方东已经用手铐铐住了对方。

米阳掩饰不住脸上的惊喜,问道:“你们怎么回来了?”

方东笑着,做了一个很帅气的动作,得意扬扬地回答道:“我们一直就没有离开。”

原来,米阳的表演有些过度夸张了。肖建一开始误以为米阳是因为紧张而脸部"挂相"。而狡猾的犯罪分子,是可以通过受害者的面部表情看出破绽,确定是否下手的。这给肖建的设伏增加了难度。

于是肖建假意说走,真意是留。听到这里,米阳这才明白肖建耍了一个欲擒故纵的小计谋。

还好,各种阴错阳差,最后结局还算不错,米阳捡回了一条命,肖建和方东也成功抓获了犯案累累的"飞锤杀人魔"。

方东为了让米阳心中不留阴影,跑上前揭开了"飞锤杀人魔"的帽衫,米阳不由得屏住了呼吸,本能地把手按在了胸口上。她真怕帽衫摘下后出现的是"大耳钉"伤痕累累的脸,那她苦心经营的阴谋就全暴露了!

还好,帽衫揭开后,一张陌生的脸呈现出来。米阳悬着的心落了下来,不是"大耳钉"。

肖建问米阳:"这人你以前见过吗?"在米阳确定不认识以后,肖建和方东押着"飞锤杀人魔"离开了。

肖建和方东的身影从小区消失后,在不远处的树丛中,另一个"黑帽衫"露出头来,这才是"大耳钉"。

刚才发生的一切,"大耳钉"都在,可他并没有对米阳出手相救,他害怕。他怕"飞锤杀人魔",也怕肖建,因为他做的事都见不得光。

米阳迟疑了一下,转身走进了楼道。米阳担心这一次肖建和方东仍旧没有走远。其实她的这种担心很多余,因为犯罪分子已经落网,但她毕竟做贼心虚。

"大耳钉"躲闪着走进楼道,米阳把事先准备好的钱交给他。这事到此是一个完结,她算是和肖建成功搭上了。虽然过程有些惊险,但在米阳看来,一切都是值得的。

第八章　黑色曼陀罗

肖建随手翻阅起来。他看见卷宗里夹带着一张黑色曼陀罗花的照片。这张照片里的黑色曼陀罗花让肖建觉得似曾相识,思来想去,他想到了张月。

肖建记得和"老坛子肉"去蔡家湾二号工地见张月的那晚,张月掉落的那部手机最后是他肖建拾到的,而手机里隐约就有黑色曼陀罗花的图案。

在米阳的热情邀约下,她和肖建、方东三个人来到了南江市最红火的夜市大排档,决定举杯痛饮,庆祝米阳脱离苦海。

灯火辉煌的大排档,人声鼎沸。整条夜市上,全是吃消夜喝酒的散桌,南江市的大排档,绝对名不虚传。

此时方东举起了酒杯,虽然他的酒量确实不怎么样,但他今天必须要喝——他已经成功地"英雄救美"——他要向米阳表白。

方东说道:"祝贺米阳同学成功摆脱魔爪。米阳,咱们一块儿喝一杯。"

方东的酒杯还没和米阳的碰到一起,他的电话就响了起来。无奈之下,方东走到一角接电话。这恰恰给了肖建和米阳独处的时间。

今天,米阳穿了一条比初次见面那天更短的热裤,这让她大腿根部的那道疤痕看起来更加明显。肖建每次想到这道疤都格外地内疚,加上本身性格内向,面对这位关系特殊的米阳,他实在不知道该说些什么。可是经过这次的事,他的心结似乎解开了一些,至少可以开口说话了。

肖建由衷地说道:“能帮你一次,我很开心。”

米阳问道:“算是补偿吗?”

肖建连忙解释道:“于情于理我都该这么做。”

米阳似乎不领情:“你不觉得,这情还得太轻了吗?”

米阳说完以后,眼神直愣愣地看着肖建。米阳眼睛的形状很美,眼角过渡到眼尾的弧度是那么的恰到好处,瞳孔深黑,似乎永远含着一汪湖水,深邃又清澈,看久了令人不由得沉醉。此时近距离地被这双美目这么盯着,肖建感觉到了尴尬。

肖建想到了那个跳起舞来犹如仙女的米阳。舞蹈,曾经是米阳的梦想,却被肖建的年少轻狂给毁了!这情确实还得有些轻了,可还能怎样呢?肖建一时间想不出更好的偿还办法,又恢复了之前少言寡语的模式。

米阳此时却出人意料地笑了,她拿起酒杯,显得很从容,就像一切她都已经释怀了一样。

米阳换了一张青春洋溢的面容,说道:“开玩笑的!这次真的很感谢你!来,咱们喝一杯!”

肖建不知该如何应对米阳的宽容,这时方东挂上电话跑了过来。

方东还没坐稳就嚷道:“好消息!‘飞锤杀人魔’对过去几年的犯罪行为供认不讳,另外,队里准备让你回去上班了!感谢米阳同学对我们的大力协助,干杯!”

气氛再次变得热烈起来,大家异口同声地喊道:“干杯!”然后一起干了自己的杯中酒。刚吃了几口菜,方东就开始朝肖建挤眼睛。肖建知道这是方东在催自己走。

警察最缺的就是时间,所以方东急着催促肖建离开也是很正常的,谁知道一会儿又有什么事呢?

方东得找时间找机会向米阳表白，什么时机比现在还好呢？趁热打铁啊！

当然，这只是方东的一厢情愿。

肖建明白方东的心思，所以囫囵吞枣地吃了两口之后，就以有事为借口起身要走。米阳一见肖建要走，也表示自己明天还要上班，也要离开。方东没想到结果会是这样，一下子被将在那儿有点尴尬。

最后还是肖建解了围。肖建叫了两辆车，让方东送米阳回家，自己打上一辆车离开。

方东一看机会又来了，在大排档表白已经不合适，于是拉着米阳上车，直接去了一个浪漫的地方——山顶。

一切是很麻烦，但绝对值得。美女嘛！方东知道自己不帅，那靠什么打动对方的芳心呢？不就是真诚和不厌其烦的耐心吗？这两样，他方东绝对有！

出租车开到山顶停下，从山顶往下看，是一览无余的万家灯火。这里真的很美，如果要谈情说爱，这儿确实是一个浪漫的地方。

米阳缓步跟方东走着，方东开始了自己的试探，他要在最恰当的时候说出那句“我爱你”——这很关键！

方东开始了试探性的问话。“今天开心吗？”方东问道。

米阳回答道：“开心。”

方东突然跑到山顶悬崖的边缘，用手做成喇叭状，朝着山下“啊啊”地使劲叫喊着。

方东喊完以后，回头对米阳说道：“以后要是不开心，可以在这里喊两嗓子，心情就一下子好了。不信，你来试试！”

米阳对方东的提议很感兴趣，只见她也跑到悬崖边，用双手拢起喇叭的形状，“啊啊”地喊了两嗓子，然后高兴地对方东说：“我妈也是这么告诉我的！”

方东一看米阳的兴致起来了,马上顺杆往上爬,讨好地说道:“是吗?哪天叫上你妈,咱们白天再来一次,吃喝玩一条龙!”

可惜的是,方东的这次马屁拍到了马腿上。

米阳听方东说完,顺口答道:“我妈在外地工作,很少回来,我们总在QQ上视频聊天,我妈挺疼我的。谢谢你,我一定把你的话转告给她!”

米阳勉强笑着说了一大串,最后一句说完却再也控制不住,大声哭了起来。这一下把方东吓得慌了手脚。因为方东不知道自己哪句话说错了,明明好好的,怎么开心的小船说翻就翻呢?

方东手忙脚乱地哀求道:“别哭呀!不知道的,还以为我在这里图谋不轨呢!”

米阳收拾好情绪说道:“臭贫!你说做了对不起别人的事,是不是一定不会有好下场?”

方东被米阳跳跃性的思维弄得有些摸不着北,这是哪儿跟哪儿啊,于是不解地问道:“怎么突然又说到这儿了?”

米阳不管那些,任性地就要方东回答:“你就当我喝醉了。你回答我,是不是?”

方东觉得表忠心的时候到了,于是斩钉截铁地说道:“是!恶有恶报!”

虽然知道方东的话不无讨好自己的意思,米阳还是听到了自己想听的答案,便又回到了自己的情绪中:“我觉得挺对不起我妈的。为了我,她常年在外工作,等我长大了,却一直没空去看她……”

说到这里,米阳的眼圈又红了。

方东连忙劝慰道:“你怎么又哭了,不至于!找个时间,请个假去看看你妈,不就好了?”

说到这里,米阳终于破涕为笑。米阳眼中泪水犹存,黑夜中显得更加楚楚可怜，她看着方东的眼睛说道："你真好！"

方东感觉世界一下子静止了，他恋爱人生中最辉煌的机会来了，女孩对他敞开了心扉，现在他可以说那句"我爱你"，并且加上"虽然我长得不帅，也没有什么钱，但我有一颗爱你的心，只要你做我女朋友，我……"之类的话，这事应该就成了。何况这些话，方东早就倒背如流。

想到这里，方东浑身发抖，正要开口，谁知话到嘴边，却被自己不争气的手机给搅和了！

方东无奈地打开手机，是单位传来的通知，信息显示——有人坠楼，速归！

美好的一切就此打住——也就只能到此打住了——谁让他是一个人民警察呢。发案了，他就得回单位了。方东留在嘴边的那句"我爱你"硬生生地憋回去，最后只能换成："不好意思，单位有事，我得回去了。"

是的，在警察的心里，天大地大永远都没有案子大！

肖建走进刑警队的时候，已经察觉到大家一整夜没有睡了。龙大在询问法医郑罗最后的鉴定结果。

龙大问道："老郑，尸检结果怎么样？"

郑罗把尸检报告递给龙大说道："高空坠落造成颅内出血导致死亡。可以定性为自杀。"忙了一整夜，总算有了一个结果，大家心里还是满意的。

郑罗离开以后，龙大以及大家这才发现肖建也来了。肖建汇报了自己在学习班的学习情况，龙大当着大伙儿的面给肖建分配工作。

龙大语气生硬地说道："你白天在档案室工作，晚上在单位值班，有事出门找值班领导汇报，批准了才能出去。这事还没有完，你现在是停职在岗。明白吗？"

肖建低头回答道:“明白。”

“老坛子肉”的事情没查清楚之前,肖建在刑警队里是不可能有抬头的日子的。

龙大传达完指示后吩咐道:“你现在先去档案室,把所有的档案重新规整一遍,就这样。”

肖建低声回答了一句:“那我先去了。”然后就转身离开了。

看着肖建从视线中消失以后, 龙大继续下达指示:“那就结案吧,送肖建那儿归档。”

方东想趁这会儿龙大心情还不错,替肖建说两句好话,便低声下气地凑了过去:“龙大,不让肖建办案,这不白瞎吗? ”

没想到方东此话一出,龙大的脸立刻就变了。龙大厉声说道:“废什么话? 散会! ”

方东自讨没趣,但也只能闪在一旁,翻着白眼目送龙大离开。

刑警队的尸检报告已出,接下来遗体就等着火化了。死者欧阳的妻子想在欧阳被火化前再给他擦拭一遍身体。

火葬场的化妆间里,欧阳平静地躺着,欧阳的妻子一边忙活一边唠叨着:“欧阳啊,也不知道你是怎么想的,不跟我们娘儿俩打个招呼,就这么走了。有什么不好说的?非要走这一步……今天给你擦个身子,明儿让你干干净净地走! ”欧阳的妻子说着,拿着手中拧干的毛巾,掀开了盖在欧阳身上的白布单。

“啊”的一声尖叫传出化妆间。欧阳的女儿和火葬场的工作人员冲了进来,发现欧阳的妻子已经倒在了地上。

欧阳的女儿慌忙问道:“妈,怎么了? ”

欧阳的妻子指着欧阳的尸体哆嗦着说不出话来,众人看到了触目惊心的一幕——欧阳的尸体被切开,腹腔处形成了一个巨大的黑洞。

欧阳的尸体再次被推回刑警队做检查, 龙大在走廊里来回踱步,直到法医郑罗从鉴定室里走出来。

还没等郑罗站稳,龙大就张口问了起来。毕竟这件事关系到刑警队的声誉,刚做完尸检就出现了状况,必须给受害者家属一个合理的交代。所以,他的急切还是可以理解的。

龙大问道:“老郑,尸检结果怎么样?”

郑罗的声音永远冷冰冰的没有温度,也不带任何感情色彩:“没有发现什么异常,跟先前的结论一致。死者的肝脏是死后被人取出的。”

方东在一旁提醒:“龙大,二十四小时内器官就被盗了,是不是跟器官贩卖有关?您看有没有这种可能,医院里的人偷走了死者体内的器官,然后移植到需要的病人身上,从中牟利。”

郑罗站在一旁确认道:“有这个可能。”

有了法医郑罗的肯定,龙大同意了方东的下一步刑侦工作的方向,同时他也可以给死者的家属一个比较合情合理的解释了。

而此时,欧阳丢失的肝脏被放在那块洁白的大理石砧板上,同样是一刀两半。依然是那双修长光洁的手,将其中的一半均匀地切成二十片,放入煎锅中。而剩下的一半,则放进了摆放在橱柜上的另一个玻璃器皿中,上面已经贴好了标签——酗酒。

故事讲到这里,大家可能看出了一些眉目。接连两起跳楼,从张月到欧阳都是人为制造的,这是有预谋的谋杀案!

由于凶手过分狡猾,给这些谋杀行为都蒙上了一层自杀的外衣,所以一时间故事中所有人的眼睛都被蒙蔽了,哪怕有什么蛛丝马迹,也会南辕北辙,与案件的实质相去甚远。

当然,任何罪犯,最终都逃不过我们刑侦英雄的火眼金睛。

只要你做了,无论手法多么巧妙,最终的结果都是——犯罪事实是一定存在的,实施犯罪行为所留下的犯罪证据也是一定存在的——只要存在，那我就一定会找到！这就是肖建在刑侦工作中一贯的逻辑。

现在，虽然肖建深陷低谷，只能在档案室里整理归档的材料，但是这都无法阻挡他最终站出来力挽狂澜，将这宗疑难案件一查到底。当然这一切都离不开他的原动力——师父“老坛子肉”的下落。今天，这一切就要开始了！

此时的肖建正在整理文件档案，方东推门进来，档案散落一地。

方东开玩笑说：“猛张飞拿绣花针，难为你了。”

肖建一肚子火正不知道往哪儿撒呢，说他什么都可以，就是不能不让他办案子！他家几代人都是警察，他流的就是刑警的血！肖建的心事被方东说中，没好气地回了一句：“起开！”

方东可不吃肖建这一套，难得看见肖建起急，他可得抓住这个机会，好好逗逗闷子。方东继续调侃道：“你在学习班改造得不够彻底呀，还这狗脾气？”

肖建并没有回嘴，额头上的青筋却蹦了一下。方东知道，肖建这回是真要急眼了，看这架势，方东再敢多说一个字，一拳头就飞过来了。肖建那两下子，他方东可受不了。方东一看苗头不对，马上服了软，说道：“得，再说你得急了。这是结案报告，你归档吧。”

说到案子，肖建立马恢复了正常。虽然方东手中是个结案的，还不予立案的自杀案件，但对于肖建来说，却是极有诱惑力的。谁让他是肖建呢！

肖建取出登记表，一边做着登记一边随口问着方东：“什么案子？”

方东答道：“一个跳楼的。知道吗？就在咱们吃饭的那天晚上，大排档那儿。最奇怪的是，死者死后内脏被取走了，奇怪吧？”

肖建继续问道：“是有点奇怪，老郑那儿怎么说？”

方东回答道：“尸检结果是自杀。”

肖建大致明白了:“哦,你先放桌上吧。”

方东临出门的时候,突然煞有介事地伸出了手,说道:“欢迎归队!”

这个有些做作的表现,竟然让肖建有些感动。他知道方东还是把自己当兄弟的。肖建撇了撇嘴角,拍了拍方东的肩膀,示意自己心领了。

送走了方东,肖建回身收拾散落在地上的档案袋,却无意中发现一个卷宗里跳出了“老坛子肉”左宗和张月的名字。

肖建随手翻阅起来。他看见卷宗里夹带着一张黑色曼陀罗花的照片。这张照片里的黑色曼陀罗花让肖建觉得似曾相识,思来想去,他想到了张月。

肖建记得和“老坛子肉”去蔡家湾二号工地见张月的那晚,张月掉落的那部手机最后是他肖建拾到的,而手机里隐约就有黑色曼陀罗花的图案。

难道师父“老坛子肉”冒着泄洪的危险去蔡家湾就是为了寻找这个案件的线索吗?依照“老坛子肉”的脾气,这很有可能!想到这里,肖建走到电脑桌前,在键盘上输入了“黑色曼陀罗花语”几个字。

电脑显示,黑色曼陀罗花的花语是复仇!难道这是一起蓄谋已久的谋杀案件?肖建闭上眼睛,努力地回想蔡家湾二号工地那天晚上的事情经过,可一时间也没回忆起什么有价值的地方。

但方东递过来的欧阳跳楼案件的材料却让他有了新的发现,那就是死者欧阳跳楼的天台,还有欧阳跳楼前遗落的手机,他的手机画面居然和张月死前手机里的画面一模一样。

经过比对照片,肖建发现手机里的画面正是黑色曼陀罗花的图案。难道欧阳的自杀会和张月的自杀有什么关联?或者说只是巧合?无论如何,肖建都决定到欧阳跳楼自杀的现场去一探究竟。

他在现场勘查方面有着别人不具备的敏锐洞察力,这可以说是一种超能力,毕竟他骨子里流着几代刑警的血。

肖建找了个理由,溜了出去。

现在他站在欧阳跳楼的位置,下面就是当天肖建、方东和米阳吃消夜的大排档。

肖建闭上眼睛,他准备回到当天的犯罪现场。时空在他的脑海里极速变化,当他再次睁开眼时,已经回到了吃大排档的那天晚上。只是那个时空的肖建还在,他通过他的大脑再次回到了那个空间而已。

肖建站在人声鼎沸的大排档前,看着远处的自己和方东、米阳在吃饭聊天。肖建回头,欧阳从不远处的酒桌旁站起身,朝身后的楼房走去。肖建跟了上去。

楼道里,肖建跟在欧阳身后走上楼梯。天台的门被打开,一个黑衣人拿着手机在欧阳面前晃动。欧阳木讷地从兜里掏出自己的手机,上面呈现出黑色曼陀罗花的图案,然后又把手机放回了自己的口袋。

欧阳走到天台边,爬上栏杆,脚在栏杆上蹭出黑痕。

站在天台上的欧阳,看见楼下的肖建和方东向米阳告别。欧阳眼睛一闭,从高楼上跳了下去。

出事地点马上被警戒线隔开,欧阳呈弯曲的大字形斜趴在地上,法医正在勘查现场。

法医郑罗翻过欧阳的身体,欧阳的手机从兜里露了出来,手机画面定格在黑色曼陀罗花的图案。

站在天台上的肖建睁开眼睛,回到了自己的时空。他心里已经得出结论,这是一起谋杀案!

他决定找方东聊聊,再让方东找个机会和龙大聊聊。因为他自己去聊显然是不明智的。龙大那暴脾气,再加上现在肖建的状况,肯定说不上两句就会被赶出来。可肖建在队里转了两圈,也没找到方东的人影。

百川告诉肖建，方东化装侦查，出门执行任务去了。这十天半个月的，那可没谱。鉴于案件的特殊性，肖建决定还是自己找龙大聊聊。虽然知道结果肯定不会好，但他还是硬着头皮敲开了龙大办公室的房门。

肖建进门以后，没有和龙大寒暄，直接切入主题。他怕废话一多，龙大可能半句话都不听就把他赶出去了。

肖建快速简练地向龙大介绍了自己知道的情况，大意是说，刚刚结案的大排档自杀事件，很可能是一起有预谋的谋杀案。

因为死亡现场有一朵曼陀罗花。肖建在网上查过花语，黑色曼陀罗花的意思是复仇。

而且问题还不是这么简单，肖建和“老坛子肉”调查的案件，也就是021档案的当事人——他们出事那天的死者张月，她的手机里也有相同的曼陀罗花图案。经过比对，这两个曼陀罗花的图案完全一致。所以，这两起案件联系在一起，很有可能就是一起有预谋的连环杀人案……可没等肖建把话说完，龙大就发飙了。

龙大不耐烦地说道：“够了！把你的自以为是给我收起来，这里没你的事！”

肖建辩解道：“我只是想破案……”

龙大大声告诉肖建：“你听好了，这些只是你的推断，而一切推断都必须有证据，才能确定是否成为案件！这个案子在三十年前已经下了定论，不予立案！”

听到龙大对自己的推断不予采纳，肖建急了，不该说的气话脱口而出：“你这是对受害者不负责任！”

这下把龙大给彻底激怒了。龙大顿时暴跳如雷，朝肖建咆哮道：“我用不着你来教训我！我还告诉你，要不是因为你是烈士遗孤，我早就把你扫地出门了！你现在在单位唯一要做的就是每天把地板给我擦干净,别的事情与你无关！听明白了吗?!”

龙大暴风雨般的咆哮让肖建明白多说无益，他低头机械地答道：“明白！”转身走出了龙大的办公室。

第九章　供体

“胡子”今天碰到了硬茬，就算他再多俩人，也肯定是栽了。在对峙中，肖建终于从“胡子”的眼中看到了一丝疲惫。肖建突然转身出手，出人意料地把身后的两个人铐在了一起。

“胡子”看肖建背冲自己，想趁机偷袭，挥刀砍向肖建的后脑。电光石火间，肖建腾空而起，踢飞“胡子”手中的砍刀，一肘将“胡子”打翻在地。

肖建知道龙大这儿已经把门给他堵死了，他只能自己去慢慢查案。可现在他有错在身，已经没有了查案的权力，所以他急需找到方东，看方东有什么办法能让自己名正言顺地回到刑侦岗位上去。

可这个方东现在去哪儿了呢？想到这里，肖建的手机响了，是方东发来的信息——供体，出租屋！

原来，自从上次龙大肯定了方东器官走私的追查方向后，方东就在网上注册了一个“打工仔”的昵称，然后混进了一个器官移植的群里，找各种人搭讪。大意是缺钱了，卖什么都行，只要别要了他的命。

时间一长，还真有找上门来的。一天，方东收到了一个网名叫“江湖救急”的人的留言——你是要找工作吗？

方东赶紧用“打工仔”的名字回复道：“是啊！我听说捐肝肾可以挣钱，是这样吗？”

“江湖救急”回复道：“可以，但要看你的身体怎样。”

“打工仔”回复道：“检查身体，要自己掏钱吗？”

“江湖救急”见对方求财心切,很有诚意,就把方东拉进了QQ群。在QQ群里,“江湖救急”进一步说道:“不用,我们包检查费用。如果检查结果合格,马上就可以手术。”

“打工仔”回复道:“怎么找到你们?”

“江湖救急”最后回复道:“人才交易市场大树下。”

就这样,方东开始化装侦查,去人才交易市场一探究竟。

第二天,在人才交易市场门口,方东早早地来到事先约好的大树下等候。方东发现干这活儿的人还真不少,不一会儿就来了五六个人,和方东蹲在了一起。大家互相打量着对方,谁也不说话。

这时,一个长得瘦猴模样的人走了过来。这人叫齐三,专门负责收“供体”。

没等方东上前,一个农村模样的敦实小伙儿抢先走上去套近乎。还没开口,齐三就不耐烦地说道:“知道,等着!”

农村小伙儿不知道还要等什么,于是问道:“等什么呀?大哥您抽支烟,多关照。”

齐三接过香烟,也没理会,四下看看,确定没有危险后,朝远处招招手,一辆金杯面包车开了过来。

等车停下以后,齐三喊道:“都上车!”方东混在人群里,跟着上了车。

面包车把一行人拉到医院做体检,体检完以后,一行人站在医院门口等结果,因为齐三说身体不合格的不要。

过了好一会儿,齐三拿着一沓体检结果走出医院大门,大家赶紧围了上来。

齐三拿着化验报告,喊着被选中的人的名字:“李刚!范海成!刘杰!喊到名字的人跟我走!”方东没想到自己居然没被选上,琢磨道,卖个肾还挺讲究。看来无论干什么行当,身体不给力还真不行!

就在方东以为这次化装侦查要泡汤的时候，齐三接到一个电话。电话是齐三的大哥雷达打来的，让齐三收一个AB血型的人。

齐三在电话里和雷达争执了几句，因为这种血型的人少，齐三怕留下来管吃管喝，最后白养。在确定有人想要以后，齐三这才叫出了方东的名字。

齐三挂上电话喊道："那个叫什么东方、方东的，你这边来，跟我走！"

就这样，方东跟着齐三上了面包车。

面包车最后开到了郊外，在一个四合院门口停下。齐三催促众人下了车，在门口站好。

齐三站在门口说道："到我们这里的都是奔着挣钱来的。在哪儿都有个规矩，我们这里也不例外。先把你们的身份证交上来，我们好办理体检手续。手机上缴，在这里的这段时间，不能跟外界有任何联系，方便管理。等完事了，身份证跟手机再还给你们。"

齐三说完，他身边的胖子就开始收身份证和手机。方东没想到卖个肾，管理竟然这么严格。眼看着胖子就要走到自己面前了，方东飞快地掏出手机，给肖建发了信息，上面写着——供体，出租屋！

接下来就没有时间发别的了，胖子已经走到了方东面前，方东只得按照胖子的吩咐，交出了自己的身份证和手机。

肖建当然没有让方东失望，他即时把信息转给了龙大，并把南江市便于藏匿这种供体的窝点从信息中一一筛选出来。最后，刑警队的干警们和方东里应外合，端掉了这个犯罪团伙。当然，咱们在这儿说得很容易，也就两句话的事，可真算起来，那可是十多天以后的事了。

肖建事后回忆说，他那些天可是每天拎着扫帚在院子里晃，盼星星盼月亮，他还从来没有像那段时间一样，那么期盼着看见方东的身影。

终于在十几天后的一个下午，拿着扫帚在院子里打扫的肖建，看见一辆警车在院内停下，日思夜想的方东带着嫌疑人从车里走了下来。

肖建乐颠颠地跑过去询问，那副谄媚的样子，直到现在方东说起来都是万分得意。方东做梦也没有想到肖建居然也有这一天，对他方东低三下四地点头哈腰，把他当大爷一样捧在手心里！

当时的情形大概是这样的——

肖建上前关切地问道："又破什么大案了？"

虽然从严格意义上讲，这是方东独立办的第一个大案，但方东却装作无所谓的样子说道："没什么大不了的，就是几个贩卖供体的！"

肖建继续套近乎，说道："晚上喝一杯去？"

方东一看肖建这谄媚的劲儿，就知道他有事求自己，而且事还不小。他知道肖建想说什么，于是漫不经心地拉长了语调："'大尾巴狼'请喝酒，不怀好意呀！又想办案了？我可没招啊。"

肖建一看自己的心事被方东说中，继续央求道："给个机会嘛！"

方东很肯定地说道："你的事还没铲平呢，不可能！"

方东的得意和肖建的谄媚到此为止，这差不多够方东炫耀一辈子了。而难得谄媚一会儿的肖建也没了耐性，他哪受过这气。只见肖建一个擒拿手，眨眼间就把方东的脑袋夹在了自己的腋下。

肖建说道："身为一个警察，张嘴闭嘴要好处，你找死呢！"

一见肖建要横，方东没了脾气。倒不是他不想和肖建再闹下去，关键是肖建这"轴货"出手没轻重，那是真疼啊！方东不得不赶紧求饶。

方东哀求道："啊！疼！闹着玩，下死手啊！赶快放手！"

肖建问道："那你答不答应？"

方东回答道："行！这几天我抓逃犯就缺人手，能不能将功补过就看你自己的造化了。"

方东说的这个办法应该管用，霸王强上弓嘛！你不让我办案，我自己偷着办，只要办成了，就不会有人说三道四，而且对外说是方东缺人手，肖建只是帮忙。在刑警队里，除了肖建还真没人帮方东，他是有名的"花警"，能办什么案子！

这次，方东还真要办个大案子了，可现在谁也不知道。不过这种方式也存在风险，如果案子办砸了，不但肖建得在刑警队里墩一辈子地板，他方东也得折在里面。

方东不是不知道里面的利害，可肖建是他的兄弟，既然是兄弟，就别提什么危险，就算是刀山火海，有难也得帮，要不就不配叫兄弟！

经过几天的摸排和审察，肖建和方东确定了漏网的齐三应该和一个绰号叫"胡子"的人有联系，只要找到"胡子"就能找到齐三。而此时方东和肖建分别站在"胡子"的必经之路上，等待他的出现。

大约过了半小时，只见一个矮矮的、上身穿着花衬衣、手臂上满是文身的青年，溜达着走了过来。方东看着有点像，为了确定对方的身份，方东忽然大叫一声："胡子！""胡子"一愣，转身就跑。

您可能笑了，怎么叫一声就跑了，他没干什么呀，至于吗？这也太假了吧。和您说一声，真不假。如果您天天像贼一样地和别人打交道，就会深刻体会到什么叫——做贼心虚！

说话这会儿工夫，"胡子"已经跑过了两条街。贼么，什么都可以不会，但一定要能跑，否则你就别混，因为一旦被追上，等着你的就是坐牢了。

"胡子"跑步的速度真心不慢，方东在后面已经追得气喘吁吁，眼看就要跟不上了。大冬瓜嘛，跑步肯定是不灵的。

今天如果只有方东在，"胡子"就又逃过一劫了。可惜他碰到的是肖建。跑过两条街以后，肖建不但没有被甩下，反而越追越近了。

"胡子"跑得腿脚发软，一头扑倒在街角的一个水果摊上。

肖建上前取出手铐想把“胡子”铐上，没想到“胡子”顺手拿起了水果摊上的西瓜刀，反手就是一刀。

还好肖建机警，一低头躲了过去。“胡子”趁机跑进巷子，肖建紧跟在后面，也追了进去。

这是一条死胡同。“胡子”跑到尽头，看见前面没了去路，于是拿着刀转过身来，恶狠狠地对肖建喊道：“狗急了跳墙，兔子急了咬人，别逼老子！”

“胡子”这几句狠话可吓不着肖建，这种小场面他见多了。肖建举起手中的手铐，没听见一样，面无表情地朝“胡子”走过去。

“胡子”看吓唬不了肖建，就更加疯狂地挥舞起手中的西瓜刀，大有鱼死网破的架势。

“胡子”喊道：“你不抓我，我放你走，要不今天谁都别想活！”

肖建回答：“自古官兵抓贼，天经地义啊！”

“胡子”看肖建不理这茬，又硬中带软地说：“老子就是混口饭吃！”

肖建回答：“你有饭吃了，我就没饭吃了！”

说话间，肖建已经走到了“胡子”面前。可不曾想，肖建身后忽然多了两个人。

原来“胡子”跑进这条死胡同绝非慌不择路，自有他的道理，他在这里埋伏了帮手。肖建一对三，明显处于劣势。

可惜的是，“胡子”今天打错了如意算盘。还是那句话，他今天碰到的是肖建。

肖建用和小孩子开玩笑的口气说道：“哟，我说怎么这么硬气呢，原来进贼窝了！”肖建调侃完，不再说话，他知道“胡子”准备跟自己动真格的了。

肖建站在原地一动不动地盯住“胡子”。他在找对方的气口，也就是精力松懈的那一下。

在这之前还没机会给大家介绍一下肖建的身手。肖建的身手是“老坛子肉”调教出来的。“老坛子肉”年轻的时候在警队里的绰号叫“左一下”——玩的是一招制敌。肖建是“老坛子肉”的徒弟，他在警队比武的时候，大家都叫他“肖三下”，您知道什么意思了吧。

和肖建过招，三招之内，对手必败。所以说，“胡子”今天碰到了硬茬，就算他再多俩人，也肯定是栽了。在对峙中，肖建终于从“胡子”的眼中看到了一丝疲惫。肖建突然转身出手，出人意料地把身后的两个人铐在了一起。

“胡子”看肖建背冲自己，想趁机偷袭，挥刀砍向肖建的后脑。电光石火间，肖建腾空而起，踢飞“胡子”手中的砍刀，一肘将“胡子”打翻在地。赶来的方东从“胡子”的鞋里翻出了毒品。

方东把毒品伸到“胡子”面前，质问道：“这怎么说？”

“胡子”在地上装作很硬气地答道：“栽在你俩手上，我认了。反正我没卖，顶多是个携带。带我回去做笔录呗。”

肖建一看“胡子”还嘴硬，伸手拦住了准备把他塞到车里的方东，把话接了过去。

肖建说道：“别急，还有笔账没算呢。”

“胡子”一听，有些纳闷，问道：“什么账？”

肖建说道：“袭警啊，我这人有仇必报！”

“胡子”一听，有些急眼。他不知道肖建说的是真还是假。肖建刚才那两拳打得他到现在还眼冒金星呢，再来两下，他还要不要活了！

但“胡子”也不能马上服软，因为他的兄弟们还在场，他要是认㞞，以后就没法混了，于是硬着头皮说道：“您大活人弄我一条死鱼，有意思吗？”

肖建看“胡子”仍旧不服，说道：“行啊，够硬气，滚过几板？”

“胡子”说：“两板。”

两个人把牢里的黑话对上了。

肖建问:“牢里什么规矩?”

“胡子”答道:“前三后四,上山,过桥。”

肖建对完黑话,说道:“今天就这么办!”

“胡子”一看要来真的,急忙给肖建使眼色。再来几下,他可真受不了。肖建看明白了“胡子”的意思,示意方东把两个同伙带到一边。“胡子”一看同伴走远,立马变脸求饶。

“胡子”跪在地上哀求道:“哥——你饶了我吧,你那两下子下去,我真受不了。”

肖建不为所动,冷冷问道:“你刚才不是挺硬气的吗?”

没有兄弟在场,只要不挨揍,“胡子”什么话都愿意说,他赔着笑脸说道:“那我不能在兄弟面前没面子啊。您想知道什么尽管问,只要我知道,一定说!”

就这样,肖建从“胡子”嘴里得知,齐三现正躲藏在水亭街37号。

把“胡子”等人送回队里之后,肖建和方东顾不上休息,直接来到了水亭街37号的门口。

肖建跟方东分别守在大门两侧,方东敲门。门刚打开一条缝隙,肖建就冲了进去。一个老女人、一个头发染成黄毛的小伙子,还有齐三,一共三个人正在聚众吸毒。

三个人被突如其来的变故惊呆了,惊恐地互相看着。特别是齐三,手拿锡纸张着嘴,待在那儿一动不动。

第十章　线索

口罩男子突然打开自己的手机，手机的屏幕闪烁着诡异的光芒，里面是一朵曼陀罗花的图案！雷达看着这朵曼陀罗花，突然感觉自己动弹不得，意识也变得模糊起来，最后，连手中的刀也掉在了地上。

抓逃工作很顺利，但往往因为顺利，有时就会大意。犯罪分子为了逃避公安机关的打击，永远都是拎着十二分精神的。现在方东因为圆满地完成了他人生中独立主导的第一起大案，也开始大意了。

齐三被带回刑警队后，肖建和方东在讯问室里给齐三做笔录。这时，龙大走了进来。

龙大问道："问得怎么样？"

方东把笔录递给龙大说道："差不多了。"

龙大看着笔录，点头表示满意。

一切看来都挺顺利，齐三一看这情形，知道这就是警察最松懈的时候，他的机会来了。为什么呢？他之所以能混到今天还没折进去，就是因为有一手绝活——他能用打火机开手铐！可这些情况，方东和肖建事先并不知道。

齐三装作很可怜的样子说道："队长，我认罪态度这么好，给支烟抽呗？"

齐三不经意地要了一支烟，点完香烟后顺手把打火机扔在了桌子边上，然后在自己起身按手印的时候，又顺手把这个打火机拿走。

这说明齐三是一个有反侦查经验的惯犯，他不会第一下就把想拿的拿走，那样太直白，大家眼睛都盯着呢，就算是松懈，也不会被这么简单的把戏耍了，这叫职业习惯，除非碰到的是生瓜蛋子。

所以机会出现在第二下。第二下一般就没人防备了，往往会令对手措手不及。给您举个简单的例子，看看足球，一脚直接射门是进不了的，但第一下能射的时候传一下，第二脚再射门，基本就没问题了。不信您回头仔细看看是不是这么一回事。

方东和龙大，甚至肖建都没有意识到这个危险，因为现在的工作流程就是把笔录送到法制科批示，然后把人送看守所，再然后……就没有然后了，最后两道程序走完，一个案件就结束了。

做完笔录后，方东请示道："龙大，我们把人放拘留室了。"

龙大回答说："刚抄了个赌场，里面装不下了，你们今天晚上在值班室轮流看一下，明天一早送看守所。"

肖建回答道："行，我这就去批捕。"

龙大示意方东和肖建把人带走，谁也没有发现桌上的打火机不见了。

贼总会想尽一切办法逃，警察就会想尽一切办法抓。所以说，最终的较量是在关键节点上展开的，刚才的疏忽哪个警察都会遇到，只要在关键节点上把握住了，这一切的疏忽和漏洞就都可以补上。

虽说上面的办案环节肖建不是没有疏漏，可肖建本身有他自己的补救办法，可以说鱼有鱼路，虾有虾路。

本来在把笔录送到法制科批示之前，肖建就把这个漏洞补上了，他把齐三反铐在铁凳子上，犯罪分子只要被反铐，再怎么折腾都是白搭。

可惜的是，肖建明白，方东不明白。等肖建一离开，齐三马上嬉皮笑脸地和方东套上了近乎。

所以，不要以为在警局里就是警察审犯人，有时候也是犯人审你，一旦你有什么弱点被他发现了，那你就是他下一个突破的目标。不幸的是，方东被齐三发现了弱点。

刚刚的做完笔录要烟抽，就是齐三的试探。烟是方东给的，齐三从这儿判断出了方东好说话。犯罪分子绝对不简单，任何时候都不能掉以轻心。

这时，被齐三当作突破口的方东正在值班室里打着盹，齐三开始对方东下套了。

齐三又开始装可怜，对着方东哀求道："哥，哥！求你个事呗！"

方东睡意正浓，随口回道："又想抽烟了？没门！"

齐三感激中带着可怜，说道："不是。您刚才已经给我抽了一支，我已经很满足了。我是说，估计我这回进去，至少得一年！"

方东有一搭没一搭地回答道："怎么呢？"

齐三接着说道："你想啊，我强制戒毒过一次，现在复吸，肯定得拘役管制啊！最少一年！"

方东一听，乐了。这齐三算得还真清楚，没等法院宣判，他就自己先给自己定罪量刑了。方东笑道："你还挺门清的！"

他齐三当然门清了，而且之所以说这么多，等的就是方东这一乐。方东乐了，齐三最后说的重点也就这么顺理成章地来了。

齐三继续惨兮兮地说道："哥，我毒瘾上来了！现在浑身难受！"

方东幽默地回答道："怎么，要不我给你找点去？"

方东心想，反正也睡不着了，索性和齐三逗逗闷子。

齐三一看方东着了自己的道，便装出更惨的模样哀求道："您就别跟我逗闷子了！我是想说，能不能把我的手铐到前面来，我能睡个好觉。您放心，我一个毒瘾上来的人，肯定跑不了！东哥，您给我铐在前面吧，明早一进去就得走过场，我不休息好，进去还不得给人打死了！”

在齐三的软磨硬泡下，方东最终被齐三说动了，把齐三的背铐改成了前铐。看似很小的一个改动，结局却完全不同了。等到方东再次上床打盹，齐三的脸上露出了笑容。

又是一夜过去，天空吐白。街道上，清洁车在路上洒水。

值班室里方东还在打盹，肖建拿着刑事拘留证走了进来。肖建进屋却没有看见齐三的人影，铁凳子上只有一副打开的手铐。

肖建感觉情况不妙，连忙推醒熟睡中的方东问道："方东，人呢？"

方东从睡梦中惊醒，睁眼一看铁凳子上的齐三不见了，顿时睡意全无。完了，齐三跑了！方东捡起掉落在地上的打火机，顿时明白了一切，打火机被他狠狠地摔在地上，可为时已晚。

在这里要给大家做个说明，犯罪分子被公安机关抓捕后发生脱逃行为，这在内部可是一件大事，肯定会在你的档案上记上重重一笔过错。

最重要的是，在同行的心里，你的刑警生涯也会就此打住。虽然你还可以在刑警队里行走，你还可以穿着警服，但在他们心中你已经不存在了，形同空气。他们不会再信任你，无论你以后做出了什么丰功伟绩，都于事无补。

所以说，脱逃这事出在谁手上，那个刑警就等于被判了"死刑"。这是每个刑警心中的铁律。

虽然脱逃事件已经发生，但并非没有挽救的余地。现在是6点15分，离单位点名时间8点整还有不到两个小时，只要在这两个小时内再次抓到齐三，一切问题就都解决了。

你肯定会说不可能，可肖建觉得有可能。因为齐三是一个有毒瘾的人，时间一到就得吸。而且有毒瘾的人，能去的地方不会多。肖建思索着，齐三会去哪儿呢？

肖建现在只能赌一个地方，因为8点钟之前如果不能顺利抓到人送往看守所，齐三脱逃的事就兜不住了。后面就算抓着，也是另外一说了。

而方东只剩下在一旁不停地检讨，本想着帮兄弟一把，让他顺利出山，没想到却因为自己的大意而功亏一篑。

方东埋怨自己道："都怪我，心一软给他铐前面了，没想到他还有这一手，完了，我算是阴沟翻船了！"

方东沮丧的情绪并没有干扰到肖建，虽然他们年龄相仿，可是和方东相比，肖建算得上是一个经验老到的刑警了，他在做最后的判断。

肖建问道："齐三进来有多久了？"

方东算了算回答道："大概八个小时左右。"

肖建又问："齐三的笔录里提没提过他近期去过什么别的吸毒场所？"

方东肯定地答道："没有！"

肖建最后得出了答案："那我知道他在哪儿了！"

将信将疑中，方东被肖建再次领回到水亭街37号的门前。

方东打死也不相信，昨天齐三就是在这儿被抓获的，今天逃跑以后怎么可能还会回到这儿来。

不是说肖建有绝对的把握，他只是有这种直觉，他得赌，因为真的没有时间了。再说，肖建这样认为也不是没有理由。首先，齐三的窝点被端掉，从笔录上看，他没有人可以投靠。其次，八小时过去了，齐三现在要吸粉，而能提供吸毒窝点的，就只有这儿了。还有一点，肖建认为齐三自以为很聪明，他肯定会玩这种自以为是的招数，这招叫——灯下黑！

不管肖建怎么说，方东是绝不相信有人会傻到这种地步的，在和肖建赌了十顿烤肉后,他伸手敲开了水亭街37号的大门。

开门以后，肖建直接走了进去，开门见山地说道:“把人交出来吧。”

老女人一脸惊诧地问道:“谁啊？”

肖建看着老女人坚定地说道:“齐三啊,别装了,肯定在你这里！”

听肖建这么一说,老女人更不解了,问道:“你们是不是搞错了,他不是刚被你们抓进去了吗？”

肖建没有理会老女人,示意方东,两个人开始在屋内搜寻。

肖建提高音量喊道:“齐三,自己出来啊,我知道你在,自己出来还来得及！”

其实这个屋子还真没有什么地方可以藏人,除了一张大床,就是一个穿衣柜了。方东拉开穿衣柜,里面没人。肖建低头扫了一眼床下,里面漆黑一片,什么也看不见。

就在起身的一刹那,肖建看见黄毛的眼睛眨了一下,然后又刻意避开。这绝对是一个暗示。肖建意识到黄毛是在告诉自己床底下有问题。肖建的目光再次落回到大床下。

肖建蹲在大床前,撩起了床单。刚才还不以为然的老女人看到肖建再次回到了床边,开始紧张起来。肖建心里就明白了七八分。他从兜里取出打火机点燃,即使这样,也无法看清床下是不是有人。

点燃打火机以后，肖建忽然一声大吼:“别躲了，自己给我滚出来！”

虽然里面没有声音,但老女人看上去更紧张了。肖建知道一定有戏。但他不能贸然进去,里面地方狭小,有一定的危险性。

肖建把打火机凑近自己的脸说道:“别说我不给你机会,你小子知道后果的！”

肖建知道虽然他看不见对方,但对方却能看见自己。对于做贼心虚的人,这一招是管用的。

果然,肖建开始了"3、2"的倒数。没等肖建数到1,随着一声"大哥——",齐三从里面爬了出来。看着齐三的滑稽样,肖建和方东都笑了。

那么黄毛为什么会给肖建报信呢?事情是这样的。肖建和方东第一次去水亭街37号时,三个人因为涉嫌吸毒被抓到了刑警队,但只有齐三的尿检呈阳性。

也就是说,这是两个不吸毒的人陪着一个吸毒的人在一起。通过笔录得知,不吸毒的人是房东和她的儿子黄毛。由于房东老女人没有吸毒,对齐三吸毒也表示不知情,所以刑警队没有判定为容留他人吸毒,就把老女人和黄毛给放了。可是,一个负案在身的逃犯跑到别人家里避难,又没有亲戚关系,还不是毒友,那里面肯定有别的事。

什么事呢?肖建在和黄毛的谈话中,通过黄毛的闪烁其词有了一个大胆的猜测,齐三和老女人应该是情侣关系。可齐三和黄毛差不多大,黄毛家只有一张大床,三个人每天就只能挤在一张床上睡觉,晚上行苟且之事的时候,你想想黄毛的心里得多硌硬。肖建估计这就是最后黄毛给自己暗示的原因。

三个人的关系说清楚了,咱们再回到正题。肖建和方东再次抓获齐三,而且是在早上8点之前,此刻心里别提有多美了。他们开着车,径直前往看守所。而坐在后排的齐三一直偷偷打量着肖建和方东。

方东现在看见齐三就生气,为了避免齐三再耍花招,方东直接把话说死:"从现在起,你不许说话,也没人和你说话,知道吗!"

齐三又恢复到可怜兮兮的样子,问道:"东哥,我……就是想问,我这样脱逃的,判的时候会加刑吗?"

方东回答道:"你这种死不悔改逃避制裁的,肯定得加。"

齐三一听,紧张地问道:"大概加几年?"

方东随口说道:“一般三到五年吧。”

齐三一听要加这么长的刑期,肠子都悔青了。齐三的眼角立刻挂起了泪花,说道:“两位大哥,我这回真知道错了,能不能别……”

“能啊！只要能提供重要线索,帮助公安机关抓获重要犯罪嫌疑人,可以视为悔改的立功表现,这样就可以减刑,你有吗?”方东没等齐三说完,就把话接了过去。

再次抓到齐三,方东是一身轻松。现在,他要好好拿齐三逗逗闷子。而现在的齐三,可不管方东逗不逗闷子,他是认真的。脱逃是要加刑的,加多少不知道,真要加个三五年,那他可就真是打错算盘了。

想到这里,齐三真心希望肖建和方东能把这一笔给他抹过去,这事不就只有他们三个人知道吗?可齐三想来想去,真没有什么线索可以提供。

肖建居然也帮着方东逗起了闷子,说道:“那你说点你觉得有意思的事,我们听着一觉得有意思,兴许就把你脱逃这事给忘了,就不汇报了。”

肖建今天也是真的开心,抓逃任务顺利完成,他算是顺利出山了,以后光明正大地办案应该问题不大了。

齐三听出两个人是在逗闷子:“您二位这是拿我开心呢！”

肖建跟方东笑了,他们就是拿齐三开心。有什么比失而复得更令人开心呢?

有什么办法,明知道肖建和方东是拿自己寻开心,可齐三眼前只有这根救命稻草,情急之下,脑子里还真蹦出点东西来。

齐三抓着后脑勺说道:“还真有一个有意思的事,不知你们爱不爱听。”

肖建饶有兴趣地说道:“说来听听。”

得到肖建的肯定,齐三忙不迭地讲述起来,把大家的思绪拉到了几天前——

那天警察来的时候，齐三他们早就得到了消息。他的老大雷达坐在椅子上，手中把玩着菩提子，齐三冲了进来。

齐三喊道："哥，警察马上就来了，咱们赶紧闪吧！"

雷达镇定地坐在原地没有动，说道："我不走了，你走吧。"

雷达的镇定让齐三有些犯糊涂。齐三以为雷达没听清楚，于是又说了一句："哥，现在走还来得及！"

雷达没等齐三把话说完，将一张存有二十万元的银行卡塞到他手里。因为齐三是雷达的第一个供体，雷达心里多少有些过意不去。齐三一看雷达有想扛包替他顶罪的意思，也不想走了，豪气干云地要陪着雷达。拉扯中，雷达道出了实情。

雷达表示自己是故意要被抓进局子，为的是——避难！

为了让齐三相信自己的话，雷达简略地把事情的来龙去脉说了一遍。雷达虽然私底下干的是提供供体的活儿，但明面上他有一个门脸，开的是私人诊所。当然在黑道上，大家都知道他干的是什么营生。

前不久，一个戴着口罩、穿着黑风衣的男子找上门来，给他提供了一个大单，让他去太平间偷取人体器官，每次来都会事先说明要什么。这活儿挺吓人，可他雷达不怕呀，他干的就是这营生，什么没见过呀。价钱给得挺高，没什么不可以干的。所以说，前面张月和欧阳的遗体器官失窃，就是他雷达干的。

可干了这两单以后，雷达的心里感觉有些不对劲了。为什么呢？他对这两个死者都有似曾相识的感觉，可又实在想不起来在哪儿见过。考虑再三，他决定跟踪每次来和他交接的人，看看对方是什么来头。这也是他坏事做得太多，怕被人算计了。

所以，第二次和口罩男子交接完欧阳的遗体器官之后，雷达就悄悄地跟在这个男子的后面，想看看对方究竟是什么来路。

当时,口罩男子走进了一个小区,雷达自以为隐蔽地在后面不远不近地跟着。口罩男子好像知道雷达在后面跟踪自己,最后把雷达引到了天台上。天台上空无一人,口罩男子突然停住脚步回头,雷达躲避不及,两个人正面对上了。雷达偷偷从腰间拔出尖刀给自己壮胆。

既然正面撞上了,雷达就直接向口罩男子摊牌道:“刚才正好看见你,就跟了过来。你让我干的那活儿,我不想再干了,钱虽然多,太伤神了。”

可口罩男子听完雷达的陈述,却说出了另一番话,而且跟雷达完全不在一个调上,就像是两个世界的人。

口罩男子缓缓说道:“脑子里的画面一页页翻过,是不是都是似曾相识的脸?”

雷达不知道口罩男子这句话是什么意思,于是回答道:“我不知道你说的是什么,我只是不想干了……”

口罩男子突然打开自己的手机,手机的屏幕闪烁着诡异的光芒,里面是一朵曼陀罗花的图案!雷达看着这朵曼陀罗花,突然感觉自己动弹不得,意识也变得模糊起来,最后,连手中的刀也掉在了地上。

就在口罩男子一步步把雷达引向天台边缘,企图让雷达站在围栏上往下跳的时候,一只狗从口罩男子身边跑过,狗主人把口罩男子手中的手机撞掉了,救了雷达一命。在狗主人接连的道歉声中,雷达缓过神来,惊出一身冷汗,急忙转身跑掉了。

第十一章　开心旅馆

只见他慢慢地摘掉头上的帽子，一头披肩的长发垂落下来，手中的手机闪着诡异的光，曼陀罗花的图案在手机屏幕中来回滚动，就像一张大嘴，随时准备把雷达吞噬到自己的肚子里。

押送车到达看守所的时候，齐三的故事刚好讲完。方东就当个故事听了，可肖建相信那是真的。这个故事听起来有些离奇，但和前面欧阳的跳楼案有些类似。

可什么都得等到交接完再说，事情还得一件一件地办。反正现在齐三和雷达已经在看守所，想什么时候问都可以。此时肖建正在跟值班狱警办理交接。

肖建关切地说道："雷达关几号啊？他俩一个案子，不能关一起。"

狱警对肖建的细心提醒表示感谢，随后道："我们知道。雷达今天一早送木兰农场了。"

肖建有些纳闷，这不还没宣判吗，怎么就送农场了？狱警解释说，这是市局安排的，因为雷达在北水市也有关联的案子，就暂时在那边羁押了。

和狱警交接完毕，把齐三送进看守所以后，肖建转身就和方东说起了雷达的事："我总觉得齐三说得虽然玄乎，但咱们还是应该问一下,真要是编的,咱再回呗。”

方东知道肖建好久没办案了,心气足。虽然他已经很疲惫了,但作为兄弟,他怎么也得陪着,于是点头说道:“行,去瞜一眼!”

其实肖建也很累,他已经两天一夜没合眼了,可是有什么能比让他办案更令他兴奋的呢?

在一桩刑事案件中,你行动快一秒,就离真相近一步,就离犯罪分子近一步;如果你慢了一步,就永远被甩在后面,破案只会是遥遥无期。

侦破工作一旦开始,就是一场争分夺秒的战斗,无论你看得见还是看不见对手。肖建心里是清楚的,他的直觉告诉他这起案件比以前他经历的任何案件都要复杂得多。

在当地派出所民警的协助下,肖建和方东来到了齐三说的那个狗主人家核实情况。肖建和方东刚一坐下,还没等肖建开口询问,狗主人自己就打开了话匣,这人是个爱絮叨的主儿。

狗主人说道:“因为我狗证没办下来, 前两天打狗又打得厉害,我就牵到天台上遛,狗套松了,您说,我养的这美系秋田,还不怎么认主人呢,万一跑了,或者跳下去了,可惜了,长大了怎么也值好几万呢!我这狗……”

派出所民警看话题扯得太远,打断了他,示意说正题。狗主人这才意识到自己跑题了,表达了歉意后,又开始说道:“我当时在天台上遛狗,狗跑到天台的另一边,我追过去,看见一个戴口罩的男人手里拿着手机,他正和另一个男的面对面站着。另一个男的吧,一动不动,像木偶一样被指挥着,已经站在了天台的围栏上。我当时就扫了一眼,以为是恶作剧,没太在意。我注意力全在我的狗身上,这狗现在正是下嘴的时候,万一咬了人,我就得赔人家钱!

“说来也奇了,本来没在意,可我追狗的时候不小心撞到了那个戴口罩的，他的手机被我撞掉了，我看见手机里有一朵花的图案，那朵花还在不停地转动。

“我赶紧把手机拾起来给人家道歉，这时，站在天台围栏上的那个男的打了一个激灵，感觉像是从睡梦中醒过来一样，转身就跑了。我才意识到这不是恶作剧，当时就把我吓得够呛，这也太诡异了！多亏我们家贝贝，护卫犬，那厉害……”

狗主人说完了事情经过，又把话题扯回到自己家的狗身上，还没完没了，肖建和方东只能硬着头皮听着，还得有一搭没一搭地配合着对方点头。他们不能马上离开，因为他们在等刑警队里把雷达的照片传过来。

过了良久，方东的手机终于响起，他打开屏幕，雷达的照片显示出来。

方东把手机递到狗主人面前：“是这个人吗？”

狗主人仔细看过后很肯定地说道：“对，就是他，他就是那个‘木偶人’！”

现在已经能确定，齐三说的情况的确存在。借着这个机会，肖建把张月跳楼案件和“老坛子肉”多年前的021档案还有欧阳跳楼案件联系起来，加上自己的猜测和分析，给方东做了简单的介绍。

方东大致上明白了，肖建现在追查的是一个连环杀人案，“老坛子肉”也是在调查这起案件的过程中遭遇意外的。

当然，“老坛子肉”现在只能算失踪，因为遗体还没有找到。但方东心里明白，九死一生，洪峰过后的长江里，鱼都会晕死，何况人呢。中间还发生了爆炸，怎么可能有人生还。肖建侥幸被救援的人捞上岸，已经是不幸中的万幸了。

但这些，方东不敢和肖建说，他知道“老坛子肉”在肖建心中的分量，所以肖建做的一切他都会支持，借物思人嘛。等肖建把这个案子查清楚了,他再和肖建说,那时的肖建应该会释怀吧。

肖建和方东说案情的这会儿工夫,两个人已经来到了停车场的吉普车跟前。肖建看方东若有所思,以为方东在思索案情,就转身和派出所民警交代事情。

肖建说道:"管片同志,麻烦您给这位狗主人做份笔录,看他能否回忆起那个男人的长相,我们现在去木兰农场,回来再见。"

民警点头,表示对肖建的要求没有异议,还反过来提醒肖建和方东,路上一定要小心,因为他知道去木兰农场的路可不好走。

简单道别后,吉普车飞驰而出,朝着木兰农场的方向奔去。

肖建开始了一场和死亡的竞赛,虽然雷达的算计很精明,精明得有些匪夷所思,但作为一个连环杀人案的重要知情者,他的处境是异常的危险。

只要罪犯还要继续他的犯罪行为,杀人灭口将不可避免。雷达第一次侥幸逃脱了,而且暂时找到了一个安全的避风港——去哪儿都有警察保护。可肖建的直觉时时提醒他,看不见的罪犯现在也在寻找一切可能,找到雷达,将他灭口。

当然,这一切都只是直觉,但肖建的直觉一直很准。我是怎么说他来着,对！因为他的骨子里流着几代刑警人的血！

此时的雷达正坐在警车后座上,警车正在开往木兰农场。警车里的雷达慵懒地蜷在一角,嘴里还哼着小曲。

雷达心里想着,有谁能比他更有心眼,找个不花钱的地方有吃有喝,每天睡着安稳觉,屁股后面还有一大帮警察当保镖。每每想到这里,雷达心里那叫一个得意呀。

警车在高速公路上疾驰,一辆别克车跟了上来。别克车打开转向灯,感觉要超车。警车让开道路,别克车超出一半后却没再加速,而是和警车并排行驶在高速公路上。

警车司机看别克车的举动太危险，于是摇下车窗打算和别克车司机理论。雷达这时感觉警车慢了下来，也探出头来看个究竟。正好别克车的窗户摇下来，口罩男子的脸从车窗内显现出来。肖建的直觉没错，口罩男子得到了消息，准备在公路上截杀雷达。

看清楚了别克车上口罩男子的脸，雷达一脸惊恐，再无半点得意，他意识到了自己的危险。

还没等雷达想到对策，别克车突然加速，撞击警车。警车司机不知道别克车的真实意图，一时间防备不及，躲闪中警车冲向高速公路的护栏，最后撞在了上面。

由于没有防备，警车里的司机和狱警都昏了过去。别克车停下后，口罩男子从车里走了下来。看着警车里昏过去的狱警和司机，口罩男子对自己的撞车技术表示满意。然而他却没有在警车里找到雷达，距离事故警车不远处，一个人影正逃入树林的深处。

原来雷达事先看见了口罩男子，所以在撞车的一刻做了防备而没有受重伤。车被撞停后，雷达从狱警口袋里掏出钥匙打开车门，逃走了。

吉普车在经过长时间的雨中疾驰后，终于看到了路边被撞翻的警车。肖建的预料得到了证实，而他的到来，也令警车里的伤员有了生还的可能。

肖建查看了一下车内情况，司机已经死亡，两个狱警因为失血过多，现在也处于昏迷状态。方东跟肖建把重伤的两个人抬上吉普车。肖建给伤员进行了简单的包扎，先止住血。

方东在一旁干着急，问道："伤势怎么样？"

肖建回答道："这个还行，没大碍。那个伤得很重，脖子动脉估计被碎裂的风挡玻璃划伤，血没法止住。咱们必须抓紧时间，找到最近的医院，否则很危险。"

听到这里，方东拿出手机准备打120求救电话，却怎么也无法接通。方东看了看屏幕骂道:“我×！没信号！”

肖建连忙拿出自己的手机,也没有信号。方东觉得现在停车的地方离木兰农场已经不算太远,事不宜迟,两个人决定朝木兰农场开。路上要是有医院,就直接送进去,要是没有,农场也有医务室,可以勉强应付一会儿。想到这里,肖建跟方东跳上车,吉普车再次出发。

雨越下越大,吉普车在雨中疾驰。车内,受伤狱警的呻吟声越来越微弱。肖建抑制不住内心的焦急,催促道:“方东,再快点！他恐怕撑不住了！”方东凝视着前方,一脚油门踩到底,现在谁都想一步就踏进木兰农场的大门。

可事情往往是你越着急,越容易出岔子。这不,只听“吱”的一声,吉普车急刹停了下来。肖建躲闪不及,差点从后座甩到前座上。

肖建责备方东,脱口说道:“你怎么开车的?有伤员,你不知道啊!”

方东没说话,努嘴向车外示意。肖建抬头望去,前方的道路被山洪冲断,电线杆七零八落地散落一旁。

肖建下车,走到前面。山洪还在不断地倾泻而下。没有时间细想了,肖建跑回吉普车对方东吩咐道:“原路返回,快！”

方东还是没动。肖建这次真有些生气了,但他还是强压着怒火说道:“你傻愣着干什么,快走啊！”

方东像做错了事般低声说道:“回不去了，出来时就只有半箱油，现在最多,最多跑十公里。”

肖建一听,火了！没油怎么走？他们可以等,伤员不能等啊！

肖建大声吼起来:“你脑子被驴踢了！这么远的路,中途你也不加油?!”

肖建一生气,方东也急了,冲着肖建喊道:“我怎么知道快到了还得往回折,你脑子好使,你想到了吗？”

两个人吵了两句之后，肖建气得蹿下车，靠在了车身上。是啊，方东说得没错，这些事他肖建确实没想到。

肖建现在才想起出发前那个民警的嘱咐——路上一定要小心。现在他才明白“小心”的真意，不光是注意安全，还要事无巨细地考虑周到，想必那个管片哥们儿也吃过同样的苦头。想到这里，肖建嘴角露出了一丝苦笑。

这时，一道闪电从天空劈下，肖建抬眼望去，不远处一栋洋房若隐若现，肖建看见了希望。

肖建喊道：“方东，你看见那房子没有，先把人送到那里再说！”

远处的这栋洋房居然是一家旅馆，名字叫开心旅馆。吉普车使尽了最后一丝力气，很争气地趴在了旅馆门口，然后就彻底没油了。车还没停稳，肖建就冲了进去。

旅馆的前台点着几根蜡烛，一对青年情侣正在向戴着口罩的男店主询问房间的价格。肖建掏出工作证，示意自己有急事需要帮助。

肖建说道：“我是市局刑警队的肖建，我现在需要你们这里最大的房间。我车里有两个伤员，麻烦大家帮忙把伤员抬到房间里去。”

店主从前台出来，和要住店的男女青年一起跟着肖建跑到了门外。

随后，昏迷的两个狱警被安置在房间的床上，肖建在确定旅馆里没有医生后，叫住了准备离开的男青年。

肖建问道：“门口的银色骐达轿车是不是你的？”

得到肯定答复后，肖建提出了紧急征用的要求，男青年起初有点犹豫，女青年倒是很明白事理。

女青年开解男青年道：“这有什么可犹豫的，救死扶伤，积德的好事，别耽误了！”

男青年见女友开口说话了，便不再犹豫，掏出钥匙递给了肖建。肖建马上示意方东，自己留下照顾伤员，方东往回开，找到医院或者有信号的地方，一定要尽快把伤员送出去。方东听从肖建的安排，转身离开。

谁也不曾想，方东去得快，回来得也快。肖建正在房间内观察狱警伤情的时候，方东垂头丧气地走了进来。原来回去的路也被山洪截断了，没办法，他只好又折回来了。

肖建看着方东沮丧的神情，明白最后的一丝希望也破灭了。如果去不了医院，这两个伤员的生命危在旦夕。他们的伤口都必须缝合，去不了医院，肖建也没有办法，他又不是医生。

肖建掀开狱警的衣服，狱警胸处的伤口还在冒血。肖建突然想到了什么，转身对方东说道："你看着，我出去一趟。"

本来肖建只是想让方东看一眼伤员的伤口，好让方东明白现在情况很危急，可就在看见伤口的一瞬间，肖建突然有了一个想法，可能很拙劣，也可能很搞笑，但是在这个节骨眼上，怎么也得试一试，毕竟人命关天啊！

昏暗的大堂里，戴口罩的店主正在整理抽屉。肖建走到前台问道："有针线吗？"店主看上去有些紧张，可能他正在聚精会神地做事，没料到肖建会出现。

店主一愣，在抽屉里翻找了几下，随即合上抽屉，告知没有。肖建示意店主再细心找一下，因为这些东西对伤员来说很重要。

店主可能觉得肖建的神情太过坚定和执拗，思考了片刻后说道："我楼上的房间应该会有，请你等一下。"店主说完，上楼回自己房间去寻找针线了。

店主走后，肖建拉开了店主刚才翻过的抽屉。别见怪，这是警察的职业病。刚才店主的那一愣神，让肖建觉得有些不舒服，所以他想看看店主的抽屉里到底有些什么。

抽屉里确实没有针线，只有一个相框，相框里是一个女人的照片。这时，店主从楼上下来，边走边说："你要的针线，屋里太黑，我翻了老半天才给你找到。"

肖建拿着抽屉里的相框看似随意地问道："这个女人是谁？"

店主答道："我老婆。"

由于店主戴着口罩，肖建看不清他的面部表情。但肖建不甘心，继续问道："你大热天的戴口罩，不热吗？"

店主一笑回答道："感冒了，不能传染给客人，您说是吗？"

店主回答得没有纰漏，而且如果一直这么问下去，显然是不礼貌的。可肖建偏偏就想刨根问底，直觉告诉他，这个人肯定有问题。

某个瞬间，肖建甚至联想到这个戴口罩的店主，会不会就是狗主人口中的那个口罩男子？但他马上就把这个离奇的想法给否定了。他确实太累了，几天几夜没合眼，容易胡思乱想。

他现在寄人篱下，还有两个伤员需要他救助，等过了今晚，通信恢复了，伤员的事情了结了之后，他想问什么不能问呢？想到这里，肖建不再纠结，拿着针线朝自己的房间走去。

针头在烛火中烧烤，肖建告诉方东他要亲自给伤员进行缝合手术。方东被肖建的举动吓了一跳，问道："行吗？"肖建表示不行也得试试，总比眼睁睁看着伤员死了强。

这一招是肖建从美国电影《致命ID》中学来的，里面好像就有这么一个情节，男主人公在没有办法的情况下，用针线缝合伤口。对于这个情节，肖建当时觉得不可思议，后来他在网站上查证，还是有一定科学依据的。

美国电影最大的特点在于——为了突出它的科技创新精神，电影里呈现的和技术有关的环节，一定是真实可信的。

刚说到美国电影《致命ID》，现在相同的情节出现了。

在这个风雨交加的夜晚，闪电不时划破夜空。一个黑影蹑手蹑脚地溜进了开心旅馆的厨房，一进去就贼头贼脑地上下翻找着。终于，他打开了一个蒸笼，从里面拿出馒头，然后坐在地上狼吞虎咽起来。一道闪电划过，依稀可以看出是雷达的脸。

原来雷达逃出来后，也被山洪困住，他没有跑远，转来转去，最后也跑到了这个开心旅馆。估计方圆几十里的地方，也就这儿可以落脚了。话说到这儿，吃着馒头的雷达被噎着了，他太饿了，根本顾不上多嚼几下，于是不得不跑到冰柜那儿找水喝。

冰柜打开，雷达没找到水，却发现了一个被反绑在里面的女人。女人还活着，只是嘴上被抹布塞得严严实实，眼神显得很惊恐。能不惊恐吗，无论谁被人绑了以后扔进冰柜都会这样吧。

不对，除了惊恐还有其他东西。雷达从女人的眼神和她不断挣扎的动作中，感觉到她在暗示自己什么。是什么呢？雷达正要伸手扯掉女人口中的抹布，一道闪电划过，他看到地上投射出一个拉长的黑影。

原来女人是想告诉雷达，他的身后有人。雷达感觉到了危险。他慢慢地转过身来，和身后的黑影面对面地站在了一起，黑影就是戴口罩的店主。

肖建的直觉没有错，这个戴口罩的店主，就是上次诱导雷达自杀未遂的口罩男子。

只见他慢慢地摘掉头上的帽子，一头披肩的长发垂落下来，手中的手机闪着诡异的光，曼陀罗花的图案在手机屏幕中来回滚动，就像一张大嘴，随时准备把雷达吞噬到自己的肚子里。

闪电再次划破夜空，肖建此时已经站到了口罩男子的身后。如果说口罩男子的出现可能是要将被劫持的女人灭口，那他肖建怎么会出现在这儿呢？

这得从肖建给伤员缝合完伤口说起。

缝合伤口可是件费力又费心的细致活儿，尤其肖建又是个门外汉,他可是咬着牙坚持下来的。一完成,肖建的体力也彻底透支,瘫倒在房间的角落里睡着了。没过多久,一个受伤的狱警苏醒过来要喝水。肖建又打起精神跑到大堂来找老板要水,可大堂里没有人。肖建四处寻找,误打误撞地来到了厨房。

肖建应该是在厨房外的储藏间寻找饮用水的时候听见了厨房里的动静,又恰恰撞见了这一幕。

冰柜里被捆绑的女人见又来了一个人,便在黑暗中更加拼命地挣扎,用憋闷的嗓音呼救。这个机会再不尽力一搏,剩下的就是死路一条了。

女人的挣扎扰乱了口罩男子的注意力,雷达再次从任人摆布的木偶状态中清醒过来,趁口罩男子转头的空隙跑掉了。口罩男子随即追了出去,他绝不能让雷达再次跑掉。

而这个被绑成粽子般的女人,通过自己的拼命挣扎,终于得到了回应。肖建手中的手电筒灯光,最终落在了开着的冰柜上。肖建走近,看见了被捆绑的女人。

肖建忙取下女人口中的抹布问道:“你是谁呀？”女人用颤抖的声音回答道:“我是老板娘。”肖建回想起从大堂前台抽屉里取出的照片,上面的人确实就是眼前这个被绑的女人。

来不及细想,人影从窗前跑过,肖建凑到窗前查看——是雷达和口罩男子。肖建一闪身,也追了出去。

夜幕中闪电划过,可以清晰地看见三个人在雨中竞相追逐。肖建被甩在最后,距离雷达和口罩男子有些远,等他拐弯跑出来,两个人已经失去了踪影。

肖建在原点徘徊,夜幕加上暴雨让他难以分辨前行的方向。一道闪电划破夜空,肖建抬头,雷达已经站在了开心旅馆的楼顶上。肖建意识到了不妙,转身冲进了大楼。

肖建跌跌撞撞地跑上天台,但为时已晚,雷达纵身一跃,从天台上跳了下去。肖建没能及时救下雷达,懊悔之余,他发现旁边一闪而过的黑影,便奋力追了过去。

楼道里微弱的应急灯光时明时暗,黑衣人跑在前面,肖建奋力追赶。追到走廊拐角处,灯光突然熄灭,随即肖建被扑倒在地。

黑暗中,肖建和对方打作一团。对方身手也不赖,居然和肖建过了两招。最后,肖建把黑影摔倒在地,顺势把对方手中的手电筒夺了过来。在手电筒灯光的照射下,对方的脸显现出来,是方东!

肖建问道:"不是让你看着伤员吗?你怎么跑出来了?"

方东揉着摔疼的胳膊皱眉道:"我听见外面有响动,怕你一个人应付不过来,就跟出来了。"

肖建很埋怨这个"大冬瓜",想说几句"成事不足,败事有余"之类的话拿方东撒撒气,但话到嘴边,却变成了一个字,"追!"

归根到底方东还是怕自己有闪失,肖建想明白了,有这样的兄弟愿意跟着你出生入死,还计较那些没用的干什么!

等肖建跟方东跑到旅馆门口时,雨彻底停了,二人也彻底失去了目标的踪迹。肖建和方东来到雷达的尸体前,雷达的双手已经被卸去。

掉落在雷达尸体旁的手机的屏幕突然亮起——是那朵诡异的曼陀罗花的图案。它在屏幕中旋转着,仿佛一个扭曲的骷髅在发出阵阵狞笑。

南江市远郊的一个神秘小屋内,地毯上呈现出一个巨大的曼陀罗花的图案。雷达的双手也被放在了那块洁白无瑕的大理石砧板上,男子正在用剪刀把表皮剪开,然后用力地在中间拉扯,鲜血溅到了他的衣服上,他已全然不顾。

一股浓郁的酸中带甜的香气不合时宜地弥漫在这诡异的环境中,

他今天似乎想把手筋作为食材放进罗宋汤里。当然，我们依然看不见凶手的脸。虽然我们此刻很想看清他的面目，但无奈的是，他一直隐藏得很好。

最终被取出手筋的手，被放进了盛满福尔马林的玻璃器皿中，上面的标签为——偷盗。

第十二章　丢失的大 BOSS

肖建现在离刘永志越来越近，他摸向腰间的手铐。

然而就在这个节骨眼上，发生了一个连肖建都意想不到的情况。这时，和刘永志面对面进行犯罪交易的红衣女子转过头来——居然是米阳！

雨停之后，在开心旅馆老板娘的帮助下，肖建和外界取得了联系。伤员被顺利送往附近医院，肖建和方东也回到了刑警队。

假期结束，方东在队里一见到肖建就主动聊起了案情，看来在休息的这几天里，他也没闲着。

方东说道："现在我相信你说的话了，虽然刚开始感觉不可思议，但现在我坚决地选择相信你，因为那天咱们确实是见到了。太可怕了，这几天我都没睡好觉！"

在方东发着各种感慨的同时，龙大从远处走了过来，他边走边问："你们俩聊什么呢，鬼鬼祟祟的。"

方东表示只是闲聊，龙大却警告说："别在我这儿演戏。肖建，我明白地告诉你，虽然这次你救了两个人，立功是不错，但不能功过相抵，一码是一码。没事少出去，老实在单位待着，知道吗？再出事，谁也担不起！"

龙大说完，理所当然地没给肖建说话的机会，转身就走了。方东看龙大走远了，也学着龙大走路的样子朝前踱了几步，随即转身对肖建说道："看出来没？龙大这话就是对你的褒奖，没事少出去，只要有事，你就能出去了。"

方东说完，冲着肖建做了一个鬼脸。肖建低头乐了，细密的皱纹迅速爬上眼尾，让这抹微笑带着一丝邪气，配上棱角分明的脸庞、健硕的身材，真是让人羡慕嫉妒恨。方东暗中感叹，自己一张肉白的大脸是不可能有什么轮廓了，但是如果脸上有点皱纹，是不是至少也能显得有点智慧，增加点阳刚气？

方东一边捏着自己的眼角一边又把话题拉了回来。看来他对这个案子兴趣浓厚。肖建却说，这个案子本来就很特殊，现在雷达一死，线索中断，他还没想好下一步该怎么办。

肖建说完，方东突然从手中变出了一张小纸条。肖建接过纸条，上面写的是一串阿拉伯数字，应该是一个电话号码。

原来方东趁这几天休息，自己去看守所提审了齐三。齐三给了方东一个电话号码，说雷达出事之前都是和这个人联系的。方东查了查，电话号码显示为假号……

方东说到这儿，忽然停住。肖建最恨别人在关键时刻卖关子，让方东少来这套。方东一看肖建起急，马上劲就上来了。

他就喜欢在肖建急的时候跟他逗闷子，虽然大部分时候自己都讨不着好果子吃，但他乐意。因为肖建这人平时太闷了，要是没他方东，看肖建一个月能说十句话吗。

闹腾了一阵子之后，肖建低头向方东认错，承认自己不该性急。暂时示弱哄哄方东也没什么大不了的，因为他知道方东肯定掌握了很有价值的线索，要不也不会在他面前臭显摆。现在肖建最想听到的就是：这个假号是谁的？和他调查的曼陀罗案件有什么关联？

闹腾得差不多了，方东决定见好就收，他还是不敢把肖建真惹急了。

方东正色说道："这个假号的主人叫刘永志，是公安部的主要监控对象之一，恶贯满盈，却从未留下过违法的证据，他从事的主要违法勾当就是贩卖人体器官！"

雷达因为器官买卖被杀，按照齐三的说法，雷达每做完一笔交易都会和刘永志电话联系，这么看来，刘永志应该是整个人体器官失窃案的主谋，口罩男子只是帮凶。要是能抓到刘永志，应该比抓到口罩男子更有用。

肖建觉得这还真是一条可追查的线索，不由得对方东刮目相看。没想到方东还没完，接着说道："我知道你这些天忙，身体正在恢复，所以呢，帮人帮到底，替你把最后的功课也做了。"

方东这次居然很细心，他把电话号码给了技术侦查处的小柯，只要这个刘永志一到南江市，方东就会第一时间收到消息。

真没想到方东替自己做了这么多，这回肖建可算得上是眉开眼笑了。在他生命中最重要的三个人先后有两个人离他而去后，肖建已经很少笑了，今天是这么长时间以来的第一次。

寂静的黑夜，南江市刑警队的档案室里却灯火通明。已经记不清有多少个日夜了，肖建在进行档案分析。黑板上是收集来的各种曼陀罗花的图案。

电脑前，肖建正在翻阅材料，这时手机传来呼叫声，一条微信从屏幕中跳出——刘永志明日到南江市。

此时，还有一个地方因为刘永志的到来而挑灯夜战——那就是南江市公安局情况判断分析中心的会议室。这时，刘永志的照片已经被幻灯机投射在了荧幕上。市局分管刑侦工作的黄正英副局长在做简短发言："根据可靠情报，公安部重点监控对象刘永志，近日将潜入我市进行违法犯罪活动，部里专门成立了专案组指挥这次抓捕行动，下面请专案组的同志布置行动。”

专案组组长从会议桌前的人群中站起来，是她——蒋钦！从蒋钦离开到现在已经半年多时间过去了，现在她学成归来，以公安部专案组组长的身份亲临现场指挥这次抓捕行动。

这是蒋钦归来的第一仗，她志在必得。此时的蒋钦，丝毫没有过去的青涩，剩下的只是干练。蒋钦走到会议桌前，开始给大家介绍情况——

“刘永志，男，五十六岁，南江市人，绰号智哥，因狡诈诡异而得名。长期从事人体器官贩卖及药品走私活动，其犯罪网络遍及全国。根据可靠情报，明天刘永志会在云海码头跟人交易，接头对象不明。

“云海码头共有三个方向可以逃窜。左边是公园，右边是游乐场，正前方是进站口，进站口右边的电话亭就是明天的交易地点。

“部里花了一年半的时间跟踪，直到今天才刚刚确定刘永志将在南江市的云海码头进行国内首例特大人体器官贩卖活动，事关重大，明天就拜托各位了。”

蒋钦说完以后，龙大做了相应补充。

龙大接着说道：“为了确保任务成功完成以及应对可能出现的意外情况，我做以下两点补充：第一，云海码头增加两辆汽车、两组备勤人员，防止突发事件，可以灵活机动。第二，刘永志狡猾多端，必须等到他跟接头人完成交易以后再实施抓捕，谁也不得擅自行动。”

“如果出现意外呢？”百川问道。百川是个“意外王”，什么时候都会想到万一和意外，平常这种人很煞风景，但作为一名刑警，这是很有必要的。

黄正英回答道：“不到万不得已，绝不允许提前收网！”

为了抓捕行动能够顺利完成，布置完计划后，在蒋钦的提议下，所有知情干警全部上交手机，并且在会议室统一过夜，等行动结束后再各自返回单位。

一切都表明,明天的抓捕行动非同小可,不能有丝毫闪失。

天刚蒙蒙亮的时候,蒋钦已经在云海码头把人撒出去了。现在的云海码头已经布下天罗地网,只等刘永志到现场进行交易。

汽笛声声,第一班船就要靠岸了,刘永志应该就在这班船上。蒋钦手持望远镜站在窗户旁。

望远镜里,上船下船,人群涌动。刑警队的人分布在人群中。交易地点电话亭的不远处,百川扮成学生模样在卖报纸。此时,电话亭里的电话响了起来。所有人都朝电话亭看去。

龙大示意大家都别停下手中的活儿,以免暴露。这时,码头里面不远处,刘永志从拥挤的人群中走了出来。

蒋钦用步话机指示道:"目标出现,东南方向,距离电话亭一百米左右。"

望远镜里,刘永志走进电话亭接听电话。简短的对话之后,刘永志挂上电话,从电话亭里出来,拦下出租车离去。

蒋钦已经从事先安置好的监听器里听到了刘永志在电话里的谈话内容。蒋钦命令道:"下一站目标——旺角茶餐厅。大家按计划行动!"

龙大马上说道:"第一组注意,盯紧了!"第一组指的是百川,百川立刻拦下出租车跟了上去。

出租车在旺角茶餐厅门口停下,刘永志下车走了进去。百川的出租车随后到达。

百川下车后,用步话机请示下一步行动:"目标进入旺角茶餐厅,请指示。"

龙大回复道:"原地待命,注意监视。"

百川守在门口,等候龙大的增援。

旺角茶餐厅里，刘永志走到一个红衣女子面前坐下，看来，这个红衣女子就是和刘永志交易的买家。

而此时，两个戴棒球帽的人从门外走进来，在离刘永志不远处找了个位置坐了下来。

在蒋钦的指挥下，市局抓捕小组已经赶到。长庆按照蒋钦的指示，化装成餐厅服务生的样子，上前查看刘永志和红衣女子的情况，然后再等待下一步行动的指示。

长庆穿着服务生的衣服，端着菜盘朝刘永志走去，却差点和起身的“棒球帽”撞到一起。长庆在躲闪中虽然没有撞到“棒球帽”，却看见了“棒球帽”的脸，此人不是别人——正是肖建！

而肖建此刻的注意力全在刘永志身上，他没有注意到自己身后发生的一切，径直朝刘永志走去。

长庆感到大事不好，肖建可能和市局抓捕小组的行动冲突了，他马上向专案组做了报告。

长庆用急促的声音对着蓝牙说道：“龙大，不好，肖建过去了！”

龙大在行动指挥车里听到这个消息，一下子愣住了，马上命令道：“他怎么在这儿？拦住他！”

可这时肖建已经走到了刘永志面前，长庆拦不住了，除非长庆暴露自己。

在专案组的行动指挥车里，龙大跟所有人都看向监视屏幕，等待着蒋钦的最后决断。蒋钦犹豫片刻后，示意再看看。

而肖建并不知道自己的行动已经和市局抓捕小组的行动冲突了，反正他离刘永志越来越近，肖建摸向腰间的手铐。

然而就在这个节骨眼上，发生了一个连肖建都意想不到的情况。这时，和刘永志面对面进行犯罪交易的红衣女子转过头来——居然是米阳！

肖建被这突如其来的变故惊呆了，一下子呆在原地不知如何是好。

指挥车里的蒋钦看到肖建愣在原地没有行动，知道情况有变，马上下达了最后的指令——密捕。

龙大在步话机里喊道："第一组行动！"

命令下达后，第一组的人立即冲了进去。百川上去就将肖建一把抱住。百川说道："找你几天了，欠的钱什么时候还啊？跟我出去说清楚了！"

肖建一看百川出现，顿时明白了几分，于是配合百川演戏，最后被拖出了门。

本来第一小组是准备把肖建带出来以后，等刘永志和红衣女子分开再进行密捕的。因为两个人聊天到现在也没有提及交易，所以蒋钦提出分别密捕，最后也好各个击破。

但肖建被百川带走的这一幕，被狡猾的刘永志看出了破绽。刘永志一看情况不妙，站起来说去上个洗手间，转身就走了。

等长庆跟到洗手间，却发现里面空无一人，目标已经彻底消失了。也就是说，蒋钦归国后的第一仗，因为肖建的意外搅局，彻底失败了。

旺角茶餐厅门口，大队人马沮丧地从埋伏的各处走了出来，肖建和方东这才发现，自己的误打误撞竟然搅了一个这么大的行动计划的局。龙大从行动指挥车里走了出来，指着肖建的鼻子吼道："我不是跟你说过，在队里清理档案吗？你怎么来这儿了？谁批准的？"

方东想替肖建挡两句，却被龙大一把推到了一边。龙大骂道："你给我闭嘴！都是你干的好事！"

蒋钦这时也从行动指挥车里走了出来。半年多的国外留学，肖建感觉到了蒋钦的变化，他看在眼里，喜在心中。

不知不觉，肖建的嘴角带出一丝微笑，看来当初狠心选择分手是正确的。想到这里,肖建很是欣慰。然而蒋钦并不领肖建的情,她现在有一肚子的火要发,她已经丧失了理智。

蒋钦一上来就对肖建劈头盖脸地训斥道:“知道吗?这个案子公安部花了一年半的时间才跟到这里,今天就这么砸了,就因为你!”

肖建知道自己理亏,连忙道歉说:“对不起!”可蒋钦并不打算就这么轻易地放过肖建,新仇旧恨此时全部涌上心头,她哪肯善罢甘休。

蒋钦继续说道:“对不起?你知道这个案子凝聚了多少人的心血?看看你周围这些人,他们这些天日以继夜的努力,就因为你的鲁莽而前功尽弃,一句对不起就可以了吗?你觉得你今天的行为配做一名警察吗?”

话说到这份儿上,近乎宣判了肖建在刑警队的死刑。

再也不会有机会办案了,回去墩一辈子地板吧!肖建在心里对自己说道。这已经是最好的结果,说不定哪天他就得卷铺盖滚蛋了。

但无论如何,今天肖建是内疚的,他再次为自己的鲁莽做最真诚的道歉。

肖建低头说道:“因为我的失误,给大家造成这么大的麻烦,对不起!”

在肖建深深地鞠躬道歉后,在场的同事们都陆续离开了现场,上车离去。蒋钦也是,她没有一丝一毫的停留,也没有想听肖建一句解释的想法。

是啊,他们已经分手半年多了,他们已经不是情侣关系了,没有什么可以再把他们联系在一起了……肖建自言自语地安慰着自己。

现在的肖建只想找个地方好好喝顿酒,大醉一场。

他和方东来到一个烧烤摊上,两个人说好,今天只吃饭,不聊天。谁要开口说话,就罚酒,一句话一杯二锅头!所以,自从两个人点完菜,谁也没有说话,除了吃就是喝。这就叫喝闷酒。

吃喝一阵子后,还是肖建率先打破沉默。因为他想来想去,确实还有想不明白的事情,那就是米阳怎么会出现在和刘永志接头的现场,她真的是人体器官的买家吗?肖建知道自己没憋住,所以先自罚了一杯白酒。

白酒下肚,肖建问道:“米阳人呢?”

方东看肖建认罚喝酒,于是回答道:“做完笔录,回去了。”

肖建接着问道:“她和刘永志什么关系?为什么会出现在交易现场?”

肖建一口气连提了两个问题,这是两句话,所以他得先喝两杯。方东给肖建倒上两杯,示意肖建喝完这两杯酒,自己才会回答。肖建没有含糊,一口一杯,就把二锅头干了。方东这才把话给接上。

方东说道:“根据百川了解,情况大致是这样的:米阳是刘永志的女儿,但好像是私生女的那种,父女俩一直没见过,最近不知怎么联系上了,就约在一起见了面,和犯罪交易本身没有什么关系,是专案组那边消息有误。”

肖建自己倒了一杯酒,还准备继续往下问,被方东拦下。

方东说道:“别总是操心人家,想想自己吧。这回可是栽到家了,我彻底跌入谷底也就算了,反正本来也没多高,你可是永无出头之日了!”

肖建泄气地说道:“大不了不干了!”

肖建在破案上打退堂鼓,说出去恐怕都没人信。这话一说出来,方东就知道肖建喝大了。高度烈酒二锅头,倒在三两一杯的玻璃杯里,一口气喝三杯,你说你不醉我还真不信。好不容易肖建喝大了,方东赶紧趁机打听肖建的心里话。

方东问道:“是不是蒋钦回来,你现在有压力了?”

肖建立即表示和蒋钦无关。这话方东是绝对不信的，看肖建不肯说，方东转换了话题："如果只是找刘永志的话，这有什么难的，我有办法啊！"方东说完，直接把刘永志的照片拍在桌子上。

肖建看着照片里的刘永志冷笑道："这老家伙挺狡猾，我都找不着，你就更别提了！"

方东却道："光凭我自己，我承认肯定没戏，但架不住我手上有人啊！"

方东说完一挥手，烤羊肉串的小二跑了过来。小二摘下帽子一看，不是别人，正是"一撮毛"。

这个"一撮毛"实际上只是个十八九岁的小毛孩——但确实有些来头——人称"南江时迁"。只要是道上混的，就没有人他找不到，也没有事他打听不到。

可"一撮毛"吸毒，是肖建和方东抓的。当时肖建和方东看孩子年纪太小，想帮他完全戒掉毒瘾，所以两个人没少在"一撮毛"身上下功夫。一来二去，"一撮毛"被肖建和方东感化，戒了毒瘾，现在以摆摊烤羊肉串为生。

刚才天黑，"一撮毛"又戴着帽子，所以肖建没认出来。现在肖建明白方东带自己来这儿"撸串"的真正用意了。

肖建不想把"一撮毛"搅和进来，于是说道："这事别提了，咱说好今天只吃饭，不说话！你要想聊，先喝了再说！"

本来这话是说给方东听的，没想到"一撮毛"听完肖建的话，二话没说，拿起杯子，一口就把杯中的二锅头喝掉了。

"一撮毛"抹了抹嘴巴说道："肖哥，怎么了？啥事啊，看把你们愁的。"

肖建没想到"一撮毛"来这手，但他执意不想让"一撮毛"管这事，于是指着方东说道："他喝的不算，你要想说你就得喝！"

肖建说完，又把酒重新倒满。方东没犹豫，虽然他只有一杯的酒量，这一杯二锅头下肚必醉，可他还是一口闷了，喝下去他就敢跟肖建叫板了。

酒还没落到肚子里，方东就开口了，他得抓紧时间，要不一会儿就不省人事了。

方东说道："毛啊，今天你哥我要求你帮忙找一个人，如果找不到……那你肖哥以后，恐怕就得天天在单位里墩地板过日子了！"

"一撮毛"听方东把话说得这么严重，马上拿起桌上的照片仔细地端详。肖建伸手把照片抢了回去："你别管这事，好好干活儿！"然后转身质问方东："你给他看这个干吗？"

喝了酒的方东可什么都不怕，他大声嚷道："自己都这样了，还死撑着不让人帮？不装你能死啊！"

肖建也喝高了，但他还有理智，尽可能地压低自己的声调说道："毛好不容易从毒窝里出来，你让他再回去？一百个人戒毒，只有不到十个人能成功戒掉。复吸，就很难再戒掉了！"

方东现在不喊已经不会说话了："是，你说得没错！可谁不知道在南江市他消息是最灵通的。你不亲手抓到刘永志，在刑警队里还怎么混?！"

肖建反驳道："我的事，我自己解决！抓贼是咱们的工作，不能因为咱们自己的需要，再把别人推回火坑，知道吗！"

肖建说到最后一句，几乎是吼出来的。方东知道，再说下去两个人就得打起来了。方东倒不是怕和肖建打架，挨几下揍要能把事情解决了，他方东还觉得挺值。怕就怕架打完了，事情还是解决不了。今天，他不会和肖建硬碰硬，因为他已经想到了解决的方法。

方东假意在肖建面前服软，一脸真诚地表示自己明白肖建的苦心。暗地里跑去结账的时候，他把刘永志的照片偷偷夹在埋单的钱里，一起递给了“一撮毛”。“一撮毛”心领神会,两个人的配合绝对没让肖建看出丝毫的破绽。

第十三章　黑色金属球

黑色金属球在赵毅面前开始晃动,不快也不慢。可能是这机械的节奏,也可能是金属球的质感,赵毅的眼神被吸引过去。最终,在明成打了个响指后,赵毅晕倒在地上。

繁华的都市,绚烂的夜景。肖建和方东大醉的这个夜晚,又有一个人站在了天台上准备跳楼。

他叫赵毅,是省委领导赵志高的儿子。事情其实并不复杂,赵毅在大学宿舍里闲着没事干,为了寻找刺激,就把对面女生宿舍里女孩洗澡换衣服的过程用手机给录了下来。这还没完,他觉得还不够刺激,进一步将这些视频发到了各大网站上。这下闯了大祸,警察找上门来了。

视频发到网站上的那一刻,他就意识到了问题,知道自己错了。但来不及反省补救,同学们就陆续知道了,都开始疏远他。到最后,连一个寝室的室友都以各种名义搬到了别的寝室, 赵毅一下子受不了,承受不住压力的他准备自杀。

赵毅选择的跳楼地点是教学楼的天台,此时学校的所有师生都被惊动了。教学楼下,大家聚集在一起,也不知道怎么办才好。站在不远处的赵毅的班主任更是急得上蹿下跳。不得已,他拨通了赵志高的电话。

而此刻,在市政府的会议室里,赵志高正在主持工作会议。赵志高的皮包里,手机不停地震动着。可是因为手机设置在静音模式下,赵志高一时没有察觉。

赵志高说道:"今年的汛期跟往年相比要更加猛烈一些,所以让我们看到了一些隐患和问题!一个是龙王庙大坝,一个是蔡水池大坝,今年虽然挺过去了,但明年、后年……以后洪峰年年还要来,我这次不要什么一劳永逸的大坝,我要的是三十年绝对不会出问题的大坝!责任到人,不要讲空话、大话!大家尽快拿一个方案出来,就这样!没问题的话,分头工作吧!"

会议结束后,赵志高把文件放进公文包,发现手机里有无数个未接来电,就把电话回拨了过去。

班主任一看是赵志高的电话,接通后马上说道:"您好,我是您儿子的班主任,您现在能来学校一下吗?"

赵志高意识到赵毅可能又在学校调皮捣蛋了,皱了皱眉表示自己工作忙走不开,还请班主任代为管教。确实,作为省委领导,去学校会产生一种无形的压力。赵志高明白,所以他从来都不去。

可这次,班主任在电话那头哀求起来:"这边出了点事情,您能马上过来一趟吗?"

话说到这里,赵志高意识到赵毅在学校出的问题可能有些严重。他能从班主任的语气中感觉到对方的欲言又止。还是他的身份,有时候会让对方在说话的时候不容易直截了当。

赵志高的思考模式一向是跳过结果,直奔结果产生的后果而去。不怕出现问题,关键还是要解决问题。但这次,结果恐怕是绕不过去了……

赵志高问道:"严重吗?"

班主任回答道:"……挺严重的。"

赵志高指示道:“不管他犯了什么错误，你们不要碍着我的面子，一定要严肃处理,该怎么处罚,按照学校的规章制度来。”

赵志高做了多年的领导,习惯了发号施令。班主任却没有就此挂断电话,又磨叽了一会儿,终于说到了最关键的地方。

赵志高没想到事情远比他预料的严重,他这个从来不在工作时间处理家事的省委领导,这回也得破例一次了。挂断电话之前,赵志高一再嘱咐赵毅的班主任,要尽量拖延时间,他会在最短的时间内赶到。

此时的赵毅站在楼顶,任风吹打着自己的脸颊,他一脸迷茫。看来,他跳楼的决心已定,就看选择在哪一秒了。

不远处,班主任正在竭力做着赵毅的思想工作,虽然他知道自己根本控制不住局面,但他必须为赵志高的到来争取时间。

班主任站在远处喊道:“赵毅,你别冲动。你的事情我们都知道,虽然会对你造成不好的影响,但也没什么大不了的,咱们好好说,看看怎么解决。”

赵毅现在谁的话也听不进去,他觉得自己的人生彻底完了。班主任看赵毅没有说话,又直勾勾地看着前面,以为他没有注意到自己,于是朝前试探性地迈了一小步。

谁知这一步引起了赵毅的巨大反应,他飞身而出,整个身体都悬在半空中,只用一只胳膊勾住身旁的护栏,楼下顿时传来阵阵惊呼。

赵毅喊道:“别过来,都别过来,你们再朝前走,我就从这儿跳下去!”

班主任没想到赵毅会对自己的这么一小步有这么大的反应,一下子愣在了原地,再也没敢挪动半步。

这时,教学楼楼下,一辆黑色奥迪车停下。赵志高从车内走出,急匆匆地直奔天台而去。

教学楼的天台现场,赵毅重新爬上护栏,现在正蹲在护栏上流眼泪,就是不肯从上面下来。警察跟学校的老师围在角落不敢前进,双方僵持着。赵志高拨开众人,走到了前面。

赵志高站在原地吼道:“在这儿丢人现眼地干什么呢?”

赵毅看见赵志高来了,起身叫了一声:“爸!”

赵志高命令道:“马上给我滚下来!”

赵志高本以为这次会和以往一样,骂上两句,儿子就乖乖听话了。可这次他把问题想得过于简单了,谁叫他总是专注于工作而忽略了家庭教育呢。

赵毅站在围栏上哽咽道:“爸,我只怕下不来了,我看着谁都害怕,就想躲在房间里任何人也不见!我知道自己应该打起精神,可是没办法啊,我就觉得活着特别没意思,今天实在忍不下去了!我丢了您的脸。现在学校里所有的人都知道啦,都说我精神有问题!我真的没脸见人了。爸,我没有希望了,您别管我了……”

赵志高没有意识到自己行为的不妥,他一直都是这么教育儿子的。赵志高仍在用父亲的口吻严厉地训斥道:“有错认错,没理赔礼。你再不下来,信不信我打断你的腿?”

赵志高说完就想冲过去,却被众人拉住。赵毅吓得直往后退,一个趔趄,险些坠楼。

看见这一幕,赵志高再也不敢动了。儿子已经长大了,不是说一两句厉害话,打两巴掌就可以解决问题的了。

唐秘书一看硬来不行,马上把赵志高拉到教学楼的走廊上稍作休息,劝慰赵志高,说是有解救的办法。

唐秘书介绍,南江市最近从国外回来了一位专门研究心理学的教授,他在国外听过这个人讲课,非常了不起。赵毅现在出现的是心理问题,这个人应该有办法解决。

征得赵志高的同意后,唐秘书拨通了明成的电话。

唐秘书向明成说明事情原委后，明成欣然答应前来帮忙。

警灯闪烁，几辆警车陆续开进校园大门，应该是接明成的车子到了。此时赵志高和往常一样坐在会议室中央的椅子上，只是这次不是在开什么政府会议，而是在讨论怎么营救他的儿子。

干警们正在研究行动方案。唐秘书在一旁安慰抽泣的赵妻。

赵妻对赵志高埋怨道："都是你，对下属什么都能宽容，对自己儿子怎么就那么严厉！平时动不动就是批评加体罚。你看现在好了，孩子被你逼得精神崩溃，只能奔着绝路去想！"

赵志高这时不想和妻子吵架，向唐秘书问道："你说的那个什么教授到了没有？"

没等唐秘书回答，明成的身影就出现在了走廊里，唐秘书迎了上去。

唐秘书高兴地对明成说道："谢天谢地，您终于来了！"

赵志高站在原地，向明成伸出了手。他从来没有因为私事找人帮过忙，今天他破例了。

可明成没有领情，他根本没有理会赵志高伸出的手，就像根本没有看到一样。明成直截了当地说道："我有一个要求，如果你不答应，我马上离开！"

赵志高对明成的举动感到有些意外，回答道："只要不违反纪律和原则，我都可以答应。"

赵妻瞪了赵志高一眼，她心里最恨赵志高说这种油盐不进的套话了。这都什么时候了，人命关天。再说，救人哪儿违反纪律原则了？赵妻暗中埋怨的这会儿工夫，明成已经说完了要求——

他让所有人现在马上离开这里，在教学楼下等着。

赵志高一下子愣住了，显然明成的话直接得有些无理，但确实没有违反纪律和原则。赵志高还想多问一句，让明成解释解释这么做的理由，却被赵妻抢先把话接上了。

赵妻说道："行，只要孩子能平安无事，怎么都行！"赵妻随即拉着赵志高奔下楼去，众人跟在后面陆续撤离。

四周很快安静了下来，明成独自来到天台，远处的赵毅看到现场只剩下一个人，狐疑地站起了身，明成这时从兜里掏出了一个黑色金属球。

黑色金属球在赵毅面前开始晃动，不快也不慢。可能是这机械的节奏，也可能是金属球的质感，赵毅的眼神被吸引过去。最终，在明成打了个响指后，赵毅晕倒在地上。

教学楼楼下，电视台的大梅带着耿实从采访车里走了出来。上次的洪水事件后，电视台专门开辟了一个新栏目——《南江进行时》——专门报道突发事件，栏目组由大梅全权负责。

一直在心里犯嘀咕的班主任，小声问身边的唐秘书："刚才那个人是谁啊？警察来了都不管用，让他一个人在上面，就不怕再出什么问题？"赵妻听到班主任的话，不满地瞪了他一眼，班主任立刻闭嘴。

就在赵志高焦急张望等待的时候，明成带着赵毅从楼里走了出来。营救成功！医护人员拨开众人迎了上去，赵毅被医护人员带上车。赵志高和妻子快步走向明成。大梅带着耿实冲了过来，要求采访。

大梅在人群中喊道："我是电视台的记者，我叫孙梅，明成教授，可以采访一下您吗？"

没等明成做出答复，赵志高从一旁走了过来，大梅的采访只能暂时被打断。

赵志高上前再次伸出手，说道："辛苦你了，明成教授，谢谢！"

明成的脸色缓和了很多，一副斯文谦和的学者风范。这次他和赵志高的手握在了一起。明成说道："能为您效劳，义不容辞。这孩子情绪还不稳定，如果不介意的话，明天我想给他做一个详细的诊断。"

赵志高回答道:"好! 一切拜托您了,我还有事,先走一步了!"

简短对话之后,赵志高上车离开。

明成微笑着目送赵志高的奥迪车驶离,大梅示意耿实按下摄像按钮,其他记者马上争相效仿,刹那间灯光闪烁。明成回头向众人微笑,落落大方的举止加上风度翩翩的气质,在黑暗中如星辰般闪耀。

清晨,街道上早点的叫卖声把肖建吵醒,档案室的黑板上已经被他密密麻麻地贴满了搜集来的资料,肖建现在已经把研究的重点指向了心理暗示——催眠。

方东拿着早点走了进来,胳膊上还夹带着一份报纸。报纸的头条是明成微笑的照片。

方东把报纸扔给肖建说道:"你看看这个,强大! 太强大了!"

肖建打开报纸,头版上写着"归国心理专家在十分钟内,成功解救自杀大学生"的标题。

肖建扫了两眼说道:"报纸就好吹嘘,哪有那么神!"

方东听肖建这么说,不免讽刺道:"我说你这人什么都好,就是太自以为是。别人都是吹的,就你行?"

肖建走到方东跟前,趁方东不备,一把别过方东的胳膊,说道:"还要贫嘴不?"

方东认真地说道:"不是我要贫嘴,我是建议你去见见这个什么心理学专家,说不定对咱们破案有帮助呢?"

方东的话提醒了肖建,他不再固执,暂且放弃了刑侦理论超越一切理论的想法,决定去会会这个心理学专家。

在这之前,他虽然也在警校学过两年心理学,搜集了很多资料,但他不得不承认,自己在这方面其实是一窍不通的。他确实需要一个心理医生的指点,何况他认为这起连环杀人案的作案手段,很有可能与心理犯罪有关。

来到明成所在的中心医院，肖建没想到最先见到的不是明成而是米阳。原来米阳是明成的秘书，她曾经向肖建提到过的心理学家就是明成。

肖建看见米阳的时候，是有很多话要问要说的，但话到嘴边总觉得不那么合适，所以两个人就在走廊里面对面站着，显得那么尴尬。

最后还是米阳先开口，问肖建是不是想通了，来找明成院长做治疗。肖建表示给自己做治疗的事还没想好，他只是想来了解了解心理学方面的事情。米阳告诉肖建他来得正是时候，明成正在给病人进行催眠治疗，她可以领肖建去观摩。

肖建跟随着米阳来到明成的治疗室。透过透明的玻璃窗，可以看见明成正在给赵毅进行催眠。

明成手中的黑色金属球垂落在赵毅眼前，赵毅的眼睛随着金属球有节奏地来回晃动，在明成打响手指后，赵毅的身体松弛下来，进入催眠的状态。

赵毅开始说话："这些天，我每天都很惊慌、紧张，特别是自己独处的时候。想说话时会很犹豫该不该讲，到最后表达出来的，却跟自己心里想的不一样。"

明成问道："你跟你的父母说过这件事吗？"

赵毅回答道："我的家人只会跟我讲大道理，说来说去什么都改变不了。我现在很有挫败感，这个星期是我最抑郁的，每天都想自杀。老师通知我，建议我休学。我很伤心很自责。我不想浪费两年时间。心里也很难受，我不想起床，脑海里总浮现很多事情、很多烦恼，我很害怕，太恐怖了。"

明成继续说道："在青春发育期的过程中，有一部分青年人会产生与常人不一样的想法，做出不一样的行为举动，因而造成错误。所以不用担心，一觉醒来，一切都会好起来的。"

明成的声音低沉而富有磁性,有种抚慰心灵的特殊功效,听了他的话,赵毅不再说话,进入了深度睡眠的状态。明成从里屋走了出来,赵志高和妻子迎了上去。

明成向赵志高描述了病情,赵毅由于受到严重的精神刺激,产生焦虑、妄想,导致抑郁,这种精神类疾病要完全治愈很难。

就在夫妇二人因为赵毅的病不能治愈而难过不已的时候,明成拿出一个药瓶放在了桌上。他告诉赵志高,这类疾病恰恰是他现在研究的课题。

明成还表示,如果相信他,按时给赵毅服用他研制的药物,他相信赵毅的病很有可能被治愈。

赵志高夫妇在一旁低声商量着要不要用明成的新药。米阳走到明成身旁,告诉他自己曾经说过的那个朋友来了。

这时,躺在病床上的赵毅醒了过来,看上去状态很不错。出于对明成的信任,赵志高夫妇在离开之前决定,对明成的新药先试用一段时间。

送走赵志高夫妇后,肖建在米阳的带领下,来到了明成的办公室。

肖建一见面就开门见山地说道:“您好, 我是市局刑警队的肖建,听说您对心理学方面挺有研究,想跟您咨询一些情况。”

明成笑着回答道:“等了这么长时间,你终于是来了! ”

肖建不明白明成这句话是什么意思, 一时间不知道该怎么回答。米阳在一旁解释道,她和明成院长提起过肖建的事情。作为心理学家,明成非常理解一个警察的压力——特别是刑警——永远和社会的阴暗面打交道,心理问题会更大,所以他一直很担心,希望能早日见到肖建,帮助肖建解除心理阴影的困扰。

为了消除肖建的顾虑,明成从肖建感兴趣的催眠开始讲起,从希腊神话中的睡神修普诺斯,讲到意识的替代状态。

明成表示，即便是在催眠状态中，人的潜意识也会像一个忠诚的卫士一样保护自己。催眠能够与潜意识更好地沟通，但不能驱使一个人做他潜意识不认同的事情，所以不用担心会被控制或者暴露自己的秘密。

明成还说了一个数据，一般来说约有 95%的人有相当程度的催眠敏感度，其中 5%的人非常容易被催眠，另外 5%的人则很难被催眠。

大部分的人都能够被催眠，只是有些人必须施以反复的、长时间的诱导，例如两三个小时，才能进入催眠状态，这样就超过催眠师的正常负荷了。

近些年来，越来越多的心理医师和心理学家认同"每个人都可以被催眠"这一看法，明成也是认同的。

因为从广义上来讲，每一天每一个人其实都在经历催眠。有时人会自己进入催眠状态。比如发呆，大脑里一片空白，这就是一种催眠状态，许多人会在发呆的时候冒出特别精彩的点子或者灵感。再比如人在专心阅读文字或欣赏电视节目时，往往会忘了周围的一切，再回过神来的时候，觉得时间突然变快了，或像是经历了一段漫长的旅程，内心有种特别充实与舒服的感觉，而实际上我们非常清楚自己不过是在看电视而已，这也是一种催眠。

在明成的耐心讲解下，肖建基本上明白了催眠是怎么一回事，对心理犯罪也有了新的认识。明成建议肖建做一次催眠，尝试一下催眠的感觉。肖建躺到了病床上，明成在肖建面前亮出了那个黑色金属球，随着数字的倒数，肖建进入了催眠状态。

第十四章　初恋的真相(上)

肖建开门见山地问道:“你想怎么样?说吧!”

沙哑男人回复道:“你不该报警,这样只会害死你的朋友。看来你是一个不负责任的人,等着收尸吧!”

肖建从睡梦中醒来的时候,依旧躺在病床上,他感到了前所未有的畅快和愉悦。因为他在梦境里记起了张月和“老坛子肉”落水后自己在水中拼命营救的一幕,他并非像别人说的那样在关键时刻选择了逃避。

在水下的这一切,别人看不见,也无法挽回他失去的一切,但让他找回了内心的坦荡,这就够了。他很感谢明成帮助自己完成了记忆碎片的拼接。

肖建把自己最近碰到的疑难案件向明成和盘托出,明成肯定了肖建的侦查方向,并且表示一旦需要什么帮助,随时可以来找他。此时,肖建还想感谢一个人,那就是米阳。可明成告诉肖建米阳已经下班回家了,这让肖建感到很失落。因为这次催眠不仅让肖建拼接起失去的记忆,还勾起了那段尘封已久的初恋往事……

告别了明成,肖建坐在南江市的无轨电车上,夏日的微风吹来一丝丝熟悉的味道,把他的思绪又带回到自己的青葱岁月。

那也是夏日的南江市，南江市只有在夏日才会有那么多的故事。夏日的人穿得都很少,夏日的人每天都得洗澡。那时的夏日没有空调;那时的夏日,每家每户都得开着窗;那时的小肖建喜欢在每个屋檐上来回爬行……

一个房间里,大大的洗澡盆冒着热气。小米阳在大大的仓库里跳着舞蹈。窗户被偷偷地抠开,一双明亮的眼睛——那是小肖建——正在紧张地往里面看着,他的额头上挂满了汗珠。

小米阳忽然停止了舞蹈看向窗户，小肖建躲避不及,“啊——”地惨叫着滚下屋檐。这就是属于肖建的青春悸动。

还有另一个场面。

在舞台上表演的米阳像一只骄傲的小天鹅。所以在肖建的梦里——很多个日夜的梦里——一直有一个穿着白色连衣裙的女孩在跳着芭蕾。

当然,还有那血淋淋的水果刀和米阳流血的大腿,夹杂着撕心裂肺的哭声,最后都化成了一颗青涩的橄榄。

刚开始放进嘴里有点甜,然后逐渐变得有些发涩发苦,随着更多的美食进到你嘴里,你会把这青橄榄的味道完全忘掉。可突然有一天再次想起,你会发现别的味道都没什么印象了,唯独这个味道依然那么清晰,就像你从来都不曾忘怀过,这,就是我们的青春!

在思绪的牵引下,肖建来到了米阳家的小区。他走进楼道,站到米阳家门口。肖建此刻迫切地想见到米阳,想真诚地对她说一声对不起,然后告诉她这一切都是因为自己太喜欢她而造成的恶果。这是他青春的那颗青橄榄,是他初恋的全部回忆。他希望通过坦诚的举动,得到米阳的原谅。

想到这里,肖建鼓足勇气敲门,却没有人回应。肖建想转身离开时,却发现门开着,便推门走了进去。

肖建一边小心翼翼地在屋内寻找着米阳的身影一边喊着米阳的名字,他可不想自己满怀诚意而来,又被对方误解。他和米阳之间已经有了太多的误解,他不希望再多一次。

房间里还是没有人答应,肖建转身准备离开时,手机响了起来。手机屏幕显示,是米阳来电。

肖建接通电话就说:“你不在家是吗?你怎么不锁门……”电话那头没等肖建说完就打断了他。

一个男人用沙哑的声音问道:“你是肖建吗?”

肖建有些纳闷,但还是回答道:“我是!”

电话那头沙哑的男声继续说道:“我给你发了一封邮件,看完后等我电话。”

肖建预感到情况有些不妙,忙追问道:“你是谁?你想干什么?”电话发出忙音,显然对方已经挂断了。

肖建正在思索男人说的话,诧异对方怎么会知道自己的邮箱的时候,米阳家的电脑桌前,电脑屏幕亮了。肖建想了想,走到电脑桌前,原来邮件是发到了米阳的邮箱里。

肖建打开邮箱,随着邮件里的视频被点开播放,肖建惊呆了。视频里米阳被捆绑在椅子上,嘴里塞着袜子,满脸泪水。肖建意识到米阳出事了,马上拨通方东的电话。

肖建在电话里急促地说道:“方东,我现在在米阳家,米阳出事了,你赶快过来!”

电话那头方东一听米阳有事,马上答道:“我马上过来!”

肖建挂上电话,等待方东的增援。这一切来得太突然了,肖建现在需要冷静,他要把刚才所有的信息在脑子里梳理一遍,理出一个头绪来。

这时,米阳家的座机响了起来。肖建慌忙跑过去接起电话,还是那个沙哑着嗓子的男人。

肖建开门见山地问道:“你想怎么样？说吧！”

沙哑男人回复道:“你不该报警,这样只会害死你的朋友。看来你是一个不负责任的人,等着收尸吧！”

肖建在电话里连忙争辩道:“我没报警！”沙哑男人示意肖建走到窗前,往楼下看。

原来是方东带着人赶到了。警车停下以后,方东带着人冲上了楼。肖建这才明白,沙哑男人一直在监视着自己周围的情况。

肖建连忙解释道:“我是刚给同事打了一个电话,但我保证以后绝对不会了！”

沙哑男人听完肖建的辩解，冷笑道:“你不但是一个不负责任的人,还是一个爱撒谎为自己开脱的人!这个游戏有意思了。但我要告诉你,如果再次违反规则,你就等着收尸吧!现在我命令你把屋子收拾干净,要看上去像什么都没有发生一样！”

就在肖建和沙哑男人通电话的这会儿工夫,米阳家门口已经被包围了,方东和特警在门口各自站好了位置。方东竖起手指:“3、2、1!”特警拿起冲锋锤砸开大门,众人迅速拥入。

方东带领着众人冲了进来,结果却让他傻了眼。房间内一切看似平静如常,肖建正在打扫房间。方东有点丈二和尚摸不着头脑。

方东问道:“什么情况？”

肖建诧异地看着方东说道:“逗你玩呢,还真带这么多人来啊？”

方东没心思听肖建开玩笑,说道:“别闹！米阳人呢？”

方东盯着肖建,想通过眼神对视,寻找到肖建的意图。肖建对方东的举动没有理会,他回避了方东的眼神,恢复了他“大尾巴狼”的模式,对方东爱搭不理的。

为了确保米阳的生命安全不受到威胁,他想独自去面对。所以现在的肖建,若无其事地用手撑着下巴颏,胡噜了一下脸,紧接着说道:“真是开玩笑,米阳她出去买菜了,说等你来了喝酒。既然大家都来了,一块儿吧。”

方东的面子没处搁,显得有些恼怒,说道:“玩笑开大了吧,让大伙儿兴师动众的,记着,欠大伙儿一顿饭!”

肖建回答道:“一顿饭!”

方东拍着肖建的肩膀,狠狠地说道:“玩我,行!没事了,撤!”

在方东和肖建对话时,大家伙要么渐渐被带进了坑里,要么渐渐察觉到其中另有玄机,所以在方东说完“撤”以后,没有一个人持怀疑态度,或者自作聪明,马上撤离了米阳家。这就是咱们平常说的训练有素。

肖建从米阳家的窗户看着方东带着众人开车离去后,他的电话再次响起。肖建按照电话里的指令,走出了米阳家的小区,来到了市中心繁华地段的一个十字路口,周围是来回穿行的人群。肖建站在路边,旁边有一个垃圾桶。

沙哑男人在电话那头命令道:“现在除了手机,把你身上所有的东西都扔进垃圾桶!”

肖建一边按照要求把自己身上的东西扔进垃圾桶一边观察着四周。他要找到沙哑男人的位置,以便采取行动。但肖建的举动马上被对方察觉了。

沙哑男人说道:“你可以试图找到我,或者按我的要求做,但我只给你三十秒!”

肖建眼看自己的意图被识破,只好迅速翻空身上所有的口袋,把东西扔进垃圾桶。

这个时候,人行横道的红灯亮起,车流穿梭。沙哑男人突然下达指令,喊道:“现在过街!”

肖建按照指令穿过人行横道，没想到电话里沙哑男人突然又喊道:“现在站住！”

肖建只好原地站住,停在了车流疾行的马路中央。一辆大公交车躲避不及,朝着肖建直冲过去,眼看就要撞到,幸亏肖建机警,一个鱼跃前空翻,公交车擦身而过。

公交车司机吓得出了一身冷汗，停下车，把脑袋伸出车窗骂道:“你脑子进水了,怎么过马路的！”

肖建在被吓得不轻的同时仍在考虑,对方究竟是谁,想干什么？刚才的行为举动,是要撞死他啊！肖建还在思考,沙哑男人的声音再次传来,说道:“一个小小的考验,身手不错。”

趁着这会儿工夫,肖建终于发现了沙哑男人的位置。只是就算确定了位置,肖建也无可奈何。因为绑匪是在对面高楼的楼顶,用望远镜监视着肖建的一举一动的。因为太阳光的折射,望远镜的镜片在高楼上闪着光,所以肖建看到了。

沙哑男人再次下达指令:“城北长途汽车站,给你十五分钟！”

肖建听完沙哑男人的指令,迅速望向对面高楼的楼顶,闪光点消失了。这证明肖建的判断确实没有错。

每天中午的这个时段,是汽车站最繁忙的时候。长途汽车站的候车大厅人来人往,显得特别的拥挤。在规定时间内,肖建气喘吁吁地跑来。

电话那头沙哑男人催促道:“你身后左边的电话亭,进去！”

肖建按照指令走了进去,电话亭里的电话响起,肖建接起电话。

沙哑男人在电话那头说道:“别想耍花招！”

肖建连忙表示自己不会。沙哑男人让肖建扔掉自己的手机,戴上事先准备好的蓝牙通讯设备。确认接通以后,绑匪只说了一句“等我电话”就挂断了电话。

看来绑匪很狡猾,他一直都在想方设法避免肖建被跟踪,以防自己被发现。

肖建走到候车大厅的一个长椅上坐下,他在等候绑匪的下一步指令。

这时,候车大厅里的车站广播响起:“到临江的旅客请注意了……”

坐在肖建身旁候车的人起身,准备上车。沙哑男人突然下达指令,说道:“现在去售票口买票,然后跟着他们一起进站上车!”

肖建起身去售票口买票进站。肖建正要上车,沙哑男人再次改变指令,说道:“不要上车,现在左转,笔直朝前走,有一个小道进去!”

肖建按照指令走进了一条小道。走了很久以后,肖建来到了一个陵园的门口。陵园旁边是一个小山包,肖建站在陵园门口朝山顶望去。

沙哑男人在电话那头说道:“愣着干什么,给你十分钟跑到山顶,马上就能见到你想见的,否则就让你后悔一辈子!”

没等绑匪说完,肖建就不假思索地朝山顶跑去。

第十五章　初恋的真相(下)

沙哑男人丧心病狂地吼道:“很好,没有让我失望,现在你只要纵身一跳,就可以解决了。我保证让这个女孩安全地离开这里!”

…………

绑匪已经等不及了,他用沙哑的嗓音气急败坏地喊道:“跳啊,快跳啊!再不跳,我就起爆了!”

肖建气喘吁吁地跑到了山顶,站在山顶的悬崖边上。经过一路的苦苦追寻,此刻肖建终于见到了米阳。米阳站在山脚下的陵园里,穿着一身红衣。

沙哑男人的声音再次传来,问道:“那个女孩就在你对面的陵园里,你看见了吗?”肖建点头,表示看见了。

沙哑男人威胁道:“她身上有我放的定时炸弹,只要我按下按钮,她马上就会从这个世界彻底消失。现在你可以选择,是你从这里跳下去,还是我按下手中的起爆装置,你死还是她亡,看你了!”

看来一切到这里,就已经是终点了,沙哑男人说出了自己的真实目的。肖建的直觉从来就没有错过,绑匪是用米阳为人质要挟肖建,真正要侵害的对象是肖建。

到底是谁会这么恨我?是办理的哪个案件的犯罪嫌疑人要这么报复自己?肖建慢慢地走向悬崖边缘的同时也在仔细地思考,留给他的时间不多了。

虽然肖建心中已经十之八九有了答案，可他还是要再确定一遍，在这最后的时刻，他不能出任何差错。这对肖建和米阳很重要，对绑匪也很重要。

肖建慢慢地走到悬崖边上站住，他的后领处隐约可见红灯闪烁，那是方东在肖建身上安装的跟踪器。也就是说肖建其实并非一个人在孤军奋战。在陵园的另一条小路上，方东正在赶来，他在努力地奔跑着。方东一边跑一边在步话机里喊道："我马上就到了，肖建，撑住了！"

这是怎么回事，方东不是没有察觉吗，怎么又突然出现在了这里？这还得往回掏一掏，我之前跟您卖了一个关子，现在给您仔细说一下。

还记得方东带人闯入米阳家和肖建对视吗？肖建虽然装作没有理会，但方东能不明白肖建的意思吗？每天吃喝拉撒都在一块儿的人，能不知道对方的那点小心思？这叫默契！

当时肖建用手撑着下巴颏，胡噜了一下脸，其实是在用暗语告诉方东：自己正被监视，绑匪是一个男人。

方东会意之后，按照肖建的逻辑问了一个关键词，"记着，欠大伙儿一顿饭！"这是方东用暗语反问肖建："我一个人来？"

肖建回答："一顿饭！"就是肯定地说："你一个人来！"

方东明白了肖建的意思后，拍着肖建的肩膀说道："玩我，行！没事了，撤！"

方东就是靠这个拍肩膀的动作，把跟踪器黏在了肖建领子后面。所以说，当时的一切，都是两个人将计就计，给望远镜里的绑匪演了一场好戏。

肖建站在悬崖顶上，静静地听着步话机那头的声音，等待着方东抓捕的最后结果。而另一个电话里，沙哑男人看见肖建走到悬崖边上就再也没有动，有些不耐烦了，沙哑着声音喊道："我没那么大的耐性，看来你就是一个天生胆小的懦夫！"

肖建看着前面还可以再迈开两三步,于是又继续走了两步。肖建在等待方东到达位置。

沙哑男人不知道自己其实已经被发现了，还在丧心病狂地吼道：“很好,没有让我失望,现在你只要纵身一跳,就可以解决了。我保证让这个女孩安全地离开这里！”

肖建脚下不再往前移动,因为他恐高,再多迈出半步,他就可能随时坠崖。当然,能站在这里,肖建并不在乎自己是否危险,只要能救出米阳,他做什么都愿意,他只是希望哪怕现在跳下山谷,也得把想说的都说完再跳。

可另一头的绑匪已经等不及了，他用沙哑的嗓音气急败坏地喊道:“跳啊,快跳啊！再不跳,我就起爆了！”肖建看着远处的陵园,方东已经到位。

肖建深深地吸了一口气,说道:“米阳,是你吗？”

电话那头,刚刚还气急败坏的绑匪,瞬间变得鸦雀无声了。对,绑匪就是米阳自己,肖建猜到了。在被绑匪命令站在马路中央,差点被车撞死的那一刻,肖建心里就什么都明白了。只是他不愿意相信这个事实。

当走到陵园的时候,肖建就已经肯定了自己猜测的一切,因为这个陵园他不久前刚刚来过,这里埋葬着一个特殊的人——张月。张月之所以特殊,是因为她不只是肖建和“老坛子肉”调查的案件的关键证人,更是米阳的母亲。

肖建今天站在悬崖上,他已经抱着必死之心。只要米阳想用这种方式让他偿还,他愿意。青春的印记既然在对方的心中不那么美好,他愿意用生命去抹去。

肖建愿意为了心中的那颗青橄榄,也是他心中唯一的一颗青橄榄付出自己的一切。因为他明白一个单亲家庭的孩子的苦楚,他作为一个孤儿,比谁理解得都要深。

此刻,在山脚下的陵园里,方东找到了米阳的位置,从远处跑来。

穿着红色连衣裙的“米阳”其实是一个伪装好了的道具人,而坐在一旁拿着遥控爆破装置的才是米阳本人。

米阳的伪装被方东卸去,只见她胸前挂着望远镜,她拿着变声器的手垂落下来。这说明所有的一切都是米阳策划和伪装的,她的目的就是要置肖建于死地。在确定自己的行踪暴露后,米阳说出了藏在心底的那些怨恨。

米阳恨恨地说道:“很多年以前,一个年轻的女孩,孤身来到陌生的大城市,无依无靠。她希望通过自己的双手创造出美好的生活。然而,憧憬很快就破灭了,她被坏人强暴了,而且还怀了孕。在那个年月里,这是多么可怕的事情。为了保住腹中无辜的孩子,她远走他乡,生下了她。

“回到这个城市后,为了不让孩子受委屈,她只能一直远远地关注,默默地爱护。记得你用小刀划伤我腿的那一年,我才知道,这个饱受磨难的女人就是我的妈妈——她叫张月。

“这样一晃就是二十几年,我长大了,开始明白母亲的伟大。当我准备当着所有人,第一次叫她一声妈妈的时候,她又不幸地再次离开了我! 这一切,都是因为你!”

肖建听到这里,再次真诚地道歉。在米阳和刘永志见面以后,肖建百思不得其解地展开调查,刚刚才知道米阳曲折的身世——知道米阳和张月、刘永志三个人之间的复杂关系。

在这里,简单给大家复述一下。年轻时的张月被刘永志强暴后生下了女儿米阳。时隔多年以后,刘永志才知道他有一个自己不知道的女儿,才有了茶餐厅见面的一幕。

肖建对于张月的死亡是真心实意地表示悔意。其实他现在心里也明白,那真的是一次意外,他已经记起了落水后在水下营救“老坛子肉”和张月的情形。但这些肖建不愿提及,不愿辩解,他现在只想对自己的过失进行偿还。

此时的米阳还在声泪俱下地诉说着,她确实太苦了,一个二十几岁的孩子,本来活得已经够不容易,却还得在人生最美好的时候,面对这些她无法承受的压力,这些东西压在她心里太多太久了,她需要释放,既然今天她开口了,就一定要说个痛快。

米阳继续说道:“我精心设计每一次跟你们的交往,就想替我妈报仇。从我知道我妈的死与你有关之后,新仇旧恨就涌上了我的心头,我发誓一定要找你讨回公道!于是,我通过各种渠道搜集关于你的资料。在你经常出入的场所,精心打扮好自己,设计了和你的偶遇。我知道你从小就喜欢我。没想到刚开始你居然没有上钩,不得已我找到‘大耳钉’,给他钱让他帮我演戏,让你来英雄救美……”

方东实在听不下去了,打断米阳:“你的意思是,包括‘飞锤杀人魔’也是你找来的?”方东问的这一点,肖建也想知道。

米阳恨恨地说道:“这只是一个小小的意外,没想到他自己送上门来,还让你们立了一功!但也好,让你们更相信我了!

“别说其他的,我今天就明摆着告诉你,我所做的一切都是为了报复,为了置你于死地!听到了吗,肖建!为了我妈,这一切我都必须找你来偿还!

“她这些年过得太不容易了,她只是想过上和平常人一样的日子。我真的很不甘心。虽然从第一次跟你们接触,我就知道你们都很正直,心地善良,但我同时也不断地告诫自己,我妈等我长大等了二十几年,不能因为一个意外,她的生命就这么不明不白地了结了。我受不了!”

说到这里,米阳再也说不下去了,她弯下腰,号啕大哭起来。听完了米阳对自己声泪俱下的控诉,面对多年来一直魂牵梦萦的初恋情人,肖建开口表达他最诚挚的歉意——

肖建说道:“米阳,从一开始我就感觉到了你的目的,但我从来没有心生怨恨!我是怀着一颗赎罪的心,陪着你一路走到这里。

“我知道因为我的鲁莽、轻率和过失给你造成了这么大的伤害,我一直想跟你说一声对不起,但我真的不知道该从何开口。现在我明白了,你想要我做的就是从这里跳下去。我想对你说我愿意!如果这样能弥补你心灵的创伤,能让你从头开始新的生活,我愿意从这里跳下去!”

肖建的这番话惊呆了米阳,更惊呆了方东。米阳呆呆地站在原地没有回话,她没想到肖建居然早就知道她的图谋,却一直没有戳穿她。现在她的行迹败露了,肖建居然愿意为她去死,只等她一句话!

米阳对肖建的话将信将疑,一时真不知道怎么才好。站在一旁的方东急了,大声喊道:“你疯了!说什么呢!肖建,不许胡来!”方东接着又朝米阳喊道:“米阳,你这样做是违法的!如果这样做,你们两个就全完了!”

方东看米阳不予理会,像是要看肖建是不是真的敢往下跳的意思,方东急了,他哀求米阳道:“米阳,你不知道,肖建也是个孤儿,他跟你处境差不多。上次出事,落水的还有他师父‘老坛子肉’,他们跟亲生父子一样,他心里比谁都苦。米阳,我求你了,快让他下来吧,他是真敢跳啊!”

方东的一番话最终触动了米阳,她从不知道肖建的处境其实比自己还要惨,肖建可是从来都没有提过这些事,要不是方东说出来,米阳是无论如何也想象不到的。

米阳最终选择了原谅肖建,看着肖建慢慢地从山顶的悬崖处退了下去,方东心中的石头总算落地了。

警车陆续开进陵园,众警员跳下车跑向山脚。米阳被戴上手铐,押解离去。

陵园门口,肖建看着载着米阳的警车从他身边开过,愣在了原地。本想上前安慰肖建的方东,从肖建的眼中看到了无比的落寞,方东欲言又止,最后选择了转身离开。

站立良久以后,肖建走到了米阳母亲——张月的墓前。肖建看着墓碑上张月的照片,深深地鞠了一躬。

第十六章　掉落的面具

无论出于什么原因和目的，犯罪嫌疑人一定会在犯案以后来到这个地方，取走受害人身体里的某个器官。所以今天无论谁来到这里，只要从太平间的门里走出来，谁就是凶手。

今天，肖建早早地来到这里等候黑衣人的到来，他要亲手摘去对方的面具。

当肖建站在张月墓前鞠躬道歉的时候，“一撮毛”正拿着照片，边窥视着洗浴城边走了进去。

洗浴城大厅里，三三两两到处都是洗浴的人。“一撮毛”四处溜达，寻找着背上有朱砂痣的人。

“一撮毛”来到了洗浴城换衣间，从衣柜里取出衣服，坐在椅子上穿裤子。刘永志走了进来，正好站在“一撮毛”眼前换衣服。

刘永志脱下衣服，背上的朱砂痣显露出来。本来穿好衣服准备离开的“一撮毛”，和刘永志打了一个照面，感觉这个人和照片里的人有些像，便又假装脱衣服，凑到了刘永志身边。这时，刘永志虽然脱光了衣服，但背上已经搭上了毛巾，“一撮毛”看不见刘永志背上的朱砂痣，无法最后确认，于是赶紧脱光衣服跟在了刘永志的后面。

洗浴城的大池子，刘永志跳了进去，“一撮毛”也从不远处下到池子里。刘永志搓了两下身子后起身离开，“一撮毛”赶忙从池子里起来，再次跟了上去。

最后，刘永志来到桑拿房，在里面坐下后，开始闭目养神。“一撮毛”感觉机会来了，拿着一个桶到外面加满了水走进了桑拿房。

“一撮毛”不停地给炉子加水，桑拿房的温度一时间变得很高。热得有些难受的刘永志从角落阴暗处走到玻璃门前，开了一条缝隙透气。站在刘永志身后的“一撮毛”终于看清楚了刘永志背上的那颗显眼的朱砂痣。

“一撮毛”并没有急着给方东打电话，而是跟着刘永志从洗浴城里出来，最后终于跟到了刘永志藏身的宾馆。刘永志走到宾馆门口，装作弯腰系鞋带，左右观察，确定无人跟踪后，走了进去。

躲在不远拐角处的“一撮毛”把这一切全看在了眼里。“一撮毛”确定了刘永志的落脚地点后，拨通了方东的电话。

本来，这事方东肯定会第一时间赶到的。可一来，肖建给方东交代了一些关于米阳的事情，要他向市局的法制处请教，米阳是否可以免于刑事处罚；二来呢，方东觉得抓住刘永志是肖建立功赎罪的最好机会，他方东破不破案其实无所谓，就是混口饭吃。他对自己没有那么高的要求，自身也没有那么强的能力——可是肖建不行，不让肖建办案，那就要了他半条命。所以方东在接到电话后没有丝毫犹豫，直接转给了肖建。

现在，肖建一边开着吉普车在街道上疾驰一边和“一撮毛”保持着电话联系。

肖建问道：“你现在在哪儿？”

“一撮毛”守在好客来宾馆旁的拐角处，观察着宾馆门口的动静，这时刘永志从宾馆里走了出来。

“一撮毛”回答道：“好客来宾馆，他出来了。”

肖建确定了落脚地点，交代了注意事项，关上电话，一脚油门踩到了底。吉普车朝着好客来宾馆的方向飞驰而去。

而此刻，在好客来宾馆门口，刘永志走进了一个二十四小时的提款机门店里，在里面刷卡取钱。

正在肯德基吃快餐的蒋钦，手机里收到了信息。信息显示——刘永志出现，忠孝路。

这是怎么回事呢？我只能说，这是刑事侦查技术手段之一，事关绝对机密，细节我可不能随便告诉你。

反正现在刘永志的藏身地点有两方知道了，一方是肖建，一方是蒋钦。肖建先蒋钦一步到达，他把"一撮毛"带到了更有利于观察和隐蔽的楼顶。这里是好客来对面的大楼，肖建可以用刚从米阳那儿缴获的望远镜，观察对面楼里刘永志的一举一动。

望远镜里，刘永志正在房间里看电视。"一撮毛"因为找到刘永志而沾沾自喜，高兴地问道："肖哥，我这回立功了吧？"

肖建回答道："知道你能耐。不是哥看不起你，而是你走回正道不容易，不想让你蹚这浑水。你这么聪明，将来一定有出息！"

"一撮毛"回答道："我就是想帮你一把。在江湖上闯荡的英雄豪杰，讲究的就是行侠仗义、知恩图报。哥，你说将来我好好念书，能不能像你一样，当个警察啥的？"

肖建问道："当警察有什么好的？"

"一撮毛"回答道："行侠仗义，除暴安良啊！江湖人称'南江时迁'，人送外号'一撮毛'！"

肖建看着"一撮毛"很是感动。虽然他知道，像"一撮毛"这样曾经有过污点的人，今生不可能成为警察，但他还是感动，这年月除了警察之外，还真有人把警察这个职业看得那么神圣和崇高。

没有多余的时间让肖建感慨，他从望远镜里看见刘永志在跟一个黑衣人对话。这次才应该是真正意义上的接头。肖建示意"一撮毛"不要乱动，以免暴露目标，自己则马上拨通了刑警队龙大的电话。上次的教训告诉他,绝对不要贪功冒进。

肖建在电话里说道:"龙大,刘永志现在在忠孝路好客来宾馆三楼靠南的房间,正在跟人接头。"

龙大在电话那头知道肖建找到了刘永志,很是高兴,忙追问道:"嫌疑人身份确认了吗?"

肖建回答说:"确认无误!"

龙大再次问道:"你现在的位置?"

"好客来宾馆对面大楼的楼顶!"肖建回答说。

在确认位置后,龙大挂上电话,急匆匆地走进刑警队大厅宣布:"现在除值班人员留守以外,所有人放下手中的工作,跟我走!"

一时间,刑警队院子里,所有的警车全部点火启动,刑警们迅速上车。大门打开,车队直奔现场而去。

在现场等候增援的肖建发现了新情况。望远镜里,蒋钦带着情况判断分析中心的小刘朝好客来宾馆走来。

不管肖建和蒋钦之间有着怎样的感情纠葛,他还是很有必要把现在的情况给蒋钦做一个简单的说明。这是职业操守。想到这里,肖建拨通了蒋钦的电话。

肖建在电话中说道:"蒋钦,我现在在好客来宾馆对面大楼的楼顶,我正在监视刘永志。他现在在三楼靠南最中间的一个房间,正在跟嫌疑人接头。如果你要上去的话,注意安全!"

好客来宾馆门口,蒋钦听完肖建的情况说明后,挂上电话对小刘说:"小刘,你守住门口,我上去看看。"小刘点头。蒋钦和小刘进入宾馆大堂。表明身份后,蒋钦换上了酒店服务生的衣服,准备上楼侦查。

对于肖建的友情提示,蒋钦是将信将疑的,她现在对肖建就是有一种不服。哪儿都不服!本来要是别人,哪怕是方东告诉她这个信息,她一定不会轻举妄动,可告诉她这个消息的人偏偏是肖建。

肖建是哪根葱，永远都是只会捅娄子犯错的小警察！除了和她蒋钦谈过两天恋爱，他什么都不是。而她，现在是公安部分派到南江市公安局情况判断分析中心的领导，市局领导在情况分析判断上都要听取她的意见，听从她的指导。想到这里，蒋钦决定一定要上楼亲自查看。

蒋钦走进了好客来宾馆的电梯。就在她进电梯的那一刻，情况发生了变化。

肖建从望远镜里发现，黑衣人打开门，刘永志在黑衣人的指令下木讷地跟着走了出去。也就是说，刘永志现在很可能已经被黑衣人用催眠术控制了。

肖建连忙拨打蒋钦的电话，要把这个紧急情况告诉蒋钦，可是电话是忙音。蒋钦在电梯里，接收不到信号。肖建意识到了蒋钦的危险，如果双方在楼道里不期而遇，蒋钦一人面对，危险是一定存在的。

想到这里，肖建拨通了龙大的电话，汇报道："龙大，嫌疑人被人控制了，可能要去天台，蒋钦独自一人前往侦查，可能有危险，我现在过去增援！"

龙大同意了肖建的请求，嘱咐道："注意安全，我们马上就到！"

肖建接到龙大指示以后，把手中的望远镜递给了"一撮毛"，吩咐道："这儿就交给你了，注意观察监视，有什么情况随时给我打电话！"

"一撮毛"坚定地点头，他此刻俨然觉得自己已经成为一名除暴安良的刑警。肖建在工作方面就有这么大的感染力，可能大家都是被他的认真和投入感染了。

现在，龙大指挥刑警队的车队在路上疾驰，而蒋钦已经来到了刘永志所在房间的楼层。当然，蒋钦推开刘永志房间门的时候，里面空无一人。

此刻，一路飞奔的肖建终于打通了蒋钦的手机。肖建边跑边在电话里喊道："蒋钦，上天台，快！刘永志有危险，他已经被人催眠控制了，可能要跳楼,一定要阻止他!”

接完电话的蒋钦也开始在楼道里飞奔起来。

蒋钦用最快的速度冲到了好客来宾馆的天台。顾不上喘息,蒋钦努力地四处搜索,希望尽快发现刘永志的踪迹。无奈天台确实很大,一个人一时半会儿不可能完成搜索。

这时肖建从另外一个楼梯口赶到,两个人会合到了一处。蒋钦在望向肖建的那一刻,发现了刘永志的身影。只见刘永志的身影从肖建身后一晃而过,根本没给肖建和蒋钦任何反应时间,就从宾馆的天台上跳了下去,肖建和蒋钦最终还是晚了一步。

就在两个人懊悔沮丧之际,一个黑衣人从天台的一侧跑过,凶手还没有逃走。

可能肖建和蒋钦的兵分两路,无意中堵住了凶手事先预设的逃跑路线。凶手眼见肖建和蒋钦没有离开的意思,楼下龙大也带着刑警队的大队人马赶到,不得已显露身形,开始亡命逃窜。

看着凶手再次跑进好客来宾馆,肖建一边向龙大汇报情况一边和蒋钦开始了追击。

在宾馆的楼道里,肖建和蒋钦追到一角,黑衣人闪身不见了。肖建示意蒋钦两面夹击,蒋钦点头,二人开始分开搜索。

蒋钦从一处搜索过来,黑衣人却从她刚搜索完的地方跑过,蒋钦感觉到了身后的动静,回身紧追而去。肖建也看到了蒋钦这边出现的情况,急忙追了过来。两个人紧跟在黑衣人身后,从宾馆追到了大街上。

经过一路的追逐,肖建还在前面紧追不舍,蒋钦却渐渐被甩在了后面。蒋钦看见肖建和黑衣人跑进了一栋大楼,停住脚步想了想,朝另外一个方向跑去。

肖建和黑衣人奔跑的脚步一直没有停下来,两个人再次追到了楼顶。这个天台没有别的出口,是一条死路。肖建把黑衣人堵在了天台上。就在肖建庆幸自己让黑衣人无路可逃之际,只见黑衣人突然一跃而起,从这栋高楼的天台跳到了另一栋高楼的天台。

肖建也想跳过去追赶,无奈腿软又退了回来——他天生恐高。本可以逃之夭夭的黑衣人,此刻却并不急于逃走,而是走回到对面天台的边缘,这是赤裸裸的挑衅。虽然黑衣人戴着面具,可透过面具,肖建依然可以感受到对方在耻笑自己懦弱。

肖建心中的怒火再次燃起,只见他后退数步,屏住呼吸,随着一声怒吼,肖建助跑后一跃而起,也飞身跳到了另一个天台上。他和黑衣人再次展开了追逐。

两个人又从楼上追到了地下停车场。黑衣人跑进停车场时,肖建已经被甩开。就在黑衣人得意的工夫,蒋钦从另一面追了出来。黑衣人借着停车场汽车的掩护,闪身躲藏了起来。

蒋钦在停车场里仔细搜索,黑衣人突然从车顶跳下,用手肘猛击蒋钦颈部,蒋钦猝不及防被击中,晕倒在地。蒋钦虽然被袭击,却为肖建的赶来赢得了时间,黑衣人再次被肖建追上。黑衣人和肖建展开了肉搏,两个人在停车场里打得难分难解。

搏斗过程中,肖建露出破绽,被黑衣人看到。黑衣人抬腿想踢,却明显感觉小腿不适。动作稍慢,黑衣人的胸口反被肖建踢中了一脚,身体重重地撞在了客车上。

一块金色的手表掉出来,那是一块意大利鹰表。肖建一下子愣住了,黑衣人捡起掉落的手表起身就跑。这时,被击晕的蒋钦苏醒过来,她努力地从腰间拔出手枪,瞄准了黑衣人,却不想被肖建一掌打飞。

出膛的子弹打在中央空调的冷气管道上,“刺刺”地冒着白烟。黑衣人也被枪声吓到,停住了脚步,回头确认子弹没有射向自己后,再次夺路而逃,只片刻工夫,就不见了踪影。

眼看着黑衣人就这么消失了，而蒋钦的手却被肖建抓得死死的，她气得朝肖建再次大嚷起来："你想干什么？什么情况下可以开枪，我比你清楚！你是不是故意放他走的？他和你什么关系？本来这次我想帮你洗脱冤屈，现在你就等着在刑警队里墩一辈子地板吧！"

蒋钦说完，气哼哼地转身就走，把肖建一个人留在了原地。肖建到底在想什么呢？他为什么要这么做？他苦苦追寻的凶手眼看就要抓住了，为什么放他走？就算他和蒋钦对开枪的时机各有说辞，可也不能因为这样而放犯罪嫌疑人离开呀！

是的，事情发展到这一步，所有人都会有太多的疑惑，绝对不止蒋钦一个人。如果当时我在场，我也会怀疑肖建的意图，我也会和他争吵。可等回过头来看事情，大家一定要相信肖建的直觉。

肖建的直觉告诉他，这个犯罪嫌疑人很可能就是自己苦寻多日的师父——"老坛子肉"。虽然肖建不愿意相信自己的直觉，可事实的真相也许就是这么血淋淋的。

怀着最后一丝侥幸，肖建来到了南江市中心医院太平间的门口，无论出于什么原因和目的，犯罪嫌疑人一定会在犯案以后来到这个地方，取走受害人身体里的某个器官。所以今天无论谁来到这里，只要从太平间的门里走出来，谁就是凶手。

今天，肖建早早地来到这里等候黑衣人的到来，他要亲手摘去对方的面具。他决心已定，无论对方是谁，他绝不会再放过。

深夜 2 点的钟声敲响的时候，一个黑衣人从太平间里走了出来，来到走廊的窗户处准备跳窗离开，肖建闪身出现在黑衣人的身后。

肖建说道："这里已经被彻底包围了，你跑不掉的！如果你一定想走，那就只有一条路，从我这儿踏过去！"

听完肖建的话，黑衣人转过身来，在夜幕的衬托下，黑衣人的面具显得格外的狰狞和恐怖。

肖建继续说道:“用肘部击打对方的颈后,致人瞬间休克,这样的身手,在南江市没有几个人能做到;左腿膝关节由于常年的风湿性关节炎,但凡阴雨天气,都会给自己的行动带来不便;您手上的那块限量版意大利鹰表,在南江市没有第二块,是生日那天我和方东在百货中心买来送给您的。师父,是你吗?”

等肖建说完,黑衣人直冲向肖建想夺路而逃,却被肖建拦下,两个人再次打斗在了一起。几个回合以后,黑衣人最终被肖建击败,摔倒在地上,脸上的面具也随着跌落下来。

黑衣人慢慢地从地上抬起头来,狰狞的面具后面闪现出“老坛子肉”的脸。对,没错,正如肖建事先判断的那样,黑衣人就是“老坛子肉”!

走廊里传来人声,应该是刑警队的众人到了。

肖建慢慢地朝“老坛子肉”靠近,嘴中说道:“今天你走不掉了,瓮中捉鳖这招是你教我的!”

肖建亮出了手中的手铐,扔在了“老坛子肉”面前。龙大、方东和蒋钦,分别带着三组人从三个方向慢慢包围过来。

“老坛子肉”的手指突然有节奏地在地上敲击着,肖建一下子愣在了原地。这是“老坛子肉”和肖建原来约定的暗号,主要目的是不希望其他人知道信息的内容,这招不到万不得已不能使用。现在“老坛子肉”用手指敲击地面传来暗号,看来周围应该有别人。

想到这里,肖建下意识地向四周看去。不看不要紧,一看还真吓一跳。一个黑影悬在空中,正在观察肖建和“老坛子肉”的一举一动。黑衣人和“老坛子肉”戴着相同的曼陀罗花面具。

趁肖建一愣神的工夫,“老坛子肉”跳窗而逃,转眼就不见了踪迹。

第十七章 “鼹鼠”的功绩(上)

肖建此刻就来到了他平时从来都不进来的痕迹检验科，他要找到那份尸检报告。一个戴着曼陀罗花面具的男子站在了肖建的身后，并且举起了手中的刀。

肖建看着地上一步一步朝自己逼近的身影，反身一个侧踹，黑影应声倒地。面具掉落下来，露出方东的脸。

面对众人的质疑和责难，肖建选择了沉默，独自一个人回到档案室。

本来在今晚去太平间之前，他是铁了心的，只要“老坛子肉”从太平间里出来，他就一定将他捉拿归案。但由于最后发生的变故，肖建还是选择放“老坛子肉”一马。

肖建内心里是无论如何也不会相信“老坛子肉”是连环谋杀案的凶手，而且确实存在疑点。那师父“老坛子肉”为什么要这么做呢？现在只有一种可能，那就是“老坛子肉”在化装侦查。

借落水之机，隐姓埋名化装侦查，不失为一条妙计。但是这是一个怎样的案件，以至于让“老坛子肉”这样煞费苦心地经营，甚至冒着被蒋钦枪击的危险，冒着被误认为凶手的危险，案情应该绝非肖建想的那么简单。

想到这里，肖建再次取出了 021 档案，他要把三十年前“老坛子肉”办理的这桩和张月有关的案件再重新梳理一遍。随着卷宗的展开，我们回到了三十年前的那个夜晚——

那也是南江市的一个夏季，9点以后的徐家棚街道上人来人往，那是车辆厂下班的人群。刚刚从部队转业到地方的“老坛子肉”被分到了这块辖区做巡逻民警。

随着一声枪响，夜晚的宁静被彻底打破。等“老坛子肉”赶到案发现场的时候，一个叫迟在池的年轻人倒在了血泊中，最终不治身亡。后来调查得知，此人是车辆厂的一名普通职工，平时和人无冤无仇。

在案发现场，“老坛子肉” 找到了一个当时目击案发全过程的证人，这个人就是张月。在张月的描述下，犯罪嫌疑人被指认，是一个叫段鹏飞的年轻小伙儿，犯罪时用的是一杆自制双管猎枪。

确定凶手是段鹏飞后，“老坛子肉”和其他派出所民警赶到了段鹏飞的家，但到了的时候房子已经被大火烧得面目全非，段鹏飞就在这次火灾中被烧死在自己的家中。

案情本身并不复杂。问题是，在档案中却夹着一张黑色曼陀罗花的照片，和一个当地失踪青年韩毅的身份信息。这中间有什么蹊跷，这个完结的案件和黑色曼陀罗花，还有失踪青年韩毅、死亡的迟在池之间有什么必然的联系吗？

三十年前的真实花朵变成了今天手机里的图案，看来他们之间一定有必然的联系，否则“老坛子肉”也不会追查到现在，这里面究竟是怎样的一个谜团呢？

在肖建的苦苦思索中，天空慢慢吐白，又一个夜晚就这么过去了。但肖建早已习惯，他已经数不清有多少个夜晚是这么度过的。只是每当清晨到来，他从座椅上站起身来的时候，阵阵的头晕目眩告诉他，得赶快补充糖分，要不然低血糖的毛病就要犯了。

在这个人人都为减肥、瘦身和节食犯愁的时代里，他是严重缺乏营养的那一类人。肖建拿起蒋钦送给他的糖盒，往嘴里送入了两块水果糖,然后开始“梳妆打扮”。

今天他有一个重要的约会,不能迟到。您可能猜对了,约他见面的人就是“老坛子肉”。“老坛子肉”用手指敲击的暗号就是约肖建在今天见面。

吃过早饭,肖建如约来到人民警察学校的打靶场,这儿就是“老坛子肉”销声匿迹后藏身的地方。

打靶场里,除了“老坛子肉”外只有一个管理枪械的老头,叫庄娄山,肖建的枪法就是他教会的。庄娄山是“老坛子肉”多年的挚友。

走进打靶场,肖建想,是啊,我怎么就没想到呢?“老坛子肉”应该藏在这儿啊!其实不怪肖建没想到,人世间有些事情就是这样,看到了结果你恍然大悟,以为一切原来这么简单,只怪自己一时没想到,但你要记住,谜底在没解开之前,你可能一辈子也想不到。

好比一个巨大的迷宫,出口每天和你擦肩而过,而你也只能是错过,因为你还没有摸清它的规律,“老坛子肉”的规律更是谁也摸不着。

打靶场里,一个人正在射击台前打靶,从背影的站姿来看,肖建确定此人就是“老坛子肉”。肖建走到“老坛子肉”身旁的另一个射击台,也开始射击。一阵枪响之后,“老坛子肉”开口了。

“老坛子肉”调侃道:“是想把我抓回去问话,还是就在这儿问?”

对于“老坛子肉”的开场白肖建并不陌生,他太熟悉了。师父永远是个在工作中不乏幽默的人。这一点,肖建从来都没有学到。倒是肖建的回答让“老坛子肉”感到意外。

肖建回答道:“来的时候我已经想明白了,您是在化装侦查。”

“老坛子肉”饶有兴趣地问道:“哦?得出这样的分析判断,我倒想听听你是怎么想的?”

肖建说道:“您想让我从三十年前那起持枪杀人案说起,还是从张月的失踪说起?”

“老坛子肉”听到这里笑道:“我不在的时候,做了不少功课啊!”

肖建看着“老坛子肉”的笑容,自己也笑了,说道:“我是在档案室里无意中发现的,一看是您亲手办的案子,里面还有张月的名字,我就多瞅了两眼。”

“老坛子肉”点头说道:“悬而未决的陈年旧案,不弄明白,在我心里一直是块疙瘩。”

肖建表示,其实这些天他一直在思考,却看不出这案子有什么特别的地方。

“老坛子肉”说道:“三十年前,目击证人张月在指认持枪杀人的嫌疑人后不久,曾经被人诱导自杀未遂,张月是怕被灭口才躲起来的。而凶手当时使用的就是一朵真实的曼陀罗花,和现在在手机里出现的曼陀罗花图案很相似。

“当时凶手段鹏飞在持枪杀人后不久突发意外,被大火烧死在家中。而在这个时间段、这个辖区内,还有一个叫韩毅的小伙儿失踪了。这个韩毅和犯罪嫌疑人段鹏飞无论个头、年龄还是体貌特征都极其相似。他为什么会在段鹏飞死亡的当晚失踪,而且直到现在都杳无音信呢?”

肖建听出了其中的蹊跷,问道:“您是说韩毅是凶手,还是说段鹏飞偷梁换柱?”

“老坛子肉”继续说道:“用曼陀罗花诱导他人自杀,这样的作案手法到现在都很罕见,何况是在三十年前呢?所以我的记忆非常深刻。我当时查阅了我们南江市所有可能和诱导杀人有关的在册人员名单,这只可能发生在一个人身上,这个人就是段鹏飞。他是上海医科大学的研究生,除了他,南江市没有第二个人可以做到!问题是,诱导张月自杀,是段鹏飞烧死在自己家中以后发生的事,这又怎么解释?”

肖建回答道:“于是您就想到了韩毅的失踪,这很可能就是一招移花接木!"

"老坛子肉"接道:"是啊!可惜这些都只是猜测。一场大火,段鹏飞被烧死了,紧接着张月因为诱导自杀未遂案也失踪了,所以这案子也就搁置了。可没想到的是,时隔多年,当时的目击证人张月突然联系到我,说关于当年的案子,她有重要的情况要告诉我,我们就约好见面。那天赶到的时候,张月的神情明显不对。也怪我当时大意,才出了后面的事。我落水以后,被附近的渔民救起。醒来后,我觉得这件事情很是蹊跷,便决定就此追查。"

肖建明白,"老坛子肉"使的这招叫金蝉脱壳,利用失踪做掩护,看能不能找到有价值的线索。所以中心医院太平间里的器官一再被盗,龙大这边也只是打马虎眼,其实就是让"老坛子肉"暗中追查,等待嫌疑对象露出马脚。

"现在能确认嫌疑人吗?"肖建问道。

"老坛子肉"摇头,表示可惜,因为每次他都晚到了一步。

肖建看"老坛子肉"的神情有些沮丧,于是岔开话题说道:"刚才您提到催眠,我最近新认识了一个心理医生,叫明成,是中心医院的院长,刚从国外学成归来,南江市大学教学楼的跳楼案就是他解决的,跳楼的人在他的劝导下安全脱险。有空的话,我给您引荐一下,应该对您破案有帮助!"

"老坛子肉"表示,他暂时还不能回队里,还要在外面多待些日子。"老坛子肉"让肖建还要继续背几天黑锅。肖建表示委屈多长时间都没问题。

"老坛子肉"突然用充满歉意的口吻说道:"事发突然,是我让龙大不要告诉你的。这段时间,让你受委屈了。"

听到这里,肖建眼睛里的泪水差点汹涌而出。本来进门的时候他还忐忑不安,怕自己控制不住情绪,可是见面后没有过多的寒暄,直接就进入了工作正题。没想到最后临别的三言两语让肖建差点掉下眼泪,当然这是喜悦的眼泪。

肖建努力控制住即将夺眶而出的泪水，挤出了一个灿烂的笑脸。他都不记得自己有多久没笑了,但今天他笑了,有什么比和心中最亲的人重逢更让人高兴的呢?

“老坛子肉”站在肖建身后,看着徒弟远去却没有挪动脚步。肖建的笑容他懂,那灿烂的笑容背后承担了多大的艰难和苦楚,作为肖建的师父,别人不知道,他“老坛子肉”能不知道吗?

肖建高兴地来到明成的办公室,接受心理治疗。他告诉明成,师父“老坛子肉”不是凶手,并希望明成和“老坛子肉”见见面,因为师父现在也需要帮助,明成欣然答应。几天后,肖建给“老坛子肉”带去了新的信息,而“老坛子肉”也告诉了肖建自己不回队里的真正原因——“老坛子肉”怀疑刑警队里有“鼹鼠”,也就是内奸。

“老坛子肉”对肖建吩咐道:“你回队里以后,帮我去痕迹科找样东西,另外注意一下郑罗有什么特别的动静。”

“郑法医就是刑警队里的‘鼹鼠’？”肖建问道。

为了解开肖建心中的疑惑,“老坛子肉”解释道,他这段时间一直在查阅与催眠有关的资料,里面提到的诱导,必须施以反复、长时间的催眠,可能得二至三个小时,甚至更长的时间,而现在接连发生的几起案件,时间都非常短暂,所以他觉得奇怪。

肖建认同“老坛子肉”的说法,他记得明成说过,即便在催眠状态下,人的潜意识也会像一个忠诚的卫士一样保护自己。催眠能够与潜意识更好地沟通，但不能驱使一个人做他的潜意识不认同的事情,也就是说能诱导他人进入催眠状态，是每个人自身的身体状况决定的，就算诱导成功被催眠,也不能想怎样就怎样啊。除非……

“老坛子肉”最后一语中的:“除非几个受害人的体内存有某种类

似催化剂的物质！”

可不知道出于什么原因，郑罗在尸检报告中没有提到过，所以郑罗成了“老坛子肉”心中的“鼹鼠”。

肖建明白了“老坛子肉”的意思，郑罗拿给大家看的尸检报告是假的，而真实的尸检报告应该还在郑罗手中。难道郑罗是凶手，或者是凶手的同伙？如果不是，他为什么要隐瞒真实的尸检报告呢？

带着任务和疑惑离开的肖建，来到了郑罗所在的痕迹检验科。一般来说，没有事的情况下，很少有人会去那里，因为去那里的人除了法医就是死人，大家心里都很避讳这个不吉利的字眼。

还有一个重要的原因，就是这个房间会在天热的时候发出阵阵恶臭，那是尸体腐烂的味道，而到了冬天又会被浓重的福尔马林的味道所笼罩，无论哪一种都会让你彻底放弃任何想去的欲望。

肖建此刻就来到了他平时从来都不进来的痕迹检验科，他要找到那份尸检报告。一个戴着曼陀罗花面具的男子站在了肖建的身后，并且举起了手中的刀。

肖建看着地上一步一步朝自己逼近的身影，反身一个侧踹，黑影应声倒地。面具掉落下来，露出方东的脸。

这是一个恶作剧，方东看见肖建独自一人来到痕迹检验科，就跟着过来想吓唬一下。

作为一名年轻干警，单位就是他们唯一的家。没有结婚之前，他们能去的地方，可能年复一年除了单位还是单位，所以下班以后他们会在单位里找一点乐子，吓唬人就是其中的一种。

请原谅他们的幼稚，可能他们表面上能说会道、举止粗俗，但他们的内心其实无比单纯，因为他们在工作之外，几乎没有什么其他的业余生活。

本来肖建对方东的这种恶作剧深表厌恶，可是现在肖建还要感谢方东。因为不知什么原因,郑罗在下班以后突然返回来了。要不是方东,肖建就要露出马脚了。

郑罗冷眼看着打闹中的两个人,摇着脑袋离开了。

郑罗回来拿什么呢?他回来拿一封中心医院的体检通知书。他要去体检了,这是退休干部应该享受的福利。郑罗是退休干部,他是单位返聘回来的。

第十八章 “鼹鼠”的功绩(下)

郑罗从洗手间回到房间时，发现病房门开着，于是上前把门关上。等郑罗关上门回头时，他发现一个戴着曼陀罗花面具的“白大褂”站在自己的身后。

“白大褂”一步步慢慢逼近，郑罗一步步慢慢后退，直到身体抵住了墙角。“白大褂”从口袋里拿出手机，手机里是转动的曼陀罗花的图案。

第二天，郑罗来到中心医院，体检完以后，他坐在走廊的长椅上等候结果，护士拿着化验单走了过来。

护士告诉郑罗，他身体各方面的指标都挺正常，没什么毛病。现在医院有一个针对公安干警的福利活动，警龄二十年以上，返聘回来工作的警员，可以在中心医院的康复中心疗养一周，各方面都是免费的。

郑罗二话没说，马上答应了。他觉得自己现在很累，需要休息。郑罗一直在找一个合适的理由离开，现在他找到了，他要借疗养离开刑警队一段日子。

离开的原因，是他在等一个结果，等这个结果出来了，他才可能确定一些事情。所以说“老坛子肉”说得没错，郑罗是“鼹鼠”，他身上确实有事。

郑罗拿着病假条走在刑警队的长廊里，和方东、肖建擦肩而过。

方东上前搭讪，郑罗也没有理会。肖建看了看郑罗的背影，似乎察觉到了郑罗的心事。

郑罗推开刑警队大队长办公室的门，把手中的病假条放到了龙大的桌子上。

龙大对郑罗的突然请假有些不解，问道："好好的，怎么突然想休假了？"

郑罗的理由很简单也很有说服力，他是这么说的："年纪大了，还想在这个岗位上多干两年，趁最近不算太忙，我先休整两天。"

这个理由，龙大是无法拒绝的。一个夜以继日干了几十年的老干警提出休息几天，他能说什么呢？更何况，他郑罗还是退休返聘回来的。

龙大同意了郑罗的疗养申请。

走在刑警队的走廊上，郑罗看四下无人，从兜里掏出电话，边走边打。等郑罗收起电话走进检验科的时候，看见肖建正在检验科里翻找东西。

看见郑罗发现了自己，肖建索性开诚布公地问道："这段时间接连发生的几起自杀案件，您都没发现什么吗？"

郑罗不容置疑地回答道："这事你比我清楚，尸检报告不是都在你那儿存档了吗？"

肖建看郑罗不正面回答，继续问道："按理说，定性为自杀的案件是没有必要进行尸检的，您没发现什么，那为什么每具尸体都要进行解剖呢？"

郑罗最讨厌别人质疑他的工作能力，回答道："我的工作该怎么做，还不至于听你指挥！如果你对我的报告不满意的话，可以向上级反映！"

肖建和郑罗的这次谈话，以肖建自讨没趣收场。肖建在得知郑罗请假住院后，马上来到了警校打靶场。这是一个重要的情况，必须及时向"老坛子肉"汇报。

从肖建汇报的情况来看,郑罗是不是凶手还不敢肯定,但郑罗现在选择逃避,说明他手中一定握着很有价值的线索。

在确定郑罗住进了中心医院康复中心以后,“老坛子肉”决定现身,亲自去康复中心会会郑罗。

此时,郑罗坐在康复中心的病床上,龙大带着大伙儿前来慰问。

龙大拿着营养品,方东拿着棋谱,说了两句温暖的话,坐了没多大点工夫,也实在没什么可客套的了,众人就离开了。

这帮人还真是这样,平时在工作中能说会道,一旦碰到这种家长里短的事,还真没人说话能超过三句的,可能是因为他们是刑警而不是户籍警吧。

待众人离去,郑罗从枕头下面掏出了一个文件袋,放进了贴身的内衣里。郑罗从床上起身,走进了洗手间。

郑罗从洗手间回到房间时,发现病房门开着,于是上前把门关上。等郑罗关上门回头时,他发现一个戴着曼陀罗花面具的“白大褂”站在自己的身后。

“白大褂”一步步慢慢逼近,郑罗一步步慢慢后退,直到身体抵住了墙角。“白大褂”从口袋里拿出手机,手机里是转动的曼陀罗花的图案。“白大褂”把手机伸到郑罗面前,被郑罗一掌推开。“白大褂”再伸过去,手机被打落在地上。

“白大褂”从口袋里拿出打火机,点烟。郑罗再次打掉了“白大褂”的打火机。

两人四目相对,对峙。郑罗的手伸向桌子上的暖壶。水杯被碰倒,水从杯子里倾泻而出。

等“老坛子肉”跟肖建赶到,中心医院康复中心的病房里已经没有了郑罗的身影。

地上有一个碎裂的手机,是“白大褂”留下的。肖建捡起手机,画面是旋转的曼陀罗花的图案。“老坛子肉”意识到郑罗现在处境危险，喊道：“快！楼顶！”

“老坛子肉”和肖建在康复中心的天台上奔跑着，寻找着郑罗的踪迹。天台上全是晾晒的白布单，这给寻找带来了难度。

肖建跟“老坛子肉”在白布单中来回穿行。肖建掀开一个白布单，看见不远处郑罗正在朝天台的边缘走去。

肖建手疾眼快，一下子扑了上去。肖建抓住了郑罗的衣角，跳楼的郑罗悬在了半空中。郑罗从催眠中惊醒，开始挣扎，肖建连忙使劲往上拽。两个人想把手握在一起，然而郑罗的衣服裂开，最终郑罗还是从天台上掉了下去。

“老坛子肉”和肖建连忙跑下楼，只见郑罗趴在地上一动不动。

“老坛子肉”感觉郑罗还有呼吸，于是一面吩咐肖建去叫医生，一面给郑罗做人工呼吸。肖建跑到远处，招呼医生推着担架车跑来。

在大家的合力救助下，郑罗被送进了手术室。

一晃几个小时过去了，手术室内还在紧张地进行着手术。在门口，“老坛子肉”和肖建安慰着坐在椅子上焦急等待的郑妻，龙大这时也带着刑警队的人赶到。

龙大急切地问道：“怎么样？”

“老坛子肉”刚想说“还在抢救中”，医生从手术室里出来了，众人马上迎了上去。

医生安慰大家说：“只要度过今晚的危险期，命就保住了。”

听医生说郑罗还有生还的希望，郑妻连声向医生道谢。龙大想让郑妻回家休息一会儿，因为她从知道消息到现在，已经在医院守了一整天了。可不管说什么，郑妻死活都不愿意回去。“老坛子肉”打了个圆场，让大家都离开，只留下肖建给郑妻当帮手，有什么事也好有个照应。郑妻这才勉强答应。

一晃又是一个日夜，等肖建在走廊的长椅上再次睁开眼睛的时候,医生正从重症监护室里走出来,他刚给郑罗做完检查。医生身旁的护士示意在里面的郑妻出来一下。

郑妻出来问道:“什么事？”

护士先拿出了明天用药的单据交给郑妻,之后又拿出了一个文件袋,说道:“这是给您丈夫做手术的时候,他绑在自己身上的,应该是很重要的物品,请您查收一下。”

郑妻签字以后,打开文件袋,发现里面是几份尸检报告。郑妻意识到这几份报告的重要性,于是喊道:“肖建！”肖建应声跑了过来。

郑妻把报告递给肖建说道:“老郑什么时候都忘不了工作,这应该挺重要的,你收好了。”

肖建打开文件袋,看见里面的尸检报告后,马上给“老坛子肉”打去了电话。

肖建在电话中兴奋地说道:“左队,果然有那份报告！”

刑警队里,“老坛子肉”怀疑的“鼹鼠”终于不复存在了,需要寻找的尸检报告也终于找到了,“老坛子肉”已经没有了在外化装侦查的必要。

现在,“老坛子肉”正坐在刑警队会议室的正中间,他完成任务,顺利归队了。大家围坐在“老坛子肉”身边,嘘寒问暖。

百川说道:“左队,您不在的这些天,兄弟们都想死你了。”

方东紧接着说:“您回来就好,要不然,有的人就得天天抱着墩布过日子了！”

方东这话直接把肖建拎到了“老坛子肉”面前。是啊,这件事最憋屈的除了肖建就没有别人了。方东想让“老坛子肉”宽慰肖建两句,但龙大把话接了过去。

龙大说道:“一切都事发突然,顾不了那么多了。”

方东一听恍然大悟，说道："龙大原来知道啊，您也不事先支应一声，让兄弟们浪费了多少眼泪啊！"

为了向肖建表示歉意，在大家的提议下，"老坛子肉"决定请大伙儿吃顿饭。当问到肖建想吃什么的时候，肖建居然说了一句"糖醋排骨"，引来了众人的一片嘘声。

方东在一旁耻笑道："我们是让你订个好的餐馆，不是让你现在点菜！"

大家被方东的话逗得哈哈大笑起来，肖建也笑了。为什么开心？当然是因为"老坛子肉"归队了。"老坛子肉"归队了为什么开心？因为在外化装侦查毕竟是危险的，肖建不想让"老坛子肉"有任何危险，不想让这个他认为是自己父亲的人，死而复生之后再有丝毫的闪失。

他有一个小小的愿望，就是等到哪天休假，带着师父和师娘去趟北京，在天安门看一次升国旗。"老坛子肉"不是没有去过北京，甚至可以说是常去，可他从没在北京玩过，都是办案。

师娘说过，"老坛子肉"最大的愿望就是带着她在天安门看一次升国旗，可是等了这么多年，"老坛子肉"每次去北京都没叫上她。师娘知道老头子没有忘，只是他从来都没有休息过。所以，肖建想把这当成一个礼物，看哪天能给"老坛子肉"一个巨大的惊喜。

所以，他不想让"老坛子肉"有任何危险，距离退休也没几年了，肖建掰着手指头数过。

肖建还在思考带"老坛子肉"去北京旅游的事，龙大却把话题引回到了案件。

龙大说道："吃饭的事情一会儿再说，我们还是听左队跟我们分析一下案情吧。"

"老坛子肉"开始陈述案情："长话短说，这是一个多年前的案子，主犯持枪伤人而后诱导他人自杀未遂，后来失踪。我怀疑，该主犯出逃多年后又重新潜回本市,报复杀人。现在从郑罗法医的报告中发现了微量物质 CRG。方东带一组人去排查 CRG 的来源,百川去医院换班,郑罗一旦醒来,立刻报告!”

看着大家陆续离开会议室开始工作,肖建知道近期的旅行计划是泡汤了,是啊,先把手头的案件破了再说吧。

第十九章 初露峥嵘

电脑屏幕上忽然人影一闪,明成感觉身后有人进入了房间。明成回头,一个戴着曼陀罗花面具的黑衣人站在了他的面前。

明成慢慢地站起身,和黑衣人面对面站着。明成的电脑里出现了一个巨大的旋转的曼陀罗花图案，当图案最后幻化成一个骷髅形状的时候,黑衣人举起了手中的刀。

时间一天天过去,转眼已经两个星期。郑罗已经从重症监护室转移到了普通病房。郑罗的妻子意识到了一些不对劲,因为郑罗到现在还没醒过来。

在郑妻的要求下,郑罗被送进了康复中心的 CT 室,接受脑部的核磁共振扫描。

在康复中心的医生办公室里,CT 照片被挂在墙上,医生正在给郑妻和刑警队的同志讲解郑罗的病情。

医生说道:“这是患者头部的照片,你们现在可以清晰地看到这个地方有大面积阴影,患者入院的时候就有轻微的脑溢血现象,后来大脑受到强烈刺激,导致这个位置大量出血,虽然得到及时救治,控制住了脑部出血,但是这块大面积的血块压迫了患者的脑神经,这就是患者没有醒来的原因。”

“那怎么才能醒过来?”龙大问道。

医生的回答是,什么时候血块消除了,什么时候郑罗就能醒过来。

本来大家建议医生做手术拿掉血块的，但医生告诉大家，是血块本身堵住了破裂的血管，患者才有生还的机会，如果去掉血块，会直接造成患者死亡，所以从理论上来说，只有患者自身把血块全部吸收了，才有痊愈的可能。

郑罗的恢复看来是一个漫长的过程，或者像医生所说的，只是一种理论上的可能。

在肖建的引荐下，“老坛子肉”来到南江市医科大学，旁听明成的心理学课程。在大学的阶梯教室里，幻灯图片在讲台中央放映着，明成正在讲课。“老坛子肉”和肖建从教室一侧的后门走了进去。

明成正讲解道：“催眠是自我心理、生理调整的重要手段。它简单易行，行之有效。对于我们摆脱各种心理障碍及生理疾病，是非常有用的。容易接受催眠的人往往是那些文化水平高、心理素质好、感受性敏锐的人，儿童和老人以及低智能者因为脑神经系统功能状态不佳而难于被催眠。年纪越轻，越容易被催眠，因为年轻人的脑细胞较有活力，而年纪越大，脑细胞因为丧失了活力的关系，相对较难被催眠。

“现在我在网上看到很多人把催眠和犯罪联系在一起。前段时间有人推荐我看了一本小说，大概是说一位催眠术医生对一位女性患者施行了催眠术，指令她如何去杀死丈夫。书中提到用什么道具呀，说什么暗语呀，其实催眠有没有道具是无所谓的事情，你只要给被催眠者一个东西，让他能够专注在上面，就可以引导他慢慢进入催眠状态。还有就是，这种事情是否真的可能发生，我现在还无法判断。我只能说施术者和患者都得加以注意，尽量避免不正确的暗示造成不良的后果。故事就讲到这里，下课！”

在学生们的掌声中，明成走下讲台。肖建马上走上前，向明成引荐自己的师父。

“老坛子肉”向明成伸出手，说道：“我是市局刑警队的左宗，久仰您的大名,今天特地来向您讨教。”

两只手握在了一起,明成表示为刑警队提供帮助是每个公民应尽的义务,只要是他知道的,一定知无不言,言无不尽。

“老坛子肉”很感谢明成的配合,他希望明成把刚才没讲完的课程继续讲完。明成明白了,“老坛子肉”想听关于催眠犯罪的话题。

明成表示,如果站在理论的角度,像刚才他举例说明的那样,被催眠的人就好像一个机器人,催眠师运用遥控器(催眠术)控制着被催眠的人,被催眠的人只能无条件地服从催眠师的一切指令,执行他要求去做的一切。

“老坛子肉”问道:“催眠是不是和暗示有关?是不是所有人都会被催眠?”

明成笑着回答道:“看得出左队长在心理学方面也有研究。”在“老坛子肉”谦虚地表示略懂皮毛之后,明成继续讲解道:“催眠现象产生的原因相当复杂,暗示只是其中的一个因素,并不是全部内容。催眠感受性是正常人都具备的一种心理特征,所以理论上所有人都有可能被催眠……”

三个人就这样站在阶梯教室里,听明成一口气又讲了大约半个小时。肖建突然感到一阵头晕,“老坛子肉”和明成连忙扶着他坐下。

明成关切地问道:“你这是……”

“老坛子肉”告诉明成,肖建有低血糖的毛病,可能是站着聊天的时间太久了。

明成这才意识到,自己一高兴,说话的时间太长了。肖建表示自己没事,只要吃两颗糖缓缓,还可以继续。肖建说完,从兜里掏出了糖盒。

肖建休息的时候,“老坛子肉”向明成又讨教了几个问题。在一一得到圆满的答复后,“老坛子肉”看肖建恢复得差不多了,提出了告辞。

在明成送他们出去的路上,“老坛子肉”和明成拉起了家常,随口问道:“听您的口音好像是奉埠人?”

明成表示“老坛子肉”好耳音,他从小在奉埠生活,十几岁就跟着父母出了国,很少有人能听出他有奉埠口音。

谈话间三个人来到了医科大学的大门口,彼此话别。看着明成远去,肖建头虽然不晕了,但仍然站在原地发呆。“老坛子肉”上前打断了肖建的思路。

“老坛子肉”问道:“想什么呢?刚才我怎么见你心不在焉的?”

肖建不好意思地答道:“有个朋友约我今天见面,我把这事给忘了,我想请半天假。”

在征得“老坛子肉”的批准后,肖建上了吉普车,一溜烟就跑没了影。

肖建要见的那个人是米阳,米阳今天从拘留所里出来,他想去接她。

一个人一生的记忆里有很多人可以忘,因为他们或她们只是过客,但米阳不是;有很多事也可以忘,因为那些只不过是无关紧要的琐事,但在肖建心里,他和米阳之间的事不是。

现在,肖建站在拘留所的门口,看着大门打开,米阳从里面走出来。一辆别克车停在路边,米阳走了过去。米阳走到别克车前,感觉身后有人。

米阳回头,发现肖建正站在不远处看着自己。米阳犹豫了一下,示意别克车离开,自己朝肖建走了过去。米阳上了肖建的车,车朝江滩的方向开去。

江滩上,肖建和米阳并排走着,两个人任由江风吹拂着自己的脸颊。

米阳充满谢意地说道:“谢谢你替我说了那么多好话,我才有可能这么快从里面出来。”

肖建回答道:“那天你没让我跳下去,我才有机会说那么多。”

米阳又问道:“你那天说的话,都是真的吗?”

肖建认真地回答道:“真的。你能原谅我吗?”

米阳没有立刻回答原谅还是不原谅,她问了肖建一个问题——如果那天跳下了山崖,来世希望自己是什么?

这是一道心理测试题,米阳知道答案。肖建的回答是,希望来世是一滴雨水,一滴落入大海的雨水。这个答案显示了肖建内心是一个孤独的可怜人。只有孤独寂寞的人,才会在内心里有这样潜意识的选择。一切表明肖建的内心确实和米阳一样,他们都是这个世界上孤苦伶仃的可怜人。

米阳此时在心中彻底原谅了肖建。如果说在陵园原谅肖建可能是迫不得已,权宜之计,现在在明白了肖建的真实内心后,米阳是真心选择了原谅。

米阳感慨道:“我原谅你了!但如果有一天,我知道你说了假话,我就……”

肖建看着米阳的眼睛,坚定地说道:“任凭你处置!”

就这样,肖建和米阳之间的误解终于彻底消除了。

在安抚完米阳之后,肖建又急匆匆地朝“老坛子肉”家赶去。今天是“老坛子肉”的生日。去年生日没过痛快,今年一定要好好过。所以说今天,好事都赶在一堆了。

方东和肖建来到“老坛子肉”家门口,方东看着窗户里透出的光亮,冲肖建挤眉弄眼。肖建推了方东一把,两个人推搡着进了门。

“老坛子肉”此时端坐在客厅的中间,身后的墙壁上挂着一幅书法作品——“无欲则刚”,众徒弟围坐在他的身旁。看上去,绝对是一派热闹的生日场景。

当然,除了蒋钦,刑警队的小伙子们都在。师娘正在往桌上上凉菜，众多礼物堆放在桌前。长庆拿着酒瓶，嘚瑟地站在“老坛子肉”面前。

长庆说道：“师父，这是我带来的茅台，孝敬您的！”

正说着，方东和肖建从门外跑了进来。两个人捧着礼品盒来到“老坛子肉”面前，互使眼色。

盒子打开，里面是金灿灿的手表。

肖建和方东齐声喊道：“生日快乐！”

师娘喊道：“上次你们不是送了一块吗？怎么又买？这手表很贵的！你们现在一个月才挣几个钱？老左，这回说什么也不能收！”

“老坛子肉”对妻子说道：“你放心吧，我不收！小子们，礼物都收回去，今天你们来给我补过生日，我就很高兴了，你们要是还拿什么礼物让我收，我可告诉你们，以后就别再进我‘老坛子肉’家的门！”

肖建解释道：“师父，这手表是我买的。我不是送您礼物，是因为我把您那块意大利鹰表弄坏了，我这是赔偿！”

“老坛子肉”听了肖建的解释，不但没收下手表，还使劲地敲了一下肖建的脑壳，说他油嘴滑舌，肖建连忙回头向方东求援。

方东马上表示，“老坛子肉”应该收下这块手表，因为这是大家伙的一片苦心。

为什么这么说呢？没人不知道左宗在刑警队里办案那是头把。“可背地里大伙儿叫您什么，您知道吗？”方东问道。

“老坛子肉”有些纳闷，除了现在这个外号，难道还有别的？“老坛子肉”问道：“叫我什么？”

方东一字一顿地说道：“老左，农民！对吧？”

“老坛子肉”望向大家，见大伙儿偷偷闷笑，知道方东没说假话。

“老坛子肉”表示，自己骨子里就是一个农民，这样叫也没错。

方东回答道：“问题在于我们徒弟心里，不能有辱偶像的光辉形象,所以,老左,请收下吧!"

方东说到这里,在场的所有人都站起身来,异口同声地说道:"老左,收下吧!"

肖建在一旁低声解释道:"师父,这跟钱没关系,这是大伙儿的心意!"

"老坛子肉"有些感动,动容地说道:"我收下了!"

"老坛子肉"装作戴手表的样子,趁机在方东的脑袋上狠狠地来了一下。方东疼得哇哇叫,大伙儿笑开了花。

这时蒋钦手里拎着蛋糕,推门走了进来。大家一看见蒋钦,气氛一下子冷了下来。因为大家都知道,最近一段时间,蒋钦正在频繁地相亲,基本上没和大家见过面。

"老坛子肉"没有在意这些,热情地让大家给蒋钦让座。蒋钦微笑着点头,走到肖建身旁坐了下来。

肖建看见蒋钦低声问道:"你不是在和什么CEO相亲吗?怎么有空跑这儿来了?"

肖建这句话明显带有讽刺的意味。蒋钦可不会就此认输,她从来就不是这种性格,尤其是在肖建面前。

蒋钦回答道:"我以为怎么了呢,原来在这儿躲着吃醋呢!"

肖建和别人说话不行,要么没话,要么结巴,可跟蒋钦在一起,他特别能抬杠。肖建说道:"醋呢,我天生就爱吃!可你的醋,活到今天还没兴趣吃!"

肖建是最能逗蒋钦生气的那个人,因为他知道蒋钦在乎什么。现在,蒋钦正要发作,灯光正好熄灭。大家唱着生日歌,将蛋糕推到了"老坛子肉"的面前。

烛光中,肖建和蒋钦四目相对。此刻的蒋钦在肖建眼中显得那样的美丽迷人,肖建一下子想到了在警校刚认识蒋钦的那会儿。

那是警校第一年，大家出门去春游。身穿实习生警服的肖建在商品街的小摊前闲逛着，蒋钦英姿飒爽地从远处走了过来，把闲逛的肖建看傻了眼，当时肖建和蒋钦就是这么四目相对的。在这之前，蒋钦在肖建眼里，基本上就是一个假小子。

两个人就是从那时“一见钟情”，开始互生好感，然后就发生了长江渡轮上的一幕。

随着蛋糕上烛光的熄灭，在大家的欢呼声中灯光亮起，肖建和蒋钦从回忆中回过神来。

大家开始分吃蛋糕，方东把蛋糕递到肖建手中，挤挤眼睛示意肖建给蒋钦送过去。肖建有点不情愿，方东各种做鬼脸。

肖建拿起手中的蛋糕递到蒋钦面前，蒋钦露出了微笑。肖建突然把蛋糕拍在蒋钦脸上，蒋钦猝不及防，十分狼狈。方东偷偷递上毛巾，蒋钦气急败坏地擦了擦脸，却看到肖建笑得十分开心。

蒋钦骂道：“你个浑蛋！”

蒋钦想打肖建，肖建飞快地起身躲过。两个人在人群中开始追打。肖建突然停住逃跑的脚步，回头微笑地看着蒋钦。蒋钦看肖建突然停了下来，一下子愣住了。她知道肖建这个时候想干什么，她站定等待，最后肖建上前和蒋钦拥吻在了一起。

在大家的起哄声中，蒋钦伸手在肖建的额头上打了一下。她总爱在和肖建甜蜜后做这个动作，大概是因为肖建爱在众人面前表现亲密的行为，蒋钦毕竟是女孩，她也有害羞的时候。

就在这时，方东在二人身后喊道：“回头！”蒋钦和肖建回头望去，方东趁机按下手中的相机快门，画面定格。

其实现在回想起来，这次和上次在“老坛子肉”家过生日没什么不同，人还是那些人，事也还是那些事，甚至吃的菜、说的话，如果你观察仔细，基本上也没换过花样。这就是刑警的生活，千篇一律。

能在百忙之中偷得一次闲，和心爱的人坐在一起吃口蛋糕，和尊敬的人喝杯酒，或者和哥们儿弟兄逗逗闷子，说着重复了千百次的老段子，他们每个人心中就会很开心。因为在他们眼里，这就是他们的亲情、爱情和友情。

一顿再平常不过的饭菜，可能不那么可口，但吃在嘴里，暖在心间，那是彼此之间浓浓的情谊。

现在，"老坛子肉"家的生日晚宴气氛已经达到最高潮，大家围坐在桌前唱着《人民警察之歌》。蒋钦小鸟依人地靠着肖建的肩膀，看着"老坛子肉"站在桌前指挥着二声部合唱。大家其乐融融。师娘满脸笑意地示意"老坛子肉"出来接个电话。

"老坛子肉"离开之前说道："你们继续，下个节目是肖建和蒋钦的男女对唱——《警察的承诺》！"

蒋钦害羞地躲在肖建身后，大家哄笑着继续唱着《人民警察之歌》。

手机的声音陆续响起，大家开始看自己的手机微信。"老坛子肉"走了进来，预示着晚会到此结束。

"老坛子肉"命令道："有重大情况，所有人立即归队！"

从休息到工作，转换得就是这么快。谁能想到二十分钟前大家还在对酒当歌，而当下在刑警队的会议室里，大家正襟危坐，正在等待下一步任务的下达。

您是不是觉得这不应该是现代生活的节奏啊，这应该发生在战争年代才对。

在我们现在生活的和平年代里，以肖建和"老坛子肉"为代表的这个群体，他们每天都在经历着没有硝烟的战争。

大家回到刑警队的原因是，情况刚刚查明，CRG的专利人是明成，这可是谁也没有想到的。赫赫有名的心理学家居然一下子变成了曼陀罗案件的重大嫌疑人！肖建来不及细想，“老坛子肉”的任务已经下达。

“老坛子肉”说道：“现在分组展开调查，我明天去房山，方东继续调查 CRG 的来源，肖建、长庆调查一下明成的社会关系，三天后咱们将情况汇总。”

什么都别想，什么都别想。肖建努力让自己镇定。刑警最怕外在因素干扰自身的判断，先查查看，清者自清。肖建说服了自己。

中心医院康复中心，肖建、长庆匆匆走进大门，正要出门的明成和肖建碰了一个正着。明成对肖建的突然来访颇感意外，因为今天还没到给肖建做心理治疗的日子。

明成见肖建说话有些遮遮掩掩，明白了肖建可能在工作，不方便透露细节，于是识趣地点头想离开，却被肖建叫住：“明成老师，真是不好意思，既然您在，那一会儿我的同事想给您做一个询问笔录，了解一些情况，您看可以吗？”

明成想了想，无可奈何地举起双手表示赞同。明成的意思可能是，既然你都这么说了，我能不配合吗？

与此同时，“老坛子肉”带人在市局出入境管理处了解情况。民警正在用英语跟 Y 国方面进行电话沟通，方东在一旁看着。打电话的人跟方东点点头。

三天后的刑警队会议室，大家在进行情况汇总，方东第一个发言。

方东说道：“我们和 Y 国方面取得联系后，Y 国方面表示，CRG 确实是明成在学习期间跟一个叫立威廉的 Y 国人共同研制的，它主要用于抑制对成瘾行为的依赖性。曾经被 Y 国某药厂购买，用于消除对香烟成瘾的依赖性。后来因为这种药品产生的副作用会导致抑郁，不少用药者在服药期间都有不良反应，甚至自杀。”

“那个叫立威廉的人，现在能找到吗？”“老坛子肉”问道。

方东回答道：“现在还没有消息，Y 国方面说，一旦找到，会在第一时间和我们联系。”

就在“老坛子肉”带领着刑警队的队员们对明成和他研制的药品进行摸排调查时，明成家发生了状况。

那天晚上，明成坐在自己家书房的电脑前，像往常一样查阅自己的邮箱，无意中打开了一封新的电子邮件。

“婆娑自比小山，寂寞甘同苦行。”几个字从邮件中跳了出来。这正是肖建提到过的曼陀罗案件中，每个被诱导自杀的受害者跳楼前都会说的两句话。

明成正在纳闷这两行字怎么会出现在自己的邮箱里，电脑屏幕上忽然人影一闪，明成感觉身后有人进入了房间。明成回头，一个戴着曼陀罗花面具的黑衣人站在了他的面前。

明成慢慢地站起身，和黑衣人面对面站着。明成的电脑里出现了一个巨大的旋转的曼陀罗花图案，当图案最后幻化成一个骷髅形状的时候，黑衣人举起了手中的刀。然而明成并没有被黑衣人所催眠，明成此刻突然清醒，作为心理医生，他早有防备。

在这关键时刻，明成的专业素养救了自己的性命，他闪身躲过黑衣人刺来的尖刀。尖刀虽然没有刺到明成的心脏，却还是扎在了明成的大腿上。明成摔倒在地的同时，发出了大声的呼救：“来人啊！”黑衣人在明成的呼救声中逃之夭夭。

第二十章　古堡迷踪(上)

空荡荡的走廊确实让人一时摸不着方向。肖建示意方东和自己兵分两路开始寻找。最后两个人再次跑到了一起。

就在两个人摸不着头脑的时候，一个人影从楼顶落下，最后摔在了古堡正中央的空地上，是齐飞主任。

肖建是被方东从睡梦中叫醒的。知道明成遇刺的消息后，刑警队的人都赶到了案发现场，在明成家勘查完现场已是天明。

肖建本来想安慰一下明成，没想到连夜赶来看望明成的上级领导还真不少，最后连赵志高都来了。

在明成家的走廊里，赵志高疾步走来，中心医院的齐飞主任一路小跑跟在后面。

赵志高一边走一边问道：“伤势怎么样？”

齐飞在旁边一边小跑一边答复道：“不幸中的万幸，刀口切入大腿内侧，只差几毫米就伤到大动脉了。”

说话间两个人来到了明成的卧室门口，龙大跟“老坛子肉”正好走了出来。赵志高回身和“老坛子肉”、龙大说话，“老坛子肉”和龙大不住地点头。肖建和方东一干刑警队的人只能远远地观望，不知道省委领导为什么现在会来。

方东问道：“怎么这么大的阵仗啊？赵志高都亲自来了，还安排了专门的医生看护。”

百川总在市委帮忙协调保卫工作，说道：“重要人物呗。”

两个人正嘀咕着，“老坛子肉”走了过来。

“老坛子肉”吩咐道：“肖建，联系他们保卫科，从现在开始，二十四小时这儿都要有人！”

“老坛子肉”交代完任务后，走进明成的卧室。齐飞正在检查明成的术后情况。明成躺在病床上，龙大陪着赵志高站在一旁。

赵志高安慰道：“这几天你就别忙了，好好休息。”

明成回答道：“没什么，挺得住，齐主任也说没事了，咱们这项目现在正是攻坚阶段，不能耽搁啊！”

齐飞在一旁劝阻道：“不行！万一你伤口感染了，问题可就严重了！”

明成看着赵志高，恳求道：“您是知道我的，我不会离开工作岗位，再说有齐主任在身边，不会有事的。”

赵志高被明成轻伤不下火线的诚意所感动，答应了明成在家疗伤期间可以继续进行实验工作的请求，还留下齐飞主任做照应。

赵志高当着在场所有人的面说道：“明成院长现在负责省里的一个生物工程，这个生物工程是省里下一个五年计划的重点扶植项目，现在正是攻坚阶段最困难的时候。他的成败决定着未来五年南江市的经济增长速度是百分之一还是百分之十。所以，他现在是咱们省里的头号宝贝。”

赵志高讲完话以后，刑警队十分配合，“老坛子肉”指派了肖建和方东进驻到明成家，负责这段时间的保卫工作。

行走在明成家的走廊里，听着脚步的回响，肖建这才感觉到明成家之大，就算用宏伟来形容也不夸张。

这是一个法式风格的古堡，古堡内是一个回形结构的长廊，被长廊包围的是一块中央空地,直通古堡的塔顶。

当然,在这么大的一个古堡里只住两三个人,除了宏伟之外就是另一番景象了,何况现在又出了伤人案。肖建、方东在明成助理张恒的带领下,正行走在古堡走廊里熟悉环境。

张恒一边走一边说:“这边走廊直接通到一楼,下楼就是前门。这边走廊通到卫生间,也可以到一楼,不过通的是后门,一般情况下后门是不开的。咱们现在走的这个拐角走廊直通天台。这是院长办公室。”

熟悉完环境后,肖建觉得“老坛子肉”下达保卫明成的指示是明智的,这么大的古堡,在没有什么人住的情况下,凶手想来就来,想走就走,简直太容易了。

张恒领着肖建和方东来到明成的卧室。张恒敲门说道:“明成院长,留下来保卫的刑警队的同志,您要不要见一下?”

护士帮明成打开房门,明成坐在床上说道:“你们好,劳烦你们了,请进。”

肖建和方东走进房间。肖建表达了对明成的问候,同时也请明成相信,自己一定会尽力保护好他的安全,直到他伤好为止。

明成对肖建认真做出的保证很感谢,这个时候,赵志高的电话打了进来。

肖建看明成有事要忙,起身准备离开。出门的时候,肖建突然放慢了脚步,他对明成卧室的锁产生了兴趣。

这是一个中世纪欧洲的老式门锁,现在基本上见不到了,明成居然还在用这样的锁。当然,锁和这个城堡很匹配。想到这里,肖建也没什么疑惑了。

在张恒的带领下,肖建和方东来到了自己的客房,张恒打开了房门。

张恒说道:“这是你们的房间,你们看看是否还满意?”

肖建和方东走进卧室，很整洁也很宽敞的房间，就是一个宾馆标准间的放大版。

肖建和方东表示满意，张恒继续说道："为了方便你们工作，你们的房间我给安排在了这边，隔壁是院长的房间，另一边隔壁是我的房间，有什么问题，你们可以第一时间找到我。"

等张恒交代完一切事宜出门后，肖建从客房的窗户跳了出去。现在，真正的地形勘查任务开始了。

通过勘查，肖建最大的发现是，古堡的窗台外有一个外延，应该是雨天用来排水的沟渠，当然这很可能被犯罪嫌疑人利用，作为进入古堡任意角落的最佳通道之一。

肖建从窗台跳到院落的草坪上，最后走出了明成家的大门。

肖建得出的结论是，从窗台直接跳到草皮上是很危险的，像他这样身手矫捷的人只要稍不小心，就有可能受伤，而一般人很有可能会摔断腿，所以这样的离开方式是鲁莽而不可行的，除非慌不择路，或者狗急跳墙。

至此，肖建一个人围着古堡转悠了一圈，再次回到了客房。

很快到了夜晚，客房的门开着，肖建和方东倚坐在床上看着电视，张恒端着茶案子走了进来。为了熬夜，张恒为大家做了精心的准备。

一边喝茶一边聊天，时间很快就到了深夜2点。当钟声敲响的时候，张恒表示肚子有点不舒服，走进了洗手间。

就在方东跟肖建相视而笑，继续品茶的时候，书房里传来了惨叫声。肖建和方东迅速冲了出去。两个人冲到书房门口，门开着，明成躺在地上，大腿的伤口缝合处鲜血直流。

明成喊道："快！刚出门，向左边跑了！抓住他！"

肖建和方东按照明成说的路线跑了出去，空荡荡的走廊确实让人一时摸不着方向。肖建示意方东和自己兵分两路开始寻找。最后两个人再次跑到了一起。

就在两个人摸不着头脑的时候,一个人影从楼顶落下,最后摔在了古堡正中央的空地上,是齐飞主任。

肖建示意方东去查看齐飞的伤势,自己则迅速朝天台追去。在楼梯口,戴着曼陀罗花面具的黑衣人和肖建眼神相撞。双方一时间展开了追逐。

肖建紧紧跟在黑衣人后面奋力追赶。而黑衣人在肖建的追赶下,不得已跑回了作案的这一层回型走廊。这正好是肖建和方东预设的抓捕点。

肖建在步话机里指挥方东和张恒各自带领保安,按照事先商量好的计划合围过来。黑衣人跑到走廊,保安拦截;黑衣人转身跑向另一侧走廊,方东迎面跑来;黑衣人朝拐角处跑去。肖建和方东会合,追赶而来。拐角处,肖建、方东跟追赶而来的张恒撞在了一起。

几路人马合围在一处,黑衣人居然不见了。张恒觉得很纳闷,喊道:“人呢?眼看就要抓住了,这是怎么回事?”

众人会合在一起张望着空荡荡的主楼,戴着面具的黑衣人已经不见了踪影,只剩下齐飞主任冰冷的尸体静静地躺在古堡中央,让人不寒而栗。

明成家的走廊里再次传来急促的脚步声,那是赵志高特有的频率。不听他说话,就知道他有多着急。赵志高一边走着一边在走廊上大发雷霆,这一次在一旁陪着小跑的是市局分管刑侦工作的黄正英副局长。

赵志高一边走一边生气地说:“上次你怎么没来?就这么点小事,这么大地方,难道都干不好吗?”

黄正英解释道:“上次局里有会。您消消气,我们前期工作没做好,从现在起,我们加派人手,二十四小时盯着,眼皮都不眨!”

赵志高说道:“我已经给省厅打过电话了,把曹方勇调过来,你们协助他!”

黄正英一听调省厅的人,还让市局刑警队协助,这不明摆着打脸吗?黄正英忙说道:“调曹方勇就不必了吧。这点小事我们能干好,否则刑警队龙大他们也没面子。”

赵志高这次一点情面也不讲,说道:“要面子?先把工作做好了,再跟我谈条件!”

赵志高说完,没等黄正英反应过来就疾步离开了。黄正英看赵志高态度这么强硬,也只能点头目送他远去。

这里有必要给大家介绍一下,黄正英是位五十多岁的女同志。女人分管刑侦工作,这在全中国乃至全世界都是屈指可数的。但黄正英就是其中的一位。

她可不是凭关系上位,谁要凭关系上来管刑侦工作,那是找死。所以说,黄正英绝对是一个有能耐的人。

黄正英走到龙大面前,告诉他省厅保卫局曹方勇要来的消息。龙大一听省厅保卫局要介入,立马急了眼,说道:“调曹方勇?不必了吧。那我们也太没面子了。”

黄正英把赵志高的话一字不漏地转达给了龙俊飞。黄正英说道:“要面子?先把工作做好了,再跟我谈条件!”

这就是黄正英的特点,上级指示坚决执行,绝不挟带私货。这个年月,能做到这一点,已经很不容易了。当然,黄正英绝不仅这一点本事,后面会给大家陆续介绍。

把赵志高和黄正英送进明成的卧室后,龙大回到了古堡的书房。这里是昨日的案发现场之一,刑警们还在勘查现场。地上一摊血迹,长庆在拍照。一旁,“老坛子肉”正在训斥肖建。

“老坛子肉”问道:“怎么搞的,不是让你盯紧了吗?”

肖建低着头不说话,方东带着保安来到“老坛子肉”的面前。

保安开始汇报情况:“昨天晚上,我听见书房里有动静,起初我没太在意,因为明成院长经常晚上加班,我转身离开的时候,听见里面有东西摔碎了,还有人对话,我就敲门。门突然开了,有人跑了出来。我在后面追了一会儿,那个人就不见了。回过头,我去看院长有事情没有。书房里,院长坐在椅子上,脸色白得可怕,手里拿着张字条,口里还念叨着什么,我没听清。”

“老坛子肉”说道:“婆娑自比小山,寂寞甘同苦行。”保安惊讶地答道,明成院长嘴中说的就是这两句。

卧室内,明成躺在病床上,正和大家聊天。护士在调节着输液管的流量。赵志高坐在一旁关切地看着。

赵志高给明成带来了一个好消息,明成申请的报告批下来了,省里同意把明成申请的那块土地作为实验基地。

对明成来说,这确实是一个天大的好消息。明成激动得从床上坐了起来,说道:“真的?谢谢!”

赵志高示意明成不要太激动,以免碰到伤口,然后继续安慰道:“所以,后面的路还很长,一定要养好身体,注意安全,不能再有什么意外了。”

明成让赵志高放心,自己一定会照顾好自己。

赵志高说道:“从齐飞主任的死亡可以看出,你现在的处境很危险。由于实验确实处于攻坚阶段,实验基地的搬迁尚需时日,所以你只能在家中再委屈一段时间。为了保险起见,我特地为你调派了一队人马,他们可是专门负责省厅领导保卫工作的,很有经验,绝对能保证你的安全!”

赵志高交代完以后,起身离开了明成的卧室。赵志高没走多久,几辆吉普车就停在了明成家的大门口,省厅的曹方勇组长带着他的一干人马到了。龙大心里虽然有一百个不乐意,可这是上面下达的命令,他也只能强打着笑脸上前去迎接。

龙大想请曹方勇吃顿便饭，好在吃饭的时候和曹方勇套套近乎，因为谁都知道曹方勇不好惹。曹方勇干脆地拒绝了龙大的邀请,虽然只是一顿工作餐,虽然曹方勇的人还都没有吃饭。

这时曹方勇接到电话,赵志高在电话里传来了最后指示:“一切就全靠你了！”曹方勇挂断电话,马上命令手下各自散开,开始忙活。

刑警队的人透过明成家客厅的窗户看着窗外，大家心里都明白，这次脸丢大了,自己被省厅保卫局的人撂在了一边。最后还是方东心直口快,把大家心里的不快给吐了出来。方东说道:“咱们这是被晾在一边咯！”

“老坛子肉”责备道:“就你话多!大家都别闲着,准备准备,一会儿情况汇总。我有事,先出去一趟。”

“老坛子肉”说完,自己转身走掉了。方东跟在后面吐舌头,他一脸严肃地模仿“老坛子肉”走路,他是在通过找乐子宣泄心中的不快。当刑警这么久了,只有他们叫别人靠边站的时候,今天轮到自己头上,还真不是个滋味。

“老坛子肉”要去的地方是一个寺院,有个问题缠绕在他心中很久了,他希望得到解答。其实也不重要,反正人被晾在一边,难得这么清静,他也可以借机梳理梳理自己的大脑。

寺院的禅房内,“老坛子肉”把手中的纸条递过去,住持接过纸条,上面写着两句诗:“婆娑自比小山,寂寞甘同苦行。”

“老坛子肉”说道:“我在网上查过,这两句诗出自清代曹寅的《山矾》。原句是‘婆娑自比小山桂,寂寞甘同苦行僧’。但我不知道这两句想表达什么意思,师父,现在还有苦行僧吗?”

住持回答道:“我多年前见到过一个,现在很难见到了。苦行僧一般居住在远离尘嚣的喜马拉雅山上,或寄居在某个庙里,吃斋念佛,修炼瑜伽。印度、尼泊尔、我国西藏的深山野林里还有真正的苦行僧人。”

“老坛子肉”心中的疑问获得了解答,他转身离开寺庙。这确实不是什么紧要的事。苦行僧?现在这个社会,确实不会有了。“老坛子肉”心中苦笑,这还真是一个闲得蛋疼的时候才会想问的问题。

第二十一章　古堡迷踪(下)

这是瓮中捉鳖的最后一环。大家看见黑衣人跑进回廊的时候，都心中暗喜……然而，等灯光再次亮起的时候，回廊里已经没有了黑衣人的踪影。

确实很邪门，众目睽睽之下，一个大活人就这么突然消失了，谁都会觉得后脖颈子有点凉。

此时明成家古堡的大厅内，大家围坐在沙盘边，曹方勇主持会议，大家正在进行情况汇总。刑警队的百川介绍了自己勘查到的情况。

百川说道："顺着脚印，我一直走到围墙边，凶手应该是从窗户跳下以后，沿着小路跑到围墙边离开的。"

长庆接着说道："从屋内遗留的痕迹来看，凶手在诱导明成院长失败后，二人发生过搏斗。作为诱导工具，播放旋转的黑色曼陀罗花的手机，掉落在距办公桌三十厘米的地上。窗台有凶手遗留下来的鞋印，经过比对，跟百川寻找到的足迹一致。"

刑警队的人汇报完之后，接着汇报的是省厅保卫局的"半只耳"。这个"半只耳"有些来头，肖建对他是有印象的。就在今年公安部举行的"大比武"中，肖建在散打格斗中和他交过手，身手不错，肖建在全程落下风的情况下侥幸取胜。

之所以大家都叫他"半只耳"，是因为此人是专业柔道运动员出身，而练柔道的人长年被人夹颈子摔，耳朵经常会受伤，耷拉下来，看上去只有正常人的一半大小,所以大家戏称他为“半只耳”。

“半只耳”出现在曹方勇的队伍里,只能说明,曹方勇小组里的成员确实都是百里挑一的精兵强将。

“半只耳”说道:“我看了两份笔录,目击事件发生过程的保安说的,跟明成自己叙述的情况基本一致。”

“半只耳”的话虽然不多,但他的确是个懂行的厉害角色,言简意赅。

刚介入调查,最忌讳的就是胡乱评价和指手画脚。肖建在心中肯定完曹方勇的精兵强将后,开始给大家介绍明成家的布置情况。因为明成家很特殊,所以环境位置变得非常重要。

肖建说道:“通过这两次和凶手打交道,我发现凶手能够非常从容地进入古堡,也能在作案后很轻易地离开,所以我认为凶手是一个对这栋建筑非常熟悉的人。那么,把这个古堡内的每一个位置都尽快熟悉起来成为我们的当务之急,这是我简单画的这栋建筑的草图。”

肖建展开了这几天他在房间内绘制的草图。曹方勇没有打断肖建,看来他也认同肖建的看法和建议。肖建展开草图,指着整个建筑中最复杂的一处结构,也就是上次他和方东追击凶手,最后让凶手逃脱的地方,着重讲解道:“这是第一走廊,直接通到一楼,直至户外。这是第二走廊,通到卫生间,也可以到一楼,不过后门是不开的。这是回廊,直接通到天台。凶手就是在这个位置消失的。”

曹方勇听完情况分析后说道:“凶手从没失手过。这次出现意外,极有可能会卷土重来,像开心旅馆雷达案件一样。既然凶手的行踪如此缥缈,咱们不妨就来个瓮中捉鳖!”

这是曹方勇来到明成家后,针对案件说出的第一句话。肖建对曹方勇的话是震惊中带着佩服。

说事说重点,打蛇打七寸。从曹方勇的发言来看,来之前他是做了大量功课的,要不然也不会知道开心旅馆雷达案件。而且曹方勇大胆提出并案侦查,也就是说他在研究之后摸到了对方的规律,那么最后的瓮中捉鳖应该有他的用意。虽然肖建现在还不知道曹方勇准备怎么做,但他觉得这个方案应该具备可行性。

凶手的规律到底是什么?曹方勇是怎么摸到的?摸到规律以后,曹方勇准备怎么做呢?带着这些疑问,肖建从会议室回到自己的客房。

肖建躺在床上,对身旁的方东视若无睹。而方东却有一搭没一搭地和肖建聊着天。因为他想知道肖建现在在想什么,就好像肖建现在在想曹方勇在想什么一样。这是长本事的绝佳机会,肖建不会放过,他方东也不会放过。

方东问道:“这个曹方勇葫芦里卖的什么药啊?”

肖建答道:“高手!”

方东不服气地说:“怎么就高手了?怎么就那么肯定凶手会从大楼里逃离?再说了,凶手进到明成房间,一旦发觉,咱们冲进去不就得了?搞什么瓮中捉鳖,我看是脱裤子放屁!”

肖建解释道:“保卫守则第一条,当保护对象受到侵害、袭击时,要第一时间将保护对象跟犯罪嫌疑人分离,抓捕是其次。你忘了?”

这一条,方东还真忘了。方东暂且同意了肖建的说法,让肖建继续说下去。

肖建继续分析道:“明成房间的门在一般情况下是反锁的。咱们刚来的时候我就检查过门锁,很牢固,一旦反锁,很难从外面瞬间进入。

“我说过,凶手对这个建筑很熟悉,所以他很有可能会在第一时间选择从第一走廊直奔一楼出去。如果被堵死,他就会折返回来,直奔第二走廊的卫生间,从窗户跳下逃走。我这两天观察,这楼大部分窗户离地面都很高,跳下去容易摔断腿,而第二走廊的卫生间的窗户最接近地面,不会受伤。”

方东没想到，肖建对这儿的环境已经熟悉到了这种地步。他示意肖建继续分析下去。

肖建说道："从现场勘查的结果和笔录来看，可以确定，凶手就是我们追踪的诱导罪犯。只是有一点我现在还没弄明白，以往凶手都是尽可能地伪装杀人现场，为什么这次一反常态，还留下了这么多的痕迹呢？他的犯罪动机是什么呢？"

肖建提到犯罪动机，这让方东乐了。方东这些天可看了不少书，用他自己的话说，是把前世今生和来世的书都看了，你就说他有多闲吧。

这些天他在心理学方面可是做足了案头功课。所以说，有时候把一个人长期禁锢在一个地方，未尝不是一件好事，就看你自己怎么想，怎么做。

方东说道："凶手这次面对的是心理学家，是高手中的高手。要么是他情急下手，要么是他觉得自己作案总没有动静，希望我们知道，跟我们较劲，心理学上这叫犯罪心理升级！"

肖建真没想到方东能说出这么高水准的案情分析，把他都说愣了。

肖建说道："行啊，开始研究犯罪心理了！"

方东一看肖建的神情，知道自己这些天的书没白看，唬住肖建可不是一件容易的事。方东马上得了便宜还卖乖，嘴上装作无意地说着："没事瞎看看。"然后马上就回到自己的床上，继续看书。方东心中暗乐道："小样儿，以后就用这招拿你！让你在我面前逞能，以后就拿书本说死你！"

肖建并不在乎方东怎么想，只要方东说得对，他是听的。方东多看点书，他是求之不得。肖建现在的心思不在怎么被方东说愣了，他还在想凶手的进出路线。肖建想，凶手下次会从哪儿进来呢？想到这里，他走到窗台前，吐出口中的口香糖扔在窗台上。

这个无意的动作,您可千万不要以为他是在随地乱吐,这是在做暗卡。这是肖建的习惯。在这么大的古堡里,有多少进出的口,一些是他知道的,可一定还有他不知道的,要不怎么凶手进来的时候都毫无察觉呢?

窗台外延的排水管道,是肖建认为最理想的进入路线之一。所以,他要留下标记。经过这些天的努力,吐在窗台下排水管道上的口香糖,已经被他排成了一段不规则的、有效的拦截面,想跨过去就必然会留下痕迹。这个不起眼的暗卡,在几小时之后得到了验证。

皓月当空,古堡在月光的照射下显得格外的安静祥和。肖建和方东的客房里,方东在床上酣睡,肖建起身上洗手间。

肖建像往常一样走到窗台前,看看自己吐过的口香糖是否有被踏过的痕迹。这次,上面有明显的脚印。肖建马上警觉地朝明成的房间望去。看来大事不好,明成房间的窗户被打开了。肖建连忙摇醒熟睡中的方东:"有情况,你赶快去汇报,我从窗户这儿过去!"

肖建向方东交代完情况后翻身到了窗台,向明成房间的窗户摸了过去。肖建摸索着到了窗台下,慢慢地伸出头,想看看屋里的动静。

房间里,一个黑衣人和明成面对面站着。黑衣人手里的手机闪着诡异的光,肖建知道里面是那朵旋转的曼陀罗花。显然,明成已经被黑衣人催眠控制了。

肖建悄悄地爬进窗内,想从后面偷袭黑衣人,解救明成。却不曾想,窗台上放着一个水杯,肖建从窗外翻身进入房间之际,水杯被碰落在地上。

随着水杯摔碎的声音,黑衣人回头朝窗户这边望过来,肖建清晰地看见黑衣人脸上戴着那个熟悉的曼陀罗花面具。

肖建一跃而起,想趁黑衣人一愣神的工夫抓住他。黑衣人的身手也不慢,在肖建起身的工夫,夺门而出。肖建紧随其后,在古堡中再次开始了追逐。

古堡中所有的守卫都被惊动，这回确实就像曹方勇预料的那样，黑衣人要被瓮中捉鳖了。

黑衣人在前面奔跑，肖建在后面追赶。古堡中的灯光，此时由于电流不稳定，时明时暗。这让古堡悠长的走廊显得有些诡异。

曹方勇早有准备，各路人马已经就位，不容有失。第一走廊，方东带着人迎面而来。黑衣人朝第二走廊跑去。第二走廊，曹方勇带着人跑来。黑衣人拐进了回廊。

回廊里，明成的助理张恒带领着一群保安静候在这里，这是瓮中捉鳖的最后一环。大家看见黑衣人跑进回廊的时候，都心中暗喜，总算要抓住了。

然而，等众人拥挤到回廊的时候，灯却因为电流的原因熄灭了几秒。等灯光再次亮起的时候，回廊里已经没有了黑衣人的踪影。大家喘着气，在人群中四处寻找。

确实很邪门，众目睽睽之下，一个大活人就这么突然消失了，谁都会觉得后脖颈子有点凉。就在大家疑神疑鬼的时候，现场只有一个人没有这个感觉，因为他从来都不信鬼神一说，一切都在他的意料之中，这个人就是曹方勇。

曹方勇淡定地走到大家中间说道："其实凶手已经找到了，他就在我们中间。"大家对曹方勇的说法感到不解，凶手找到了，在哪儿呢？就在我们中间，那是谁？大家你看看我，我看看你，百川和方东对视了两眼，两个人都在确定对方是不是被鬼魂附体了。

还是明成的助理张恒看出了大家的尴尬，于是开口问道："曹组长，你说凶手就在我们中间，究竟是谁呀？您可别诬蔑了好人！"

曹方勇回答道："不会有错，就是你！"

张恒没想到曹方勇会说自己，连忙辩解道："曹组长，别开玩笑了，虽然每次凶手都从我这里逃脱了，您也不能这样冤枉我啊！”

曹方勇说道：“不冤枉！因为今天一共有四拨人，都是我事先安排好的。刑警队的肖建一直在凶手身后追击，方东跟其他刑警队员在第一点拦截，我带人在第二点拦截，我们都和凶手同时出现过，唯独到了第三点——你守候的这个地方——凶手不见了。除了你，你的保卫科同事呢？”曹方勇最后问道。

张恒解释道：“我事先叫他们守一楼的进出口了。曹方勇，凡事都要讲证据，你们也看见凶手穿什么了，我总不可能……”

没等张恒说完，曹方勇打断了张恒的话，他知道张恒在辩解什么。曹方勇把话接过去，说道：“可能！只要短短的几秒，你就可以从凶手变成我们中的一员！”

曹方勇的眼神变得咄咄逼人，他走到张恒面前开始讲述，他要当众揭穿真相，让张恒现出原形。

曹方勇继续说道：“刚才说到的地方没有任何问题，问题出在回廊。古堡的回廊和别的地方不一样，我们在奔跑过程中要经过一个不到十米的阴暗角落，而这个阴暗角落最后的终点，就是你守候的据点！你会在跑动过程中，在短短的几秒内，把身上穿着的黑衣、面具脱掉。有微弱灯光的掩护，我们来到这个地方又需要时间，加上你换衣服的手法奇快，所以你完全有时间脱掉伪装，从一个逃跑的黑衣人变成追击凶手的自己人！这一切都是你精心策划并事先演练好的。你从来都不叫保安和你一起。你独自守候二楼的唯一理由，就是只有那样你才有作案的时间！”

张恒看着曹方勇说道：“我承认你说得很有道理，可是就算是你说的这样，那么请问，我换了衣服和面具后，这些东西跑哪儿去了？你们谁捡到了？在这么短的时间内我就算可以换装，总不可能把这些东西都变没了吧？”

大家听张恒说完,下意识地四处寻找,走廊里确实没有发现遗落的衣服和面具。

这时,肖建走到走廊的配电箱前说道:“大家不用找了,所有的证据应该都被他放在这里了。你不觉得在这么考究的一个古堡里安装这样的配电箱很古怪吗?”

张恒刚才一直不以为然的脸变得僵硬起来。看来肖建的话最终戳中了他的要害。

肖建一把拉开配电箱,取出里面的黑衣、面具扔在了地上。证据确凿,张恒低下了头。

原来,肖建在第一次亲身经历黑衣人失踪的时候就怀疑上了张恒,可因为事发当时张恒正好拉肚子,肖建和方东理论上是先一步赶到案发现场,尔后张恒再出现的,这就间接说明了张恒没有作案时间。

就在肖建思来想去,还是觉得张恒的可疑性最大的时候,他和曹方勇做了一个试验。曹方勇假扮成张恒去洗手间,然后从窗台的外延跑到明成的房间内作案,由于当时肖建的暗卡还没有做好,这个可能性还是有的。

曹方勇认为肖建的假设是成立的,于是布置任务的时候依旧让张恒自己带领保安守回廊,然后密切注意张恒的一举一动。现在终于人赃并获了。

就在“半只耳”上前给张恒戴手铐的工夫,古堡内的灯光突然全部熄灭,大家一时乱作一团。等大家从身上掏出手电陆续打开之后,张恒居然再次不见了。

曹方勇示意大家不要慌乱。他走到配电箱前,缓缓蹲下查看。配电箱下藏着一个开着的通风管道。真是狡兔三窟,看来张恒对于今天的暴露早有准备,他趁乱再次逃走了。

在曹方勇的示意下,“半只耳”带人进入管道开始追踪。曹方勇命令所有人在古堡内进行地毯式搜索,他判定张恒一定跑不远。

古堡的通风管道一直通到外面街道的下水管道口,“半只耳”带着追踪的人从下水管道里跳了出来。

在“半只耳”的呼叫声中,曹方勇来到了张恒最终逃离的地点。曹方勇看看下水管道,又看看街道四周,确定张恒是从这个下水管道跑出,最后逃走的。

曹方勇又回到古堡的配电间看个究竟,到底是谁在关键时刻掉链子,让抓捕行动功亏一篑。电路方面是他事先再三嘱咐过的。

曹方勇坐在配电间的一角,刑警队的长庆在解释停电的原因。

长庆因为紧张,有些结巴地说道:“我当时把闸门推上去后,不知道上面是什么情况,就,就……也朝这边跑,结果……还没到,灯就灭了。”

“查过是什么原因造成的吗?”曹方勇问道。

长庆回复道:“是保险丝烧了。”

之后,曹方勇只说了句,“以后注意,不要擅离工作岗位!”

长庆不是曹方勇带来的人,曹方勇不能说什么,而且也就撇清了不是他曹方勇的人出的错。再说保险丝烧了,这能算谁的过错呢?最终曹方勇只能说句别擅离职守,草草了事。他也实在找不到什么别的词了。

其实,谁都没错,只是运气不好。眼看气氛就要陷入尴尬的时候,“半只耳”进来说,张恒家的住址查到了。这给曹方勇解了围。

曹方勇立马喊道:“走!”然后飞身出门。其实他不用走那么快,他只是想早点离开这个尴尬的地方。

确定了张恒家的具体位置后,几辆警车迅速而安静地停在了他家楼下。

特警们有序地从防暴车内下来。曹方勇带着“半只耳”从另一辆吉普车内走下。肖建则在“老坛子肉”的带领下,跟随特警来到了张恒家的门前。

特警们站在门口,按照战术队形各就各位,“老坛子肉”做出了进入的手势。随着“老坛子肉”“3、2、1”的倒数,特警用防爆锥砸门进入,大家按照战术安排鱼贯而入。

房间是空的,张恒没有回家,大家随即开始了搜查取证。

“老坛子肉”走到书桌前,看到桌上有一本没有看完的书。他拿起来,是一本心理学工具书,书名是《心理诱导》,看来张恒确实是在研究诱导杀人。“老坛子肉”抬头,看见一张印度苦行僧的画像。原来,张恒还真在修行,只不过修错了地方。“老坛子肉”心里想。

“老坛子肉”在方东的引领下来到了张恒家的阳台。花盆里栽种着黑色的曼陀罗花。“老坛子肉”点着头走回屋里,一切证据都表明,张恒就是凶手。

“老坛子肉”问道:“电脑怎么样?”

情况判断分析中心的小刘回答说,一时还打不开。

“老坛子肉”走到曹方勇面前介绍搜查的情况,表示一切证据确凿。曹方勇明白“老坛子肉”话里的意思,他和“老坛子肉”认识可不是一年两年了。曹方勇随即下达了移交任务的命令。

曹方勇说道:“从现在开始,所有事宜交由刑警队处理,所有相关证据转交刑警队!”

“老坛子肉”点头表示对曹方勇的感谢,随即也下达了命令。“老坛子肉”说道:“百川,让派出所派人,这里要二十四小时盯守!长庆,申请通缉令,全城搜捕!”

第二十二章　牺牲

在落地灯的照射下，黑色曼陀罗花显得格外娇艳。春燕的眼神开始变得迷离。张恒打响了手指，春燕被催眠了。张恒走到门口，打开房门。春燕目光呆滞地看着前方，一步一步地朝前走去。

郊区的一个修理厂里，一辆绿色出租车驶入停下，司机一下车就喊道："离合器有点毛病，大概多长时间能好？"看来他是这家修理厂的常客。修理厂的师傅从里屋出来，打开前车盖检查了一番后说道："你附近转悠会儿，我看怎么也得两三个小时吧。"

司机点着头，嘴里说了句"好咧"，转身就出了门。当修车师傅回里屋拿工具的时候，张恒闪身出现在车前。张恒把头伸进出租车里，发现汽车钥匙还挂在上面，于是钻进了出租车的驾驶室。

张恒开着出租车从修理厂闯了出去。修理厂门口的杂货店旁，正在吃方便面的司机听见有响动，回头看见自己的车被人开了出来，马上扔掉手中的方便面追赶，无奈车速太快，追了两步就被远远地甩在了后面。这时，听见响动的修车师傅也跑了出来，问道："怎么回事？"司机表示，有人把他的车开走了。修车师傅一听，催促司机赶紧报案。

司机叹了口气，拿出电话，看来只能先报案了。对他来说，今天真是晦气的一天。

张恒驾驶着出租车在街道上肆无忌惮地穿行，好几次都差点撞到行人，但他并不在乎，被全城通缉的他好像并不怕暴露自己的行踪。

在一阵七弯八绕之后，出租车停在了一个叫作“名流”的夜总会门口，张恒从驾驶室里下来，走了进去。

名流夜总会里，张恒要了一个最大的豪华包房，进去以后就叫小姐服务。虽然还是下午，并不是上班时间，但既然来了阔主，夜总会的“妈妈桑”春燕马上把年轻貌美的小姐们都招到了包房里。

张恒坐在包房里，春燕正在给他推荐小姐，她让张恒看上哪个就说话。可看来看去，张恒一直没有表态，看来他一个也没有看上。

不管春燕怎么催促，张恒只是看着春燕一动不动。旁边的小姐看出了名堂，笑着对春燕说：“春燕姐，这还看不出来吗？人家是看上你了！”

春燕其实长得不错，颇有几分姿色，只是年纪大了些，很久没有出台了。听小姐这么一说，春燕不免有些娇羞，脸都红了。

春燕表示自己不是不可以，只是很久不出台了，而且价钱也要贵一些。听明白了春燕的意思，张恒从兜里掏出一沓钱放在桌子上。看来那个小姐没说错，张恒看上的正是春燕。

春燕开心地收起钱，小姐们哄笑着离开了。

而此刻，刑警队的会议室内，众人正围坐在一起分析案情，情况判断分析中心的蒋钦也加入进来。会议的讨论是热烈的，因为罪犯现在终于浮出了水面。

欧阳、雷达、郑罗和齐飞的案子开始并案侦查。会议刚开始，肖建说道：“我认为杀害张月的应该也是同一个人。我和左队到蔡家湾的时候，张月神情恍惚，说话语无伦次，从心理诱导的角度来说，这应该属于定时催眠。”

“老坛子肉”一边听着肖建的分析一边在纸上写着张月的名字。是的,他的想法和肖建的分析不谋而合。

虽然张月的自杀现场并没有嫌疑人在场,但不能说这就不是一起诱导杀人案。

肖建刚才提出的定时催眠,“老坛子肉”听了很是欣慰,看来肖建没少做功课。而且自从“老坛子肉”回来,他发现肖建鲁莽的时候越来越少,开始用脑子了,这是一个刑警成熟的表现。现在“老坛子肉”有很多事都交给肖建去办,因为他放心!

案情分析会在继续,蒋钦说道:“从电脑解密的内容来看,犯罪嫌疑人张恒是引用了佛教五戒——杀生、偷盗、淫乱、妄语、酗酒。事先他对被害人进行了长时间的跟踪,掌握了他们的生活习惯和性格特点。最后实施侵害时,割掉了他们的器官!”

肖建接着蒋钦的话补充道:“所以说,将张月案并案处理,在逻辑上是说得通的。如果把张月算进去的话,正好是五个人!而且我们在张月的微信朋友圈里也发现了和其他案件相同的转动的曼陀罗花图案!”

看来一切都已经明朗。肖建在想,这个案子结束后,“老坛子肉”是不是可以考虑考虑退休的事了。因为现在的任务,就只剩下追逃了。基于他肖建的表现,“老坛子肉”算是顺利地完成了刑警队“传帮带”的传统。师父现在最应该做的,就是等到退休那天,带着师娘去天安门看升旗。

肖建这么想,不代表“老坛子肉”也这么想,“老坛子肉”没有丝毫松懈的意思。

“老坛子肉”问道:“每个死者丢失的器官都找到了没有?”长庆表示暂时还没有都找到。“老坛子肉”说道:“疑点还有很多,只有先抓到张恒才能解释。再多的推测,最后还是要用证据来说话。协查通报下发了没有?”

“老坛子肉”连珠炮一样的发问，把大家重新拽回到案件里。但现在无论说什么，都是开心的，大家的讨论依旧很热烈。这时，值班员进来汇报，说有一个司机丢了汽车来报案。“老坛子肉”示意方东去处理一下。

会议正开到热烈的时候，方东却被叫去处理报案，心里那叫一个别扭。这不明摆着说我方东可有可无吗？方东七不情愿八不耐烦地来到了刑警队的询问室，开始询问报案人的情况。这个报案人正是在修理厂丢车的那个出租车司机。

报案司机看见方东以后，开始讲述事情经过。司机说道：“当时我把车停在修理厂，准备检修一下离合器，师傅说得两三个小时，我就出来了。迎面碰到一个人进来，我跟他照了一面。我准备在门口杂货铺吃碗面，就听见车发动了，我一回头，车就开走了。肯定是跟我照面的那个人开走的！”

“怎么肯定就是那个人呢？”方东问道。

司机回答道：“我出来前，厂里除了修车师傅就没别人。”

方东让司机说一下嫌疑人的长相特征，司机表示，因为和对方就照了一面，没什么印象，除了身形瘦瘦的，别的说不上来。

方东一听这话感觉没谱，于是想快点把报案人打发走，自己好再回去听案情分析。这么大的案子，他方东怎么能不在呢？所以，方东的脾气有些急，态度也不太好。

其实，在现实生活中谁都碰到过这样的警察，您会憋着一肚子气，暗骂这种警察没素质、不作为。当然，您说的这种警察肯定是有，但还有像方东这种的，心是好的，就是不成熟，容易因为自身的情绪而影响工作。

出租车司机一听方东有打发他走的意思，有些着急，大声嚷嚷的同时带着恳求。

司机喊道:“警察同志,您说什么也得帮我,全家老小就指着我吃饭呢!”

方东一看对方起急了,知道自己一时半会儿也走不开,于是调整了一下心态,说道:“别急,我们肯定想办法。这儿有一些照片,你先看看,看这里面能不能找到这个人。”

方东把办公桌上的协查通报递过去。司机翻着翻着,最后看着一张照片不动了。那是一张张恒的照片。

司机喊道:“就是他!”方东拿过来一看,竟然是张恒的照片。这可是一条重要线索,现在全局都在找的人,居然被他方东发现线索了。哈哈,让你们以后再小瞧我!方东努力掩饰住心中的喜悦,问道:“你肯定没认错?”他要再确认一下,万一搞错了,那可就贻笑大方了。

司机非常肯定地说道:“我是干什么的啊?我每天干的活儿就是和人打交道。我看人过目不忘,就有这个本事,肯定没错!”

出租车司机说的这番话,方东是相信的,他决定马上把情况汇报给“老坛子肉”。

天色已经渐渐地黑了下来,不知不觉中一天又这样过去了。刑警队的会议室内,“老坛子肉”跟大家还在开会。方东急匆匆地跑进来,说道:“左队,找到了!”

方东一句没头没尾的“找到了”,让大家有些摸不着头脑。“找到什么了?”“老坛子肉”问道。

方东把出租车司机推到“老坛子肉”面前,说道:“张恒,张恒出现了!”

通过出租车司机的描述,大家明白了,张恒出现了。犯罪嫌疑人张恒在郊区盗取了一辆绿色出租车后不知所踪。

“老坛子肉”马上命令道:“现在大家放下手中所有的事情,全部上街查找,听明白了没有?!”

大家陆续离开以后,“老坛子肉”走进刑警队的值班室。他走到值班员身旁下达指示:“用电台呼叫各个单位, 帮助查找牌照为江A49978的绿色出租车,一旦发现可疑男子,立即予以扣留!”

南江市公安局情况判断分析中心里,蒋钦正指挥着值班人员通过监控探头寻找这辆绿色出租车。最后在一个探头的图像回放里发现,牌照为江A49978的绿色出租车开进了临江大酒店的停车场。蒋钦拿起电话,在第一时间把搜索到的信息传递给了刑警队。

在刑警队的走廊里,“老坛子肉”刚从洗手间里出来,肖建就拿着情况判断分析中心传真过来的照片跑了过来。

肖建一边小跑一边喊道:“左队,目标出现!位置是南江市中心的临江大酒店!”

可是“老坛子肉”却没有办法在第一时间展开抓捕行动。首先,人员现在都撒出去了,重新收拢需要时间。其次,虽然确定了丢失车辆在临江大酒店的停车场出现,但不能肯定犯罪嫌疑人现在还在那里。

“老坛子肉”现在能做的,是先派出一组人马赶到临江大酒店查实情况,如果确定嫌疑人还在酒店,再收拢人马赶过去。

“老坛子肉”想好了具体步骤后命令道:“好,你先带一组人过去,我随后就到!”肖建转身要走,却被“老坛子肉”叫住。他现在虽然对肖建很放心,但事关重大,还是再三叮嘱道:“肖建,你记住,大部队没到之前不许轻举妄动,等大部队增援!”肖建在回答了一声明白后转身离去。

夜幕下的南江市街道上车来车往。肖建带着刑警队的百川已经来到了临江大酒店楼下。肖建吩咐其他人在门口守候,自己来到酒店大堂,询问张恒的情况。在确定了张恒和春燕确实还在酒店后,肖建要了确切的房门号,走出了酒店大堂。

肖建马上重新布置了监视的位置,找到了一个确定能看到张恒和春燕所在房间的窗户。然后，肖建在第一时间把掌握的消息和自己的布控情况报告给了“老坛子肉”。

“老坛子肉”在得到肖建反馈回来的情况后，让肖建密切注意，自己则组织人马调度，争取在最短的时间内赶到。

而此刻，在临江大酒店的单人房间里，春燕洗漱完毕后，裹着浴巾从洗手间里走了出来。春燕走到床边，却发现大床上空无一人。春燕在不大的房间内左顾右盼了好几眼，这才发现张恒站在窗户旁，借着窗帘的掩护，躲在落地灯后面，表情甚是诡异。

春燕看着站在阴暗处的张恒，伸手想把他拽过来。今天这个金主看上了半老徐娘的她，无论如何她也得把客人伺候高兴了。春燕撒着娇，露骨地说道：“大哥，还站着呢？是想让我给你……”春燕一边说着一边伸手去解张恒的裤腰带。张恒突然从身后拿出了一朵黑色的曼陀罗花。

张恒问道：“喜欢花吗？”春燕一愣，她没想到张恒会送她花，虽然她不知道这是什么花，但她的心此时动了一下。春燕停止了解裤腰带的动作，这确实有些太直接了，直接得有些粗俗。

春燕娇羞地问道：“怎么，大哥还喜欢玩点浪漫啊？”张恒没说话，把手中的黑色曼陀罗花递了过来。在落地灯的照射下，黑色曼陀罗花显得格外娇艳。春燕的眼神开始变得迷离。张恒打响了手指，春燕被催眠了。张恒走到门口，打开房门。春燕目光呆滞地看着前方，一步一步地朝前走去。

在酒店楼下守候的肖建和百川，看见张恒房间的灯突然灭了。

肖建和百川对视了一眼，他们意识到情况可能有些不妙。

肖建对百川说道：“你马上向左队汇报，有突发情况，我带人先上！”肖建交代完任务后，马上带人冲进了临江大酒店。以往的经验告诉他，不能再等了。等肖建带人冲进酒店的房间，里面已经空无一人。

肖建一边在走廊里奔跑一边用手中的步话机和“老坛子肉”通报情况。肖建说道：“左队，张恒不见了，可能在天台！和张恒一起开房的是坐台小姐的‘妈妈桑’叫春燕，她现在有危险！我现在人手不够，需要增援！”

步话机那头的“老坛子肉”对肖建说道：“我马上就到，坚持住！一定要保证受害人的安全！”这句话显然是徒劳的，大家心里都明白，从案发到现在，还没有一个受害人逃脱过魔爪。郑罗是唯一的例外，但现在也还是一个植物人，静静地躺在医院里，和其他死了的受害人没有什么区别。

当“老坛子肉”带着大队人马来到临江大酒店门口的时候，他看到了他不想看到的，却又是他意料之中的场景——浑身赤裸的春燕从酒店的楼顶落下，重重地摔在自己身后的街面上。被惊吓到的路人随即发出阵阵尖叫。

“老坛子肉”对着步话机喊道：“肖建！你人呢？找到嫌疑人没有？报告位置！”

在临江大酒店的楼顶，肖建正带着一组人马紧张地搜寻着。最后，肖建在高楼上四下张望时发现了目标。他看见张恒走在临江大酒店门口的街道上，正准备从“老坛子肉”布控的包围圈中逃脱。肖建拿起步话机喊道：“目标在你九点钟方向，大概距离五十米，正在逃离我们的控制范围！”

“老坛子肉”从步话机里听到肖建传来的信息，朝自己九点钟的方向望去，正好和一身黑衣的张恒的眼神碰撞到一起。

张恒见自己的行踪暴露了，立刻转身夺路而逃。楼顶上的肖建把这一切看得很真切，再次通过步话机报告目标逃跑的方向。肖建喊道：“左队，目标的移动方向是地下停车场！”

酒店门口，“老坛子肉”迅速集中队伍，朝地下停车场的方向追去。

很快,众人来到停车场门口。“老坛子肉”示意把停车场包围起来,进行前后夹击。

“老坛子肉”命令道:“肖建带一组人抄后路,其他人跟我走!”大家收到任务指令,开始分头行动。肖建带着先前的一组人马抄后路而去,“老坛子肉”带着大队人马直接从前门进入。

在停车场里,经过一段时间的搜寻之后,“老坛子肉”带人来到分岔路口,绿色出租车就停在不远处。

“老坛子肉”带人上前查看,车内没人。他觉得张恒就在不远处藏匿。因为停车场已经被完全包围了,想跑得更远,摆脱刑警队的追捕,只有开车离开这一种可能。想到这点,“老坛子肉”示意众人散开,分头搜索。

在偌大的停车场里,由于大家的注意力都集中在寻找张恒上,“老坛子肉”和众人渐渐分开,越走越远。最终,“老坛子肉”走到一辆黑色轿车前停了下来。

轿车身上满是灰尘,应该很久没人动过了。但驾驶室门的把手上却有新鲜的擦拭痕迹,说明有人刚刚动过。“老坛子肉”准备上前查看,身后一辆汽车的车灯亮起。

“老坛子肉”猛一回头,看见汽车开足马力朝他撞了过来。他想闪开,却明显感觉腿脚不便,今天是阴雨天,他腿上的老毛病又犯了。最终,汽车擦着“老坛子肉”的衣角开过,“老坛子肉”在最后时刻一个鱼跃,还是闪身躲了过去。

倒地的“老坛子肉”随即一个前滚翻,同时从腰间拔出手枪,整个动作一气呵成。接着一声枪响,车胎被子弹打爆,汽车停了下来。

虽然“老坛子肉”已是临近退休的年龄,虽然阴雨天让他的腿脚有些不便,但他毕竟宝刀未老。听到枪声的众位刑警队员,迅速朝枪响的方向收拢。而此刻,“老坛子肉”已经从地上爬了起来,朝汽车走去。

车内，张恒趴在方向盘上，可能是刚才的突然刹车，导致张恒撞在方向盘上昏迷了过去。“老坛子肉”收起手枪，上前检查张恒的伤势。然而就在他靠近的时候，张恒突然睁开双眼，手中还多了一把匕首。

“老坛子肉”这一次没有躲开张恒刺过来的匕首。这一刻的“老坛子肉”才觉察到自己真的老了。放在年轻的时候，这种突发情况太常见了，每次顶多只会伤到他的皮毛。而现在，匕首却深深地扎进了他的心脏。

来不及细想，“老坛子肉”抓住刺进心脏的匕首，把张恒带出车门，随即用他的招牌动作，右肘准确击中张恒的后脑，张恒这次是彻底晕倒了。

看着张恒真的晕了过去，“老坛子肉”也跌倒在地上。这是他剩下的最后一股力气。“老坛子肉”的视线开始变得模糊，他爬到张恒身边，把自己和张恒铐在一起。

“老坛子肉”扫视着停车场的环境，空旷的停车场空无一人。他不能确定增援部队什么时候能赶过来，他要在自己昏迷之前把手铐的钥匙藏好，否则一切都是徒劳。谁也不知道昏迷以后会发生什么，但不管发生什么，他一定要尽可能地为刑警队的同志们争取时间，抓到罪犯。

最后一刻，“老坛子肉”用颤抖的双手从兜里掏出手铐钥匙，扔进了不远处的下水管道中。

肖建收到“老坛子肉”遇刺消息的时候，“老坛子肉”已经被送往中心医院了。

在中心医院的走廊上，几乎所有刑警队的人都在，还有一些肖建认识和不认识的其他部门的警察。躲在角落里的方东，嘴里一直重复着那句“都怪我，都怪我……”要是平时，看见方东这熊样，肖建很可能就两个大耳刮子抽上去了，可现在他的心一下子沉了下来，出奇的静，静到他自己都觉得浑身没了力气。他知道大事不好。师娘也来了，正在走廊的长椅上静静地坐着。这一切都说明“老坛子肉”这回伤得很重，很危险。

肖建走到方东面前，柔声说道：“当时到底是怎么一回事？”方东还是不停地重复着那句“都怪我，都怪我……”看来，方东也被吓着了。

方东不是没见过血，方东再尿，生里来死里去，他也是蹚过几回的。只是这回受伤的人是“老坛子肉”。每次执行任务前，肖建都跟方东偷偷交代过，要他暗地里保护“老坛子肉”，哪怕被骂几句，哪怕自己受点伤，都要盯紧了。因为“老坛子肉”确实老了，大家都知道，只是嘴里都不说而已。这是对前辈的尊敬。

然而，方东这次为了在抓捕过程中抢头功，把最重要的事情给忘了。所以出了事，他觉得自己有很大的过错。他知道“老坛子肉”在肖建心中的位置，也知道肖建有个小小的愿望，大家都等着“老坛子肉”退休那天，一起陪他去北京天安门看升国旗呢。

此时的方东，肠子都悔青了，哪里还说得出其他的话。还是蒋钦走过来说明了情况。蒋钦说道：“左队腿伤犯了，行动不灵便，被张恒刺了一刀。”

肖建连忙问道：“刺哪儿了？”

蒋钦回答：“心脏！”

简短得不能再简短的几个字，犹如晴天霹雳，劈在了肖建的脑袋上。肖建觉得自己快站不住了，本能地扶了一下墙，看了一眼在一旁哆嗦的方东。

肖建知道自己现在得坚强，整个刑警队都知道他和“老坛子肉”之间的关系，他的情绪不能失控，出了天大的事，他也不能丢“老坛子肉”的脸。他们的确情同父子，但他们更是一名警察！

所有人都站在抢救室的门口，等待着最终的结果。肖建走到师娘坐的长椅前蹲下，伸手握住了师娘的手。

两个人谁都没有说话，彼此的眼神无比的坚定，因为他们都是“老坛子肉”最亲的人，他们知道“老坛子肉”最希望他们怎么做。蒋钦走到两个人面前，安慰道：“不会有事的……”

蒋钦还想多说两句安慰的话，却被抢救室里出来的医生打断了。医生一出来就问道：“谁叫肖建？”

肖建连忙上前说道：“我是！医生，病人现在怎么样了？”医生没有正面回答肖建的提问，只是说道：“现在病人有话跟你说，你跟我进来吧。”肖建跟随着医生走进了抢救室。

抢救室里，“老坛子肉”戴着呼吸器躺在病床上，看上去是那么的虚弱。肖建的心感到一阵阵的疼痛。从那天开始，他发现心痛不是一个形容词，而是一个动词，因为人在极度悲伤的时候，心真的会痛。

伴随着一阵又一阵的心痛，肖建走到“老坛子肉”的面前。“老坛子肉”伸出颤抖的手，肖建赶紧握住，他希望这有体温的热手不要太早变得冰凉。

“老坛子肉”看着肖建眼眶中的泪珠，微笑着用手指在肖建的手心里有节奏地敲击着。虽然虚弱已经让他张不开嘴，但他可以用这种特殊的方式告诉肖建自己想说的话。

“老坛子肉”说道：“不要哭！如果牺牲在所难免，我们应该无所畏惧。因为从一开始这就是我们的选择，它是一种光荣！”

肖建看着“老坛子肉”努力微笑，因为已经到了最后的时刻，虽然他的笑容中带着泪珠，虽然他的笑容是那么的僵硬，虽然他只会这种最蹩脚的表演，但他还是努力地笑了。这是“老坛子肉”想要看到的，这是“老坛子肉”最想传承下去的，想做一个力挽狂澜而不倒、化腐朽为神奇的人，这种气度是必须有的。“老坛子肉”自己没做好，他希望肖建要做到，这一点肖建明白。

在肖建僵硬和蹩脚的笑容中，“老坛子肉”笑着松开了手。心电图发出的盲音告诉肖建,“老坛子肉”走了,再也不会回来。

此时的肖建好想握着这只手不再放开。“老坛子肉”刚才在临走前还说了什么,他现在已经记不起来了,他脑子太乱了,他只顾着努力装笑,不让眼泪流出来,他现在记不起别的东西了。

医生走过来把肖建和“老坛子肉”的手分开,告诉肖建人已经离开了。肖建起身,大脑一阵眩晕,随即摔倒在地上,他最后的一丝力气也没有了。

肖建慢慢地爬到墙角,偷偷地落泪。抢救室里,“老坛子肉”还没走远,他不敢哭出声来,他怕师父走得不安心。可他真的好想大哭一场,他生命中最重要的那个人今天离他而去了,他怎么就不能放声哭一回呢?!

“就不能!”心底的另一个声音坚定地告诉他。出了抢救室还有那么多人需要他的安慰,需要他的鼓励,需要他把“老坛子肉”的精神传下去。想到这里,肖建慢慢地扶着墙角站了起来,今天他真不能哭。而且,他现在就得从容地走出去,安抚大家受伤的心灵。

随着抢救室的大门打开,肖建慢慢地走出来,大家围了上去。

大家把肖建围在中央,七嘴八舌地问着“老坛子肉”的病情,希望肖建给大家报个平安。因为他们和肖建一样,都曾经是“老坛子肉”的徒弟和战友。可今天没有平安可报了。

肖建从人群中穿过,走到师娘坐的长椅旁。师娘的眼神依然那么镇定,可肖建知道这种镇定和他的一样,是一种死扛。肖建真不知道这句话该怎么开口,可怎么都得说啊!可怎么说呢?师娘越镇定,肖建越不忍心。

最后还是师娘开了口,问道:“你师父走了?”在肖建点头以后,师娘长舒了一口气,瘫在了长椅上。肖建知道,师娘和自己一样,浑身的力气都被瞬间抽走了。

安慰完师娘，肖建准备离开的时候，看见了躲在墙角的方东，方东正在以泪洗面。肖建走到方东身后说道："师父让我转告你，你没有做错什么！不要哭，牺牲也是一种光荣！"

方东面对着墙壁，不敢转过身来。他怕看见肖建，怕看见刑警队里的所有人，他觉得自己有罪。但此刻他努力地保持镇定，他只是用行动告诉肖建，师父让肖建转达的话，他方东听到了。等到肖建走远，他又控制不住地哭了起来。

"老坛子肉"离开的那个夜晚，确实过得很漫长。

第二十三章　信仰的坚持

在一个风雨交加的夜晚，段致远站在实验基地天台的边缘处。段致远回头看着拥到天台的人，刘永志、张月、郑罗，居然还有齐飞、雷达和欧阳。他们都在！张月喊道："段院长！"

段致远停住了跳楼的脚步，回头微笑着说了一句："婆娑自比小山桂，寂寞甘同苦行僧。"最后还是从楼顶跳下。

回到刑警队以后，肖建直接去了审讯室。大家怕肖建控制不住情绪，做出什么出格的事情，就以各种由头拦着，不让肖建进去。肖建只能透过观察室，在一旁观看审讯。

审讯室内，张恒倒是很配合，承认所有的事都是他干的，人都是他杀的。看着张恒脸上的狞笑，肖建确实很想冲进去把他大卸八块，可最终还是忍住了。

肖建看完张恒的审讯后，回到刑警队的寝室。虽然已经是初冬季节，肖建平时也没有一年四季洗凉水澡的习惯，可此时的他选择洗一个凉水澡，彻头彻尾的，让人冻得浑身直哆嗦的凉水澡。南江市的冬天，和北方一样冷彻透骨。

肖建现在需要冷静，"老坛子肉"在临终前说的一番话，他现在记起来了。

当时，肖建正在含泪苦笑，而"老坛子肉"的手指还在肖建的手掌中不断地敲击着，肖建的眼睛盯着"老坛子肉"的手指，一眨不眨。

“老坛子肉”说道：“疑点还有很多，不要轻易下结论。直觉告诉我，张恒不是真正的元凶。档案室里有我一直以来做的材料分析，档案号021，务必翻阅。这个案子你帮我完成，别让我有遗憾！”“老坛子肉”临终前的每一个字，都深深地印在了肖建的脑子里。

肖建洗完澡以后，来到档案室，取出了那份021档案。里面确实有“老坛子肉”这些天做的更新，几张老照片和几页手写的案情分析。

肖建拿起档案中的老照片，照片中的场景把肖建再次带到了三十年前的南江市，带到了一个三面环山、一面临水的空地。

空地中央，工人们正在忙碌。这里正在兴建一片实验基地。或者准确地说，是在原建筑的基础上重新翻修。这里原来是日本人修筑的一个生物研究基地。

骄阳下，归国不久的医学博士段致远，也就是段鹏飞的父亲，此刻正坐在基地中央的花坛上看着主楼翻修，面露微笑。

一个年轻男子站在段致远身旁，介绍着这栋楼的由来。男子花白的头发让肖建感到有些眼熟。肖建思前想后，最后发现这个人居然是刘永志。肖建连忙翻开“老坛子肉”写的案情分析，里面是这么介绍的：

段致远是海外归来的医学博士，被南江市第一制药厂聘用回国，准备用自己的专利技术大干一场。

南江市委知道这个情况后，特地派专人来考察段致远的项目。因为在那个年代，像段致远这么有名的生物学家，别说在南江市，就算在全国也是屈指可数的。

考察结束后，市委对他的科研项目很有信心，决定大力支持。于是把这个原先日本人使用的生物研究基地，拨给了第一制药厂使用，因为里面的所有设施都是现成的。

段致远当时信心满满，他给市委领导班子立下军令状，相信成功的那一天，谁的汗水都不会白流。

当然,并非所有的事情都一帆风顺。当时有两个问题摆在段致远面前,一个是虽然市里大力支持,可是仍然存在资金不足的问题;另一个是进入临床试验阶段后,却没有供段致远进行临床试验的人选。

“老坛子肉”的更新材料里有一则Y国早年的新闻报道,说的是一名华裔医生在临床试验中致人死亡,这名医生和临床试验就是段致远和他的生物项目。

“老坛子肉”调查发现,当年段致远回国,很大原因就是临床试验出了问题。在国外,段致远的试验结果被认定为禁止开发,这导致了段致远最终选择回国。

回国以后,段致远隐瞒了在国外的这些事实,国内因为信息闭塞,在这些问题上更多地只是听取了段致远的一面之词。

在试验初期,一切效果看上去都很不错。但临床试验报告,药监局最终还是要的。也就是说,虽然段致远在国外做不了的项目可以回国再发展,可他还是要过临床试验这一关。

但在这件事上,他又不敢明目张胆地找市里要支持,因为只有他知道,临床试验是可能造成被试验者死亡的。所以他只能自己偷偷地找人做,等试验成功以后再向市里正式申请。

第一张照片就是段致远通过自己的社会关系,找到了一个自称可以提供活人进行临床试验的人,两个人第一次碰面。这个提供者就是早年的刘永志,一个自称可以满足段致远所有要求的无业青年。

第二张照片是在段致远的实验室里拍摄的。照片显示,一身白大褂的段致远正在做实验,周围是成排的摆放整齐的器皿。而段致远身旁递过申请报告的穿白大褂的女子,就是年轻时候的张月。

从第一张照片和第二张照片的联系来看,米阳的母亲张月和生父刘永志是在这个时候认识的,并且在不久之后就有了米阳。肖建脑子里迅速跳过这些风花雪月的事,翻开了第三张照片。

这是一张在南江市药监局门口拍摄的照片，照片里是段致远和郑罗在握手。材料分析里只夹带了一张郑罗当时在药监局工作的证明材料。

最后一张照片，就是段致远跳楼，摔死在实验基地大楼下面的照片，法医鉴定为自杀。

肖建拿起四张老照片反复仔细地端详，最后他居然看到照片里的人都动了起来。

他看见药监局的办公室里段致远在向郑罗做解释。

郑罗喊道："不行，肯定不行！试验出了问题，就得重新审核，找到问题出在哪儿！这是药监局的明文规定。上级指示，原来的一切方案先行搁置。"

段致远从郑罗的办公室里出来，看见走廊上四处无人，便从口袋里掏出药丸吞下。

在一个风雨交加的夜晚，段致远站在实验基地天台的边缘处。段致远回头看着拥到天台的人，刘永志、张月、郑罗，居然还有齐飞、雷达和欧阳。他们都在！张月喊道："段院长！"

段致远停住了跳楼的脚步，回头微笑着说了一句："婆娑自比小山桂，寂寞甘同苦行僧。"最后还是从楼顶跳下。

肖建被蒋钦拍醒，原来这是一场梦。看着桌子上成堆的快餐盒，烟缸里堆满的烟头，肖建突然意识到自己在档案室里待了不止一天两天了。

蒋钦把一个快递扔给肖建，自己则拿起门后的扫把，开始打扫房间。蒋钦借着扫地的时机想和肖建聊两句，她想告诉肖建这个案子已经结束了，逃避不是办法，人总要面对现实。

本来蒋钦如果不把快递递给肖建，肖建可能在蒋钦的劝说下也就认为案件结束了。"老坛子肉"说侦查方向有误，肖建没想明白"老坛子肉”到底想表达什么。

他也觉得很累,很想好好休息一下。可现在,拆开快递之后,他明白了。快递里面是一个黑色金属球,和明成用的金属球一模一样。这个金属球是“老坛子肉”最近在段鹏飞的老家奉埠找到的。另外是一些补充材料,全是关于段致远儿子段鹏飞的,非常详细。从“老坛子肉”更新所有材料的用意来看,他的意图很明显,明成就是那个还活着的段鹏飞。

不管相信还是不相信,“老坛子肉”在离开的时候把刑侦方向确定了,肖建要把师父交代的遗愿努力完成。

蒋钦不明白这几天肖建都经历了什么,她还在尽力劝慰,她怕肖建这样下去真会一病不起。

蒋钦说道:“如果你实在憋得难受,可以哭出来,现在这里没有别人。”

肖建表示自己不会哭,因为有比痛哭更重要的事情。他真的没事。

蒋钦一看肖建这态度,知道再说下去就只剩下争吵,只好换了个话题劝慰肖建,希望他少抽点烟,对身体不好。

没等蒋钦说完,肖建就走出了档案室的大门。他现在要向龙大请几天假。他要顺着“老坛子肉”调查走访的足迹再走一遍,走完了,他应该会明白一些事情。

刑警队的会议室内,众人围坐在会议桌前,大家正在对曼陀罗案件进行最后的情况汇总。龙大坐在正中间,听着汇报。

百川说道:“犯罪嫌疑人张恒对所有的罪行供认不讳,承认自己杀害了欧阳、刘永志、雷达、春燕、齐飞以及左宗队长。这几天就可以进行现场指认。”

方东进门请示龙大,问“老坛子肉”的追悼会具体怎么办理。和龙大确定完毕,方东点头离开的时候,肖建从门口走了进来。

这是在“老坛子肉”出事后，方东第一次看到肖建，肖建明显很憔悴。方东想安慰几句，可话到嘴边又咽了回去，他知道自己最没资格说这些话。方东最后还是选择了无言离开。

因为肖建的到来，会议暂时中止了，可一时间谁也不知道该说些什么，气氛很尴尬。还是肖建先开口，提出了请假休息的请求。

龙大说道：“好，多休息几天，出去转转。什么时候调整好了，什么时候再回来，我们随时恭候！”

龙大一口气说了这些，语气很是和缓，这让他觉得自己以后都可以当政委了。肖建能主动提出离开刑警队几天，他是很高兴的。出了这种事，全刑警队的人最怕看见的就是肖建。

肖建看龙大准了假，转身离开。“老坛子肉”一走，他的征程现在开始了。

肖建的第一站是上海医科大学，这也是“老坛子肉”的第一站。肖建拜访了段鹏飞当年的导师方同教授。提到段鹏飞，时隔二十多年，方同教授话里话外都透着惋惜。

在方同教授看来，如果段鹏飞还活着，他会是国内生物医学方面不可多得的人才。肖建很希望找到一张段鹏飞念书时候的照片，因为直到目前，“老坛子肉”的021档案中居然没有一张段鹏飞年轻时候的照片。

方同教授告诉肖建，他的要求，之前来调查的一位老警察也提过，只是“老坛子肉”可能没有告诉肖建，多年前学校档案室发生过一次大火，档案全都烧没了，段鹏飞的照片自然也就没有了。是人为还是巧合，肖建在心中画了一个问号。不着急，会查清楚的，肖建跟自己说。要么就不查，要查就一定查彻底！

告别了方同教授，肖建来到了“老坛子肉”的第二站——段鹏飞的家乡奉埠。现在，肖建在段鹏飞家的街道办事处，和居委会的刘阿姨面对面地听取情况。

刘阿姨口中的段鹏飞是一个小时候很聪明,成绩永远是同辈孩子中最好的,长大以后一定会有出息的孩子。

肖建拿出受害人的照片,刘阿姨认出了原来的老街坊刘永志。因为那个时候,刘永志和段鹏飞家就住在一个大院里。

刘阿姨之所以知道,是因为刘永志在那时就是她们这儿的地痞流氓,是刘阿姨的重点监控对象。这么多年,她们这儿还有关于他的协查通报呢。

刘阿姨说着,从档案夹里拿出刘永志的协查通报递给肖建。肖建想,段致远应该是在找人进行秘密临床试验时,不得已找到刘永志合作的。

告别了刘阿姨,肖建来到了段鹏飞父亲段致远曾经工作过的研究所,他要看看这个段致远到底是一个怎样的人物。

肖建把段致远的照片递给老所长,对方接过照片看了一下然后放下说道:"段致远是留洋回来的医学家,在Y国的时候就有很多医学上的成就。归国后段致远心气很高,一心想拿国际上的医学大奖,希望为祖国扬眉吐气。

"我们起初是非常支持他这种白手起家的创业精神的。你知道,那个时候咱们国家穷,没有那么多钱,干到一半的时候,因为没钱项目就停滞了。后来段致远就自己想办法,从我们这里去到南江市,自己找钱,独立开发。

"段致远从我们这里带走了不少人。那可是刚改革开放,这方面管得很严。后来听说出事了,他居然在南江市自杀了。"

肖建从包里掏出照片递给老所长。老所长从照片中认出了张月,张月就是从他们所里出去的,她当时是一直跟着段致远的实习生。

到了午饭时间,老所长邀请肖建到食堂用餐,两个人边吃边聊。肖建跟老所长提到了段致远的儿子段鹏飞，这下可算是打开了老所长的话匣子。

老所长一开始说的和刘阿姨描述的一样，段鹏飞从小就很像他父亲，聪明、勤奋，对化学很感兴趣。可惜的是，他父亲死后，他就变了。

“变成什么样啦？”肖建问道。

老所长说：“变得有些冷漠，对周围的事物非常敏感，有些仇视。从一些事情上看，他似乎变得有些……残忍。”

为了证明自己说的没有偏激，老所长举了一个例子。老所长说道：“那时候，传达室的老王养了一只狗，被人吊起来扒了皮、挖了眼，最后还焚烧得没了形状。当时，大家都以为是有人要吃狗肉才弄成这样的。后来有一天，我女儿偷偷告诉我，说传达室的狗是鹏飞弄死的，说是要祭奠他的父亲。起初我不大相信，我问他，他还不承认。后来他还威胁我女儿，说什么以后任何事都不许告诉家长，要不就要像对付狗一样对付她！我女儿当时才十六岁，吓得不轻，夜里总做噩梦。别看鹏飞小小年纪，那时候就知道报复人了！”

肖建心想，段鹏飞在那时候，心理上就已经产生了一定程度的扭曲。

告别了老所长，肖建来到“老坛子肉”的最后一站——段鹏飞家烧毁的房子前。可能是因为段鹏飞家在短时间内连发两起命案，父子相继死亡，所以这所烧毁的房子至今无人修缮，这才给了“老坛子肉”找到黑色金属球的机会。可能谁也不会想到，一个不起眼的金属球会是杀人工具。当然时隔这么多年还能找到，也是纯属侥幸。

肖建在烧毁的残迹中转悠完后没有马上离开，他想再去段鹏飞持枪杀人的那条街道看一看。虽然那个地方早已物是人非，但他还是要去。他可以根据地貌想象当时的场景，这是肖建自己的断案方式。

走访结束后，肖建陷入了沉思。“老坛子肉”是什么时候怀疑上明成的呢？首先可能是明成说话中残留的奉埠口音，其次应该是在明成家齐飞的意外死亡，引起了“老坛子肉”的怀疑。

按照“老坛子肉”的推断，段鹏飞还活着。段鹏飞为了报复而杀人也是最佳的犯罪动机。上海医科大学的档案室被烧毁如果假定是段鹏飞所为，那就说明他不想让人知道自己在上海医科大学学习的情况，在上海医科大学还发生了什么是肖建不知道的呢？这可能就是证明明成是段鹏飞的关键所在。肖建想到这里，再次选择了前往上海医科大学。

再次走访的结果是惊人的。段鹏飞选修的不只是生物医学，还有心理学，也就是双修。“双修”两个字在肖建的脑海里不停地闪烁着，这在现在也不多见，何况是那个年代。

明成就是那个年代的双修硕士。虽然他的履历里没有写上海医科大学，虽然他的相貌看上去很年轻，可这一切都是可以改变的。“老坛子肉”怀疑明成不是没有道理，虽然没有任何证据显示，明成就是多年前的段鹏飞。

借着和方同教授聊段鹏飞的时机，肖建顺便请教了操控犯罪的可能性以及一系列有关心理犯罪的问题。

直到今天，肖建还一直在想，自己翻窗进屋解救明成的时候，窗台上的杯子到底是谁放的呢？应该只能是明成。如果按照“老坛子肉”的推断，明成才是真正的凶手，是明成一直在操控张恒，而不是张恒在催眠明成。但这种对催眠师的反催眠有可能吗？如果可能，那又是怎么做到的呢？

方同教授解释说，这叫作后催眠性暗示。这种现象不仅能在催眠状态下出现，也能在催眠状态醒来后表现出来。

方同教授给肖建详细讲解道：“催眠师在催眠过程中，对被催眠者说好预定时间、要干的事情，以及做完事情后的感觉和后果。然后，被催眠者会在说好的预定时间,遵照催眠师的暗示,准时实施催眠师在催眠中交代的事情。这就是后催眠性暗示,或者叫延时催眠。"

肖建从方同教授口中得知,一切皆有可能。心理诱导犯罪,从理论上说,简直无孔不入。肖建听到最后,浑身直冒冷汗。临别时,肖建请方同教授介绍了一些心理学方面的书籍,以便回家恶补。

肖建设想,如果犯罪嫌疑人最后真的是明成的话,那他可能要第一次面对一个完全陌生的犯罪领域,临阵磨枪总比不磨要强。

第二十四章　直觉

随着急促的呼吸声，明成把手伸进了米阳的裙底。

明成撩起米阳的一条腿，看见米阳穿的是一条性感的红色网状内裤。明成的欲望被彻底点燃，他粗野地想撕开米阳的内裤，他现在只想听到米阳的呻吟声。

再次踏上回程的列车，肖建认为段鹏飞烧毁档案室的动机可以确定，他想掩盖自己精通心理学的事实。因为他当时已经用这种方式诱导过张月一次，只是没有成功。他怕自己暴露，怕别人知道他没有死的事实，所以放火烧了上海医科大学的档案室。

肖建的沉思被手机的微信打断，来信的是米阳。米阳从拘留所里出来以后，肖建还没有去看过她。米阳的微信显示，她想请肖建吃饭，聚一聚。

米阳的微信又把肖建的思绪带到了那个情窦初开的年纪，那颗青涩的橄榄又开始散发出淡淡的甜味和幽香。

初中时代的肖建，此刻正坐在课堂里，和同学们一起等候老师的到来。门外的走廊，洁白的连衣裙下，一双白色的运动鞋一路走来。最后推开了教室的门。

在老师的介绍下，初中时代的米阳从老师身后闪身出来，站在了课堂前。

米阳自我介绍道:“我叫米阳,大家好!”

看着青春活力的米阳,大家起身鼓掌。肖建看见米阳朝大家微笑点头,还自作多情地大声回了一句:“米阳好!”引得同学们一阵哄笑。

下课后肖建和其他男同学跟在米阳身后，寻找着搭讪的理由,最后跟到了舞蹈教室。米阳在老师的指导下跳着芭蕾,肖建和男同学们张着大嘴趴在窗外观看。米阳不光长得漂亮,还是一个舞蹈家。大家一时间都这么说。

放学后,锲而不舍的肖建和其他男同学一直跟着米阳到了家。米阳就住在肖建家隔壁。肖建心想,这下你可就跑不掉了。

那时候的街道,每家的瓦房都是紧紧相连的,肖建想跑到哪家都可以。肖建赶忙回到家中,上了瓦房,爬到米阳家的天窗,向屋内偷窥着。

等待良久,沮丧的肖建准备爬回家。这时,米阳端着洗澡盆进来了,肖建赶忙又翻身回来。随着音乐,米阳开始在屋中起舞。看着米阳的连衣裙在音乐中飘舞,肖建心中乐开了花。正在这时,米阳姥姥的声音从隔壁屋里传来:“洗完了没有啊?”

米阳快速地脱衣洗澡,在进澡盆的那一刻,米阳朝肖建偷窥的方向狠狠地瞪了一眼,肖建吓得赶紧逃离。

肖建终于如愿以偿地用一起上学的名义和米阳走在了一起。两个人一来二去,已经成了好朋友。现在,肖建和米阳手持球拍站在乒乓球桌前,两个人像是要一分高下。

这是两个人友谊的开始,或者说是青春懵懂的开始。一切都应该以相恋作为结局。然而,就在肖建和米阳进行乒乓球比赛,打得难分难解时，肖建突然发现同班级的男同学和别的班级的孩子打起来了,于是扔下球拍冲了过去。

从那天起,米阳就再也没有和肖建说过话,更别说一起放学回家了。肖建也只能每天在米阳家的天窗,欣赏米阳优美的舞姿。

很快就到了全校师生联欢会的日子,舞台上的米阳像一只高傲的小天鹅,欢快地跳着芭蕾。

肖建和全校同学一样,都踮起脚尖兴奋地看着。

就在米阳表演完毕,即将回到座位时,一把小刀刀尖朝上地立在了椅子上……

来不及看到小刀划伤大腿的画面,喇叭里传来列车到站的信息,肖建缓过神来。他刚刚睡着了。肖建看着手中的信息,犹豫着。最后,肖建选择不予理会,他关掉手机,起身下车。

回到刑警队的肖建,第一时间来到了档案室,把明成的照片贴在小黑板上。肖建开始对所有的案件进行梳理,开始认真地学习犯罪心理学,他明白了操控犯罪并非只有短时间的可能性,还有长时间操控,让一个人完全丧失自我的可能。

如果肖建相信师父的推断,那明成就是凶手。但这一切只是推断,没有证据,连一张照片也没有。

在刑事侦查工作上,肖建是绝对相信"老坛子肉"的,他也通过这次走访,把"老坛子肉"的思路捋得一清二楚。

肖建现在要去找明成,有些话他要当面和明成说。听其言观其行,是刑侦的必要手段之一。虽然这种看似冒失的行动会给自己带来意想不到的危险,但肖建还是想试一试。

如果不试,时间一过,案件定性以后,就很难翻转了。毕竟张恒把整个作案过程交代得十分详细,肖建想在没有证据的情况下翻案,没有人会相信他。

烈日下的高尔夫球场,明成举起高尔夫球杆,将球远远击出。出杆不错,高尔夫球三蹦两跳地来到了洞口附近。

拖着一条受伤的残腿,居然还能打球?看得出明成最近一段时间心情着实不错。同时也能看出,明成的高尔夫技术是有相当水准的。

不远处一个戴着棒球帽的球童拿着球杆朝明成走去。棒球帽下露出了肖建的脸。肖建突然喊道:“段鹏飞!”

明成抬起头,仿佛听到有谁在叫自己的名字。虽然明成是背对着肖建的,肖建看不到明成的脸,但他从明成的背影判断出明成脸上出现了惊恐之色。

是的,这就是肖建想要的效果,无论你隐藏得多好,无论你认为自己有多么的卓越非凡,只要你心中有鬼,在这种猝不及防的情况下,你一定会露出马脚。这是百试百灵的刑侦手段之一。

肖建看第一招成功了,举起手中的球杆,准确地击中了明成的后背。明成应声倒地,在地上痛苦地挣扎。明成一边躲避着肖建一边问道:“你想干什么?”

肖建嘴里再次喊出段鹏飞的名字,手中的球杆也再次击中了明成。是的,肖建在赌博。他想出其不意,用这种方式击溃明成。可肖建面对的是明成,在最初一刻的惊慌过后,明成已经变得出奇的冷静。在没有证据的情况下,肖建鲁莽的一面暴露无遗。

现在,不管肖建问什么,明成除了大声求救以外,再没有多说一个字。

明成的呼救声让米阳和保安赶了过来。保安抢下肖建手中的球杆。就在保安准备把肖建赶出去的时候,明成伸手制止了保安的举动。

明成说道:“我知道你的精神状态在长时间的高度强压下有时会有些失常,会做出一些匪夷所思的举动,下次治疗的时候我们可以好好聊聊。”

肖建看出明成是有意在众人面前解释,就直接将了明成一军。肖建问道:“有什么不可以在这儿说呢?必须等到下次?”

明成倒是很坦然,说道:“你问吧,如果我知道,我一定全都告诉你。”

肖建看明成这么说，马上把话题扯回到齐飞死亡的事上，这是肖建来见明成的目的。肖建问道：“我一直在思考一个问题，凶手作案的目标到底是你还是齐飞，如果是你，从凶手以往的行为轨迹来看，他是不达目的誓不罢休的！”

明成表示，就是因为这样，他才接二连三地遇到危险。

肖建却说道：“表面上看来是这样的，但真正死亡的是齐飞！所以我产生了一种假设。如果齐飞是凶手真正的目标，那你只是一个幌子，凶手出于什么原因不惜暴露自己也一定要冒险作案呢？而且一定要用你做幌子呢？”

明成看上去很想听肖建的分析，他建议肖建接着说下去。

肖建也没推让，接着说道：“其实张恒不过是一颗小棋子，真正的凶手是在丢车保帅，一石二鸟！暴露张恒，隐藏自己。而这个人就是你！”

肖建说完，眼睛直视着明成，明成并没有回避或者有丝毫的怯意，他可不是下三滥的小角色，两三句话就能被唬住。两个人就这样僵持地看着对方，最后还是米阳出来打破了僵局。

米阳站在肖建身后说道：“给你发信息也不回！你是专门来看我的？”

肖建明白，这是米阳在给自己台阶下，他现在这个样子很尴尬，就算保安打110也没什么问题。肖建借坡下驴说道：“对呀！碰巧路过，就进来转转，看看你和明成院长在不在，没想到这么巧。”

肖建说完，想转身离开，但保安可不想让肖建就这么走。保安想冲过来，却被明成伸手拦住。

明成说道：“我欣赏你这种怀疑一切的态度，但太离谱了！今天就当是一场误会。我明白，因为左宗队长的牺牲，你已经丧失了理智，我原谅你！”

明成说完，转身走上电瓶车，米阳跟了上去。看着明成离开，肖建知道这次又是无功而返了。他面对的是明成，他知道凭自己现在的能力还无法撼动对方。但他想试一试，他要确定明成是不是那个要找的凶手。

现在，他确定了。和“老坛子肉”的调查完全吻合，明成一定就是凶手，虽然肖建手上还没有任何证据。但肖建想让对方知道，犯罪隐藏得再巧妙也不会天衣无缝，他的所作所为已经被盯上了，证据只是迟早的事。

高尔夫球场的更衣室内，明成正在收拾伤口，米阳走了进来。

这里毕竟是男更衣室，就算是单人使用的贵宾房，明成这时候也可能是赤身裸体的，米阳这么冒失，明成应该感到尴尬才是。

但明成没有丝毫的尴尬，他继续收拾着自己的伤口。米阳走到明成身旁，一边抚摸着明成的伤口一边问道：“肖建刚才找你什么事情？”

明成回答道：“没什么事。”

米阳并没有因为明成的回避而不再追问，因为他们是米阳最关心的两个人，她不希望有冲突。于是，米阳继续说道：“希望你不要介意，别为难他。”

米阳说完后，走到明成面前，伸出双手在他的伤口上来回抚摸，这让明成心中燃起了欲望。

只见他突然站起身抱住米阳，把米阳整个人顶到了墙上。随着急促的呼吸声，明成把手伸进了米阳的裙底。

明成撩起米阳的一条腿，看见米阳穿的是一条性感的红色网状内裤。明成的欲望被彻底点燃，他粗野地想撕开米阳的内裤，他现在只想听到米阳的呻吟声。然而就在他兴致高涨的时候，米阳却打断了他。

米阳先说了一句：“等等！”在明成诧异的时候，米阳挣脱了明成的怀抱。这个时候她必须挣脱,要不然什么都是白说。

米阳说道:“我觉得很累,想休息一段时间。”

米阳提出的要求,让明成感到很意外。因为米阳作为明成的女人不是一天两天了,她怎么会突然提出这种要求？这不明摆着要离他明成而去吗?

明成问道:“难道这就是你从拘留所回来后最想和我说的话吗？”

米阳再次解释道:“这段时间以来,我真的觉得自己很累。”

看来米阳不准备和他说实话，于是明成问道:“在这个世界上,除了我,你还有别的亲人吗？”

米阳没有说话,因为她的底细,明成比她还要清楚。明成看米阳不说话,接着问道:“你跟了我这么多年,难道有什么事情我没有替你解决吗？”

“没有！”米阳回答道。

明成本来想问:“那你为什么要走？”话到嘴边换成了:“如果只是休息,你想休息多久就多久,我不会打扰你的！去吧,过两天我们马上就要搬家了,你也准备准备。”

米阳不依不饶地追问道:“搬家以后,那你是答应让我离开了？”

明成没想到米阳会再强调这么一句。以往米阳也会提出离开不再回来的想法,明成三两句就可以让她回心转意,或者就算离开一阵也会回来。

今天在这样一个问题上重复了两次,语气是那样的坚定,明成感觉到了米阳的去意,看来米阳心中发生了一些微妙的变化,但明成没有马上反驳,也没有生气和懊恼。

漂亮的女人就是很麻烦,对付她们得有些办法,光生气和懊恼是没有用的。明成本来就是一个很有办法的人。

明成最后说道:“帮我做完最后一件事,我可以让你离开。”

在得到明成的答复后，米阳的脸上再次露出了笑容。

明成微笑着看着米阳离开，转身望向窗外。现在看来米阳是出了一些问题，这事暂且放在一边。肖建今天找上门来质问自己，倒是让明成始料不及。明成没想到自己丢车保帅这招居然被肖建猜到了，他觉得自己快撑不下去了。他现在需要帮手。想到这里，明成举起了手中的电话。

第二十五章　CRG

在何为家的别墅天台上，面具男子最后说道："看着前方，那是一切你憧憬的美好，现在就在你眼前，去吧！"

何为一步步朝天台边缘走去，最后像一个包满水的塑料袋，从高空砸落在地面上，脑浆四溅，他跳楼身亡了。

半个月以后，明成来到那块三面环山、一面临水的实验基地。这是段致远当年在南江市创业的那块地。没错，明成就是段鹏飞。他费尽周折，现在终于回到了这个地方。

明成拄着拐杖站在实验基地的主楼前，微笑地看着远方。站在一旁的新来的助理怎么也没觉得这里有多好，设施老旧，交通也不便利，于是张嘴问道："院长，这是整个楼的房屋结构图，全在这儿了。我不明白，省里能给我们批更好的地，咱们为什么非要选这个破楼，都好些年没有人用过了。"

明成回答道："我们是搞科研，不是讲排场。省里有省里的难处，我们要的是时间和相对封闭的科研环境。"

助理离开以后，一个留着长发的年轻男子提着行李箱站到了明成的面前。他就是明成从Y国找来的帮手，叫宋可凡。一个年轻帅气，可眼中却充满阴邪戾气的年轻人。

明成看着宋可凡，微笑着说道："就等你了！"

这时,助理又匆匆回来了。他走到明成身旁请示道:“院长,晚上何总和一帮经销商在云来酒轩弄了一个酒会,说是给您压惊,还去吗？”

明成点头,回身问宋可凡:“你准备好了吗？”宋可凡依然没有说话,只是面带微笑地看着明成,但眼神中的阴邪戾气变得更重了,明成知道宋可凡的答案了。

明成拎着宋可凡的行李箱走进实验基地的主楼,宋可凡跟在后面走了进去。

云来酒轩的自助酒会上,人来人往,很是热闹。明成已经扔掉了拐杖,看来他恢复得不错。经销商何为看见了人群里的明成,赶忙凑了过来。因为他知道,明成已经从中心医院调到了实验基地,正在研究一种新药。

何为走到明成面前说道:“祝贺明成老弟康复,受惊了。”明成表示只是小伤,没什么大碍。

何为接着说道:“听说省里已经批了你的实验基地,提前祝贺你的新药早日出炉。到时候,第一批药记得给我哦!”这是何为最想说的话,他一直就是一个唯利是图的商人。

明成还没来得及开口,站在一旁的钟总就把话接了过去。钟总是另外一家医药公司的经销商,是何为在南江市医药界的主要竞争对手。

钟总上前说道:“哎,何总,明成院长跟我谈好的,新药上市,第一批是给我们的,对吧？”

明成点头,表示对钟总意思的认可。何为自知理亏,但又不甘心,马上玩起了江湖。

何为说道:“钟总,怎么这么小气,什么你的我的,到时候大家一起挣钱,你一半我一半嘛!”

钟总根本不吃何为这一套,说道:“我们和明成之间那是有合同的,前期的科研费用可是我们出的!”

明成一看两个人就要急眼了,马上劝道:“钟总,别生气,何总是在开玩笑。”

何为自讨没趣,尴尬地转身离开。这时,穿着晚礼服的米阳正好从不远处朝明成走过来,与何为撞了一个满怀。

何为的香槟洒在了米阳的晚礼服上。何为连忙道歉道:“对不起,对不起!”米阳一边说着没关系一边低头擦着身上的香槟,丰满的乳房在低胸的晚礼服内若隐若现。

在这么近的距离内窥视一个美女的大胸,何为一下子看愣了神。明成从不远处走过来,关切地问道:“怎么了?”

何为慌忙地从失态的神情中缓过神来,回答明成:“没事!不小心把酒洒在这位女士身上了。”然后关切地问米阳:“没事吧?”

米阳说没事以后,何为主动提出要赔偿损失。

对何为的表态米阳没有直接回答,只是笑了笑,转身离开了。米阳笑得很是妩媚,何为感觉自己的魂魄被这妩媚的一笑直接勾走了。

等米阳离开,何为马上向明成打听道:“这女的是谁带来的?”

明成没有说自己认识,只是打趣地问何为是不是有感觉。何为看明成没有正面回答,以为明成也不认识,于是笑着朝米阳的背影追去。他有些等不及了,生怕米阳跑掉再也见不着了。

云来酒轩门口,米阳已经换了一套紧身衣服,显得更加青春靓丽。米阳从台阶往下走的时候,不远处的车灯突然亮起,米阳被笼罩在聚光灯里。

米阳眯着眼看去,何为从车上下来,一派绅士风度。看来何为已经在酒轩门口恭候多时了。

何为谦恭和气地问道:“我可以送你回家吗?”

米阳回复的态度让何为很感兴趣,她居然二话没说直接上了何为的汽车。何为没想到米阳这么爽快,马上高兴地跟了上去,开车离开了云来酒轩。

何为一边开车一边不停地向米阳道歉。何为再三强调是自己扫了米阳今晚的雅兴,为了表示歉意,他提出单独请米阳喝一杯。

客套了三两句后,何为说出了自己的真实想法,看来他还真是一个风月场所的老手。

米阳还是没有回答,她又笑了。笑了就是表示不反对,何为领着米阳来到了南江市最热闹的酒吧。

米阳在酒吧的舞池里跳着热舞,一群嘻哈男女围在周围。何为坐在一旁一边喝着酒一边盯着米阳扭动的身体。在酒精的作用下,何为的眼睛里充满了血丝,下身在蠢蠢欲动,对于一个五十多岁的人来说,他的欲望已经燃到了顶点。

何为拨开众人跑到舞池中央和米阳一起热舞起来。一阵热辣的双人舞后,在众人的阵阵欢呼声中,米阳和何为回到了吧台。两个人一边拼酒一边玩游戏。

何为有意无意地伸手去抚摸米阳的大腿、腰身,米阳都以热辣的眼神予以回应,这让何为更加蠢蠢欲动。

酒过三巡之后,何为开车把米阳送到米阳家的小区门口。米阳从车上下来,何为恋恋不舍地看着她,挑逗地说道:“不想请我上去喝杯咖啡吗?”

米阳娇羞地回答道:“今天家里不方便,改日吧。”

何为看米阳的神情,感觉自己有戏,可能米阳家中有人不方便,于是说道:“改日不知何日,不如我请你去个方便的地方?”米阳再次妩媚地笑了,何为的意思米阳是懂的。

何为把米阳带到宾馆开了房。何为在洗手间里一边想象着一会儿在大床上如何征服米阳一边仔细地洗漱。好久没碰过这么绝色的美女了,看来今天运气不错。

何为洗漱完毕,围着浴巾从洗手间里出来,却发现房间里空无一人。桌上留有一张字条,上面是一个猩红的唇印。

到嘴的鸭子最后还是跑了。何为很是沮丧,他来到宾馆的地下停车场,走向自己的轿车。突然不远处一辆别克车的车灯亮起,然后猛地朝何为撞去。何为闪身躲过,随即破口大骂起来:“有病啊,开车不长眼啊!”

别克车仿佛听见了骂声,停了下来。何为冲上去想理论几句,他现在有一肚子的火没处撒。没想到别克车突然又倒车撞来,何为狼狈地闪躲到一旁,别克车随即扬长而去。

已是午夜时分,何为开着车来到十字路口,红灯亮起。何为的汽车停了下来,可以从后视镜里看到何为现在是多么的烦躁和懊恼。

先是飞来的艳遇最终飞走了,然后是在地下停车场里无缘无故差点被人给撞了,想来想去真是一肚子的气!何为懊恼地瞥了一眼车内的后视镜。

不瞥还好,一瞥吓一跳。后视镜里,那辆撞他的别克车幽灵般地紧跟在他的车后。何为吓出一身冷汗,等到绿灯亮起,赶紧加大油门,快速逃离。

何为拐了几个弯也没有把后面的别克车甩掉,别克车在后面不紧不慢地跟着。看来这不是办法,何为不能这样把车开回家。何为思索着,一咬牙把车拐进了小巷子。

等别克车跟进来以后,何为从车后拿出一根棒球棒,借着酒劲壮胆,挥舞着冲了过去。别克车倒退着离开小巷,驱车远去。

在别克车离开以后,何为一边开车一边思索着,他的酒醒了。他觉得今天出的事,现在想起来有些邪乎。

看来有人针对他下了一个套,目的是把他灌醉,然后找机会撞死他。想来想去,何为觉得家是回不去了,不把事情弄清楚,家里现在就是最危险的地方。

何为毕竟是老江湖,他现在清醒地认识到,今晚发生的一切都是专门给他设计的陷阱。他现在要先找到米阳。想到这里,何为掉转车头,三下两下就来到了米阳家的楼下。何为坐在车内,开始了静静的等待。

过了一段时间,何为终于等到了米阳回家的身影。何为跟在她身后,在米阳开门之际,何为冲了过去,米阳被何为推到了墙角。

何为劈头盖脸地问道:“说,为什么要这么做?谁指使你干的?”

米阳回答道:“我不知道你在说什么。”样子显得很无辜。

何为现在可不领情,他的酒已经醒了。何为继续追问道:“自从晚上认识你,不到几个小时,我几次差点被人撞死。我要你现在告诉我,到底是怎么回事?”

在米阳再次辩解,说不知道以后,何为暴怒地喊道:“你要不说,信不信我现在就弄死你!”米阳眼看瞒不过去了,突然哭了起来。

米阳一边哭泣一边说出了实情:“不要逼我,我也不愿意这么做。我不能告诉你什么,只能说我也是迫不得已,是他们逼我这么做的。”

何为就想知道幕后的指使人是谁,米阳却好心叮嘱何为不要管,催促他赶快离开。两个人在拉扯中,看见寂静的街道上,一个戴着曼陀罗花面具的黑衣人正朝这边走来。何为看到了,米阳当然也看到了。米阳这下哭得更厉害了。

米阳伤心地说道:“让你走还不走,现在他们知道你来这儿找我了,这下我也完了!”

米阳哭泣的样子楚楚可怜。何为动了恻隐之心。

何为决定带米阳一起离开,他把米阳从地上拉起来,然后一起上了自己的轿车离去。

何为的车最后开进了自家在郊区的一栋别墅，这里除了度假偶尔住几天之外，没人会来。所以，一般不会有人知道何为有这样一个地方。这里应该很安全，至少何为是这么想的。

而此时米阳坐在沙发上，还是一副惊魂未定的样子。她比何为看上去更怕那帮人，现在彻底变成了何为在安慰米阳。

何为安慰道："这儿是我另外一个家，没人知道。你现在可以告诉我了。弄明白了，我就报警抓他们。"

米阳看着何为说道："是钟总要害你。你在生意上总跟他过不去，他恨你，所以就找人对付你！"

是钟总找人要害他？何为看着米阳，有些怀疑。虽然他和钟总在生意上存在利益冲突，可这么多年下来，大家一般都是井水不犯河水，不至于要他的命。想到这里，何为拨通了电话。

米阳急忙问道："你给谁打电话？"

何为回答说："明成院长！"

何为想给明成打电话确认一下情况，看能不能从中调和调和。米阳一脸惊慌，连忙阻止。

米阳回答道："别打！明成院长是钟总的人！"何为没想到明成和钟总是一伙儿的，居然是这两个人串通一气要害自己。他一下子有些不知所措，可电话此时已经拨出去了。

电话那头，明成的声音传了过来。何为捂住电话，不知该说什么好。还是米阳提醒何为，可以趁这个机会试探一下明成在干什么，再确定米阳话的可信度。

米阳轻声说道："他现在就在和钟总吃饭，不信你问。"

何为按照米阳说的问道："您现在忙什么呢？"

明成回答道："在吃饭，何总有事吗？"

何为进一步问道："没事，我也是想约您吃饭。您今儿和谁呀？"

明成没有具体说明，只是回答说："没谁，几个朋友。"

何为直截了当地说道："和钟总吧？"

听何为说到钟总，明成的回答显得支支吾吾。再加上最后的犹豫，何为已经确定明成确实是和钟总在一起。何为挂上电话，烦躁地走来走去。

可能在生意上他何为确实太咄咄逼人了，但也不能这么对他呀！有事可以坐下来谈嘛！何为越想越气，一屁股坐在沙发上。米阳看何为很烦躁，给何为冲了一杯茶，递了过去。

米阳轻声安慰道："你先别着急，喝口茶缓缓。"

米阳的话让何为觉得亲切而温暖。现在，他确实需要缓缓，想好对策。何为拿起茶杯，猛喝了两口。突然，何为觉得这茶的口感有些不对，忙问道："这茶，怎么有点甜啊？"

米阳的脸上再次露出妩媚的微笑，说道："因为放了你喜欢的东西——CRG！"

何为被米阳的话所震惊，此刻才知道自己被米阳骗了。自始至终这都是为他量身定做的一个局中局，最后就是要让他自己喝下杯中的毒药。

何为努力地站起身想抓住米阳，可此时他的身体变得松软，举步维艰，在迈出两个小碎步后，慢慢地倒在了地上。

这个时候门开了，何为透过模糊的视线努力朝门口望去，米阳走出去，一个戴着曼陀罗花面具的男子走了进来。何为努力地挣扎着，但是不争气的双眼还是合上了，最终失去了意识。

在何为家的别墅天台上，何为像一个提线木偶，任由戴面具的男子摆布。

面具男子说道："举起你的右手，放下！再举起你的左手，放下！原地转个圈！"

何为依照指令,开始依次伸手,然后原地转圈。

面具男子最后说道:“看着前方,那是一切你憧憬的美好,现在就在你眼前,去吧!”

何为木讷地转身,嘴里自言自语地说道:“婆娑自比小山,寂寞甘同苦行!”

何为一步步朝天台边缘走去,最后像一个包满水的塑料袋,从高空砸落在地面上,脑浆四溅,他跳楼身亡了。

第二十六章　交锋

米阳和肖建贴得很近，肖建能很清晰地感觉到米阳的乳头在自己身上摩擦着，由软变硬。

肖建的心一下子急促地跳动起来，他的欲望被勾起，他的下身在迅速地膨胀，膨胀得让他觉得内裤太紧，他想彻底地释放。

南江市又多了一起跳楼自杀案，虽然没有了手机里旋转的曼陀罗花。

此刻，在刑警队的档案室里，小黑板上已经密密麻麻地写满了字，肖建把何为的照片贴了上去。

小黑板上的照片依次是张月、欧阳、雷达、刘永志、郑罗、齐飞、春燕、何为、张恒。肖建正在试图寻找它们彼此之间自己还没有注意到的联系，希望找到线索。肖建盯着黑板上张恒的照片，在上面画了一个圈，然后在旁边写下“操控犯罪”。

通过这段时间对犯罪心理学的了解，肖建意识到，张恒很可能就是一个外表看似一切正常，而自身意志其实已经完全丧失的被操纵者。明成可以利用这个傀儡去做一切他想做的事情，而他自己却永远都可以置身事外。

明成的犯罪手段确实高明，现在的刑侦方式是很难抓到明成的把柄的。可这一切真的就那么无懈可击吗？明成是怎么做到的？这在世界范围的心理学界，也只是一种理论上的可能啊。

肖建的手不停地在黑板上涂抹着，很不规则。看来，他的思绪又乱了。

此刻的张恒在狱警的押送下，手脚戴着镣铐走来。他刚放完风，正在往回走。一辆专门给看守所运送蔬菜的车停在了门口，齐三和肥仔在管教干部的监督下，卸下车上的蔬菜。齐三装作不经意地走到肥仔面前，说道："看清楚了？"肥仔点头，表示看清楚了。

管教干部示意两个人不许交头接耳，两个人立刻分开，齐三假装趔趄了一下，吸引了管教干部的注意力，肥仔趁机把秤砣藏进了怀里。

事情是这样的，齐三偶然发现张恒和自己居然关押在一个看守所里，仇人相见分外眼红。他要替他大哥雷达报仇，大不了多坐几年牢罢了。他现在邀约了肥仔，准备伺机行事。

看守所食堂内，齐三一边低头吃饭一边等待肥仔最后确定张恒出来吃饭的时间。像张恒这样的要犯，就算在看守所里，也很少出来露面，大部分时间都关押在单独的房间里。

这时，肥仔从身后的位置走过来，对齐三低声说道："来了！"齐三点头会意，朝不远处的两个人使了个眼色，那两个人点头示意。

在两个狱警的押解下，张恒拿着餐盘来到食堂的窗口打饭。而齐三事先邀约的两个人，突然发生了争执，接着打了起来。

事件愈演愈烈，很快两个人之间的打架变成了所有囚犯之间的群殴。本来在座的人，就没有一个是好脾气的。

狱警们手持警棍，一边喊话："不许动手！马上都停下！"一边用步话机呼叫增援。但食堂内的场面已经失控，很是混乱。

齐三趁机走到张恒面前，掏出削尖的牙刷捅向张恒。张恒抓向齐三的衣服。肥仔走到张恒身后，从裤兜里掏出事先藏好的秤砣，砸向张恒的后脑。张恒被砸得头破血流，最后倒下。

赶来增援的狱警最后控制了局面。齐三和肥仔被狱警制伏，而张恒则被立即送去了医务室。

办公室内，一幅硕大的曼陀罗唐卡挂在墙壁上。这是明成在实验基地的新办公室，他已经搬到这里办公了。

随着短促的敲门声，米阳推门走了进来。明成知道米阳今天来找他想说什么，所以没等她开口，就直接说道："我知道，这段时间让你费心了，知道你很累，想休假就休假吧，多玩些日子再回来。"

米阳对于明成的开场白显然不是很满意，她支支吾吾地说道："我……我想辞职，换个别的工作，您看可以吗？"

"辞职？你想好干什么了吗？"明成问道。米阳表示现在还没想好，只是先问问院长的意思。

明成表示只要米阳开心，做什么他都赞成。米阳明白了明成的意思，明成点头微笑，目送米阳离开了办公室。

和上次谈话不一样，明成没有在米阳离开这个问题上纠缠不休，他爽快地答应了米阳的辞呈。

明成知道米阳这次是铁了心，过多的纠缠只能是徒劳，也会让米阳对自己产生更多的反感。现在明成准备先答应米阳，然后再用一些办法，让米阳乖乖地回到自己身边。前面说过，明成从来都是一个很有办法的人。

米阳走后，明成拨通了手中的电话。电话那头是电视台的大梅，大梅是米阳的闺蜜。明成不是找大梅说情，他还不至于那么 low。

明成找大梅，是因为他知道大梅干过一件亏心事，关于米阳的。明成在这之前没有戳穿大梅，现在看来，当时的选择是正确的，这事被明成利用上了。

咖啡厅里，明成和大梅面对面坐着。明成拿出一张金卡推到大梅面前，说道："这是一张金卡，里面有五十万，你先拿着。"

大梅见明成突然给自己这么一大笔钱却没说为什么,虽然她很喜欢钱,但她暂且抑制住心中的骚动,问道:“无功不受禄,你突然给我这么多钱,想要我做什么?”

明成说道:“我知道你手上有一盘录像带,就是去年发洪水时你拍的那盘。”

大梅表示那盘录像带可不值这么多钱,明成干的是亏本的买卖。

明成则表示自己还没说完,他要的是录像带里没播出的那一段,也就是别人不知道的后半段。

听完明成的话,大梅心里一惊。她不知道这事明成是怎么知道的。录像带后半段的事她可谁也没说,除了摄像师耿实。

这事还得和大家细说一下,去年发洪水,大梅在蔡水池拍摄抗洪抢险时,无意中拍到了爆破拖船上“老坛子肉”、肖建和张月三个人被悬吊在一根绳索上的画面,而肖建最后砍断了绳索,让“老坛子肉”和张月跌入江中,自己后来获救。

当时大梅的采访引起了不小的轰动,大梅也被电视台领导认可,成立了单独的栏目组,自己当上了小组长。可这其中有个小插曲,在采访将要播出前,耿实找到大梅,告诉大梅事实并非如此,掉落水中的摄像机无意中把后来水下发生的一切也摄录下来了。

后半段录像显示,在“老坛子肉”和张月落水以后,肖建也随即落入水中。肖建游到“老坛子肉”和张月身边,努力地营救张月。是拖船二次爆炸的冲击波,造成了最后二人失踪、一人获救的结果。但当时节目已经录制完毕,大梅为了追求轰动效应,违心地选择了不顾事实的负面报道。

耿实虽然一直没有戳穿大梅,但内心始终背负着巨大的心理压力。他去了明成的心理咨询室,在被明成催眠释放压力的同时,也让明成知道了这个事件的真相。

明成知道大梅和米阳是闺蜜，也知道米阳这次离职是为了肖建。他知道米阳厌倦了和他一起干龌龊的勾当，但他不能让米阳和肖建走到一起，那样就会使他的计划功亏一篑。可明成又不想对米阳下死手，除非万不得已。

现在明成找到大梅的真正目的，是希望大梅以闺蜜的身份把这个米阳没有看过的录像拿给她看。

当然，内容需要大梅重新剪辑，就是把肖建救人的场面剪成肖建害人的场面，让米阳相信肖建确实是害死张月的凶手。这一点他相信大梅可以做到。

明成还相信，凭借大梅和米阳的关系，米阳肯定会对录像带的内容深信不疑。到那时，米阳一定会重新投入自己的怀抱。所以说，明成确实是一个很有办法的人，只是招数过于歹毒。

在明成的威逼利诱下，大梅最终答应了明成的要求。因为一开始她就做错了，现在只能一错到底，何况还得到了不菲的报酬。她之前所做的一切不就是为了得到更多的实惠吗？大梅是这么说服自己的。

又是一天的清晨，肖建正在档案室冲着小黑板上密密麻麻的材料发呆。看来，又是一夜没睡。

龙大从档案室的窗户前经过的时候，看到了坐在椅子上的肖建。龙大推门进去，肖建随即站起身来。

龙大问道："回来也没汇报一下，猫在这儿干什么呢？"此时的肖建完全沉浸在案情分析之中，回答道："龙大，我对021案件有些想法。"

龙大一听，知道肖建又钻牛角尖了，于是不悦地说道："不是结案了吗？你又瞎琢磨什么呢？"

肖建说道："张恒不是真正的凶手，他只是凶手放在前面的一个傀儡，一个充当挡箭牌的棋子。真正的凶手应该是明成。明成就是021档案里那个叫段鹏飞的人。

“根据左宗队长留下的材料,大致情况是这样的:段鹏飞曾经想用同样的手段杀害张月,但没有成功。后来张月因为恐惧而逃走。”

“怀疑的依据是什么?”龙大问道。

“动机!”肖建回答道,“被害人都跟这个段鹏飞认识,他的目的是替他父亲报仇。”

“这人呢?”龙大继续问道。

肖建回答说:“因为家里着火,当时他被确定为死亡。多年之后左宗队长在段鹏飞家的失火现场寻回了一个金属球,它和明成现在所用的催眠道具一模一样。”

肖建把金属球递给龙大,龙大拿起金属球看了看,最后笑着说道:“难道单凭这个你就想告诉我段鹏飞就是明成吗?就凭这个就想认定明成是凶手?”

肖建一时语塞,除了这个金属球,他确实没有别的证据,其他都是自己主观推断的。

龙大训斥道:“怀疑没有用,什么都要讲证据,不然,把大天说破了,也是白扯!我上午还有会,先走了!”

肖建还想说什么,龙大已经转身离开。是啊,肖建现在醒过神来,龙大不是“老坛子肉”,要的是事实依据,不是什么直觉。这些在龙大看来,都是无用的。证据,证据会在哪儿呢?

肖建的手机此刻响起,一条微信从手机屏幕上跳出,是米阳的。微信上面写着:“肖建,可以来我家一趟吗?”

看着米阳发来的微信,犹豫彷徨中的肖建,此时已经站在了米阳家的楼下。他还没有决定是否上楼,他还在楼下徘徊着。

肖建脑子里现在全是魂牵梦萦的连衣裙,冒着热气的洗澡盆,当然还有那雪白的大腿和带血的小刀。那颗熟悉的青橄榄,再次散发出独特的幽香,不知这次要是咬上一口,是苦还是甜。

顾不了那么多了,既然来了就不要再犹豫。肖建伸手敲开了米阳家的大门。米阳对于肖建的到来很是兴奋,她拉着肖建的手走到餐桌前。桌子上堆满了丰盛的菜肴,看来米阳是做了精心准备的。

肖建站在丰盛的餐桌前,脑子里还在确定这一切的真实性。

米阳俏皮地问道:“在想什么呢?是不是觉得很不真实?”

肖建觉得自己的心思被米阳猜中了,微笑着不言语。

米阳用筷子夹起一块秘制猪蹄递到肖建面前。肖建咬了一口,口感很好,确实是他爱吃的味道。肖建在餐桌前坐下,一边吃一边说道:“不错,手艺不错!”

米阳连忙又给肖建夹了两块猪蹄,说道:“那就多吃点。”肖建坐在餐桌前一阵点头,然后低头一阵猛吃。

米阳突然从身后一把抱住肖建说道:“如果和我在一起,你会觉得开心吗?”

肖建被米阳的突然袭击搞得一下子愣住了。他没想到米阳会在这个时候问这样的话,还抱住了自己。他的确天真地以为就是来吃顿饭。肖建吞吞吐吐地说道:“我……”

米阳伸手拦住了肖建要说的话,柔声说道:“看着我。”肖建转过身去看着米阳。

肖建发现,米阳今天穿的是一件薄纱一样的白色连体短裙,里面没有穿内衣,乳房不大,但很坚挺,乳晕透过白色的薄纱,若隐若现。肖建没有咀嚼,就把嘴里的猪蹄全吞进肚子里了。还好,肖建有先吐骨头再吃肉的习惯,要不这回可能就得去医院了。

肖建愣神的工夫,米阳的手没有闲着,她已经脱去肖建的上衣,然后坐在了肖建的身上。米阳和肖建贴得很近,肖建能很清晰地感觉到米阳的乳头在自己身上摩擦着,由软变硬。

肖建的心一下子急促地跳动起来,他的欲望被勾起,他的下身在迅速地膨胀,膨胀得让他觉得内裤太紧,他想彻底地释放。

此时的米阳很懂肖建的感受，她用舌头吸吮肖建耳垂的同时,把手伸进了肖建的裤底。肖建握住米阳的手,说道:“我不想这样！”

米阳错误地以为肖建想用别的方式做爱,于是问道:“你想怎样？”

米阳之所以没有明白肖建的意思,是因为在她的记忆里,好像还没有人在性爱方面拒绝过她。

米阳确实妩媚动人,这一点值得她自信。可是今天她碰到的是肖建,肖建不是不喜欢,也不是不想,只是他有自己的性格和节操,他觉得还没到时候的事,是坚决不会做的。

肖建推开米阳,整理好衣裤说道:“如果没有别的事,我先走了。”

米阳没想到如此热烈的场景竟然会变成这样。肖建从小就暗恋自己,她是知道的。这么多年,肖建心中不就等着这一天吗？

米阳认为自己还是很了解男人的。想到这里,米阳说道:“如果你不喜欢我,你可以走！”

肖建没有丝毫犹豫地朝大门走去,其实他是在逃离,他怕下一秒自己会后悔。

没想到的是,在肖建开门准备离开的那一刻,米阳哭了。米阳流着眼泪说道:“原来你不喜欢我！”

怎么可能不喜欢呢？从米阳扑到自己怀里的那一刻起,肖建心中的那颗青橄榄就算是绽放了,长成了橄榄树。

肖建只是觉得今天的甜味过了头，他已经习惯了细水长流的感觉,一下子太甜了他受不了,所以他选择离开。

可现在米阳哭了,他只能暂时打消逃离的念头,把米阳扶到沙发上坐下,给她穿好衣服,开始安慰她。

肖建说道:“别哭,行吗？”他从兜里掏出糖盒,拿出一块放进嘴里,然后顺手把糖盒放在了桌上。在紧张的时候,肖建会下意识地吃块糖。

糖分除了可以治疗低血糖,还可以让人兴奋,舒缓紧张。肖建现在心里确实有些紧张。

肖建含着糖块说道:“这种事来得太突然了,我一时间真的不知道该怎么办。”

米阳问道:“你是想说蒋钦吗?你们不是已经分手了吗?”

米阳想来想去,觉得肖建不接受自己,只能和肖建的前女友蒋钦有关,肖建可能还放不下蒋钦。米阳并不知道肖建和蒋钦之间复杂的情感纠葛。

简单来说,肖建和蒋钦就是一对欢喜冤家,床头打架床尾和,在任何地方都是说不了两句就吵得不可开交,但当两个人冷静下来以后,心里却又都想着对方。对于米阳的误解,肖建只能解释道:“我现在真的不想谈这个!”因为米阳是肖建心中的那颗青橄榄,他也喜欢米阳,所以他无法取舍。

米阳此时也恢复了常态,常态下的米阳是那么的清纯可人,和刚才的风骚浪荡女子简直判若两人。

米阳说道:“对不起!我只是想找个肩膀依靠一下!从小到大就没有人真心关心过我,直到又遇见了你。好了,找你来其实是想告诉你,不要跟明成斗,你斗不过他!”

米阳最后话锋一转,提到了明成。米阳是出于好意,她知道明成的厉害,她怕肖建有危险。

提到明成,肖建顿时爱意全无。现在想来,肖建没有碰米阳,最大的原因就是米阳和明成有着千丝万缕的关系。

虽然肖建并不知道米阳就是明成包养的情人,但他能感觉到米阳和明成之间不同寻常的关系。这种女人他是不能碰的,虽然他也是人,也有情欲,虽然对面站着的这个女人他很喜欢,他太想和她水乳交融了,但他没有忘记自己是一名警察,他不能这么做。

此刻，肖建果断地站起身，决意马上离开，不再有丝毫的停留。离开之前，肖建对米阳说道："我今天来的目的，其实也只是想说，不管你跟明成是什么关系，离他远一点！"

米阳听完肖建的话，还是好言相劝，因为没有人比米阳更了解明成的厉害。

刀山火海肖建早都见过，他不怕。更何况现在，肖建心中还有"老坛子肉"的临终遗命。肖建很坚定地回答道："我也告诉你一句，将他绳之以法是早晚的事！"肖建说完，闪身出门。

从米阳家出来，穿过小区的大门，肖建站在街道一旁打车。米阳从后面追了出来，从身后把肖建抱住。这一抱，让肖建再次感受到了爱意。

是的，米阳是爱他的，这一点很明确。可肖建能怎么做呢？他是不能停留的，因为米阳扯到了明成，扯到了他正在侦办的案件，他不能因为私情而影响到自己的判断，如果出错，他怎么对得起九泉之下的"老坛子肉"，怎么对得起自己信仰了这么多年的警察事业！

可是肖建也不能再次推开米阳撒手就走。他的心底是有米阳的，虽然埋得很深，但今天被挖出来了，还是那么的幽香四溢，他怎么狠得下心来呢？所以此刻，肖建只能再次耐心地解释。虽然肖建最讨厌的就是磨叽，可今天磨叽就磨叽吧，谁让对方把他心中那颗该死的青橄榄给翻出来了呢？

米阳还在挽留肖建，说道："我不想这样，但我控制不住我自己，别走好吗？"

看到肖建去意已决，米阳暗示肖建亲吻自己的额头，才肯让肖建离开。无奈之下，肖建亲吻了一下米阳的额头。这一切全被站在不远处的蒋钦看见了。

无论有意还是无意，有时事情就是这么巧，你不想被别人看见和误解的时候，恰恰就被人看见和误解了，何况南江市本来就不大。

送别肖建回到家中的米阳，现在呆坐在沙发上。她在回味肖建临别时在她额头上留下的那一吻，看来肖建还是喜欢她的。想到这里，米阳的嘴角露出了微笑。

门铃响起，会是谁呢？难道是肖建回来了吗？一定是，他还没吃完我做的饭呢，他肯定不忍心就这么离开。想到这里，米阳兴冲冲地跑到门口去开门。

出现在门口的不是肖建，而是明成。明成穿着风衣，戴着手套，站在门口。米阳没想到明成会来，一下子愣住了。

“正好路过，就想上来坐坐，不欢迎吗？”明成问道。

米阳不情愿地让开道，让明成进来，因为她不想让明成看到自己心中的秘密。

明成看见餐桌上丰盛的菜肴，开口说道：“在家请客啊？”

米阳慌忙搪塞道：“我本来叫了大梅一块儿吃饭的，她说临时有事，来不了了。你要没吃，就在这儿吃吧，还没怎么动。”

明成带着笑容打量着一桌子菜肴，又看了看米阳。米阳有些心虚地躲避开明成的视线。

明成直接揭开了米阳心中的小秘密，说道：“你的眼神告诉我你在撒谎，你邀请的是位男士，你心仪的男士，他的名字叫肖建，刚从这儿出门！”

米阳意识到明成并非像他说的那样只是碰巧路过。米阳怒道：“你监视我！”

明成回答道：“我说了，我是碰巧路过！因为你在我办公室说要辞职的时候我一直在奇怪，你为什么要这么做？是什么原因让一个有着深仇大恨的人，居然把仇恨都忘了？那只能是有了新欢，就忘了我这个旧爱！”

说到这里，明成走到米阳的面前，伸手抬起了米阳的脸，他知道米阳在刻意回避自己,他选择让她直视。直视的结果,往往只能让试图躲避的人无处藏身,最后只能是暴怒,这正是明成想要的,他要听米阳的心里话。

米阳推开明成的手喊道:“是,我是不想干了,我是喜欢他,因为他真诚!我不想每天窝在阴暗的角落里像一只蛆虫,我想光明正大地过两天正常人的日子!而且,而且……我相信他是不会……”

“不会什么?”明成知道米阳要说什么,他等的就是米阳的这句话,等着米阳把她心里最在意的事情摆到台面上来,明成决定开始进攻,他是有备而来的。

明成说道:“我年纪大了,看的人也多,这种道貌岸然的人,自己到底做过什么,可能你不亲眼看见是不会相信的。”

明成说到这里,本来是想把事先准备好的录像带拿出来交给米阳,然后等待米阳反应的,可无意中却看到了桌上的糖盒。那是肖建离开时落下的糖盒,那是明成似曾相识的糖盒。

明成回想起在南江市医科大学讲课的时候,肖建因为头晕用过这个糖盒。看着这个糖盒,明成确认肖建肯定来过。也因为这个糖盒,明成突然有了新的计划。虽然他不是一个喜欢随意变化的人,但他现在偏偏想换个计划,因为他的心里此刻多了一丝嫉妒。

当然,说了这么多,在场面上就是一瞬间的事。明成说道:“如果你愿意,可以先去借一个录像机,明天我就把录像带给你送过来。”

明成把口袋里的录像带塞回了原处,然后趁米阳站在原地发呆的光景,顺手拿起桌上的糖盒,转身离开。

第二十七章　陷阱

这是一块薄荷糖，很甜也很清爽，象征着好日子的到来。看来吃糖确实能让人产生舒适的感觉。张恒闭上眼睛，享受着。

突然，张恒睁开双眼，双手死死卡住自己的喉咙，然后又指着肖建想说些什么。随即，张恒口吐白沫地躺在了地上。

在南江市看守所的牢房里，张恒头部绑着纱布，正在房间里焦躁地走来走去。因为他的伤口现在奇痒无比。他伸手去挠，可是隔着纱布挠痒，只能越挠越痒。

张恒索性把头上的纱布拆开，把手伸到后脑伤口的缝合处使劲地挠。最后他居然从缝合处把手指伸了进去。在黑暗的牢房中，在忽明忽暗的灯光下，这一幕甚是恐怖。

张恒忍着剧痛把鲜血淋漓的手指从自己的后脑中抽了出来，指尖似乎还夹着一个东西，是一个圆形的金属芯片。张恒看着从脑中取出的芯片，狞笑着把头伸到铁窗边喊道："我要翻供！让肖建来见我！"厉鬼般的呼喊声在看守所的走廊里回荡，最后传向了天外。

太阳从天际的那抹地平线上跳了出来，又是一个晴朗的早晨。米阳家的窗帘紧闭着，米阳还坐在沙发的原位置上，她一夜没睡。现在的她脑子里很乱，就像一个等待开庭的囚犯，既盼着明成的到来，又害怕明成的到来。

门铃最终响起，米阳急切地走过去开门，明成手持录像带走了进来。“你现在说不想看还来得及！”明成说道。

从明成的话语中米阳已经知道了结果，但事到如今，她还是要看一眼，让自己的心死个明白。“放吧，我承受得住！”米阳说道。明成走到电视机前，把录像带放进了录像机。

屏幕上出现了画面，米阳的母亲张月在水底被绳索捆绑着，她看见从远处游过来的肖建，她奋力呼救，努力朝肖建游去。最后关头，肖建一脚蹬开了迎面而来的张月。

一切如米阳所料，确实是一个坏消息，看来肖建欺骗了她。明成说道：“本来不想让你再看这些东西，没办法，真实的东西往往就是这么残酷！但也好，它能冲洗一下你这发热的头脑！”

趁米阳呆呆地看着屏幕，明成把昨天偷走的糖盒重新放回了桌上。

明成在离开之前最后说道：“我跟你说过，在这个世界上，除了我，别的人你不可以相信！算了，我也不多说了，你先自己静一下，有事打我电话。”

等明成离开以后，米阳木讷地从兜里拿出手机，在电话联系人一栏里翻到肖建的名字，然后拨了出去。

刑警队的档案室里，肖建正趴在桌上睡觉。在一旁震动的手机，肖建没有听见。

蒋钦带着早餐推开档案室的门。档案室里贴满了明成的各种资料照片。肖建看来又是一夜没睡。蒋钦推门的声音显然惊到了肖建，他从睡梦中醒了过来。

蒋钦一边收拾桌子一边招呼肖建吃早饭。肖建起身的时候感到一阵头晕，又重新坐回到椅子上。

肖建伸手在兜里掏着糖盒，这才发现糖盒不见了。蒋钦有意无意地问道:“是不是昨天晚上出去玩,落在什么地方了?”

肖建马上搪塞道:“昨天回了一趟家,可能落家里了。”蒋钦没有刨根问底,那不是她的性格。虽然她昨天看到了肖建和米阳在一起。蒋钦说道:“先喝豆浆,豆浆里有糖。”

肖建低头喝着豆浆,电话再次响起,屏幕显示是米阳来电。蒋钦装作没看见,当没这回事发生一样说道:“既然你有事,我就不打搅了。”蒋钦说完就转身离开了。感情方面的事,她的心就这么宽。

本来,肖建是可以不去米阳家的。自从上次分手以后,他近期就没有再见米阳的打算。可是现在不行了,他把糖盒落在了米阳家里。虽然在旁人眼里糖盒并不是什么重要的物品,但对于肖建来说,它很重要。

在肖建心中,糖盒是他和蒋钦之间的定情信物,在他最痛苦、最孤独的时候,陪他度过了那段最难熬的时光。所以,肖建必须把糖盒拿回来,这很重要。

肖建来到米阳家门口,门居然是虚掩着的,肖建心想,米阳不会又和他玩绑架这一出吧。肖建推开门朝屋里望去,屋内确实空无一人。

肖建走进屋里喊着米阳的名字四处找寻的时候,电视机的屏幕突然亮了起来。

紧接着,屏幕上出现了图像,那是一段在水底拍摄的视频。视频中可以清晰地看见,张月奋力游向肖建请求救助的时候,被肖建一脚踢开。肖建一下子愣在了原地,他不知道米阳家怎么会出现这样一个视频,他在思索着该怎么向米阳解释,当时在水下的情形不是这样的。

就在肖建看着电视里播放的视频原地愣神的时候,一个人影出现在肖建的身后,慢慢地向他靠近。肖建从地面上看见了向他靠近的人影,他料到是米阳。

肖建回身,来人确实是米阳。不过在米阳的手中还多了一把牛排刀!肖建知道米阳看了视频后情绪失控了,他想解释,却没想到米阳手中的牛排刀已经深深地扎在了他的胸前。米阳恨恨地说道:“我说过,你要骗我,我就杀了你!”

肖建捂住胸口,鲜血顺着指缝流下。刚想开口说话,手机突然响起。肖建掏出手机一看,是龙大。他不能不接,龙大的电话代表案情,龙大是绝对不会因为个人私事给肖建打电话的。

肖建居然在这个紧要关头,当着米阳的面接听了一个电话,可见他确实把生死置之度外了!

龙大打来的电话很紧急,也很重要。大概意思就是,张恒翻供了,一定要见肖建。龙大让肖建马上赶往看守所。肖建表示会尽快赶到后挂上了电话。

肖建接电话的另一个原因是拖延时间,他得找到说服米阳的理由,简单地说自己没有或者自己不是,已经没有办法说服米阳了。电视机中的视频,在米阳眼里,一切已经铁证如山了,肖建必须拿出更有说服力的证据,可是他没有。

肖建能说的只有我没有做过,事实不是这样,可这些米阳能信吗?肖建突然发现,他的舌头真的很笨。

没有办法,思来想去之后,肖建只能硬着头皮硬生生地说道:“我没有更多的解释,我一直为没有救下你的母亲而深感内疚,如果你一定要有个结果的话,你现在可以动手,不然,我得走了。”

米阳没想到在这样的时刻,肖建居然在接了电话后要离开,还没有任何合理的解释,她心中坚信了肖建理亏的事实。

米阳拔出插在肖建胸口的牛排刀还想再刺,可她无论如何也下不去手了。即使是为自己可怜的母亲复仇,她也没有了第二次伤害肖建的力气。

米阳为明成工作，除去明成眼中的那些敌人或者仇人的时候，她眼睛都没眨过，可面对肖建，她做不到。她没想到自己是那么地爱他，而且爱得是这么的莫名其妙。最后，米阳泪流满面地瘫倒在地上。

肖建看出了米阳内心的挣扎，也看到了米阳的善良。他犹豫着是否要离开。现在不解释，以后矛盾会更深。在他心里何尝不是和米阳一样，对彼此的那颗初心，从来都没有变过。可最终他还是选择了离开。

有些东西比个人的情感和利益更重要。可能在这个社会里这样的人越来越少，但庆幸的是，肖建还是其中之一。

就在肖建拉开门准备离开的瞬间，他的糖盒被米阳从桌上抓起来，砸在了他的背上。米阳歇斯底里地喊道："你滚！从今往后不要让我再见到你！"

肖建捡起糖盒，低头离开。早知如此，今天就不来了。出门的那一刻，肖建这么想。

进行了简单包扎后，方东来到医院把肖建接上了吉普车。吉普车朝看守所的方向开去。看着肖建的伤口还在往外渗血，方东一边开车一边担心地问道："怎么弄的？你没事吧？"

肖建不想让方东知道这里的内情，这对谁都不好，知道哪一点都不好。肖建直接蹦过方东的问题，问道："没事，张恒怎么翻供了？"方东表示具体情况他不太了解，张恒说一定要亲自和肖建见面聊。

和看守所的同志进行了简单交接后，肖建在提审室见到了张恒。这还是在"老坛子肉"死后，肖建第一次这么近距离地见到张恒。

要不是张恒点名要见肖建，说有重要情况汇报，刑警队的人是绝不会让肖建单独见到他的。肖建见到张恒的第一眼，就有一种立马冲上去掐死对方的想法，但他马上就抑制住了这种冲动。

肖建走到张恒面前说道："听说你要见我，现在我来了，有什么话说吧！"

张恒看肖建一副不以为然的样子,不慌不忙地从衣角里拿出一个金属芯片,放在了桌面上。

“认识这个吗?”张恒问道。肖建没有回答,但张恒的行为显然让肖建产生了兴趣。肖建再次走到张恒面前,拿起芯片,仔细地端详。

张恒有些得意地说道:“一觉醒来,觉得做了好长的一个梦。现在我清醒了,知道自己是谁了,打哪儿来,到哪儿去,干什么!知道这芯片是干什么用的吗?”张恒指着自己的后脑认真说道:“大脑植入芯片,可以操控人的任何举止行为!”

如果真如张恒所说,这个芯片有这么大的威力,那肖建就找到关键证据了,之前推断分析的一切不予立案的跳楼案件,现在看来就都变成刑事案件了。肖建的刑侦方向没有错。

肖建掩饰着心中的喜悦,压低了声音问道:“如果真像你说的那样,是谁干的呢?”肖建此时要确认——要从张恒口中确认是不是明成。虽然大家现在都心知肚明,张恒是明成的助手,CRG是明成的专利,明成是重点嫌疑对象,但这一切还是要从张恒嘴里说出来,才能得到最后确认。

人证和物证一样都不能少,这是证据链条中的重要环节之一,如果缺失了某一个环节,证据链条就不完整了。所以肖建此时等着张恒最后把明成这个名字说出来,他就真的可以高兴了。

而此时的张恒似乎已经看穿了肖建的心思,开始和肖建卖起了关子。这也难怪,看守所里的日子本来就难熬,他还是一个连环杀人犯,还杀害了刑警队队长,走到哪儿都不招人待见。

张恒就是想要支烟抽。当然他也在试探肖建,看到肖建这么关注的神情,他意识到自己的好日子就要开始了,所以要卖卖关子,看看自己提供的线索到底值多少钱。

张恒抽烟的请求没有如愿,不是肖建不想给,而是肖建戒烟已经有段时间了。提供这样有价值的线索,抽根烟的请求绝对不算过分,肖建很快找到了变通的方法。

肖建说道:“我不抽烟。你可以试试吃块糖,效果其实是一样的。糖分刺激人的大脑神经,让人产生舒适的感觉,一样能缓解疲劳。”

肖建把糖盒放在张恒面前。张恒也不是一定得抽烟的大烟鬼,他试探的目的达到了,看来提供的线索确实有价值,至于是烟还是糖,就无关紧要了。

张恒说了一声“谢谢”后,得意地把糖放进嘴里。这是一块薄荷糖,很甜也很清爽,象征着好日子的到来。看来吃糖确实能让人产生舒适的感觉。张恒闭上眼睛,享受着。

突然,张恒睁开双眼,双手死死卡住自己的喉咙,然后又指着肖建想说些什么。随即,张恒口吐白沫地躺在了地上。张恒就这样在众目睽睽之下死去了。

对于这突如其来的变故,在场的所有人都惊呆了,包括肖建。头脑一片空白的他,也不知道自己是怎么回到刑警队的。

刑警队里,市局督察队的人正在询问肖建当时的情况。当然,在紧挨着的另一个房间内,方东也在“享受”着同样的待遇。

刑警队询问室门口的走廊上,蒋钦正坐在长椅上焦急地等待着,当然还有龙大、百川、长庆等一帮战友们。大家都意识到肖建的处境不妙了。

焦急的等待中,法医从不远处的鉴定室里走了出来,大家不自觉地一下子全围了上去。在七嘴八舌的问询声中,法医宣布了鉴定结果,死者张恒吃的那颗喉糖里含有氰化钾的成分,也就是说这颗喉糖直接造成了张恒的死亡。

嘈杂的走廊上一时间变得鸦雀无声,因为就在这一刻,他们昔日的战友肖建已经变成了一个杀人犯。

大家此刻都认同一个观念，就是肖建因为“老坛子肉”的死而耿耿于怀，最终选择了杀死对方。

龙大现在非常后悔，他不该给肖建见张恒的机会，他明明知道这很危险，可还是派肖建去了。

沉默的走廊里，蒋钦开口说话，打破了尴尬的寂静。蒋钦向龙大请求道：“能让我进去跟他说两句吗？”

虽然鉴于蒋钦和肖建的关系，这有些不符合规定，但龙大还是点头应允了。不单单是因为相信蒋钦的职业操守，其实除了蒋钦，在场的谁不是和肖建熟络的人呢，包括他龙俊飞，关键是他也想听听肖建有什么要辩解的。何况现在的询问室内，除了他们，还有市局督察队的人，想做什么出格的事也是不可能的。

在进入监视室的时候，龙大示意百川把喉糖含有氰化钾成分的鉴定结果告知了在另一个询问室里的方东。方东在得知这一情况后很是激动，并尽力解释着。

方东的反应龙大觉得很正常，这件事和方东有没有关系，他龙俊飞一眼就能看出来。

可是再看另一个房间里的肖建，龙大却很是担心——

两个督察正在不断地发问，而肖建坐在那里一言不发。难道这么愚蠢至极的事真的是肖建干的吗？龙大的心现在悬在了半空中。

此时，蒋钦推开询问室的门走了进去，向正在问询的督察示意。询问现在实际上已经变成了讯问，因为所有证据已经表明，肖建就是犯罪嫌疑人。

蒋钦把化验单推到肖建面前，化验单上清晰地写着“氰化钾中毒”五个大字。肖建看着鉴定结果，迟迟不愿把眼睛挪开。在他心中，对这样的结果也是感到吃惊的。

蒋钦问道：“肖建，现在所有证据都对你很不利。监控录像里，张恒吃的糖是你给的,糖里检测到事先有人往里面放了氰化钾。我不知道到底又发生了什么事,不管你心里怎么想,别人怎么认为,我相信这不是真的!一定是发生了什么,对吗?你现在说出来还来得及!杀人罪可是死罪,你要想明白!”

肖建没有立即回答蒋钦的提问,一段长时间的沉默后,肖建说道:“是我干的!”

事情发展到这个地步,所有人都忍不住要问,蒋钦的话肖建没有听进去吗?杀人罪是死罪,所有证据都已经明确显示对肖建不利,现在肖建不辩解,以后很有可能就没有机会辩解了。

对于蒋钦刚才说的话,肖建其实听得很真切,而且每一个字他都听进去了。糖盒里的氰化钾也确实不是他放进去的。他恨张恒,也很想杀之而后快,但他并没有选择这么做。

可事情到了这个节骨眼上,他怎么就不说呢?肖建有他的难言之隐,他在保护一个人,这个人就是米阳。

按照肖建的思维逻辑,在糖盒里下毒的应该是米阳。第一,糖盒确实落在米阳家有大约二十四小时的时间;第二,米阳是医务人员,有拿到氰化钾的便利条件;第三,米阳有杀人动机,那就是她看了那个不知道从哪儿跑出来的视频后,断定肖建就是害死张月的凶手,她要报复。糖盒里的氰化钾不是要杀死张恒的,而是要杀死肖建的!张恒只是一个误打误撞的替死鬼!

肖建在想,如果自己当时在米阳家多待一会儿,不那么着急走掉,是不是就不会发生这种事了。

现在想这些已经没有用了,事情已经发生,一切都无法挽回了。肖建做出了一个最匪夷所思的决定,他决定替米阳顶罪,他要偿还,偿还亏欠米阳的一切。

米阳的话没有错,二十年前的一刀,早早断送了米阳的青春梦想;

二十年后,他又稀里糊涂地害死了米阳的母亲。

肖建恢复记忆以后,自认为理直气壮,没想到录像带中记载的却是另外一番景象。肖建没有怀疑录像带的真伪,而是首先怀疑了自己。说到底,他心里还是对米阳有所愧疚,所以他决定替米阳顶罪,他觉得这样他就偿还了,问心无愧了。

这是肖建心里最极端的一面。他就是这样的一个人,宁可人人负我,我不负人人!这种古老的侠义精神,在现实生活中已经很少见了,但在肖建身上却还保留着。那是因为他自己就是烈士的遗孤,加上“老坛子肉”对他后天的教育,使他自身的责任感很重,重到最后变得有些畸形。

确实是有人想要肖建的命,张恒只是替死鬼。但这个要杀肖建的人不是米阳,而是明成。

这是明成一石二鸟的计策,借米阳的手杀死肖建,让米阳变成杀人凶手,至于之后怎么对待米阳,那就要看米阳对他的态度了。总之,米阳今生休想逃出他明成的手心。

然而谁也没想到事情会发生这样的变化,变得有些复杂。张恒成了替死鬼,而肖建虽然躲过一劫,却误以为是米阳要害死自己而鲁莽顶罪,变成了生不如死。

明成对于这样戏剧性的结果倒是也能接受。肖建进了看守所和杀死肖建,在短时期内看效果是一样的,反正是不能再对他构成威胁了。

肖建承认自己杀人后,被押上警车送往了看守所。刑警队的人都站在单位门口看着警车离开,心里说不出是什么滋味。这时,接受完审查的方东从里面冲了出来,冲大家喊道:“你们是不是疯了,肖建说这种二话你们也信!”

方东的话刚说完,就被龙大一声喝住。龙大训斥道:“你给我闭嘴,再不管好你这张嘴,下次进去的就是你!”

龙大说完,转身离开。碰到这种事,谁也不知道该说什么,也怕脏水随时会泼到自己身上。于是大家装作没事似的散开,离去。

蒋钦偷偷地站在刑警队大门的阴影里,默默地看着警车开远。此刻她的心里很疼。

第二十八章　罪犯的峥嵘(上)

蒋钦分析道:“米阳应该是看了这盘录像带后,再次认定是肖建害死了自己的母亲!于是她利用职务的便利,从实验基地的配药房里弄来氰化钾放进肖建的糖盒里,想害死肖建。谁知阴错阳差,肖建没有吃,而张恒却成了替死鬼。”

江滩上秋风习习,江面上轮船驶过,汽笛声声。蒋钦不知不觉地来到这里,站立在滩头,任江风吹拂着自己。

这里是蒋钦和肖建经常约会的地点, 每当看到江心中行驶的客轮,蒋钦都会想起肖建第一次吻自己的那一刻,每当想到这里,她的嘴角都会泛起微笑。

今天蒋钦没有笑,她现在心里好恨,恨铁不成钢的那种恨。肖建性子确实很犟,但他不蠢,蒋钦相信他绝对是无辜的。肖建之所以这么做,肯定是在替人受过。没有人比蒋钦更了解他了。

蒋钦隐约感觉那个人就是米阳, 想到这儿她的牙根就有些痒痒。她知道这源于嫉妒,这种嫉妒让她烦躁得跑来江滩上吹冷风。

当蒋钦还在犹豫要不要帮肖建的时候,电话声响起,蒋钦拿出手机,屏幕上显示是方东发来的微信。微信上写着八个大字:“速来餐厅,有事相商!”

蒋钦合上电话,快步离开。她知道肖建出了事,有一个人比她还着急,那就是方东。她的脚步也真实地告诉自己,肖建出了事她是不可能袖手旁观的,她内心里还深深地爱着肖建。

坐在经常吃饭的餐厅里,方东热情地点着菜。蒋钦觉得菜点得实在有些多,伸手打断服务员说道:“够了,够了!别再点菜了!”

方东听到蒋钦发话,这才合上菜单,让服务员离开。服务员一走,方东就问道:“有什么想法没?”

蒋钦知道方东说的是什么,但她假装没听懂,回答道:“有啊,准备请个假,世界那么大,正好去看看!”

方东一听蒋钦这么回答自己,非但不生气,反而更认真地问道:“那你现在在感情方面有没有什么考虑?”

这回蒋钦是真犯糊涂了,她没明白方东是什么意思。方东找她应该是聊肖建啊,怎么问起自己的感情生活了?蒋钦于是问道:“什么意思啊?”

方东看蒋钦问自己,马上说出了自己的意图。方东表示肖建出了这么大的事,不知道何年何月才能出来,他想打听蒋钦有没有给自己找条后路。

这是在给自己找对象啊,蒋钦心想。蒋钦以为方东是在开玩笑,可是看着方东热切的眼神,蒋钦明白了,方东这是在介绍自己啊。

这让蒋钦有些尴尬,方东是肖建的死党,怎么会突然和自己说这个?蒋钦不知道该说什么,只能搪塞了。还好,正尴尬的时候,服务员端着菜上来了。蒋钦现在有点后悔,刚才应该让方东多点些菜,那样自己的尴尬就会少一些。

服务员上完菜,方东没等蒋钦说话,就一口打断了她。他知道蒋钦肯定会岔开话题,所以他直接打断,让蒋钦正面回答。

蒋钦心想,既然如此,那索性就直来直去,这样也正合她意。想到这里,蒋钦说道:“你到底想说什么?”

“肖建！”方东斩钉截铁地说道，“我要你明确回答我，你到底还爱不爱他？”

“爱”这个字眼从方东嘴里跳出来的时候，蒋钦的牙根又开始痒痒了。因为现在一旦把肖建和“爱”这个字眼联系在一起，蒋钦就会想到米阳，想到肖建在街头吻米阳的那一幕。

蒋钦现在不想提，淡淡说道：“我现在不想说这个事。”

方东可不管蒋钦想不想说，他今天必须什么都说清楚。你以为他方东想干吗？他是要把蒋钦和肖建之间的那点隔阂给捋顺了。

方东说道：“你不告诉我，我也知道是怎么回事！我承认我不是一个优秀的警察，但现在这点事我是看得明白的。算了，不问了！只是作为最好的哥们儿，我得替肖建把他想说的话说了。在他心目中……”

蒋钦气鼓鼓地回答道：“我就是他一哥们儿！”

方东听蒋钦这么说，笑道：“‘帅哥’说出这句话，我也放心了。我知道，你心里面还想着肖建，是吗？”

蒋钦不语，吃着菜。是的，这种事是藏不住的。

方东看着蒋钦的状态已经明白了一切。方东听到了自己想要的结果，于是不再咄咄逼人，既然蒋钦心里还爱着肖建，那么这事就好说了。

方东举起手中的酒杯说道：“来，为你们早日重聚，干杯！”

蒋钦微笑着举起酒杯。

方东的真实意图蒋钦确实没有猜错，他找蒋钦就是为了谈怎么把肖建救出来。但方东怕肖建和米阳之间的事让蒋钦不快，所以他得知道蒋钦是怎么想的，还愿不愿意帮肖建。现在他一切都明白了，下面的事就好说了。

方东说道：“今天你不想说，我替你说！出了这样的事，你想说肖建现在是疯子，是不是？你不要否定，因为你我都不相信肖建会干出这样的傻事！”

蒋钦同意方东的说法，如果肖建真想这么干，又何必一定要等到现在呢？蒋钦为肖建能有这样的同事和朋友感到开心。

方东希望蒋钦想想办法，因为蒋钦的脑子一直比他灵，办法一直比他多。

蒋钦在方东的催促下，说出了自己的想法。蒋钦认为应该从两方面入手调查：一方面，氰化钾是剧毒药品，一般人是无法接触到的，蒋钦决定亲自走访市里的医院；另一方面，查肖建的通话记录，看看他回来之后，特别是出事前两天，跟什么人有过接触。

简短的对话之后，两个人明确了任务分工，马上开始行动。因为他们知道，就算事后查明肖建是无辜的，那现在的时间也异常紧迫，要尽量赶在批捕之前解决，否则到后面只会越来越麻烦。杀人案可不是小事，事后还能不能回到刑警队，真不好说。

所幸，南江市并不是那么大。蒋钦在市内各大医院和药店走访调查了一圈之后，在实验基地的配药房找到了答案。

当时的具体情况是这样的，蒋钦在配药房里向护士了解情况，她掏出工作证说道：“我是市局刑警队的，想看一下你们 10 月 7 号到 10 月 13 号这几天的药品输出记录。”

管理员拿过登记表仔细核对之后，把登记表递给了蒋钦，上面清晰地记录着：氰化钾——米阳；日期：10 月 12 号。

米阳的名字一下子跳进了蒋钦的眼帘，还真的和米阳有关系。蒋钦连忙问道：“做这个记录的人现在在吗？”

在管理员的帮助下，护士杜雪一身便装地走进配药房，她昨天刚值完夜班，今天理应休息。

蒋钦见杜雪来到配药房，连忙上前问询。蒋钦把手机里米阳的照片递给杜雪辨认，让她确认当晚来配药房取走氰化钾的人究竟是不是米阳。

杜雪正要说什么，窗外的走廊上传来了脚步声，来人正是实验基地的负责人明成。杜雪看见明成以后，一下子变得很紧张，嘴里开始支吾起来。

蒋钦看出了杜雪的犹豫，马上提醒道："实话实说，要是说错了，可是要承担法律责任的！"

杜雪听蒋钦这么一说，马上回答道："对，是她！"

就在两个人谈话期间，明成已经走进了配药房。蒋钦事先并不知道明成从市中心医院调到了实验基地做负责人，她今天在实验基地调查氰化钾居然和两个熟人扯上了关系，这让蒋钦感到十分诧异。

带着这种诧异，蒋钦看了一眼杜雪，察觉到杜雪的紧张来自于明成。蒋钦在离开前留了一个心眼，她对杜雪说道："谢谢你的配合。这两天有空去我们那儿做个笔录。"

蒋钦把自己的名片留给了杜雪。杜雪看着明成，等明成点头示意后，才把名片收到口袋里。这一切当然被蒋钦看在了眼里。

蒋钦即将离开，明成执意要送，二人并排走着。

明成有意无意地问道："你们大驾光临，怎么也不通知我一声？"蒋钦随口答道，只是小事，例行调查走访，没想惊动谁。

三两句对话以后，两个人来到了实验基地的大门口，蒋钦开车离去。

蒋钦的车刚开上公路，电话就响了起来。电话那头，方东说出了蒋钦想要知道的情况。方东说道："查到了，从外地回来以后，和肖建联系最多的是米阳。"

蒋钦挂上电话，马上掉转车头，她决定去米阳家看看。因为刚才从杜雪口中得知，米阳这些天都没来上班。蒋钦现在就想见见米阳。

米阳家门口，蒋钦看见的是一张极度憔悴的脸，这正是蒋钦心中认定的罪犯形象。蒋钦问道:“可以跟你聊聊吗?”

“聊什么?我们之间没什么可聊的。”米阳拒绝了蒋钦的请求,伸手关门,却被蒋钦拦住。米阳没有邀请蒋钦进屋的意思,站在门口说道:“行!有什么话,就这儿说吧。”

蒋钦借这会儿工夫,观察了一下屋内情况。屋里已经很多天没有打扫了,一片狼藉。蒋钦问道:“肖建最后一次见你,都说什么了?”

米阳知道蒋钦要问肖建,但她此刻显得极度的不耐烦,说道:“你说的这个人我不认识,你谈的话题我也没有兴趣,再见!”说完,随即把门重重地关上。

蒋钦转身来到楼道里,边走边掏出手机。通过今天的调查,蒋钦确定米阳有问题。现在她给方东打电话寻求帮助,因为通过刚才的观察,蒋钦认为米阳家有些奇怪,应该发生过什么,否则不会那么狼藉。强烈的好奇心驱使蒋钦想进去看一看,米阳自然是不会同意的,蒋钦也不想打草惊蛇,她想让方东把米阳叫出去,自己好进到屋内看个究竟。

在电话里进行了简单的沟通后,方东明白了蒋钦的意图。方东让蒋钦在米阳家的楼道里等候,看到米阳出门后就可以行动了。

过了不多一会儿工夫,楼道内的感应灯亮起。米阳家的大门随即打开,米阳一脸疲惫地走了出来。

就在米阳转身关门的一瞬间,蒋钦从一侧闪出,跑到米阳家门口,用手顶住了即将关上的房门。这是蒋钦进入米阳家而不露痕迹的唯一方法。

当然,如果米阳不是现在这种失魂落魄的样子,蒋钦可能就不会这么冒险,可能就得想其他招了。

蒋钦推门进去后,快步靠近了窗台。她拉开窗帘的一角,从上往下望去,可以看见米阳慢慢地走进楼下的咖啡厅。蒋钦的动作得快,米阳随时都可能回来。

米阳走进咖啡厅,看见方东在不远处热情地打招呼。米阳来到方东跟前,却没有坐下。看来米阳并不打算停留太长时间,她站在方东面前说道:“找我有什么事啊?”

方东说道:“没什么事,就是好久不见了,想请你喝咖啡,聊聊天。”

米阳回答道:“我们之间也没什么好聊的。如果没事,我就先走了。”

方东本意是先从闲聊开始,能撑多久算多久。没想到米阳这么干脆,刚说了两句话要走,方东没办法,立马说出了正题。

方东叫住米阳,说道:“有事,肖建出事了!”

米阳很冷淡地回答道:“以后他是他,我是我,我们之间没有任何关系!”

方东不可能就这么放米阳离开,追问道:“你怎么一点也不觉得奇怪?你们之间出什么事了?”

米阳不想和方东废话,如果不是因为肖建,她是绝对不会和这种人多说半句话的。肖建之前说过,方东不是米阳的菜。

米阳说道:“没什么,就是不想听到这个名字。”

眼看米阳就要走出咖啡厅的大门,方东喊道:“不想听我也得说,肖建因为涉嫌故意杀人被刑事拘留了,你知道是怎么回事吗?”

准备离开的米阳,被方东的最后一句话说愣了。她这两天跟丢了魂似的,一直在家没出过门,这些情况她还真不知道。

然而也就是迟疑了一下,米阳还是恢复了之前的状态,淡淡地说道:“不知道,也不想知道。再见!”

在米阳走出咖啡厅的那一刻,方东立刻拿起手中的电话说道:“你抓紧时间,她上来了!”

方东手中的电话从和米阳见面起就没有中断过。这是蒋钦的要求,她要算出精准的时间,以便最后有机会离开。

蒋钦在挂断方东的电话后快步跑到窗前。楼下,米阳走出咖啡厅,她没有去别处,直接奔家而来。留给蒋钦的时间不多了,她现在还没有找到任何有价值的线索。

蒋钦在屋里继续快速地翻找着,忽然看到了录像机。录像机亮着红灯,显示一直处于观看状态。

可现在谁家还用录像带看影片呢? 带着疑惑,蒋钦按动了录像机的开关按钮,画面里出现了肖建在水底蹬踹张月的情景。蒋钦似乎明白了什么,她找到线索了。

来不及细想,米阳家门口传来开锁的声音,应该是米阳回来了。蒋钦快步跑到门前,在米阳开门的一瞬间,机敏地闪身躲到了门后。

米阳没察觉到屋内有什么异样,她沮丧地走进了自己的卧室。蒋钦拿着获取的录像带,悄悄地离开了米阳家。

刑警队的会议室内,录像带的内容在屏幕上放映着,蒋钦和方东正在观看。画面最后定格在了肖建在水中用脚踹米阳母亲张月的那一瞬间。蒋钦开始对整个事件的真相进行逻辑推理。

蒋钦分析道:"米阳应该是看了这盘录像带后,再次认定是肖建害死了自己的母亲! 于是她利用职务的便利,从实验基地的配药房里弄来氰化钾放进肖建的糖盒里,想害死肖建。谁知阴错阳差,肖建没有吃,而张恒却成了替死鬼。"

方东问道:"如果是这样的话,肖建应该明白啊! 他怎么不说呢?"

蒋钦回答道:"正因为他明白,所以他不说。肖建对米阳母亲的死一直心怀愧疚,当他想到糖盒里的氰化钾是米阳放进去杀他的,他决定顶罪,偿还这笔债! 因为他不认罪,坐牢的就得是米阳!"

方东这才明白,肖建原来是这么想的,不由得感慨道:"这小子关键时刻怎么这么轴呢!"

蒋钦回答说:"不是肖建轴,而是他觉得欠米阳的太多了。米阳小时候就是肖建的同学,肖建一直都特别迷恋米阳。因为一次错误的玩笑,肖建用刀划伤了米阳的大腿,断送了米阳想当芭蕾舞演员的梦想;多年以后,肖建又一次阴错阳差地害死了米阳的母亲。换作是你,你怎么想?”

方东愣愣地看着蒋钦,他真没想到这么几天的工夫,蒋钦已经把肖建的个人情况里里外外弄得这么清楚,这样想来,做蒋钦的男朋友还真有点可怕。蒋钦看方东没说话,只是愣愣地看着自己,连忙问道:“怎么了?你又哪根筋不对劲了?”

方东表示蒋钦说得很全面,心中暗想:蒋钦说肖建和米阳之间那些事的时候,为什么那么冷静?

两个人就这样,一会儿说案情,一会儿开玩笑,案情就在你一言我一语的对话中复述完成。两个人一致认为凶手就是米阳无疑了。

第二十九章　罪犯的峥嵘(下)

站在这个满是明成照片和资料的房间里,蒋钦明白了肖建一直在调查明成,就算在"老坛子肉"牺牲以后也没有放弃……

最终米阳没有说出这个人的名字,因为毕竟这个人对她是有恩的,毕竟曾经和她有过无比私密的时光,不管这个人对别人有多坏,对她米阳还是不错的。

就在方东提出可以对米阳申请刑事拘留的时候,蒋钦的电话响了。电话那头是前两天被蒋钦问询过的实验基地配药房的护士杜雪。杜雪告诉了蒋钦一个更重要的情况——她那天在配药房说谎了——真正取走氰化钾的人不是米阳,而是明成。

针对这个突发情况,方东和蒋钦暂时停止了申请刑事拘留米阳的想法,因为案情现在又开始变得扑朔迷离起来。

杜雪被请到了刑警队的问询室,依然是蒋钦在问询。方东半倚在房间的一角,听着这边的情况。

杜雪让蒋钦保证替她保守秘密,之后告诉蒋钦,事发当天,其实是明成院长取走了氰化钾,写的却是米阳的名字。

针对杜雪提供的新情况,蒋钦和方东来到明成办公室了解情况。

明成对于这个情况是这么解释的:因为米阳是他的秘书,拿什么东西都是她去做,签她的名字,那天米阳正好不上班,所以明成就自己去取了,写的是米阳的名字,这也是正常的程序。后来用氰化钾做的实验也有记录。

蒋钦和方东翻看着记录,明成没有说错,拿药都是米阳签的字。

明成接着说道:“氰化钾这东西虽然在医院这块控制得很严,但黑市上还是可以买到的。我建议你们倒是可以从那儿入手,看能不能找到线索。”

离开实验基地回程的路上,蒋钦觉得明成在撒谎。因为第一次取证的时候,明成恰恰在场,如果当时有误会,是可以在第一时间纠正过来的,为什么一定要等到现在呢?而且根据蒋钦的调查,当天全市氰化钾的使用记录,就只有实验基地明成这一笔。所以蒋钦断定明成在撒谎。

可明成为什么要撒谎呢?难道明成是米阳的同谋?同谋不可能。如果是同谋,实验基地配药房登记簿上的名字就不会是米阳,而是别的替罪羊的名字。那么要害肖建的如果不是米阳,难道是明成?

就在蒋钦苦苦思索,找不到方向的时候,方东带回来一条线索,是米阳家小区的监控录像在电梯里摄录的两段视频。

监控录像里清晰地显示,在案发的那两天里,明成曾先后到过米阳家两次,和肖建是前后脚离开的。最重要的是明成最后一次来的时候,手里拿着一盘录像带。

一切表明明成有可能是事件的主谋。

蒋钦拿着录像带去了刑警队的鉴定室,她认为这个录像带应该有问题,因为所有的事情,现在看来都是这盘录像带引起的。

鉴定结果很快就出来了,和蒋钦判断的一样,里面的关键内容,特别是肖建蹬踹张月的画面,果然是经过剪辑处理的。

方东一下子蒙了,没明白怎么回事,想让蒋钦给自己梳理清楚。蒋钦却说不着急,因为现在有人比方东更需要听到这些话。这个人指的是肖建。肖建必须在批捕之前出来,拖到后面就麻烦了。

蒋钦让方东和自己分头去两个地方。方东去电视台,因为这种录像带只有他们那儿有,看看是什么人漏出来的。蒋钦自己则决定去肖建家看看有什么收获。

方东来到电视台大梅的办公室。大梅坐在老板椅上,俨然一副当家主持的模样。工作人员端了一杯水递给方东,然后离开。

方东从皮包里拿出录像带,递给大梅说道:“这个带子是你们这儿的吧?”

大梅表示录像带是电视台的没错,可是电视节目播放以后,可以通过很多方式进行视频转载,不一定是从电视台传出去的。

方东却认定是电视台的人所为:“因为里面还有一些你们节目里没有的画面,别的地方不可能有。而且这个录像带的编辑格式,只有你们这里才有。”

大梅没想到方东的回答是这么的肯定,她本以为随便搪塞几句就可以蒙混过关,这种想法现在看来显然已经是不可能了。大梅的面色有些难看,但她马上掩饰住自己的惊慌。

大梅站起身来,拿着录像带,把方东请进了剪辑室。检测完毕以后,耿实汇报了检测的结果。

耿实说道:“从格式上来看,应该是从我们这里出去的,至于时间和经手人,现在还没有查到。”

大梅向方东保证,一旦有消息,就让保卫科的人通知刑警队。

方东得到大梅的保证后离去,大梅这才感觉到自己额头上流出了冷汗,耿实不无紧张地问道:“大梅姐,把实话都和人家说了,接下来查到咱们怎么办?”

大梅回答道:“我也是没办法,人家来之前已经把什么都查清楚了,这次来只是核对。你放心吧,出了事我一个人顶着!”大梅安慰完耿实,匆匆离开了,她要马上找到明成商量对策。

此时的蒋钦已经来到了肖建家门口。她从门口的花盆里取出钥匙后进门。电灯亮起，蒋钦环视屋内，一切清晰如旧。她已经好久没有来过这里了。

蒋钦随手拉开一个抽屉，抽屉里放着一个相框，相框里是一张肖建和她的合影。蒋钦记得这张照片是给“老坛子肉”补过生日的时候照的，照片里的肖建和她笑得是那么的甜蜜。蒋钦抚摸着照片，最后把相框放在了桌上。

这个曾经只属于她和肖建的小天地，现在已经满是灰尘。蒋钦带着满满的记忆，推开了书房的门。

书房的电灯亮起，蒋钦走到书桌前，拿起档案袋，档案编号是021。

站在这个满是明成照片和资料的房间里，蒋钦明白了肖建一直在调查明成，就算在“老坛子肉”牺牲以后也没有放弃。明成可能是感觉到了威胁，所以要处心积虑地暗害肖建。

想到这里，蒋钦觉得应该再次和米阳见个面。在和方东取得联系，说出自己的想法后，蒋钦来到了米阳家门口。

在门铃的催促声中，米阳打开了房门。米阳看见蒋钦又来找自己，马上没好气地说道：“怎么又是你？不是说过我们之间没什么好聊的吗？”

米阳说完这句话，等于是下了逐客令，伸手就要关门。蒋钦用手拦住了米阳说道：“我是来还东西的！”蒋钦说完，把手中的录像带递到了米阳面前。

米阳这才意识到，放在家里的录像带丢了，而且自己毫无察觉。米阳有些恼羞成怒，一时却不知说什么好。

蒋钦说道：“是我拿走了你的录像带，我也知道发生了什么事情。”

蒋钦的话让米阳本来生气的神情一下子变得无精打采，就像一个泄了气的皮球。

这些天,米阳已经饱受煎熬,她受够了。米阳说道:“既然你想知道的都知道啦,也好!也没有什么不能让你知道的。”

米阳说完,觉得事情已经说清楚了,想再次关门。因为她真的很累,精神很虚弱,她确实需要休息。可蒋钦没有善罢甘休的意思。蒋钦说道:“我想说的是,事情并没有你想的那么简单。你所看到的录像带是假的,有人做了手脚!”

米阳没有把蒋钦的话听进去,因为她已经不想在这个事情上再纠缠下去了,她现在只想清静一下,等待伤口的愈合。可蒋钦不允许米阳这样,她来的时候就想好了,无论米阳是什么态度,她都必须当着米阳的面把话说清楚。

时间是紧迫的,解铃还须系铃人,能解开肖建这个死结的只有米阳了。

蒋钦不管米阳爱不爱听,她提高了音量说道:“请耐心听我把话说完再关门不迟!你看了伪造的录像带,认为肖建欺骗了你,于是找肖建来你家对峙。关于这段记忆,肖建脑子里一直是一片空白。肖建没有办法解释,只能选择离开。

“肖建在你家落下了糖盒,而当他取走糖盒的时候,糖盒里已经有人事先注入了剧毒氰化钾。

“就是因为糖盒里的氰化钾,导致了看守所里一个叫张恒的犯人的意外死亡。而通过氰化钾的线索,我们调查到案发前的头天晚上,实验基地的配药房确实有一剂氰化钾被取走,签字的人就是你!”

米阳没想到,蒋钦说来说去,最后居然把杀人的帽子扣到了自己的头上。米阳于是说道:“你是想说,我去实验基地拿了剧毒氰化钾放进肖建的糖盒里,想毒死他是吗?不管你相不相信,不是我干的!我虽然当时很想,但还是下不去手。”

蒋钦说道:“我相信不是你干的,可肖建却认为在糖盒里下毒的人是你！”

米阳听完后哑然失笑，说道，她有心放肖建一马，却没想到肖建还反咬自己是杀人凶手，她真的觉得肖建很可笑。

蒋钦打断了米阳的错误想法：“你把肖建想错了！肖建以为下毒的人是你，想害死的人是他，而真正死亡的却是看守所里的一名犯人。肖建不希望你因为这件事坐牢，于是违心地承认了自己是杀人凶手，现在他因为涉嫌杀人被关进了看守所。你明白我说的意思了吗？”

米阳没想到肖建在离开她家以后会发生这么大的变故，也没想到肖建会这样处理问题，一时间自言自语地说道：“为什么？他为什么要这么做？”

蒋钦回答道：“因为他一直对你们母女俩心怀愧疚，所以决定认罪。他觉得只有这么做，你才能真正原谅他！本来我也认为是你干的，直到有人告诉我取走氰化钾的人不是你。出事的头一天晚上，并不止肖建一个人来过你家，我调出了电梯的监控录像，还有一个人来过。”

米阳从混乱的思绪中跳了出来，说道：“你是说……”但最终她没有说出这个人的名字，因为毕竟这个人对她是有恩的，毕竟曾经和她有过无比私密的时光，不管这个人对别人有多坏，对她米阳还是不错的。但蒋钦替米阳把这个人的名字说了出来。

蒋钦说道：“这个人是明成。我顺着氰化钾的线索查到实验基地的配药房，当天值班的护士说，取走氰化钾的不是你，而是明成。明成虽然有证明自己无辜的实验记录，但直觉告诉我，他有嫌疑。

“监控录像显示当天晚上，在肖建离开你家之后，明成先后两次来过这里。我查看了时间，一次是在肖建丢失糖盒之后，一次是在他取糖盒之前。也就是说，明成极有可能在肖建离开后取走糖盒，注入剧毒氰化钾，然后在肖建来取之前放回原处。这和明成取氰化钾做实验的时间是吻合的。

“真正想害死肖建的人是明成,不是你。你们只不过是都掉入了别人事先布置好的陷阱!”

听完蒋钦的叙述,米阳想起了肖建离开以后,明成来到家里的那个晚上。明成的行为举止确实有些怪异,当时米阳并不是没有察觉,而是万万没有料到明成会设计圈套来对付自己。

现在看来,有情有义的人是肖建,背后算计她的人是明成。米阳怎么也想不通,她也是跟着明成出生入死过的,还有那么多年的情意,明成怎么能这么对待自己呢?可事实摆在眼前,米阳不得不相信这个血淋淋的事实。

沉默延续了很长一段时间,米阳终于抬起头看着蒋钦问道:“能让我见见肖建吗?”

蒋钦点头,心中暗暗欢喜。这些天的努力没有白费,自己的分析判断没有错误。米阳被自己说服了,肖建洗脱冤屈的日子看来不远了。

第三十章　大意失荆州

电话这头的米阳却没有回答，她正缓缓地倒下。倒地的一瞬间，从她身后露出了大梅的脸。大梅不知什么时候站在了米阳的身后，手上还多了一个针筒。

约好时间，办理完一切手续后，在看守所的接待室内，蒋钦见到了肖建。

蒋钦看肖建已经被剃去头发，俨然一副囚犯的模样，很是心疼。但蒋钦还是装出无所谓的样子，因为她知道，在肖建面前，如果想谈工作，千万不能流露出丝毫的个人情感，否则无论你怎么说，他都不会相信你。

今天蒋钦是来说服肖建，让肖建承认他顶罪的事实的。米阳现在就坐在门外走廊的长椅上，随时等候蒋钦的召唤。一切安排妥当，蒋钦开始和肖建交谈起来。

肖建没有给蒋钦说话的机会，蒋钦刚一落座，肖建就说道："回去吧，没事别来看我了，这样不好。"肖建说完，起身离开了座位。看来他并不想和蒋钦多说什么。

蒋钦费尽九牛二虎之力才获得了见肖建的可能，这在批捕之前是很难做到的。今天如果让肖建离开，下次就算他想说自己冤枉，也不可能对着蒋钦说了。所以蒋钦实在控制不住了,情绪又上来了。

没办法,蒋钦面对肖建的时候就是这样,因为她对他有着太多的爱和恨。

蒋钦见肖建只说了一句话就要走,丝毫没有考虑她的感受,便大声喊道:“不管别人怎么看,我自始至终都相信你是清白的。我只想知道，你准备扛到什么时候？你知不知道用这种方式来还债，其实很傻！”

肖建一边漫不经心地走着一边说道:“我不知道你在说什么。”直到蒋钦说道:“张恒的死其实跟你和米阳没有任何关系,你知道吗?”肖建一下子愣在了原地,但他没有马上回过头来。

蒋钦一看自己的话奏效了,肖建有想听下去的打算,于是接着说道:“我在你家发现了左队留下的021档案,我知道你一直怀疑明成是连环跳楼自杀案的主谋,但你没有证据。

“左宗队长牺牲以后,给你留下了最新修改的021档案,怀疑的对象是明成。你遵循左宗队长的足迹,去上海、奉埠转了一圈,独自进行调查走访。

“回来以后,你第一时间去找过明成,虽然还是没有证据,但是你的假设和推理还是震慑到了明成,因为明成就是真正的凶手!

“他知道如果被你盯上,证据只是迟早的问题。于是明成表面上无所谓,把你的话当成笑话,其实心里早就有了杀你灭口的想法!而像他这样高智商的人,一定不会亲自完成而留下把柄。于是他制造了假录像带,借用米阳的手谋害你。这就是他一石二鸟的计策!

“事情的经过就是这样,我和米阳也说明白了,你就不要再死扛硬顶了。你这样做不是在帮米阳,而是在帮明成,明白吗?”

又一次长时间的沉默后,肖建终于开口说道:“这些年她过得不容易,如果这样能偿还以往的一切,我觉得值得。”

看守所接待室门外的走廊里，坐在长椅上的米阳把肖建说的每一个字都听得很真切，她被深深地感动了。此刻，米阳捂住自己的脸，埋在双腿之间，失声痛哭起来。

她此刻明白了，肖建爱她，深深地爱着她。不单单只是像肖建说的那样，除了偿还，更多的还是爱。米阳似乎看见了肖建心中的那颗青橄榄，散发着幽香，如果你勇敢地上去咬上一口，它确实还有点甜。

米阳不再怀疑肖建的真诚，一个宁愿为你去死的人，你还有什么可以怀疑的呢？现在，她要反击，她要报复，她要用自己的力量帮助肖建！

蒋钦刚才说的话，米阳没有忘记，不就是明成吗，别人奈何不了他，她米阳还是有办法的。想到这里，米阳拨通了手中的电话。愤怒已经冲昏了米阳的头脑，她已经想好了一个报复计划。

当蒋钦出来的时候，长椅上空无一人，米阳已经离开了。

米阳走在回家的路上，风沙吹得人睁不开眼，米阳全然不顾。

米阳一边走一边打着电话，电话那头是大梅。米阳边走边说："喂，大梅吗？现在来我家一下。对，就现在！"

挂上米阳的电话，大梅没有直接去米阳家。她通过米阳说话的语气，就大概能听出是什么事。

大梅此刻站在电视台门口焦急地踱步，拨打着明成的电话。明成这几天一直没有联系上，大梅现在就像热锅上的蚂蚁。还好这次明成接听了大梅的电话。

电话刚一通，大梅就一口气说道："公安局的人来过了，问录像带的事，我挡回去了，什么都没说。米阳刚才又给我打电话，让我现在去见她。我感觉不好，是不是出事了？"

这几天不是明成不想接大梅的电话，而是他一直在实验室里做实验，确实没有时间。这个电话是刚巧在实验的间歇期，他休息的时候，无意中看到自己手机里有很多大梅的未接来电，才回复的。

听完大梅说的情况，明成知道出事了。但他只是简单地回复了一句："等着，我马上就到！"就把电话挂断了。

明成戴上橡胶手套走进了实验室。

实验室内，一切准备就绪，工作人员看见明成走进来，请示明成实验是否可以开始？明成点头，示意可以开始。

实验刚开始没一会儿工夫，明成就演了一出好戏。他先装作一阵眩晕，险些摔倒，众人赶忙上前扶住他。工作人员以为经过几天的连续奋战，明成有些体力不支，为了确保他的安全，建议他先回去休息好了再说，明成做出勉强应允的样子。

碧水小区是米阳家所在地，大梅正在米阳家楼下徘徊，米阳出现在了大梅的身后。米阳没有说话，只是走过去用身体撞了大梅一下，便头也没抬地上楼而去。

透过米阳的神情，大梅看得出她尤为生气。大梅犹豫了一下，随即跟了上来。大梅边走边打电话，电话那头是明成，在得到明成的准确答复后，大梅走进了米阳家的楼道。

此刻，在米阳家小区的停车场内，明成已经赶到了，他现在正坐在一辆奥迪车的驾驶室里。

明成没有急着和大梅一起上楼，但他在电话里叮嘱大梅接通视频连线，他要远程遥控，确定米阳要做什么以后再采取后续的行动。

回到家中的米阳，看见手机里有蒋钦不断追打过来的电话。米阳本想拿到犯罪证据后再给蒋钦打电话的，但为了表达自己从看守所私自离开的歉意，最后还是接通了。

米阳接通电话以后，没等蒋钦说话就说道："对不起，没打个招呼我就先走了。我现在这个样子，真的无法面对肖建，但也请相信我，我会尽快让一切水落石出的。"

话刚说到这儿,门口传来敲门声,应该是大梅到了。米阳准备挂断电话,被电话那头的蒋钦一声喝住。

蒋钦在电话那头喊道:“不要!你现在很危险,不要挂断!现在一切按我说的做,打开视频连接,保持通话!”

米阳犹豫了一下,打开了视频连接。但蒋钦的手机屏幕显示是黑屏,因为米阳把手机放进了裤兜里。

看守所的接待室内,方东正在和肖建说话,蒋钦从门外冲了进来。蒋钦说道:“不好,米阳可能有危险!方东,走!”拉起方东就跑出门外。

肖建心中一惊,立刻站了起来。可是他无能为力,他现在还在看守所中。在警员的示意下,肖建坐回了原地,只能眼睁睁地看着蒋钦和方东跑远。

公路上吉普车在疾驰。吉普车内,蒋钦通过卫星定位,确定了米阳的位置。蒋钦喊道:“快,碧水小区,米阳家!”方东点点头,吉普车加速驶去。

此刻,大梅走进米阳家的客厅,来到茶几前。大梅把手机放在茶几上,这样,明成就可以很轻易地看到房间里发生的一切。

“肖建出现在水里的录像,是不是从你手里传出去的?”两个人简单地闲聊了几句之后,米阳切入到正题。虽然大梅知道米阳今天找她就为这事,但她没想过要坦白,谁知道米阳是不是在手机里也和别人进行着视频连线呢?

“公安局的人也来问过,这带子有可能是从我们那里出去的,至于究竟是谁,现在还没有结果。”大梅辩解道。

米阳没有给大梅机会,直接把谎言戳穿。米阳说道:“结果已经有了。是你,是你传出去的。难道你忘了,你曾经亲口告诉我,你手中有一段没有修复好的视频,是关于肖建的,你忘了吗?”

大梅没想到自己曾经醉酒后说的话,米阳居然记得这么清楚。虽然是醉话，但米阳没有猜错，大梅说的是实情。

无论你是什么状态，对方永远能第一时间看穿你的真伪，这叫什么？这就叫闺蜜。现在大梅发现自己原来早就被米阳看穿了，所以很吃惊地看着米阳。

米阳家小区的停车场内，奥迪车没有熄火，发动机在嗡嗡作响。

车内，明成拿着手机静静地听着。虽然电话那头大梅的谎言已经被米阳戳穿，但明成丝毫没有下车的意思。

米阳家的客厅里，米阳和大梅还在对峙，大梅在努力狡辩。米阳说道："你要是真的不愿意告诉我也行，公安局也许更适合你把这些话说出来！"

米阳拿出裤兜里的电话，装作一副要打的样子。大梅连忙拉住米阳说道："你听我把话说完！米阳，我这都是在帮你啊！从当初知道肖建把你害得这么惨，我就对他恨之入骨。所以在事情一开始的时候，我就选择了负面报道。看着他经受各种痛苦不堪的煎熬，你难道不开心吗？

"可是后来，我觉得你不恨他了，越来越不恨了！我知道你爱上他了。这个时候，明成找到我，让我一定要让你看到事情的真相，我就把录像带交给了他。我们都不想让你被肖建蒙蔽，难道这么做也错了吗？"

米阳笑道："说得真好，难怪你是主持人，我又一次差点被你感动了。很可惜，警察刚才告诉我，你那盘带子的内容是被剪辑处理过的，所以你的这些谎话还是和警察说去吧！"

米阳再次拿起电话，这次她是真的准备拨打报警电话了。大梅看得真切，冲上去抢米阳手中的电话。拉扯中，米阳的手机摔在了地上。

急速行驶的吉普车内，蒋钦的手机信号中断了。蒋钦意识到米阳已经处于危险的边缘，于是喊道："快，方东！米阳有危险！"

其实吉普车的车速已经很快了，为了安抚蒋钦急切的心情，方东在回答了一声“明白”之后，再次一脚将油门踩到了底。

此时米阳家的客厅内，大梅和米阳的拉扯已经变成了厮打，最后大梅被米阳打翻在地。

大梅摔倒的瞬间，碰到了茶几上的手机，手机掉在地上，屏幕亮了起来。手机屏幕上显示着明成的名字，通话时间还在继续。米阳早就知道大梅和明成会来这手，米阳拿起电话喊道：“不用躲躲藏藏的，你上来吧，该了结的咱们今天一块儿了结！”

米阳家小区的停车场内，明成挂上电话，从奥迪车的驾驶室里走了下来。上楼之前，明成给自己戴上了一双皮手套。

是的，他今天要杀人，虽然他已经很少亲自动手了，而且他今天本来也不想动手的。但现在看来，他不得不这么做，因为局面已经彻底失控了。

米阳家的客厅一片狼藉，很难想象两个美女在这里进行着你死我活的近身肉搏。

一阵扭打之后，米阳再次把大梅掀翻在地，抓起手中的电话准备拨打。大梅一把抓住米阳的裤脚，跪在地上哀求。大梅此刻说出了实情。大梅大声哀求道：“米阳，我错了，看在咱们这么多年在一起的情分上，你给我一次机会吧！如果你报警了，我这么多年的努力就全完了！我就是一时鬼迷心窍，听了明成的话，才干出这种事，相信我，以后一定不会了！”

米阳心中暗喜，大梅终于说出了实情，这就是证据。可是她点开手机时却发现，视频连接已经中断。正当她准备再次连接的时候，门开了，明成走了进来。

米阳这才想起来，明成是有这个房子的钥匙的。现在对手多了一个人，蒋钦还没有赶到，看着明成手上戴着的皮手套，米阳知道明成要对自己下手了，她意识到了自己处境的危险。

米阳对跪在地上的大梅说道:“大梅,你起来,去公安局把事情讲清楚,肖建是个好人,以前都是我错怪了他,咱们不能让他白受冤枉。咱们姐妹一场,你的事我肯定帮你说清楚,这些都是明成指使你干的!”

明成打断了米阳的话,说道:“这么多年了,我一直都把你当作我唯一的亲人……”

米阳不想明成打断自己,因为她现在势单力薄,她要争取大梅的帮助。米阳反击道:“亲人?从实验基地取走氰化钾,签上我的名字,伪造假的录像带让我上当,同时在肖建的糖盒中下毒,嫁祸给我,你就是这样对待自己的亲人吗?”

明成解释道:“肖建已经怀疑上我了,我还有很多事情要完成。没有办法,他不是我的目标,但他阻碍我办事了,我也是迫不得已。至于你,你知道我一直都很有办法,所以……”

“所以就让我替你顶罪?”米阳恨恨地说道。

明成说道:“你觉得你自己还洗得清吗?这么多人死了,哪一样与你无关?多一条也无所谓,只要待在我的世界里,你永远都可以自由自在地活着。”

米阳最后呐喊道:“没有阳光的生活,我已经受够了,今天就是死在这里,我也不会跟你走!”

明成在心中叹了口气,把手伸进了口袋。看来一切都是徒劳,米阳已经是铁了心要和自己反目了。

米阳一看明成把手放进了口袋,马上退到窗户旁大声喊道:“别动!你只要再动一下,我就从这里跳下去!”

明成没想到米阳会以死相逼,他一下子愣住了。明成手中的金属球从口袋里滑落出来。

明成跟米阳对视了片刻,无奈地闭上了眼睛。米阳趁机拨通了蒋钦的电话。说来说去,明成还是没忍心下手。电话接通以后,蒋钦在电话那头喊道:“米阳,坚持住! 我们马上就到! ”

然而电话这头的米阳却没有回答,她正缓缓地倒下。倒地的一瞬间,从她身后露出了大梅的脸。大梅不知什么时候站在了米阳的身后,手上还多了一个针筒。

一切都是明成事先安排好的。看着米阳倒在地上,明成走了过来,接过大梅手中的针筒说道:“做得不错。”

大梅得到了明成的许诺,剩下的一百万也打进了她的卡里。大梅讨好地问明成,准备怎么处理米阳?

明成一下子对大梅产生了厌恶。他当然明白大梅说这话是什么意思,可他没想到大梅居然比自己更心狠手辣。大梅和米阳毕竟是相识多年的闺蜜,两个人如胶似漆的时候明成可没少见。

大梅以为明成没明白自己的意思,重新补充道:“我没别的意思,我是替院长着想,她已经不听您的话了,带回去迟早是个麻烦,不如……”

“你说得很对,我处理一下。”明成说完,走进米阳家的厨房,拧开了煤气阀门。

客厅里,大梅看着地上躺着的米阳,嘴角露出一丝冷笑。她在想,谁笑到最后谁才是真正的赢家,这句话说得真好。

第三十一章　越狱

中心医院手术室门口的走廊阴暗而潮湿，应急灯在黑暗中闪着微光。肖建穿着一身白大褂，戴着口罩朝前走着……小余举起手中的枪，喊道："站住！把手举起来！"……肖建在小余的指令下慢慢后退，肖建的后背顶住了小余手中的枪……肖建以迅雷不及掩耳之势从白大褂中脱身出来，用白大褂把小余的双手捆了一个结实。

在碧水小区绿化带锻炼的业主老王，眼睛突然盯着远方不动了，因为他看见一股黑烟正从十层住户的窗户里冒出来。那是米阳家客厅的窗户。

一旁一块儿锻炼的马姐看着老王的神情想调侃两句，却被老王拦住。老王指着十层，马姐顺势望去，只听"砰"的一声，十楼的窗户炸裂开来。

等蒋钦和方东赶到米阳家楼下的时候，密集的人群已经把楼下围得水泄不通。大家正在交头接耳地议论。消防官兵陆续跳下消防车，展开救火行动。

电视台的采访车也赶来了，耿实从车里跳下，摄像师扛着机器跟在后面。自从大梅在电视台里青云直上以后，跟随大梅的耿实已经从摄像记者变成外景记者，他接替了大梅的位置，现在负责外景报道。

耿实一边观察现场情况，寻找最佳位置，一边对身边的摄像师询问道："机器没问题吧？"摄像师打开机器，摄像机上的红灯亮起。

确定了拍摄位置后，随着摄像师“3、2、1”的手势，耿实开始了现场报道。

耿实说道：“大家好，现在是《突发事件》栏目，我是主持人耿实。这里是本市的碧水小区，二十分钟前，这栋楼的十层发生了爆炸，我们第一时间赶到现场，看看这里到底发生了什么。”

耿实转身钻入人群，朝里面挤去。消防官兵已经在七号楼门口筑起了一道防线。

耿实问道：“您好，我们是电视台的，请问上面现在是什么情况？火势被控制住了吗？里面是否还有被困人员？”

消防员回答道：“我们正在进行扑救，在火势没有扑灭之前，屋内的情况我们目前还不知道。请你们退后，这里很危险。”

由于消防员的阻拦，耿实没法进到楼内，只好在楼下围着的人群中开始采访。站在一旁看热闹的老王说道：“中午的时候，我还看见那家住户的小姑娘上楼呢。”

正说着，摄像机里出现了蒋钦和方东的身影，他俩终于赶到了。扒开拥挤的人群，蒋钦也先跑到消防员身边询问道：“你好，请问上面的情况怎么样了？”

消防员没有回答，只是说：“请不要站在这里，不要妨碍我们展开救援！”

方东这时也挤了进来，说道：“我们是市局刑警队的。住在1003的是一位女孩，叫米阳，是我们一个案件的证人，我们需要确定这个女孩是否在房间内，这很重要！”

在一旁做现场直播的耿实听到了方东的话，他马上挤到方东面前问道：“你说什么？刑警同志，你说这个房间里住着一个叫米阳的女孩，和刑事案件有关？这可能是事先预谋的纵火案吗？”

方东没想到有记者在现场报道，马上说道：“请不要拍摄，不要妨碍警方办案！”

方东一边解释一边伸手去挡镜头，摄像师左右退让着，躲避着方东的手，摄像机没有停止拍摄的意思。

方东有些急了，大声吼道："不是让你们不要拍了吗？要我告你们妨碍公务吗？"

就在方东转身向摄像机发怒的时候，一个女子从高空落了下来，跌落在方东身后的地面上。人群顿时乱作一团，救护人员抬着担架冲入，抬起跳楼女子。

耿实想挤进去，却被拦下，只好站在一旁向方东大声问道："这个人是你们说的那个女孩吗？伤势如何？"

抬着担架经过的救护人员听见了耿实的声音，顺口回答道："跳楼时头先着地，没救了！"嘈杂的事故现场，救护人员把尸体抬上救护车，关上车门呼啸而去。

而此时的看守所，囚犯们陆续从囚监里走出来，在操场上排成了纵队。现在是晚饭时间，肖建站在队伍中，准备开饭。随着管教干部发出口令，队列开始缓缓向食堂移动。

食堂内，囚犯们有序地排队打饭，在座位上依次坐好。

之后管教干部再次发出指令，囚犯们开始吃饭。

坐在餐桌一角的瘦子捅了捅旁边正吃得畅快淋漓的肥仔，肥仔朝门口望去，肖建身穿囚服，戴着手铐和脚镣走了进来。因为肖建涉嫌重案，除了吃饭的时候，其他时间都戴着手铐和脚镣。

管教干部除去镣铐，肖建排队打饭，拿着餐盘朝饭桌走去。

齐三和肥仔殷勤地给肖建让座，因为肖建对齐三有恩。

食堂的电视机正在播放《突发事件》栏目，耿实正好采访到方东，问楼上着火的人家是不是和刑事案件有关，随后便是坠楼一幕的上演。

肖建停止了吃饭的动作，目瞪口呆地看着电视机。虽然看不见米阳的脸，但从坠楼女孩的穿着打扮来看，肖建确定这个人是米阳。

米阳死了，是明成害死的，肖建的第一直觉是这样的。可他能做什么呢？他现在只是看守所里的一名囚犯，他无能为力。

肖建极力保持平静的同时，突然感到一阵难受，就像一个酒喝多了的人，胃里的东西马上就要翻涌出来一样，他连忙吃了两口餐盘里的食物，胃里的痉挛才平静下来。

然而不多一会儿，这种痉挛再次来袭，比刚才来的更加猛烈，肖建有强烈的呕吐感。就在他干呕的同时，他发现有一种情绪在心中迅速地蔓延，那就是愤怒，一浪高过一浪的愤怒！

肖建害怕自己失控，他努力地劝解自己，跳楼死亡的不一定是米阳，公安部门还没有最终确定，不要着急。蒋钦和方东也还没有传来消息，等他们来了，一切就都清楚了。想到这里，肖建稍稍平静了一些。

这时，肖建心中的另一个声音又响了起来。方东和蒋钦不是早就意识到米阳的危险了吗？怎么没有阻止？

证明肖建不是杀害张恒的凶手这件事，因为米阳的死亡而变得复杂起来，之前的证据链条断裂了，肖建现在就是想翻供，也是有理说不清了。就算说清了又怎样，他再也见不到米阳了。

想到这里，肖建心中的那颗青橄榄从脑子里蹦到半空中，最后碎裂了。肖建脑子里呈现出两个大字——越狱。

肖建低下头大口地吃着饭，越吃越快。他在努力控制自己的这种危险想法，直至米饭充满了整张嘴巴，无法再填入任何东西。

肖建突然停止了咀嚼，把嘴里的米饭吐到餐盘里，然后面无表情地看着前方站起身说道："报告管教，我要大号！"

管教干部在洗手间里巡视了一番，确定没有危险后，走了出来。

只是忽略了一段钢丝。

这也不能全怪管教干部,因为这里本来是没有的,是前些天管道漏水,维修工临时维护时拧上去的。

对于这一细微变化,管教干部没注意到,但肖建注意到了。

肖建走进洗手间,顺手带上门。管教干部示意肖建让门开着。肖建表示今天拉肚子,怕味道太重,熏着管教干部。管教干部犹豫了一下,允许肖建把门半掩着。

借着门的掩护,肖建把绑在下水管道上的钢丝卸下来,吞进自己的肚子。

长时间的等待之后，管教干部在洗手间门口不耐烦地踱着方步，最后喊道:“完事没有？别在里面耍花招啊！”

没有人回答,紧接着“咚”的一声,肖建在洗手间里摔倒了。管教干部感觉不妙,一脚把门踹开。肖建躺在地上,口吐白沫。

管教干部赶紧把肖建送到看守所的医护室。肖建躺在病床上捂着肚子,面部表情十分痛苦。狱医老乔示意大家离开几步,随即拉上布帘。看守所的值班所长带着管教干部往外走了几步,开始训斥当事的管教干部。

还没说上几句话，老乔拉开布帘走了出来，值班所长连忙问道:“危险吗？”

老乔表示现在非常危险,如果造成胃部急性大出血就没救了。在老乔的建议下,经过紧张而有序的安排,肖建被送进了南江市中心医院。

在医院的CT室内,医生把透视照片挂在玻璃墙板上。照片中,肖建的胃部有大面积的阴影。医生在给大家分析照片。

医生肯定了狱医老乔的判断,说道:“可以确定病人是吞入了金属物,就是你们说的钢丝。这里有两个出血点,如果再扩大,造成胃部急性大出血的话,生死就难说了。所以建议马上进行手术。”

值班所长眉头紧皱着。因为出现这样的事情,是监狱和看守所最头疼的,犯人出了任何意外,他们都脱不了干系。而且现在又是在看守所外,犯人极容易发生脱逃情况。

值班所长来到看守民警面前再三叮嘱道:“小余,今天晚上可别大意了。”

小余信心满满地保证道:“您放心吧,我打足十二分的精神,保证没问题!”

一切准备就绪,昏迷中的肖建被推进了中心医院手术室。

肖建被抬上手术台,参与手术的人员都到准备室消毒,准备即将开始的手术。

手术室内现在只留下一个护士,她在给肖建打麻醉针。准备注射的时候,肖建醒了,一只手抓住了护士手中的针筒。

等到医生们走进手术室的时候,病床上的肖建已经不见了,而刚才给肖建打麻醉针的护士被绑在手术台上,嘴上贴着胶布。

中心医院手术室门口的走廊阴暗而潮湿,应急灯在黑暗中闪着微光。肖建穿着一身白大褂,戴着口罩朝前走着。突然,看守民警小余闪身站在了肖建的身后。

小余举起手中的枪,喊道:“站住!把手举起来!”听见小余的命令,肖建回过头来,看见了小余手中的枪。肖建停住脚步举起双手。

在小余的命令下,肖建摘下口罩。确定了捉拿对象确实是肖建后,小余拿出步话机汇报情况。

小余向步话机说道:“报告所长,罪犯试图逃脱,现在被控制在手术室门口!”步话机那头值班所长回复道:“好,我们马上就到!”

得到值班所长的增援指令后,小余对肖建命令道:“现在转过身,慢慢后退!”小余的本意是,让肖建后退到自己面前,给肖建上个反铐。

肖建在小余的指令下慢慢后退,然而后退的步子比小余预想的多了两步,肖建的后背顶住了小余手中的枪。

小余一愣,马上伸手去抓肖建的脖子。肖建没有被摸到,小余的手只抓住了肖建穿的白大褂。

而肖建这时则以迅雷不及掩耳之势从白大褂中脱身出来,用白大褂把小余的双手捆了一个结实。动作一气呵成,把小余看得目瞪口呆。

等小余想大声呼救的时候,口罩已经塞住了他的嘴。现在小余知道为什么值班所长再三叮嘱自己小心了,肖建确实不好对付。可是现在后悔已经太迟, 小余眼睁睁地看着肖建从地上捡起自己的手枪,大步离开。

最多也就一两分钟的工夫,值班所长带人冲了过来,手术室门口的走廊上空空如也,只有小余一个人在角落里挣扎着。

值班所长跑到小余面前, 拔出塞在小余嘴里的口罩, 问道:“人呢? ”

小余回答道:“朝那边跑了。应该还没有跑远。”

值班所长指挥众人迅速追了出去。刚跑两步,值班所长突然停了下来,回头问小余:“你的枪呢? ”

从小余嘴里确定枪支丢失以后,值班所长意识到案情已经变得异常严重,他马上下令停止追击,把所有人分成若干组守住医院的各个出口,等候增援。

第三十二章　逃亡

肖建伸出双手表示愿意投降，龙大扔下手中的扩音器朝肖建走去。就在龙大从腰间摸出手铐的一刹那，他的身躯挡住了狙击手的视线，肖建突然转身从桥上跳了下去。

龙俊飞是在刑警队办公室里接到这个消息的，当时他正准备休息。

龙大在电话里只说了一句："知道了，我们马上就到！"然后来到刑警队的大厅，迅速调动人马赶往中心医院。

杀人案嫌疑人持枪脱逃，这确实是一件很重大的案情，弄不好会出更大的事。刑警队加派了人手在中心医院各处进行摸排。

龙大在医院里巡视了一圈之后，来到一间办公室的门口。办公室里面，方东正在给丢枪的小余做着笔录。方东看见龙大站在门口，起身和龙大打招呼，龙大示意方东继续。

方东问道："你的手是怎么被捆住的？"

小余回答道："当时没等我反应过来，我的双手就已经被捆住了。太快了，我都没看清。"

方东接着又问道："枪里有几发子弹？"

小余回答道："五发。"

龙大走到隔壁房间，一个女警正在询问那个打麻醉针的护士。

女警问道:“是谁把你绑在手术台上的?”

护士回答道:“是那个从看守所送来的病人!他突然醒了,抓住我的手,一把捂住我的嘴,我知道他是从看守所里送来的,我害怕,就看着他把我绑在床上了!”

中心医院的走廊里,蒋钦匆匆地朝龙大走来,看来她也知道肖建脱逃的消息了。

蒋钦告诉龙大,肖建不是畏罪潜逃,而是有别的原因。以蒋钦对肖建的了解,肖建肯定是因为米阳的死而决定越狱的。而现在肖建很有可能会去太平间见米阳一眼,因为米阳的遗体就停放在中心医院的太平间里。

蒋钦猜得没错,肖建此时确实在太平间门口站着,等最后两个值班护士离开以后,闪身走了进去。

米阳的尸体在正中央摆放着。肖建看到米阳身上穿的那件连衣裙时,眼睛里顿时噙满了泪水。那是他和米阳再次相逢时,米阳穿的第一件衣服。

其实,无论每一次有意还是无意的见面,无论独自一人还是和别人一起,肖建都会记住和米阳独处时的每一个微小细节,只是他自己从未提起过,现在再也没有机会说了。

看着担架上米阳冰冷的身体,肖建嘴里发出一阵剧烈的咳嗽,一口鲜血撒落在地上。那是胃里的钢丝在作怪,他得赶快进行医治,要不然,下一个死的很有可能就是他。可现在的肖建已然顾不了那么多,他费尽千辛万苦走到这里,就是要见米阳最后一面。

肖建把手放在盖着米阳身体的白布单上,他犹豫着,他多么希望躺在这张床上的人不是米阳,他也多么不想揭开这层白布单,至少在他心里还能多个念想。

还是看一眼吧,这是在这世上的最后一眼了。肖建这么想着,伸手去揭白布单。可就在他犹豫的那一会儿工夫,已经没有了时间。

在太平间值班的老陶已经冲了进来,一把推开担架床问道:“你想干什么?”随即又大声喊道:“来人啊!来人啊!”

在老陶的呼叫声中,龙大带着人赶了过来。无奈中,肖建只能闪身逃走。离开的那一刻,肖建恋恋不舍地回头看了一眼,他是在懊悔,为什么连米阳的最后一面也不让他看见。

刑警队虽然在太平间扑了个空,但也确定了一个重要情况,那就是肖建还没有离开医院。龙大再次向市局申请增援警力,同时命令所有参与抓捕的公安干警到中心医院会议室开案情分析会。

鉴于目前情况紧急,案情复杂,龙大在走廊上抽了两支香烟后,才走进会议室宣布下一步行动的指示。

进屋以后,龙大说道:“长话短说,肖建曾经是咱们刑警队的刑警,相信跟有些同志关系不错,甚至很不错。但现在他是重大杀人案嫌疑人,而且持械在逃,我希望你们忘掉过去的一切,以一个刑警的身份抓住这个极端危险的在逃犯,能做到吗?!”

大家回答道:“能!”

在大家肯定的回答声中,方东和蒋钦也只能小声附和着。龙大的眼睛此刻死死地盯住方东,就像审讯间谍一样,再次冲方东问道:“能不能?!”

方东大声喊道:“能!”

龙大严厉地瞥了方东一眼,补充说道:“鉴于情况判断分析中心的蒋钦同志对嫌疑人肖建的心理习性和生活特征比较了解,在争得上级领导的同意后,特别批准蒋钦同志加入我们的这次抓捕行动……”

龙大正在说话的时候,医生拿着血样的比对结果走进了会议室。

医生说道:“根据你们在现场发现的血样,检验结果与病人的血型吻合。因为病人胃部的钢丝没有取出,加上剧烈运动,造成内脏出血点的扩大，现在看来随时都有急性大出血的可能。”

龙大从医生分析的情况得出肖建走不远的结论，马上命令道：“封锁医院所有路口，给我一个房间一个房间地找！”

就在大家准备按照龙大的意思行动的时候，百川突然问道：“能开枪吗？”

百川提出了一个严峻的问题，这个问题其实大家都想知道，可是谁也没敢问。大家一时间都望向百川。方东和蒋钦更是恨不得一口把百川吃了。

可百川问得没有错，作为犯罪嫌疑人的肖建，他现在手上可是有枪的。百川也怕大家误解，以为他落井下石，忙解释道：“因为嫌疑人持械，而且有极强的反侦查经验，具备射击技巧，万一他先开枪……”

龙大打断了百川的解释，当断不断，反受其乱，龙大咬着牙说道：“可以！如果他先开枪的话！”

确定了会议室内没有人再有疑问后，龙大下达了最后的命令：“现在开始行动，不要漏过任何一个角落！”

刑警队的人大致分为三队，一队由蒋钦带队，在医院大厅进行排查；二队由方东带队，对医院病房内的人逐一检查；三队则由百川带队，在医院的各个必经路口检查车辆。

肖建现在在哪儿呢？中心医院的食堂里，扫地的师傅关灯离去后，冰柜门被推开，肖建从里面爬了出来。原来他一直躲在冰柜里面。

肖建来食堂干什么？他的当务之急不是吃饭，而是取出胃里面那段要命的钢丝。

肖建的身体反应也告诉他，确实不能再拖了，他得抓紧时间想办法。现在谁也帮不上他，只能靠他自己了。

肖建在厨房里一阵翻箱倒柜之后找到了一捆韭菜。肖建拿着这捆韭菜离开了食堂。

中心医院的走廊里，一个打扫卫生的阿姨推车走着。肖建从后面探出头来，他需要一身衣服，从手术室跑出来到现在，除了一条内裤，身上什么都没有穿。本来他是有衣服的，可是用来绑小余了。

打扫卫生的阿姨进了卫生间，肖建快步走到推车前，从里面找出衣服和口罩，然后迅速离开。

肖建穿好偷来的白大褂，戴着口罩，来到中心医院的配药房。这里是肖建进行自救之前来的最后一个地方，他要拿药。

运气还不错，配药房里值班的护士正在打盹，值班医生推门从配药房出来的时候，肖建看准时机闪身抓住了要合上的门。

趁着护士在打盹，肖建在配药房里迅速地翻找着药瓶。药太多了，一时间肖建没有找到自己想要的。

而这时，打盹的护士醒了过来，她看到房间里突然多了一个人，虽然穿着白大褂，可是身形很陌生，自己从来没有见过，于是走到肖建身后问道："你是哪个科室的？"

肖建显得很老到，一边继续翻找着药瓶一边回答道："急诊室刚送来一个外伤的病人，急着手术，青霉素过敏，护士拿错了，我看门没关，就来取头孢。"

肖建一直忙碌的手终于停住了，他找到了需要的药水。那是一瓶"驱吐药水"。肖建把药水装进口袋里，然后若无其事地转过身，却发现护士正站在原地看着他，一脸的狐疑。

肖建顺着护士的眼神低头看自己，原来虽然他穿着白大褂，但透过白大褂可以看见里面赤裸的身体。最奇怪的是，他的脚上不光没有鞋，连袜子都没有。

眼看自己的行迹要被戳穿，肖建索性不管护士的反应，迅速离开了配药房。

在护士的尖叫声中，方东和蒋钦分别从走廊的两头跑了过来。

护士和他们说道:“那人用口罩蒙着脸,说话支支吾吾的,感觉不对劲,像是急着找什么药,我发现他里面没穿衣服,他肯定就是今天从手术室跑了的犯人!”

方东问道:“他朝哪个方向跑了?”

在护士指出肖建的逃跑方向后,方东带人追了过去。蒋钦继续问道:“你能告诉我,你们这儿少了什么药吗?”

护士回答道:“应该是一瓶‘驱吐药水’。”

拿到“驱吐药水”的肖建,此刻躲进了一个重症监护室的洗手间里,因为这里除了生命垂危的病人,别人一般很少进来,所以相对比较安全。

“驱吐药水”、剪刀、胶水等一系列肖建觉得有用的东西,现在都被整齐地摆放在架子上。当然还有那捆从食堂偷出来的韭菜。

一切准备就绪后,肖建抓起面盆里的韭菜塞进嘴里,开始使劲地咀嚼、吞咽。

肖建又拿起“驱吐药水”的药瓶,把药水倒进嘴里,然后走到垃圾桶旁蹲下等待。

经过一阵又一阵的剧烈呕吐后,带血的钢丝终于被吐了出来。

肖建疲惫地躺在地上。这个应急的土办法,看来是成功了。

重症监护室的门口突然传来响动,肖建紧张地望向门口。肖建这才意识到,一夜已经过去,现在是清晨,护工开始上班了。

等护工把一切收拾妥当彻底离开后,肖建从洗手间的门后走了出来。

肖建走到镜子前,拿起剪刀剪腋下的毛发,然后用胶水把腋毛贴在脸上,他在改变自己的模样。

再次抬起头,肖建几乎不认识镜子里的自己了,他已经满脸络腮胡子。肖建对这样的装扮很满意,他穿上门后挂着的病人的衣服,然后转身离开。

重症监护室里的重症病人,看见有人冠冕堂皇地穿着自己的衣服要走,在病床上气得直哼哼。可是他也没有办法,因为喉咙里还插着导食管,所以只能眼睁睁地看着。

乔装打扮好的肖建来到中心医院的大厅门口,这里已经有专门警卫在把守,而且负责检查的是百川。肖建意识到自己可能会被百川认出,因为他们太熟了,光靠一点络腮胡子是远远不够的。

肖建重新回到重症监护室的洗手间,取出卫生纸塞进自己的嘴里。

肖建再次随着大厅里穿行的人群走到门口。百川带领着小组成员们正在对即将离开医院的人群进行检查,肖建和百川的眼神撞到了一起。

百川看了肖建几眼后,让肖建走出了大门。就在肖建将要离开他的视线时,百川又转了回来,喝令肖建站住。

百川虽然没有认出乔装打扮的人是肖建,但还是对他的怪异举止产生了怀疑。

肖建站在了原地,百川朝他走了过来。眼看自己的把戏要被戳穿,正巧一辆救护车疾驰到门口停了下来,肖建上前装作帮助处理病人的样子,趁司机不备,拽下司机,开车逃离了医院。

肖建的举动惊动了整个医院。医院内顿时警笛声四起,几辆警车先后从不同的方向追了出去。

清晨的街道上,太阳刚刚从地平线上跳出来。只见一辆救护车在宽阔的街道上疾驰,后面则有四五辆闪着警灯的警车紧追不舍。

移动指挥车内,龙大正在坐镇指挥。车内空间虽然狭小,但龙大还是拿着市区地图,研究着围堵路线。

迅速敲定方案后,龙大下达了围捕命令。龙大手拿步话机说道:

“现在肖建驾驶的救护车由东向西,沿着解放大道朝国道方向行驶,让交警大队支援,封堵去向。救护车的去路被封堵以后,势必会由南向北朝中山大道方向行驶,途中必定会经过中心环岛,命令紧跟的警车尾随,在环岛设障,实施抓捕!行动!”

按照龙大设定的追捕方案,赶来支援的交警大队车辆在救护车的正前方停下,拦住了肖建的去路。

肖建眼看着前方的路被堵死,不得已转进了旁边的小路。而小路是单行道,肖建的行车路线恰恰是逆行,一时间车辆和行人纷纷避让,险象环生。

经过一段崎岖的道路后,救护车甩开了紧追不舍的警车,从逆行的小路冲出,重新进入主干道。

肖建没想到主干道上已经有警车在早早等候,等肖建的救护车驶出来后,警车打开警灯和警笛,又追了上来。

在各路警车的围追堵截下,肖建驾驶的救护车驶入中心环岛,这里正是龙大布置最后合围抓捕的地方。

只见两辆警车超过救护车,在前面将去路堵死,肖建迫不得已,只能左转。

肖建左转进入的另一路口,一辆警用依维柯驶入,然后一个急刹车,横在路中央拦住了去路,肖建只能再次左转。

这最后一个路口就是龙大预先设置的伏击圈。交警正在拉起路障,但警车还没有来得及到位。肖建看见了这唯一的机会,一咬牙冲了过去。设路障的警察看着肖建驾驶的救护车一闪而过,狼狈地闪到一边。

肖建逃出了龙大精心布置的包围圈。移动指挥车上,龙大责问道:“这么多人,这么多车,从早上围捕到现在,居然还能让他跑了?你们的动作真是太慢了!”

龙大发完脾气,放下步话机,看起地图来,他在寻找新的抓捕方案。思索一阵后，龙大再次命令道："集中所有车辆，不允许救护车再改道，把他给我逼到桥上去！"

宽阔的街道上，三四辆车同时从不同的路口驶出，加入追击的行列。肖建驾驶的救护车加足马力前行。

救护车最后来到了大桥上，行驶了一段距离后，肖建发现前方已经被警车拦住去路。肖建倒车，发现后方的警车也已经把退路死死堵住。这回肖建确实无路可逃了。

百川从警车上下来，拿着扩音器喊道："肖建！你已经被包围了，抵抗是徒劳的！坦白从宽，抗拒从严，这个道理你是明白的！"

龙大的指挥车此时也开到了，看见肖建已经被包围在大桥中央，龙大从指挥车里走了出来。

龙大看肖建对百川的喊话没有任何反应，于是上前拿过百川手里的扩音器喊道："肖建，无论出于什么原因，你现在都应该束手就擒！这里有许多你过去的同事、同学、朋友，有什么不能说呢？你现在这个样子，他们心情很复杂，不要再让大家……"

龙大语重心长的话语显然打动了肖建，他的话还没说完，肖建就从救护车里走了出来。防暴警车旁，狙击手立刻瞄准，狙击步枪上的红外瞄准器定在了肖建的脸上。

肖建伸出双手表示愿意投降，龙大扔下手中的扩音器朝肖建走去。就在龙大从腰间摸出手铐的一刹那，他的身躯挡住了狙击手的视线，肖建突然转身从桥上跳了下去。

龙大显然被这个突然的举动惊呆了，他先是一愣，随即想伸手去抓肖建，可是为时已晚，肖建已经坠入江中。

龙大跑到护栏边往下望去，大声喊道："肖建！"肖建此刻已经消失。只见江面上泛起一层水花，然后一切恢复平静。

第三十三章　意图

众目睽睽之下，明成把他的一只脏手粗鲁地伸进了米阳的内衣中，搓捏着米阳的乳房。在米阳的反抗声中，明成举起了手中的针筒，扎在了米阳的脖子上，米阳慢慢地倒在了地上……

现在，由于肖建跳江，抓捕行动陷入了僵局。刑警队的人包括龙大都在担心肖建的死活，毕竟大家一起共事了这么多年，谁也不想看到这种结局。如果有什么三长两短，谁的心里都不免凉飕飕的。

再一个就是，下一步的抓捕行动应该如何进行。现在工作已经铺得很开了，惊动的单位也不少，如果再大张旗鼓地进行下去，那动静可就太大了。可是不这么做，还能怎么做呢？

肖建跳入江中消失，如果按照生要见人、死要见尸的原则，就必须重新从最复杂和最基本的摸排开始，这就必然要投入巨大的人力物力。回到刑警队的龙大陷入了两难，他要好好想想。

夜幕开始降临，宽广的江面上，波涛轻盈地拍打着岸堤。平静的江面上突然钻出了一个人，是肖建。

只见他踉踉跄跄地走上江岸，然后摔倒在泥里。看得出来，他已经精疲力竭了。肖建使尽最后一丝力气翻过身来，他怕自己一会儿昏过去，鼻子会被烂泥堵住。就在他翻身的片刻，一口鲜血喷出，昏厥了过去,他确实伤得太重了。

昏迷中的肖建看见了冒着热气的大木盆边米阳在翩翩起舞。他看见了初中课堂上米阳第一次走进教室的模样。他在一旁偷偷地为米阳的到来鼓掌,然而明成突然出现在了米阳的身后,之后就在课堂里,就在众目睽睽之下,明成把他的一只脏手粗鲁地伸进了米阳的内衣中,搓捏着米阳的乳房。在米阳的反抗声中,明成举起了手中的针筒,扎在了米阳的脖子上,米阳慢慢地倒在了地上……

在近乎疯狂的呼救声中,肖建猛地睁开眼睛,原来是一场梦。肖建环顾四周,一个大胡子乞丐模样的人正在打扫自己铺在地上的棉被,周围一片被弄得尘土飞扬,肖建忍不住一通咳嗽,十分狼狈。

大胡子乞丐看见肖建醒了过来,指着棉被示意是给肖建睡的,然后走开。

不远处,"大胡子"走到几个乞丐面前坐下,和他们一起围着篝火取暖。他们不时地望向肖建这边,伴随着阵阵笑声。

夜已经很深了,刑警队的会议室内,龙大和刑警队的同事们还在开会,商讨着下一步的行动方案。曹方勇带着"半只耳"一干人等,推门走进了会议室。

龙大见曹方勇这么晚了还兴师动众地来到刑警队,预感到情况有些不妙。

龙大从椅子上站起来,他本想问候一下曹方勇这么晚了来刑警队有何贵干,没想到曹方勇走到龙大面前,直接拨通了手中的电话,随即递给龙大说道:"你的电话!"

龙大接过电话,才知道电话的另一头是市局分管刑侦的黄正英副局长。黄正英在电话里说道:"从现在开始,所有行动由曹方勇接手!"

龙大简直不敢相信自己的耳朵,这种事情在短短的几个月内已经发生两次了,上次是在明成家的古堡,今天又发生了。

龙大还想据理力争一下，说道：“什么？黄局长，再给我一点时间，我们是最熟悉情况的！”

黄正英的答复也很坚决：“就是因为肖建曾经是你们队里的人，所以你先放一下，协助曹方勇他们工作！”

龙大这回不想就这么轻易放弃，争辩道：“黄局，你知道我，公事绝不徇私情！”

黄正英回答道：“不是我信不过你，这是赵志高的意思。”

从黄正英嘴里说出赵志高三个字后，龙大明白了事情的大概原委，但心中很是不快。上次在古堡，那是一次保卫任务，确实不是刑警队的专职，让曹方勇指挥情有可原；可是这次是抓捕行动，是刑警队的职责，曹方勇可是有些越权的嫌疑。

但龙俊飞最后还是妥协了。说来说去明摆着，在赵志高眼里，刑警队已经不值得信赖，曹方勇的人才是香饽饽。

龙大挂上电话后命令道：“大家收拾一下，给专案组的同志们腾地方，长庆留下，给老曹介绍一下情况。”

曹方勇回答道：“不用了，情况我已经基本知道了。大家先都不要走，我想现在就开始工作！”

看来这次曹方勇做的案头工作比上次在古堡的时候还要充分。曹方勇的人直接坐在了刑警队员们中间，有人把准备好的材料放到了前面。墙壁上的显示屏亮起，出现了肖建的照片。

曹方勇说道：“肖建，男，二十八岁，北江人，南江市人民警察学校毕业。因涉嫌报复杀人，被警方刑事拘留，现正在送检期间。

“本月 23 日中午 11 时 20 分，肖建在看守所里故意吞服钢丝，造成畏罪自杀假象，在医院救治期间，趁机逃脱。看守民警在抓捕过程中，不慎被犯罪嫌疑人抢走五四式手枪一把，子弹五发。

“鉴于嫌疑人受过专门的警式训练，具备很强的近身格斗技巧和射击水准，所以极具危险性。为了避免伤及群众和其他公安干警，从现在起，一旦发现肖建行踪，在鸣枪示警无效后，可以先行予以击毙！”

“先行予以击毙”几个字说得太狠，说明在曹方勇眼里，肖建俨然就是敌人，没有任何情面可讲。这在刑警队员们的心里，或多或少一时还无法接受，大家开始议论纷纷。

就在大家议论的时候，“半只耳”从外面走了进来。他走到曹方勇面前，递过来一张传真说道：“组长，省厅的A级通缉令已经批下来了，这是刚发过来的传真。”

曹方勇看着通缉令上的肖建照片命令道：“现在布置行动任务！机场、火车站、码头、长途汽车站、国道关卡都要有警力把守，严格盘查。市局、分局、科、所、队在确保本工作岗位基础力量的同时，派出警力，佩带枪支着装上街。电视台、广播台、网络、报刊都要在黄金时段、主要版面播出和刊登通缉令。就是明着把他给我逼出来！”

于是乎，南江市的大小街道上，每个十字路口，几乎都有警车停着，离着警车不远，是荷枪实弹的特警在巡逻。

肖建家的大门上已经贴上了封条。很显然，这里已经被警察搜查过了。突然，一个身影闪现出来，是肖建。只见他从花盆里取出钥匙，撕开封条，进了门。

回到家中的肖建开始迅速地翻找东西，然后塞进旅行包内。由于不能开灯，一切动作都只能在黑暗中进行。在月光的照射下，他的一切举动就像是一个盗贼。

重新换好衣服，把一切收拾妥当，肖建戴上棒球帽，准备从抽屉里取出钱包。黑暗中，肖建不小心打翻了桌上的相框。肖建赶忙点燃打火机，因为这个地方，他记得自己没有放过东西。

微弱的火光下，掉落在地上的是一个破碎的相框，里面是肖建和蒋钦的合影。这是蒋钦上次来肖建家的时候，擅自做主把相框放在了桌面上。

屋内的响动惊动了在屋外守候的民警。看到肖建家门口断开的封条,民警判断屋内肯定有人,而且很有可能是肖建。这也是曹方勇宣布重点布控的地点之一。

守候的民警汇报完情况,在得到曹方勇“守住门口,我们马上就到”的指示后,和另外一个蹲点守候的同事从肖建家门口退了出去。

躲藏了一阵后,肖建发现没有人进屋,便再次走到桌前,正当他拉开抽屉取钱包时,听见楼道里传来了响动。肖建意识到抓捕他的人已经赶到,来路应该已经被堵死,于是果断地从窗户跳了出去。

在抓捕组破门而入之前,肖建已经逃离。等曹方勇带人冲进来时,屋内已经空无一人,地上只有一个破碎的相框躺在那里。曹方勇走到相框前蹲下,肖建和蒋钦的合影已经被取走。

肖建回家最关键的目的就是取钱,以及换身衣服。他确实伤得很重,虽然胃里的钢丝已经取出来,可是伤口还没有愈合,他还在大口大口地吐血,这是身体恶化的表现。所以他现在需要消炎药。

医院肯定是不能去了,他只能找一家药店,看能不能买到自己需要的药品。

这是一家二十四小时的药店。夜已经很深了,售货员在给唯一的顾客找零。

肖建此时正站在药店对面的街道上,观察着药店里的一举一动。他在选择最合适的时机进去,因为现在大街小巷里都张贴着抓捕他的通缉令,他已经变成人见人怕、穷凶极恶的杀人逃犯!

一辆大卡车从马路上驶过,在汽车大灯的照射下,戴着棒球帽的肖建露出了身影。他此刻正站在街道旁的绿化带中。

等药店里没有了人,肖建压低棒球帽的帽檐,走了进去。

守夜的售货员正在看电视。肖建示意要买消炎药。售货员表示消炎药是处方药,没有医生开的处方,他们不能卖。为了不和售货员过多纠缠,以免自己的身份被发现,肖建选择了不需要处方的云南白药。

售货员在给肖建找云南白药的时候,电视里插播新闻,正是抓捕肖建的通缉令。

肖建听到电视里的播报,不由自主地再次拉低了帽檐。售货员低着头,一边拿着云南白药一边用眼神偷偷地瞟着棒球帽下肖建的脸庞。

最后,售货员把云南白药放在柜台上,从动作上看,她有些迟疑。肖建抬头望向售货员的脸,售货员正一动不动地盯着肖建看。

看来自己的身份已经被戳穿,肖建放下一些钱,抓起药,快步离开。

等肖建走远了,售货员这才战战兢兢地拨通了电话,她确实看穿了肖建的身份,她确定刚才买药的人就是电视里通缉令上悬赏通缉的杀人逃犯。

肖建回到了临时的避难所——那片江滩上废弃的空地。看着周围的乞丐们都睡了,肖建来到一个角落,裹着一卷破旧的被子坐下,打开云南白药喝了下去,然后也躺在地上睡着了。他现在需要休息,好好恢复一下体力。

接到药店打来的电话后,曹方勇带着“半只耳”等人来到药店,“半只耳”拿着照片开始了解情况。

已经过去了一段时间,可售货员还是显得有些惊慌。她在确认了通缉令上的照片后,有些结巴地说道:“就是这个人,买消炎药,没有医生开的处方证明。我问他怎么了,他说是嗓子疼,让我给他拿云南白药,我就觉得奇怪。正好电视里播新闻,那个人抬头看,我就仔细看了看他的模样,和电视里你们要找的人一模一样。”

“后来呢?”“半只耳”追问道,“后来看见这个人去哪儿了吗?”

看售货员那害怕的样子，她显然是不知道，但她还是尽可能地把自己知道的一切都说了出来。

售货员说道："那个人看我盯着他，拿着药就跑了。我看他走远了，就打了110。"

肖建的确是在这个药店出现了，曹方勇命令道："肖建露头了，通知各个蹲点的明卡暗哨，以这个药店为中心，方圆十公里以内，所有人上街给我搜！"

各个哨卡的人得到曹方勇的命令后立刻四散开去，组织人马开始搜捕。

天空已经发白，已经又是一个早晨。江滩的废弃空地上——也就是肖建临时的落脚点——乞丐们正围坐在一起喝酒。几个身穿制服的警察走了过来，拿出肖建的照片让乞丐们传阅。乞丐们摇着头，面面相觑，表示谁也不认识。

等调查走访的警察离去后，"大胡子"朝旁边一卷破旧被子走去，那是肖建躲藏的地方。"大胡子"掀开被子，里面空无一人，肖建已经离开了。

吃了药，睡了一个安稳觉的肖建，感觉自己的身体有了明显的好转，他现在来到一个出租房内要租房子。

您不要错误地以为他租房子是为了养伤，或者躲避抓捕。他没有。他从决定越狱的那一刻起，就做好了随时鱼死网破的准备，但不是和抓捕他的人，而是和明成。

肖建现在租的，是离明成家的古堡不远的房子，这是他在上次古堡保卫工作中观察地形时无意发现的，现在派上了用场。

房东带着肖建走进一间屋子。肖建走到窗户旁，推开窗户，从这里可以看见古堡的全貌。

房东看肖建很感兴趣的样子，于是说道："觉得怎样，除了房子破旧点，剩下的都符合你的要求吧？没有比这更好的了，你又没身份证，宾馆肯定不会让你住，我这儿贵是贵点，可我也担风险啊！”

肖建点头表示可以接受，回答道：“一会儿下楼把钱给你。”等房东离开后，肖建关上门，取出藏在旅行包里的望远镜。

透过望远镜，肖建可以清晰地看见，明成正在自家的跑步机上跑步，他已经满头大汗，看来在跑步机上有一段时间了。这时，明成的电话响起。

电话是宋可凡打来的。宋可凡在电话那头很是兴奋地说道：“院长，《南江日报》的头条，您赶快看看！”

明成走下跑步机，让屋内的用人拿来报纸。他拿着报纸来到沙发前，看见头版头条上是他的大幅照片，标题是“生物工程建设，明成为南江市腾飞添砖加瓦！”在头版的右下角，则是省厅下达的通缉令，通缉杀人案嫌疑人——肖建。

明成的嘴角露出微笑，看来他对这两则新闻都很满意。电话那头宋可凡叮嘱道：“院长，明天晚上 7 点半，国际大饭店的庆功会，您别忘了！”

明成回答了一声：“忘不了！”然后挂断电话，走进浴室。透过明成卧室的玻璃窗，可以看见远处监视的望远镜在发着光。

夜幕慢慢降临，月光下，寂静的小楼亮着微弱的灯光。小楼周围的街道上空无一人，原来曹方勇的人已经对街道进行了交通管制，他们现在准备对楼内的肖建进行抓捕。

此时，身穿防暴制服的特警小心翼翼地向房间靠拢。曹方勇举着枪朝前挪着脚步，身旁跟着的是早上租房给肖建的房东。

曹方勇的动作显得非常专业，只见他借着一个掩体，跑到了另一个掩体，最后靠在汽车轮胎上，房东跟了过来。

房东说道：“我跑来报案的时候，看见他还在屋里。我把后门反锁了，门口有伙计盯着呢！”

曹方勇听完房东的情况介绍，朝左右埋伏的众人比画着手势，大家向小楼继续包抄过去。

在曹方勇的指挥下，房门和窗户同时被撞开，特警扔进一颗烟幕弹后，众人开始有序地分梯次进入。

特警头戴钢盔和夜视仪在房间内搜寻。

烟雾渐渐散去，步话机里，特警A报告道：“报告，没有人！”

特警B随即报告道：“报告，没有人！”

在确定房间里没有人后，屋内的电源恢复，电灯亮起。房东显得很尴尬，自言自语地说道：“怪了，我走的时候明明听见里面有动静，难道他长翅膀飞了？”

曹方勇没有理会房东的话，他径直走到窗前，因为窗前放着一个望远镜。

曹方勇透过望远镜看了一下，望远镜里呈现的是明成家古堡的夜景。曹方勇为了确认自己的判断，对“半只耳”说道：“‘耳朵’，你去查一下对面是什么地方！”

“半只耳”接到命令后离开。曹方勇走进卧室，掀开了出租屋内的被子。在枕头下面，曹方勇发现了一张报纸。打开报纸，可以清晰地看见头版上放大的明成照片，以及醒目的标题——“生物工程建设，明成为南江市腾飞添砖加瓦！”

曹方勇下令全体收队。因为他已经明白了肖建越狱的真实意图，所以不想在追捕这个环节上耗费太多的精力。肖建确实不那么容易对付。

曹方勇现在知道了肖建下一步的行动计划，他决定索性来一个以逸待劳，在下一站静候肖建的到来。这一次他要布下天罗地网，让肖建插翅难逃。

第三十四章　孤注一掷

肖建很感动，他很爱蒋钦，但他更爱自己的信仰。他不能停下自己的脚步，这么多年来，这双脚已经习惯了不知疲倦地前行，唯独忘记了停留。

国际大饭店里，曹方勇带着蓝牙，透过玻璃窗看着大堂门口。

大堂门口是龙大带着刑警队的人在把守。经过一夜的休整，抓捕小组的成员个个变得精神抖擞。

曹方勇已经把这里里三层外三层地围了一个严严实实，只要肖建今天敢进来，那绝对是叫他有来无回。想到这里，曹方勇感觉心里很踏实。这时，"半只耳"走了进来，汇报说："组长，明成院长的车五分钟后到。"

曹方勇点头示意明白。"半只耳" 接着说道："外围都是刑警队的人，要不要我下去盯着？"

"半只耳"这句话切中了曹方勇的要害，虽然他让自己的人占领了全部核心区域，只让刑警队的人打外围，但是万一有人私自放肖建进入内场又不事先报告的话，内场保卫的压力就会陡增，万一抓不到人又让肖建伤害到明成，他曹方勇可担当不起这个责任。想到这里，曹方勇说道："不用了，我亲自下去一趟。"

曹方勇来到国际大饭店的大厅,人群三三两两地陆续上楼。安保工作进行得井然有序,刑警队的人在四处巡逻。曹方勇巡视了一周后,对刑警队的工作非常满意。

曹方勇站在大厅的中央,他在想明成既然快要进场了,那肖建也应该已经到了,可是他会在哪儿呢?

曹方勇在大厅里环视了一周后,目光最后落在了一个保洁员的身上。就在离他不远处,一个戴着鸭舌帽的保洁员正在拖地板。

曹方勇慢慢地朝这个保洁员靠近。越靠近这个保洁员,曹方勇越觉得可疑。

曹方勇解开西服的纽扣,摸向腰间的手枪,打开枪套,就在他将要拔枪之际,大厅门口鞭炮声、锣鼓声响起,明成的奥迪车在大堂门口停下。

保洁员好像并不为明成的到来所动，还是在那儿认真地擦着地板。曹方勇犹豫了一下,最后还是走到大厅前,迎接明成下车,然后护送着他走进了大堂的电梯。

曹方勇把明成送上电梯后，又回过头来寻找刚才擦地的保洁员,却发现保洁员已经不见了。

曹方勇意识到自己刚才可能犯了一个错误——他放跑了肖建,于是马上用蓝牙传达道:“各单位注意,目标出现,注意警戒!发现穿蓝色保洁服的男子,立即通报!”

收到各路电台的回复后,曹方勇也走进了电梯。现在肖建已经来了,他要去把守最后一道关卡,明成那儿绝不能有丝毫的闪失,这是他的职责所在。从某种意义上讲,保护好明成比抓住肖建更为重要。

刚才在大厅里擦地板的那个保洁员的确是肖建假扮的。肖建也觉得够悬的。他不得不佩服曹方勇的敏锐,要不是明成的出现,他应该在大厅里就暴露了。

肖建现在来到了国际大饭店的地下车库内，脱掉了身上的保洁服。行踪已经暴露，他不能再以保洁员的身份出现了。如果再出现的话，可能还没看见明成，他就已经被捕了。

当然，肖建还有第二手准备。只见他从垃圾箱里拿出事先准备好的西服换上，穿戴妥当后正准备离开，这时蒋钦站在了肖建的身后，她已经在这里恭候多时了。蒋钦说道："料到你要从这里进去。"

肖建本来不想与蒋钦有过多的纠缠，可是他回头看了一眼，愣住了。他不得不停住脚步，因为蒋钦的手里拿着枪，瞄准的正是自己。蒋钦的厉害，肖建是知道的。

肖建说道："对，因为我知道你会在这里等我。"

蒋钦有些纳闷，问道："知道你还来？"

肖建坚定地说道："今天我必须来！"

蒋钦心想，肖建也太小看自己了，难道是以为自己下不去手？她蒋钦不徇私情在警队里也是有一号的。

蒋钦问道："你就不怕死在我的枪下吗？"

肖建回答道："我赌你不会开枪。"

蒋钦一下子被肖建的言语激怒了，肖建在任何时候都能轻易地激怒蒋钦。蒋钦怒喝道："别逼我！"

肖建显得很镇定地说道："我离电梯大概有十步，十步之内你都有机会。"

肖建说完，转过身，开始往电梯的方向走去。这时，蒋钦的枪响了。看来蒋钦确实想做一个不徇私情的人，可子弹却偏偏不争气地打在了墙上。

肖建停下了前进的脚步，他不得不再次解释，因为他不知道蒋钦的下一枪会打在哪里，可能是自己的胸膛。

按说蒋钦的枪法还不至于烂到这种地步。肖建能感受到蒋钦的内心现在十分纠结,他觉得自己可以说服蒋钦。

肖建站在原地说道:“蒋钦,现在已经有七个人死了,七个人无缘无故地跳楼自杀了。为了这起案件,‘老坛子肉’牺牲了,我被陷害谋杀张恒,所有的疑点现在都指向一个人,那就是明成。虽然没有证据,但我就是怀疑他。这些你都知道!”

肖建说的这些,蒋钦确实都知道,或者说她比谁都更清楚。可是,就是因为这样,她才不希望肖建上去。她是在替肖建担心,多少个夜晚,蒋钦没有睡过安稳觉了。她知道肖建在干什么,也很想帮助他,但她更希望肖建好好地活着。这才是她心中纠结的原因。

今天早早地来到车库守候,她的目的不是为了抓肖建。如果蒋钦想抓一个人,这个人是跑不掉的,除非从她的身体上踏过去。

蒋钦今天是来求肖建的,她怕肖建的鲁莽真的会把曹方勇激怒,最后死在这里。那是蒋钦最不愿意看见的。

至于别的,蒋钦觉得只要活着,一切都会有办法。

她说得一点都没错,可惜肖建不这么想。

蒋钦说道:“我只是不想让你上去送死,上面全是专案组的人!”肖建显然已经是吃了秤砣铁了心,回答道:“今天上面就算是刀山火海,我也一定要闯一闯!”

蒋钦努力克制住自己心中的暴怒,柔声说道:“曹方勇已经下了命令,只要你出现,就可以将你击毙。为什么不能听我一次,换个方式,不行吗?”

肖建已经有些不耐烦了,他怕再拖下去,明成知道了风声,会从国际大饭店偷偷走掉。这里虽然已经是龙潭虎穴,却也是难得一遇的见到明成的地方。

肖建说道:“没时间了,CRG已经通过论证,马上进入临床试验阶段。一旦进入市场,到时候会有更多的人无缘无故地死去。我没有选择。”

肖建说完,转身就走。蒋钦看肖建要走,大声喊道:“能不上去吗?算我求你了!”

蒋钦已经顾不得那么多了,如果肖建这么上去,那就是一个死。她不想让肖建去送死,她是那么地爱他,可他怎么就不能听她一次呢?哪怕就一次!论起工作来,她难道不比肖建更敬业,更被领导称赞吗?但是不能因为工作而不要命啊!看来在这个问题上,她不理解肖建,肖建也不理解她。可这种隔阂,阻断不了她对肖建的爱。

今天,蒋钦放下了所有的自尊、所有的扭捏,她只是作为一个女人求肖建别去,去了就再也回不来了!

肖建从蒋钦的呼喊声中听到了绝望,听到了乞求。当他回头望着蒋钦的时候,蒋钦绝望地站在那里,肖建觉得蒋钦真的很爱自己。在这个世界上,能爱上他的人真的不多。那一瞬间,肖建的眼泪差点就流了下来。

肖建很感动,他很爱蒋钦,但他更爱自己的信仰。他不能停下自己的脚步,这么多年来,这双脚已经习惯了不知疲倦地前行,唯独忘记了停留。

肖建面无表情地说道:“我就这臭毛病,改不了了。”

蒋钦听完肖建的话,知道说再多也无法挽回肖建的决定了。蒋钦惨笑了一声:“这么多年,早该明白了。”

肖建点头,走进了电梯。就在电梯关门的一刹那,蒋钦跑到电梯前,拦住即将关闭的电梯门叮嘱道:“别直接到顶层,先到二十一楼,走应急通道,有人在那里等你。”

肖建愣了一下,随即点头。电梯门关上后,肖建的眼泪流了出来。他在心里说道:“再见,我亲爱的爱人,今天可能就是诀别!”

肖建今天就没打算活着离开。

国际大饭店二十一楼的应急通道里，方东倚靠在洗手间门口，手里拿着香烟把玩着。方东是在接到蒋钦电话后，特地在洗手间门口等着曹方勇小组成员小韩的。因为内场保卫都是曹方勇的人，刑警队的人一个也进不去。

小韩和方东很早以前就认识。方东事先得知了小韩在这次保卫工作中的位置，就早早地过来调换。现在轮到他行动了。

小韩从洗手间里出来，看见了倚在门口的方东，感到有些纳闷，问道："东哥，你不在外场保卫，来这儿干吗？"

方东没作声，只是用那双会说话的眼睛，一边笑一边看着小韩。

小韩领会了方东的意思，张嘴问道："东哥，一会儿万一碰到肖建，咱还真开枪吗？"

方东回答道："该糊涂的时候啊，要难得糊涂。"

小韩正在对方东的话一知半解的时候，电梯的铃声响起。小韩本想过去看个究竟，却被方东一把按住说道："我去！"方东知道是肖建到了。

电梯门打开，站在里面的的确是肖建。方东全当什么也没看见，埋怨道："谁这么缺德，按错电梯也不清除一下！"

小韩走过来，也想看个究竟，却被方东搂住脖子，朝走廊的另一个方向走去。

方东搂着小韩一边走一边在小韩的身后打着手势——现在应急通道没人。肖建看清楚方东的手势后，从电梯里闪身进入应急通道。

从应急通道出来，肖建终于来到了国际大饭店的宴会厅，这里是明成举办庆功宴会的地方。宴会厅的中央有一个事先布置好的舞台，舞台上主持人正在隆重地介绍到场嘉宾。

"南江市一直人杰地灵，英雄辈出，每个时代都不乏杰出的人物。正是这些人引领着我们南江市，走向更加美好的未来！现在，我们请出今天这个时代，南江市最杰出的代表——段明成先生！”主持人的富有感染力的开场白随即被淹没在一片掌声中。舞台上的灯光全部熄灭，只剩下一束追光打在上面，追光的区域内有一个立着的麦克风。明成缓步走到追光中的麦克风前，脸上露出他那招牌式的迷人微笑。

明成开始了演讲，这是他等待已久的时刻。明成说道：“很感谢大家来到这个宴会，来见证我们这个伟大的瞬间。”

这时，肖建推门走了进来，站在台下离明成演讲位置很近的地方，面对着明成，举起了手枪。

明成忽然发现了台下的肖建，他狼狈地弯腰滚到了一旁。在保安的掩护下，明成迅速地从侧幕退去，肖建马上紧跟了上去。

枪响了，会场顿时乱作一团。曹方勇镇定地指挥着手下的人员控制局面。确定了肖建的跑动方向后，曹方勇带着人，紧随其后也追了上去。

明成、肖建和曹方勇的人马在国际大饭店的走廊上你追我赶。最前面，明成亡命奔跑，躲避着肖建的追击。后面的肖建紧追不舍，毫不放松。在肖建的逼迫下，明成冲向了天台。

曹方勇带着人马赶到楼梯口，朝楼梯上方望去，明成、肖建一前一后跑动着接近顶楼。

明成跌跌撞撞地跑到国际大饭店的天台，他已经累得快趴在地上了。但他不敢休息，因为后面追赶的肖建马上就要到了。明成推开天台的门，寻找到了另一个出口。

明成看见了另一扇门，快速跑了过去。眼看就要跑到了，肖建却从眼前的这扇门里走了出来。明成还想返身退回去，但为时已晚，看来是跑不掉了。明成停止了逃跑的步伐。

肖建开口说道：“今天你是无路可逃了。”

停止逃跑的明成没有丝毫的惊慌，倒是显得格外的镇定。他毕竟是一个经验老到的心理学家，这种局面他自认为掌控得住。明成说道："恐怕无路可逃的人是你，曹方勇马上就会带人上来，我劝你还是想想自己的后路。"

肖建对于明成的镇定早在意料之中，但明成对肖建却估计不足，他没有想到肖建现在真的变成了亡命之徒。肖建举起手中的枪，顶住明成的脑门说道："既然来了，我就没想过有后路。今天不是你死，就是我活！"

肖建这种鱼死网破的劲头，让明成心里开始七上八下地打起鼓来。

肖建看到了明成眼里的那一丝胆怯，于是问道："说吧，你为什么要害死这么多人？"

明成假装无辜地说道："我不知道你在说什么。"

肖建说道："不用再装了，今天不说，你就只有死路一条！"

话说到这份儿上，肖建不再开口，明成也不敢再硬撑着瞎说话。明成和肖建就这么面对面地对峙着。可能再僵持那么几秒，不是肖建开枪打死明成，就是明成认尿招供。

就在这个节骨眼上，曹方勇带着人马从两个门道拥入，把两个人包围在天台的中央。众警察喊道："不许动！不许动！"曹方勇也喊道："肖建，放下枪！否则，你只有死路一条！"

明成的脸上露出了得意的微笑，他赌赢了。在他犹豫着要不要认罪的时候，曹方勇带人解救了他。明成一边从容地倒退一边说道："看来我没有说错，你确实无路可逃。还有，我敢肯定你不会开枪，你别忘了，我是心理学家！"

明成的逻辑是，今天发生的这一切应该只是肖建做的饵，目的是让自己说出杀人的实情。可他只料到了一半，还有一半没有料到。肖建确实希望明成能亲口说出犯罪事实，肖建的衣兜里，手机正开着录音，记录着眼前发生的一切。另一方面，他也做好了如果明成不说，就和明成同归于尽的准备。

眼看着明成微笑着走远，肖建突然问道："你是不是觉得我今天站在这里真的不敢开枪？"

明成一愣，回头望向肖建。肖建手中的枪响了，可惜在特警的保护下，子弹只击中了天台的围栏。明成吓得不轻，在特警们的掩护下迅速逃离。

特警们的枪声也纷纷响起，幸亏冲过来的蒋钦和方东把肖建扑倒在地，他才免于受伤。特警们迅速上前将肖建制伏。肖建的手枪被缴下，衣兜里的手机被摘除。肖建的手机屏幕显示，正处于录音的状态。

曹方勇阴沉着脸喊道："带走！"

肖建被特警押送到国际大饭店门口，曹方勇亲自把他押上警车，警车拉响警笛，呼啸着离开了。

第三十五章 “破茧”行动

肖建歇斯底里地喊道:“你走了,你死了!你也掉进长江里了!你不是我师父,你是谁,你是谁?!”

惊魂未定的明成坐在地上喊道:“现在可以确诊了!他患有偏执狂、迫害妄想症和精神错乱!”

押送车行驶在寂静的街道上,昏暗的街灯透过押送车的窗户照射进来,车内光线忽明忽暗。

肖建有些遗憾,也有些庆幸。遗憾的是明成没有招供也没有死,庆幸的是自己也没有死。但此刻,他的心已经变得特别的平静,该做的他都做了,无论是对“老坛子肉”和米阳,还是对自己一生坚守的信仰,他都尽力了。

坐在肖建对面的曹方勇伸手递过来一支香烟,肖建把头撇到一边。肖建心想,装什么好人,这种永远踩着别人肩膀往上爬的人,他最看不起了。有本事去抓坏人啊,去抓明成啊,老和他来什么劲。

曹方勇似乎看穿了肖建的心思,张口问道:“你现在心里很不服气,是吗?”

肖建懒得搭理这种得了便宜又卖乖的人,不就是怕有朝一日对方报复吗?否则现在觍着脸跟自己搭讪干什么。其实只要你做得正义,那就应该无所畏惧。

肖建用讽刺的口吻回答道："服气，省城内外谁不知道赫赫有名的曹方勇啊！"

肖建这句话说出来，任谁都听得出有嘲讽曹方勇的味道，谈话应该在不愉快的气氛中结束，但曹方勇丝毫没有介意，继续说道："那你承认现在心里不舒服，是吗？"

肖建的嘴角露出一丝冷笑，心想，少在我面前装好人，随口回答道："舒服，现在舒服极了。我觉得我对得起自己。"

曹方勇接着问道："就是觉得对不起你师父，是吗？"

说什么都行，就是别提"老坛子肉"。肖建听曹方勇提到师父，平静的心一下子变得暴怒起来。要不是身旁有人按住，加上戴着手铐不能动弹，肖建这会儿肯定已经把曹方勇扑倒在地上，叮哐一顿乱揍了。

现在肖建的行动受到限制，只能冲着曹方勇大声吼道："别提我师父，你不配提他！"

看着肖建恼羞成怒的样子，曹方勇没有生气，反而露出了微笑。曹方勇说道："你这臭脾气，跟你师父还真有点像！"

曹方勇说完，肖建还要张嘴反击，押送车停了下来。肖建和曹方勇的对话到此结束，曹方勇拉开车门跳下车。

应该是看守所到了，肖建站起身来的时候，觉得自己俨然就是一个即将走上刑场的烈士。

肖建从押送车里下来，发觉不对劲。这里不是看守所，只是街道的路边，押送车中途停下了。

怎么回事？肖建正纳闷的时候，黄正英从街道旁的绿化带中走了出来，站在肖建的面前。

没等肖建开口，黄正英就劈头盖脸地训斥起来："你以为拿着一把手枪、一个录音机就能将罪犯绳之以法了？你也太小看你的对手了！"

黄正英的话让肖建很是不解，这分明是教训自己人的口气。可他已经是一个在逃杀人案嫌疑人了,虽然有冤屈,但昭雪也是以后的事。再说刚才枪击明成,怎么也是一个伤害未遂,难道黄正英不知道吗?

想到这里,肖建有些丈二和尚摸不着头脑,只能支支吾吾地说道:“黄局……”

黄正英根本不理会肖建在想什么,继续批评道:“脾气还挺大,你是不是觉得就自己是英雄,别人都是酒囊饭袋呀?”

肖建为自己辩解道:“我只是做了自己应该做的,不然以后就没有机会了。”

肖建说这话的意思是,他之所以这么做,是因为在刑警队里,没有一个人认识到这起连环杀人案的背后主谋是明成,他现在处于一种众人皆醉我独醒的状态。

没想到肖建这么一辩解,黄正英的批评更加严厉了。黄正英厉声说道:“我告诉你,就凭你那两下子三脚猫的功夫,还等到你找明成?在医院就把你逮着了。那是人家曹方勇给你留了个空,让你跑的。受点委屈就牢骚满腹了?老曹为了掌握一个盗窃团伙头目的犯罪证据,卧底一待就是三年,人家无怨无悔!”

黄正英说到这里,肖建明白了七八分。明成的事,黄正英是知道的。而越狱这一块,是曹方勇故意让自己走到今天这一步的,可这是为什么呢?黄正英刚才提到了卧底,可自己都不知道自己是卧底,这算哪门子的卧底呢?肖建好像明白了些什么,却又马上变得更加糊涂起来。

曹方勇看黄正英把话说到这个份儿上,肖建也快明白了,便知趣地说道:“黄局,别扯这些了,我去旁边抽支烟,你们聊。”

曹方勇说完,走到不远处的台阶上坐下,点燃了手中的香烟。等曹方勇走远,黄正英再次面对肖建时,语气变得异常的柔和。

黄正英语重心长地说道:“当一名刑警,很多人一辈子都没有立过功、受过奖,但谁都吞过黄连、吃过苦胆。不要以为就你受委屈,你那点委屈只够半夜里灌两杯猫尿的。

“你知不知道你的鲁莽行为给我们带来了多大的被动？如果今天你一枪把明成打死了，我们的侦破行动就只能结束，案件就成了无头案件，而受害人就永远不能昭雪。难道左宗队长生前就是这么教你的吗？”

黄正英提到“老坛子肉”的时候，肖建的眼角湿润了。他做的这一切，很大层面上就是为了“老坛子肉”，为了师父临终前交代的遗愿。

现在黄正英说他没有把“老坛子肉”交代的任务完成好，肖建觉得很委屈。他眼眶湿润，嗫嚅地辩解道：“黄局，我……”

在理解自己的老领导面前，肖建更像一个孩子。“老坛子肉”走后，他已经很久没有这样了。黄正英制止了肖建脆弱的举动，时间不多了，她还有很多话要说。黄正英微笑着说道：“行了，别我、我了，咱们走走。”

昏黄的路灯下，黄正英、肖建两个人漫步在林荫小道上。黄正英在向肖建介绍案情的来龙去脉。

黄正英说道：“跳楼自杀案接连发生之后，最早产生怀疑的是你的师父左宗。左宗队长通过自己的调查和分析，认为存在他杀的可能性，而使用的作案手段，跟他三十年前办理过的杀人未遂案非常相似，也就是你所说的诱导杀人。由于案件的特殊性和其中存在的诸多不确定因素，我让左宗队长进行了秘密调查，具体内容只有为数不多的几个人知道，我们这次行动的代号是——‘破茧’。

“张月的死亡让左宗队长觉得这是一个契机，所以他就隐藏起来，暗中追踪，直到最后把凶手张恒抓获。左宗队长在把跳楼自杀案和他原来遗留的悬案并案后发现，张恒和悬案的犯罪嫌疑人身份不符。左宗队长重新调查分析后，发现所有的疑点都指向一个人，就是你所怀疑的明成。

“现在咱们再说这个明成。他正在进行一项医疗科研项目的研究，省里特别重视，也是下个五年计划的重点攻关项目，所以在没有确凿证据的情况下，我们不能轻易动他。左宗队长应该掌握了明成犯罪的重要线索，但在最后一刻，他不幸牺牲了。你这个猛张飞，拿着丈八长矛乱捅一气，这让我们的工作非常被动。”

肖建听说自己破坏了整个行动部署，心中很是懊悔，着急地问道：“黄局，那现在怎么办？”

黄正英叹了口气，认真地看着肖建说道：“现在也只能死马当活马医了。潜入敌人内部，今后的一切就要看你的了！”

肖建一听，原来自己真的是卧底的一员，兴奋得快蹦到天上了。他按捺住内心的激动，轻声问道：“我要做的是？”

黄正英在得到肖建的肯定答复后，朝不远处的奥迪车招了招手。奥迪车的车门打开，从车里走出来一个人。

黄正英介绍道：“这是刚从Y国回来的立威廉教授，明成大学时期的同学，CRG曾经是他们共同研究的一个项目。”立威廉热情地伸出双手说道：“你好！”肖建马上伸手，和立威廉的手紧紧地握在了一起。

两个人简单地打完招呼后，黄正英开始布置肖建接下来的任务。

她对肖建说道：“你进入实验基地的任务有两项：第一项，查清明成的下一个目标是谁。第二项，找到明成的中央控制室，拿到犯罪证据。”

肖建点头表示，只要还让他破案，只要还让他当警察，哪怕就一天，他也会全力以赴，甚至不惜付出自己的生命。

肖建已经清楚了自己的任务，黄正英补充道：“至于怎么以精神病患者的身份进入实验基地，具体的操作事项由立威廉教授在别的时间，根据当时的需要另行安排。另外，还有一个人一直在等你，时间不多了，见一面吧。”

听完黄正英的话，肖建愣了一下，还有一个人在等他？转念之间，他明白了黄正英说的是谁，马上微笑着回答道："好！"

黄正英指明方向后，肖建穿过绿化带的灌木丛，朝前走了几步，看见一片空地，空地上一个熟悉的背影跳入了眼帘。没错，是蒋钦！

肖建走到蒋钦面前，两个人四目相对。刚刚经历了生离死别，他们看对方的眼神都是那么的深情。相爱了那么多年，这一夜却怎么也看不够。最后还是蒋钦先开了口："'大尾巴狼'，今天又丢人现眼了？"蒋钦依然像往日一样地调侃，只是少了一分强势，多了一分温柔。

肖建也像原来一样和蒋钦要嘴皮子，只是没了过去的愣劲，多了一份稳重。肖建回答道："'帅哥'，你那一枪也太失水准了吧？"

蒋钦回答道："臭子总是有的，下次你可就没那么好的机会了！"

肖建故作潇洒地说道："走了，没空跟你废话！"

蒋钦叮嘱道："兄弟，办案不是拼体力，靠的是智商。"

三两句话以后，肖建和蒋钦就要告别，肖建要去执行更危险的任务。这样的见面在旁人看来不免有些心酸，但对于肖建和蒋钦来说，他们早已习惯。

肖建走到蒋钦面前，像对待哥们儿一样地和蒋钦拥抱，这是属于他们的独特的告别方式。

蒋钦在肖建耳边说道："躺在太平间里的人是大梅，不是米阳。米阳应该被明成带回了实验基地。找到米阳是这次潜入的关键一步，米阳是能够指证明成的关键人证。如果能找到她，再拿到中央控制室的实验数据，那明成离被捕就不远了。"

听到这个消息，肖建很是高兴，他拍着蒋钦的肩膀说道："谢谢！"同时偷偷地把手中的照片塞进了蒋钦的口袋。

蒋钦手疾眼快，一把擒住肖建的手，伸手去拿肖建手中的照片。肖建趁蒋钦拿照片的时候，一个反擒拿手，又把蒋钦手中的照片夺了回来。

就这样,照片转了一圈,又回到了肖建手中,蒋钦还是什么都没有看到。蒋钦看着肖建得意的神情,不免有些生气,早知道就不抢了。正在蒋钦生气的时候,肖建突然抱住蒋钦,深深地吻了下去。这次四周没人,他们可以尽情地吻下去。

也不知过了多久,蒋钦觉得嘴唇的热度消失了,她睁眼发现肖建已经离去,自己手中则多了一张照片。那是蒋钦和肖建在“老坛子肉”家的合影,肖建从家中破碎的相框里将它取出来,这些天无论走到哪里都带着。想到这里,蒋钦心里暖暖的。

蒋钦翻过照片,背面居然还有一幅漫画,是肖建亲手画的,虽然笔触略显粗糙——短发的蒋钦穿着婚纱骑在狼的身上,狼的胸前挂着一个鸟笼。这幅画是有点含义的。蒋钦穿婚纱,大家明白是什么意思,狼自然就是“大尾巴狼”肖建,可“大尾巴狼”为什么在胸前挂一个鸟笼呢?这还得从两个人上警校那会儿说起。

当时警校春游,肖建无意中看见了英姿飒爽的蒋钦。本来在肖建眼里,蒋钦就是个地道的女汉子,没想到梳妆打扮以后,居然是一个大美人!于是两个人结伴而行。逛街途中,蒋钦给肖建买了一个鸟笼挂在胸前,这成了两个人互相斗气拆台的开始,也是他们爱情故事的开始。这对欢喜冤家就这样走到了一起。

看着肖建送给自己的漫画,蒋钦在想,这小子是在向我求婚吗?这种求婚方式还蛮浪漫的。蒋钦望着天上的星星笑了起来,今晚的夜空格外地美。

失踪的米阳会在哪儿呢?回到看守所的肖建冥思苦想。不管米阳在哪儿,肖建都希望她还活着。活着是最重要的——肖建在心里默默地说道。

其实肖建不必太过担心,米阳确实还活着,也没跑太远,她现在就躺在实验基地手术室的手术台上,明成正在给她做一个小手术。

明成一边做手术一边对躺在手术台上昏迷的米阳说道:“这些天,你让我很不开心!这个世界上没有一个人会比我更关心你。离开了我,离开了这个只属于我们的地方,你无处容身!

“这么多年了,我知道你任性,什么都由着你,但这次不行。肖建和我们不是一个世界的人,他会给我们带来很大的麻烦,所以你这次只能听我的!”

明成把手中的手术钳拿开,看着熟睡的米阳,露出了笑容。看来他对自己的这次手术很满意。

明成对站在一旁的护士说道:“这几天照顾好她,别让她乱跑。”

护士点头表示明白,然后推着米阳离开了手术室。

其实那天在米阳家,明成根本没打算杀死米阳,他只是想把她带回实验基地。到了实验基地,米阳就会乖乖地听话。在那里,一切都是明成说了算;在那里,明成掌控着一切。

他原本也没有打算杀死任何人,可大梅说的话却让明成起了杀心,不过他要杀的不是米阳而是大梅。

那天,明成打开煤气阀门后,回到米阳家客厅对大梅说道:“都弄好了,你看看窗外有什么动静没有。”

大梅不知道明成已经对她起了杀心,此时她依然觉得自己是胜利者。大梅按照明成的吩咐走到窗前,推开窗户观察窗外的动静。明成趁机掏出兜里的金属球,等大梅一回头,明成弹响了手指。

大梅被催眠后,在明成的指示下换上了米阳平时穿的衣服。然后,明成对大梅下达了定时催眠的指令。

明成背着米阳离开的同时,把点燃的打火机扔在了地上。而大梅则在明成离开以后,从米阳家客厅的窗户跳了下去。

不再去想米阳,抓住了明成,一切都会水落石出,肖建这么想着。

被重新送回看守所的肖建唱起了歌。

虽然是晚上,但肖建的歌曲一声高过一声,扰得管区内不得安宁。值班的管教干部揉着惺忪的睡眼,来到了肖建关禁闭的小屋前,厉声说道:“怎么回事,老实点!否则,明天要你好看!”

肖建没有说话,只是用脑袋贴着栏杆,冲管教干部傻笑。待管教干部以为肖建害怕了,转身离开时,肖建又唱起了歌。管教干部无奈地停下脚步想了想,最后还是摇着头走开,没再理会。

第二天清晨,看守所的走廊里,昨天值夜班的管教干部一边走着路一边打着哈欠,正好被上班的所长看见。

所长问道:“怎么了老王,昨晚没睡好啊?”

老王苦笑道:“根本就没睡!一个犯人装疯卖傻一夜了,现在还在不停地唱歌呢!”

所长问道:“谁呀?新来的?”

老王回答道:“还有谁呀,就是那个越狱又被抓回来的小子!”

所长一听就来气,因为肖建越狱的事,不光他自己没少挨批评,单位今年所有的荣誉和奖金也全没了。

想到这里,所长决定去教训教训肖建。管教干部领着所长走向禁闭室。

透过禁闭室的窗户朝里面望去,肖建正在床上打着倒立。所长示意管教干部开门,进去后粗鲁地把肖建倒立的双脚扒拉下来。肖建摔倒在床上,随即翻过身来看着所长傻笑。

所长朝肖建大声吼道:“我告诉你,肖建,别以为有些反侦查经验就试图在我们这里逃避检查,你的情况我们已经掌握得一清二楚,想装疯卖傻蒙混过关,这一套在我们这儿是行不通的!”

肖建点着头,表示明白所长的意思。等所长准备离开的时候,肖建突然冲上去死抱着所长不放,并用牙齿狠狠地咬住所长的脖子。

在管教干部的警笛声中,其他增援的管教赶来,这才把肖建和所长分开。此时,所长的脖子已经鲜血淋漓。受到惊吓的所长不停地喊道:“疯了!他肯定是疯了!”然后狼狈地离开了禁闭室。

在看守所所长的建议下,肖建被送到了精神病医院的观察室。肖建躺在一张病床上,身上连满了各种管线,身旁还放着一台测谎仪。

仪器前,医生正在检查各种数据。玻璃窗外,专家们坐成一排,边看数据边讨论。有人说肖建是装的,有的则说肖建确实有狂躁症。

一个戴着眼镜、专家模样的人打断了大家的议论,总结道:“这样,既然大家的意见不是很统一,我们也没必要急于下结论,毕竟这是一个非常重要的嫌疑人,我们改日再进行第二次会诊。”

在眼镜专家的再三要求下,市公安局的领导同意让明成协助最后确诊。本来这一切的目的就是要触动明成,让明成确认肖建确实有精神病,然后带回实验基地进行治疗,肖建就可以名正言顺地进入实验基地卧底了。

大家都以为明成会一口答应,把最危险的敌人捏在自己的手心里。可明成却像看穿了这个把戏似的,以自己的科研项目正处在攻坚阶段为借口一再推托,卧底计划至此陷入了僵局。

又过了些日子,有一天明成做完实验,从实验室走出来的时候,宋可凡迎了上去。宋可凡告诉明成,新的实验结果已经通过临床验证。他说完把手中的批文递给明成,却没有离开的意思。

明成知道宋可凡还有别的事,但不好开口,于是主动问道:“有事就说吧!”宋可凡支支吾吾地说了“米阳”两个字后,就再也没有开口。宋可凡知道米阳在明成心中的位置,但他更在意明成的安全。

明成一听宋可凡提到米阳,有些恼怒地问道:“你在质疑我手术的水平吗?”宋可凡连忙表示自己只是担心。

明成明白了宋可凡的意思,他不再生气,只是淡淡地说道:“没有什么可担心的。”

宋可凡离开以后，明成的电话响了。打来电话的是赵志高。电话刚接通，赵志高就开门见山地说道：“明成，有个事要请你出面帮忙啊！”

赵志高是明成的贵人，就算是天大的事，他明成也必须给面子。明成忙说：“有事您就尽管说吧。”

赵志高在电话那头说道：“是这样，上次逃跑后来又准备危害你的那个嫌疑人啊，进看守所以后变成神经病了，专家们会诊了好几次，就是不能定性，所以有人就找到我这儿来了。”

明成对赵志高说出了心里话，他说道：“这事恐怕不行。您也知道，工程正在临床试验阶段，任务很重。上次我受伤以后，好多事都落下了，现在是真没时间。再说，这嫌疑人口口声声说我是杀人犯，我得避嫌啊！”

赵志高表示这个问题他已经考虑过了，说道：“我也是这么跟他们说的，可省里的专家一致认为只有你才能确诊，而且就是因为他是一个重大刑事嫌疑人，所以我这里推不掉。我跟他们说了，别的你不用多想，就事论事。”

在赵志高的一再劝说下，明成这才答应出面诊断肖建的病情。这里要说的是，把最危险的人捏在自己的手心里，那是再好不过的事情，明成不是不想，但是他得等一个合适的契机，现在赵志高的电话让这个机会出现了。

明成来到精神病医院的观察室，站在门外观察着里面的肖建。肖建此时正端坐在床上，双脚搅在一起。以“眼镜”为首的一群专家，围坐在肖建面前。

肖建看着“眼镜”问道：“你们是什么人？为什么在这儿？”

“眼镜”回答道：“我们正在寻找一个失踪的女孩，叫米阳，你认识她吗？”

肖建回答说:“认识,她怎么了,我昨天还跟她聊过天。”

“眼镜”说道:“告诉我,昨天你和她聊什么了?你告诉我们,这样会对我们有帮助。”

肖建回答说:“昨天,我去照相馆取结婚照,因为我们就要结婚了。米阳说她在家等我,我就去找她了。”

肖建说着突然站起身,开始在床上来回走动,接着说道:“然后,然后我看家里没有人,我喊着米阳的名字,电视机里突然出现了画面,里面居然有我。”

“眼镜”接着问道:“你还看见什么了?”

肖建的情绪越发激动起来,说道:“我看见我拿着砍刀砍断了一根绳子……”

明成看到这里,突然推开门走到肖建面前,直视着肖建问道:“然后呢?”

肖建回答道:“米阳站在我面前,说我害死了她母亲,就是因为我砍断了那根绳子。我知道你是谁了。你知道我有多想你吗,师父!你知道我不是故意的,你知道,我是为了救你们,师父,当时你也在场,你知道的。”

肖建抱住明成痛哭起来, 明成看着肖建的眼睛说道:“你没有病,你是装的!”

肖建看着明成的眼睛,停止了哭诉,一切都平静了下来。看来肖建演砸了。

就在明成转身要离开时,肖建突然把明成扑倒在地,抱着就要咬,被众人合力拉开。肖建被按到床上。

肖建歇斯底里地喊道:“你走了,你死了!你也掉进长江里了!你不是我师父,你是谁,你是谁?!”

惊魂未定的明成坐在地上,声音有些嘶哑地说道:“现在可以确诊了！他患有偏执狂、迫害妄想症和精神错乱！”在明成的示意下，“眼镜”给肖建注射了镇静剂。

肖建顺利过关，成功地通过了明成的测试。下一步只要肖建进入实验基地，拿到明成的犯罪证据，破案就指日可待了。市局的副局长办公室里，黄正英把蒋钦叫了进来。

蒋钦刚一进门，黄正英就兴冲冲地说道：“刚刚接到消息，明成上钩了！他确定了肖建是精神错乱，而且还建议把肖建送到他的实验基地去进行临床治疗。这第一步咱们算是成功了！”

蒋钦没有那么高兴，反而有些担心。蒋钦问道：“肖建这么轻易地被送到明成的实验基地，会不会让明成起疑心？”

黄正英知道，蒋钦指的是司法程序，这里面如果处理不当，会是一个巨大的漏洞，明成会一眼识破的。

黄正英说道：“放心吧，你心中的疑问大可不必，我已经和检察院那边沟通完了。”

蒋钦听说黄正英已经做完了相关工作，于是说道：“那我就放心了。”

这时候，黄正英给蒋钦下达了一个任务，她让蒋钦出趟差，把肖建取证的地方再重新走访一遍，把材料做扎实了。对外就说是送蒋钦去上海开研讨会了。

蒋钦点头说道：“明白！”

第三十六章　再见米阳

米阳说道:“知道 CRG 吗? 他们制造了大量的 CRG,说是治疗精神疾病的药物,其实就是致幻剂。知道芯片植入吗? 他们把不听话的病人送到三号楼,用手术刀打开后脑,取出一些大脑神经纤维,然后把芯片和大脑的神经纤维相连接,用控制室的电脑加以控制,让病人成为他们任意摆布的木偶。”

在看守所办理完交接手续,肖建被送往明成的实验基地,在那里他将得到明成的治疗。

汽车渐渐驶离市区，在盘山公路上蜿蜒盘旋后，到达了实验基地。

肖建透过车窗,看见了实验基地的门牌,同时也看见了门牌旁边的铁丝网,上面挂着“有电,危险”的标牌。看来这里确实戒备森严,不亚于一个军事基地。

汽车进入实验基地后又开了大约五分钟,最后停在了一栋大楼门口。肖建从车上下来,看见患者们围绕着大楼前的花坛散步。

有的患者在嬉闹,有的患者在浇花,还有一个患者居然在朝着肖建傻笑。这笑容让肖建有些毛骨悚然,但他只能报以同样的傻笑,因为肖建现在也是一个“疯子”。

肖建被送进了淋浴室,在男护士的命令下,脱去衣服和裤子,光溜溜地露着屁股蛋,让护工用水龙头对他进行冲洗。肖建觉得自己像是进了纳粹时期的集中营。

清洁完毕后，肖建被带到了医生办公室。主任医生宋可凡翻阅完手中的病历后，看着肖建说道："请坐，我是你的主治医生，我叫宋可凡。我看了你的病历，偏执狂、迫害妄想症和精神错乱，很难分清现实和主观臆想。

"从现在开始，你的一切都要听从我的安排。我事先告诉你，不要收听广播，不要看电视，不要接触锋利和尖锐的物品，一切都是为了你好。否则，我会送你去三号楼，那会是一个让你生不如死的地方。明白了吗？"

肖建装疯卖傻地点着头。一个护士端着盘子走进来，命令道："该吃药了！"肖建仔细看着护士的盘子，里面有几颗白色小药丸。在宋可凡的示意下，肖建拿起药丸，放进了嘴里。

一切顺利，肖建在尽快地适应实验基地的环境。

很快到了午饭时间，肖建来到餐厅。他拿着餐盘走到桌子前坐下，一边吃饭一边观察周围吃饭的病人。

肖建尽力装得和周围的人一样，很随意地吃着东西。一个大胖子拿着餐盘坐到肖建面前，自我介绍道："我叫'大爪'，因为我的手大！你叫？"

肖建装作很吃力地回答："肖建……"

"大爪"说道："你知不知道你现在处在一个什么样的环境里？你越说自己没疯，他们越认为你是疯子。如果你经常笑，他们会说你有妄想症；你不笑，他们会说你抑郁；要是你独来独往，他们会说你孤僻，有精神紧张症。你不能这样，要尽可能地像一个正常人一样吃光所有的东西。只有这样，你才有可能成为一个正常人走出这里，除非你不想出去！"

肖建没有说话，他在想，"大爪"说得有些道理，那接下来他该怎么做呢？“大爪”没有在意肖建在想什么，继续说道：“我看你像一个正常人。知道吗？在这里，正常人一定要装作不正常，不然，他们会送你去三号楼！”

“大爪”说肖建像一个正常人，这让肖建有些紧张。要是“大爪”都能看出自己是装的，难道明成会看不出？要是明成看得出来，为什么还让自己进来？难道……肖建不敢再往下想，既来之则安之，走一步看一步吧。卧底就是这样，能预知的事情太少了，所有事情只能等发生以后随机应变。

想到这里，肖建问道：“三号楼是干什么的？”

“大爪”回答道：“这里的男病人住一号楼，女病人住二号楼，三号楼住的是他们所说的重症患者，是要被进行人体灭绝实验的。”

“人体灭绝实验？”肖建有些惊诧。难道这里真的是集中营？肖建在心中问道。

“大爪”继续说道：“你在这里最重要的事，就是要承认自己疯了。否则，你所做的任何事情，无论是理智地辩解还是否认，都是疯的。”

就在肖建对“大爪”的话产生兴趣，想继续问一些情况的时候，“大爪”吃完餐盘里的食物，起身离开了。

肖建被“大爪”的一番话带到了云雾中，他是该继续装疯呢，还是不装疯呢？想到最后，肖建笑了。“大爪”本身就是一个精神病患者，对他说的话那么认真干吗？

午饭过后，肖建来到注射室。按照实验基地的规定，肖建趴在病床上，脱掉裤子。医生拿着针筒，扎在了肖建的屁股上。肖建在实验基地的第一天就是这么度过的。

接下来的几天也没有什么特别的，依旧和第一天一样周而复始。直到有一天早上，大家和往常一样在医疗室门口排队领药。

肖建走到医生面前，按照医生的吩咐吞下药丸。医生检查了肖建的口腔,没有发现问题。就在肖建转身离开的时候,站在一旁监督的宋可凡突然推了肖建一巴掌。肖建躲闪不及,整个人撞在了墙上,药丸从肖建的口腔里滑落出来。

护工们看肖建并没有吞下药丸,立马冲了过来,四个人分别按住肖建的手脚。宋可凡捡起地上的药丸,走到肖建面前蹲下,说道:“有病就得吃药,吃了药你就会好起来。”

宋可凡说完,强行掰开肖建的嘴,想把药丸塞进去。说时迟,那时快,“大爪”从人群中冲了过来,把宋可凡手中的药丸打飞。

宋可凡见“大爪”居然敢冒犯自己,恼羞成怒,伸手给了“大爪”一个耳光,接着喊道:“你知道阻挠治疗的后果吗?!”

宋可凡的吼叫并没有吓住“大爪”,也没能制止“大爪”的进一步行动。“大爪”大叫一声,使尽全身的力气用头把宋可凡撞倒在地。

宋可凡狼狈地从地上爬起来,朝护工命令道:“治疗室!马上送到治疗室!”就这样,“大爪”被护工们强行拖进了治疗室。

肖建紧跟在护工们的身后,来到了治疗室的门外。可能宋可凡要用这种方式杀一儆百,所以没有驱散观看治疗的患者,大家都围在了治疗室的门口。

透过玻璃窗往里望去,只见护工们不顾“大爪”的激烈挣扎,用皮带将他固定在治疗床上。为了防止“大爪”咬人,一个护工用橡胶球塞住了“大爪”的嘴。紧接着,一个用来电击的铁质圈罩住了“大爪”的头。

“大爪”被戴上电击圈后不再挣扎,他现在变得异常紧张,大口大口地喘着气。

宋可凡走到仪器旁,伸手拧动了开关。在电击的作用下,“大爪”在床上拼命挣扎着,并伴随着撕心裂肺的喊叫。宋可凡感觉很受用,他的脸上已然没有了刚才的愤怒,甚至泛起了笑容。

随着宋可凡加大手中电流的强度,“大爪”在极度痛苦中慢慢失去了知觉。肖建感觉自己确实来到了纳粹的集中营。

观看完毕以后,患者们在护工的驱赶下,陆续回到自己的房间。肖建趴在自己房间的窗户旁,观望着门外的动静。一台担架床载着昏迷的"大爪"从肖建的门前路过,肖建目送着他被推进房间。

看着护工从病房离开,最后消失在走廊上,肖建打开自己的房门,溜进了"大爪"的房间。

看着病床上被折磨得奄奄一息的"大爪",肖建关心地说道:"你没必要这样。"

"大爪"努力地睁开双眼,居然还开起了玩笑:"看见他躺在地上,我觉得很过瘾。这点小伎俩,还不至于要我的命!"

肖建看"大爪"这么勇敢,也笑了。这对肖建来说,可不是一件容易的事。可能是"大爪"的行为得到了他的认可,肖建从骨子里向来都只欣赏勇敢的人。

"大爪"看着肖建说道:"在这里,我从来都没有反抗过,既然反抗了,我就不会停止!"

"大爪"的这句话让肖建感动不已。生命不息,奋斗不止——从来都是肖建坚守的信条。

"大爪"突然问道:"你的头现在疼吗?"

"我的头?"肖建不知道"大爪"问这话是什么意思。

"大爪"没有理会肖建的诧异,接着问道:"做过怪梦、噩梦吗?糟糕的睡眠、头痛?"

"我这段时间是有些偏头痛。"肖建老实地回答了"大爪"的提问。

"大爪"再问道:"你没吃他们给你的药吧?"

肖建回答说,就刚来的时候吃了一次。

"大爪"表示,药不只是表面上吃的药丸,在食堂喝的汤里,还有护士分发给大家的零食里,都有药。这种精神麻醉剂需要三十六到四十八小时充分地接触血液才能发挥作用，先是脉搏、手指，然后是身体的所有部位。

听“大爪”说到这里，肖建悄悄地伸出自己的手掌，手指果然在发抖。看来自己再怎么小心，还是中招了。真是防不胜防啊，可谁叫这是人家的地盘呢？看来不能再拖了。肖建决定，趁自己意识还算清醒，必须马上行动。

肖建问道：“知道他们的中央控制室在什么地方吗？”

“大爪”很确定地说道：“三号楼。”

肖建再问道：“我有一个朋友，是一个女孩，你看见过吗？”

说到这里，肖建本来想进一步和“大爪”描绘一下米阳的体貌特征，没想到被“大爪”一语打断。

“大爪”说道：“在这里，你没有朋友！”语气比刚才还要坚定。肖建想再说些什么的时候，护士听到“大爪”屋里有人说话，走了进来。

在护士的厉声催促下，肖建只得转身离开。离开之前，肖建给了“大爪”明确的暗示，他会再来找他的。

夜幕再次降临，从夜空俯视实验基地，身穿保安制服的人员随处可见。“大爪”引领着肖建来到三号楼门口。等到门口巡逻的保安离去之后，“大爪”一挥手，肖建跑进了楼内。

三号楼居然没有灯，肖建掏出随身携带的打火机点燃。借着微弱的火光，肖建在黑暗中摸索着前进。

一截楼梯出现在前面不远处，肖建顺着楼梯往上爬，来到了二楼。

二楼的楼梯口处有一个标牌，上面写着“病人生活区”。

肖建按照标牌上指示的箭头，小心翼翼地朝里走着。二楼所有的房间都是透明玻璃门，看来是为了能够随时观察里面病人的一举一动。

肖建终于看见一个玻璃门内有人，他凑过去，只见里面的病人摇头晃脑，口中念念有词。再走到另一个玻璃门前，里面的病人正在反复用头撞墙，鲜血不断地从头部流出，可病人居然不知疼痛，还在继续不停地撞击。

肖建一边看一边往前走，不知不觉中来到了一个黑暗的玻璃门前。肖建凑过去，突然有一只手伸到肖建的面前，吓了肖建一跳。原来这个区域的门和前面的有所不同，是用铁栅栏围成的。

肖建本能地后退，撞到了另一边的门上。肖建回头，一个女子正披头散发地坐在房间的一角，望着窗外。

肖建觉得这个女子特别眼熟，于是蹲下来尽可能地靠近铁栅栏喊道："米阳，是你吗？"

女子听见肖建的呼喊声，缓缓站起来，走到铁栅栏前。肖建再次点燃手中的打火机，没错，确实是米阳！

再次看见米阳，肖建的内心应该是无比激动的——所有人都这么认为，包括肖建他自己。因为在没见到米阳之前，肖建是日思夜想，想到最后竟然不敢去想了。

现在终于见到了，肖建却觉得自己并没有那么激动。可能有这么一种人，他对自己追求的东西太过于执着，太过于向往，已经远远突破了他能承受的那个度，所以当梦想变为现实的时候，他表现出的不是惊喜，而是冷静。不知道您是哪种人，反正肖建是这种人。

现在肖建表现得很冷静，或者说，远比我们想象中的要冷静得多。他说道："真的是你，我就知道你会在这儿！"

米阳回答道："你得赶快离开这儿，不然被发现了，他们会给你做植入手术！"

植入手术？这正是肖建想要知道的。肖建连忙问道："告诉我，植入手术是怎么一回事？"

米阳说道："知道 CRG 吗？他们制造了大量的 CRG，说是治疗精神疾病的药物，其实就是致幻剂。知道芯片植入吗？他们把不听话的病人送到三号楼，用手术刀打开后脑，取出一些大脑神经纤维，然后把芯片和大脑的神经纤维相连接，用控制室的电脑加以控制，让病人成为他们任意摆布的木偶。

“大脑控制着喜怒哀乐、吃喝拉撒，以及一切感官刺激和行为举止。如果你能控制呢，就相当于你重新造了一个人，一个不能被审讯的人，因为他没有任何记忆。

“知道M国在战俘身上做的试验吗？他们让战士变成叛徒，就是这样干的。而在这里，医生就用这些病人做试验！”

肖建真没想到米阳会知道这么多。看来蒋钦说得没错，找到米阳就等于找到了突破口，所有的一切看来都清楚了。现在只要找到明成的犯罪证据，案件就可以告破了。

想到这里，肖建连忙问道：“我来这里就是为了找到这些犯罪证据。你知道中央控制室在哪儿吗？”米阳点头。

米阳确实对这里的一切都很熟悉，没费什么周折，肖建就在她的指引下来到了中央控制室的门口。

肖建蹲在地上，用事先准备好的铁丝开门。肖建在开锁的时候想，米阳对明成来说确实很危险，她不但对基地内的环境了如指掌，还对明成的犯罪行为一清二楚。这么危险的一个人，已经做出了背叛明成的行为，明成为什么不杀人灭口呢？

没有时间细想，中央控制室的门被打开了，肖建和米阳走进了房间。

房间里十分黑暗，看上去空无一人。肖建打量了一下房间后，迅速开始翻找。没想到控制室内的老板椅忽然自己转了过来。肖建定睛一看，明成居然坐在老板椅上。肖建知道中计了，大声喊道：“米阳，快跑！”

肖建抓住米阳的手向外跑去,一群保安站在门口堵住了去路。肖建惊奇地发现,“大爪”居然和保安站在一起,傻笑着看着自己。

难道“大爪”和明成是一伙儿的?肖建正在飞快思索的时候,明成开口说道:“自从你疯了的消息传到我耳朵里,我就知道这是你们设计好的,想借机潜入我这里,获取你们想要的所谓犯罪证据。卧底,这种招数也太老了,怎么能骗得过我呢?我只要稍微动下脑子,你就自行入瓮了。”

肖建咬着牙想,大不了以死相拼。还未付诸行动,一根针筒就插在了他的脖子上。拿着针筒暗算他的人是米阳,肖建惊讶地望着米阳,缓缓倒下。米阳用手摸着肖建的脉搏,朝明成点头。

明成微笑着对米阳说道:“做得不错!”得到肯定之后,米阳甩开肖建的手,面无表情地走到了明成身旁。

此刻,一切都已经明朗,什么“大爪”、米阳,都是明成事先设好的局。等的就是肖建自己走到陷阱里来。“大爪”说的那句话还真没错,在这里,就没有朋友!

犯罪证据?现在想来,米阳透露那么多信息给他,只不过是明成想让肖建信赖米阳而故意放出的饵。肖建现在视线模糊,每一秒都可能昏厥。他是知道了明成的犯罪行为,可又有什么用呢?他已经没有办法把消息传出去了。

想到这里,肖建耗尽了最后一丝力气,完全昏死了过去。

明成按下桌下的按钮,暗格的门打开,保安们抬着肖建的身体走了进去。

隐藏在地下的空间,才是明成真正的实验基地。一眼望不到头的手术台,躺着形态各异的人,令人不寒而栗。

肖建正躺在其中的一个手术台上,接受明成的手术。在聚光灯的照射下,肖建恢复了一点知觉,他努力地睁开眼,戴着口罩的明成看着肖建说道:“欢迎来到我的世界。”

肖建隐约看见一把锋利的手术刀伸向自己的头部,随即再次昏厥了过去。

第三十七章　螳螂扑蝉

明成从里面走出来，朝走廊的一侧走去。肖建探头看见中央控制室的门正在徐徐关闭，他想趁机溜进去。却不料，突然有一只手从身后伸出来，捂住了他的嘴巴。

手术完成以后，肖建的脑袋上缠满了绷带，护工们用担架床把他推回了病房。护工们离开以后，肖建睁开了眼睛。

肖建的视线时而模糊时而清晰，他跌跌撞撞地爬到洗手间里，现在的每一秒钟对于肖建来说都很重要。他努力地回忆自己进入实验基地前立威廉说的每一个字。

在看守所交接的时候，立威廉是这么说的："你现在要记住我说的每一个字，这很关键。你进入实验基地之后，明成会给你的大脑植入芯片，并且注射 CRG。进入昏迷状态之后，你不再是你自己，而是没有意识、被人操控的木偶。但是由于血液跟 CRG 融合需要时间，你自身意识的排他性会让你有一个短时间的清醒，这个时候你一定要服下这颗绿色药丸。"

药丸，对！药丸！肖建对着洗手间里的镜子取出嘴里的假牙，假牙的夹层里面有两颗绿色的药丸，肖建取出一颗吞下。

肖建服下药丸以后，继续回忆立威廉说的话。细节他已经无法记清楚了，只知道大概是说，绿色药丸是刚刚研制出来的 CRG 抗体，效果还很不稳定。服下以后，会出现思绪紊乱、记忆断层等副作用，所以注意力一定要高度集中，争取在失去意识之前，找到有价值的线索，取得犯罪证据。

肖建在镜子前侧过脑袋，看着脑后的缝合线。本来他想把里面的芯片取出来，可是脑后的芯片一旦取出，明成就会知道他不受控制了。可是不取出来的话，由于抗体的不稳定性，谁也无法预知下一秒会发生什么。

思索再三之后，肖建没有取出脑中的芯片。他记得立威廉最后还说过一句话——所有的一切，最终还是取决于自身的意志力。肖建相信自己能扛得住。

肖建把假牙塞回嘴里，顺手拿起玻璃杯放进口袋，他准备再次潜入中央控制室一探究竟。

明天是一个重要的日子，按照规定，市公安局会派人到实验基地进行一次回访，查看肖建的治疗情况。按照之前的计划，这一天是肖建往外传递情报的日子。现在应该是明成最松懈的时候，因为在明成眼里，肖建已经变成了可操纵的木偶，任由他摆布。所以肖建要抓紧时间，今天晚上要做的事情会很多。

肖建打开房门，走了出去。在微弱的灯光下，实验基地的走廊显得阴森而恐怖。肖建没走多远，就碰到了在走廊上巡视的宋可凡。肖建躲闪不及，只能硬着头皮迎了上去。

宋可凡看见肖建在走廊上行走，皱了一下眉头，随即从胸前的口袋里拿出一朵曼陀罗花在肖建面前摇晃。

肖建记得立威廉说过，曼陀罗花是媒介物，诗是起始语。

肖建于是装作已经被控制的样子，像个木偶似的，嘴里喃喃说道："婆娑自比小山，寂寞甘同苦行。"

宋可凡看肖建说出了起始语，于是继续命令道:“抬起你的右手，原地转圈。”

肖建按照宋可凡的要求,举起自己的右手在原地转圈。宋可凡实在看不出什么破绽,转身离开了。

见宋可凡消失在走廊尽头,肖建开始一个房间接着一个房间地寻找米阳。终于,他从一扇玻璃门看见了屋内的米阳。

米阳独自一人蜷缩在墙角处,木讷地看着天花板。肖建推门进去,看见有人进来,米阳显得格外的惊慌。

肖建知道,米阳和自己一样,都已经变成明成的木偶了。唯一不同的是,肖建吃了解药,而米阳没有。

肖建走到米阳身边坐下,柔声说道:“别怕,是我。我会让你好起来的。”说完,他从嘴里取出假牙,把最后一颗药丸放进米阳的嘴里。

米阳吞下药丸,闭眼躺下。等米阳再次睁开眼睛的时候,肖建觉得米阳的神智已经变得清晰起来。

肖建问道:“感觉好些了吗?”这会儿的米阳显然已经恢复了意识,她马上点头,表示感觉好多了。米阳还想说些什么,可由于她刚被明成定时催眠,任务完结后体力还没有恢复,所以一时还说不出话来。

肖建知道米阳想说什么,于是替她说道:“我知道刚才发生了什么事,你不用解释,我不会怪你的。我去办点事,回来之前,你还得跟原来一样,不要让人知道你恢复了正常。”

米阳这时从嘴里挤出一个字:“嗯!”肖建看米阳恢复得挺快,于是又问了一句:“你确定上次带我去的就是中央控制室吗?”

肖建想确认一下,当天自己掉入圈套的那个地方,是否就是实验基地的中央控制室。就在米阳点头肯定的时候,房间自动门上的红灯突然亮了,明成站在门口正要走进来。

肖建不由得暗暗叫苦,因为米阳的房间狭小,没有可供躲藏的空间。

还好,明成准备进门的一刹那,宋可凡从走廊的一处匆匆走来,叫住了明成。明成把那只踏进来的脚又收了回去,这给肖建留下了思考的时间。

宋可凡走到明成面前说道:“院长,我刚才在走廊碰到肖建了。”

明成回答道:“这有什么大惊小怪的,被注射 CRG 以后,有些人会梦游,这你是知道的。”

宋可凡接着说道:“可是肖建苏醒的时间比正常时间早,这里面会不会有什么问题?”

明成听宋可凡这么一说,心中稍有不悦。这是在怀疑他的手术不成功吗?明成的眉头皱了起来。

宋可凡一看明成没有说话,脸色也有些阴沉,马上自己给自己打圆场道:“是我多想了。我觉得留着他夜长梦多,迟早是祸患。”

其实,宋可凡并不在乎明成怪罪自己,明成曾经救过他的命,也就是说他的命是明成给的,他帮明成就是报恩,但凡对明成不利的事他都要说。

他不想在肖建身上和明成有过多的争论,那是因为宋可凡觉得现在对明成构成最大威胁的不是肖建,而是米阳。上次他在明成面前提醒过一次,说米阳很危险,但明成并不在意。现在,他要把这件事挑破,明成必须马上除掉米阳,这是宋可凡觉得最迫在眉睫的事。

明成见宋可凡不说话,也没有马上离开的意思,于是问道:“你那边布置得怎么样啦?”

明成指的是自己交代给宋可凡的一个实验,宋可凡回答道:“差不多了,随时都可以。”

明成表示一会儿就去看,再次准备进入米阳的房间,却又被宋可凡叫住了。

明成两次被宋可凡打断，不免有些厌烦，说道："说吧，什么时候变得吞吞吐吐的？"

宋可凡不再犹豫，张嘴说道："我是说米阳，她已经彻底暴露，没有利用价值了，而且她已经不是我们的人，留着她迟早也是一个大麻烦，不如……"

明成明白了宋可凡来找自己的目的，说来说去就是让他除掉米阳。这件事明成心里还没有决定下来，于是他打断宋可凡："你先去吧，这事我自会处理。"

宋可凡本来还想再说些什么，可是看到明成的脸色已经显得越发的阴郁，只得转身离开。

明成走进米阳的房间。此时，房间里只有米阳一个人，独坐在角落里，痴呆地看着前方。明成走到米阳身旁坐下，看着米阳，他的目光也变得柔和起来。

明成不无爱怜地说道："以为把你带回来一切就好了，看来事与愿违。在你家的时候，大梅就想除掉你，我舍不得，最后她成了替死鬼。今天宋可凡又旧话重提。我不怪他，他是怕你影响到我的计划，但他不知道，在我的心里，计划跟你是同等重要的。睡吧，即便全世界都抛弃了你，我也不会。"

米阳依然是痴呆的样子，明成叹了口气。米阳现在只是一个木偶而已，他说再多，米阳也听不见。他是多么希望米阳能够听见，可是他又怕米阳清醒以后，会给自己带来更多的麻烦。现在已经是在能让米阳活着的前提下，最好的选择了。

为什么我的选择总是两难呢？明成离开米阳房间的时候这样问着自己。

大家可能在心中一直在问，肖建呢？不是说米阳的房间狭小，密不透风，连个门都没有吗？怎么明成进去之后没有看见肖建呢？肖建是会穿墙术还是障眼法啊?

其实肖建一直没有离开米阳的房间。他不会穿墙术,也不会障眼法,他只是会点武功,有点蛮力。在明成进来之前,肖建从墙脚爬到了天花板和墙壁的夹角处,躲过了明成的眼睛。

明成前脚离开,肖建后脚就掉了下来。用这种方式躲藏,需要耗费太多的体力,但肖建还是侥幸地躲过去了。

从米阳的房间出来以后,明成直接回到办公室。他想来想去,还是把宋可凡叫到身边,因为他知道宋可凡对自己的忠心,在这一点上无人可比,就算米阳也不能。所以宋可凡一走进办公室,明成就向他表达了歉意。

办公室里,绘制成画的巨大曼陀罗花下,明成说道:“刚才,我没有怪你的意思。”

宋可凡没想到明成会向自己道歉,十分感动,很难想象宋可凡的眼睛里居然闪烁着泪花。

宋可凡说道:“十几年前,在Y国要不是您帮我,我这条命早就没了,说我两句,算不了什么。您等这一天已经三十年了。再过两天,一切就要开始了,现在哪怕一个微小的失误,都有可能前功尽弃。”

明成没有说话,他在想,说来说去,宋可凡就是想让他除掉米阳,可这对明成来说确实是个艰难的抉择。

米阳不但没少为明成做事,而且最关键的是米阳很小就跟着明成,一直忠心耿耿,要不是肖建的搅入,一切都会美好如初。

想到这里,明成还是觉得解决了肖建,一切麻烦就都可以解决,米阳也能回到自己身边,这是明成和宋可凡产生根本分歧的地方。

明成把话题重新扯回到肖建身上:“你刚才说,在走廊上碰到肖建了,这有什么问题吗?”

宋可凡回答道:“您说CRG进入个体以后,由于药物与人体本身的排他性相抵触，造成人的神经系统发生紊乱，产生梦游的现象是正常的。但是，那应该发生在八小时以后，而肖建从注射 CRG 到现在，才刚刚过去三个半小时！”

明成现在觉得宋可凡的话有些道理，肖建醒来的时间确实过于早了些，明成抬眼望向宋可凡，希望他继续说下去。

宋可凡接着说道：“我在网上刚查了近十天从 Y 国回国的各航班班次，就在肖建来咱们这儿的前两天，立威廉回国了。”

提到立威廉，明成皱起了眉头。在这个世界上，能在这个领域和他明成对抗的，就只有这个人了。

如果肖建的提前醒来和立威廉有关系，如果立威廉是公安局专门从国外请来对付自己的，那形势就不容乐观了。想到这里，明成自言自语道：“难道这么巧？”

宋可凡回答道：“不是巧，我认为这是他们事先设计好的。您不是说，立威廉和您在一起的时候，是负责研究 CRG 抗体的吗？那么，如果肖建带着事先准备好的抗体，堂而皇之地潜入进来，那咱们的 CRG 对他不就起不了任何作用，他就可以在咱们这儿轻易地寻找需要的证据，到那时，一切就都完了。”

宋可凡把明成的顾虑说了出来。明成也不再犹豫，像他这种走钢丝的人，一着不慎，就会落得满盘皆输。他一定要防患于未然。

宋可凡说话的时候，明成已经意识到自己处境的危险，他在头脑中简短地进行了一番梳理后，说道：“你说得很有道理！明天正好是市公安局工作小组来咱们这儿进行回访的日子，他们会要求和肖建见面，看他恢复的情况。如果像你说的那样，他们肯定会要求和肖建面谈，肖建会在那个时候借机把消息传递出去！”

说到这里，不得不佩服明成敏锐的洞察力，也不得不感慨明成身边有宋可凡这样的帮手。黄正英精心制订的计划，就这样被他们一语道破。

宋可凡说道:“如果是这样的话，咱们就不要让肖建和他们见面了,或者我现在带人去把肖建找到,先斩草除根？”

明成打断了宋可凡的话:“不行！这样只会让他们更起疑心！”

明成的计划是明天早上加大一倍给肖建注射的CRG的剂量。这样就可以确保万无一失。

宋可凡准备离开的时候,明成再次问道:“我要你准备的事情进行得怎么样了？”

宋可凡表示如果明成有时间的话,随时都可以开始。

明成点头,示意现在就开始。危机出现,很多事情在明成看来,都得抓紧了。宋可凡离开后,明成按动开关,巨大的曼陀罗花图案慢慢升起,后面出现了一个暗门,明成走了进去。

走过一段狭长的走廊,明成进入了一个房间,这里才是真正的中央控制室。明成走到监控器前坐下,其中一个画面里显示出一条残缺的通道。

另一个监控器里,宋可凡抱着一只兔子走进画面。最后,宋可凡抱着兔子来到了那条残缺的通道。

宋可凡把兔子放在地上,走出画面。确认宋可凡离开后,明成按下按钮,通道的两边升起了两堵墙,通道立刻变成了一个密不透风的小屋子,兔子在屋子里来回蹦跶,全然不知道危险。

一股烟雾从墙上的小孔吹了进去。等到烟雾散去,兔子躺在小屋中央,已经停止了挣扎。

机关再次开启,残缺的通道恢复了原来的模样,不熟悉的人绝对不会想到这里居然会有这样一个杀人机关。宋可凡戴着防护面具走了进来,拎起已经死亡的兔子离开了通道。

控制室里,明成的嘴角露出了一丝微笑。这个实验基地,他从申报到审批经营了很久,现在终于变得没有一丝漏洞。

明成离开真正的中央控制室前,打开了所有的监控系统,以便和外面假的中央控制室连接在一起。通过控制室的画面可以看见,监控器密密麻麻地几乎遍布了实验基地的各个角落,让人插翅难逃。

明成起身离开密室后不久,肖建就出现在了监控器里。肖建凭着自己的记忆,来到了假的中央控制室的门口,他拿出兜里的玻璃杯,靠在门上静静地听着。玻璃杯在肖建手中,已经变成了一个简易的窃听装置。

肖建听见屋内有响动,马上收起玻璃杯,转身隐入角落。明成从里面走出来,朝走廊的一侧走去。肖建探头看见中央控制室的门正在徐徐关闭,他想趁机溜进去。却不料,突然有一只手从身后伸出来,捂住了他的嘴巴。

为了不发出太大的声响,以免惊动其他人,肖建假意被对方制伏。等退到了一个阴暗的角落,肖建使出一招反擒拿手,左手把对方的胳膊反扣过来,右手顺势捏住了对方的嘴巴。

借着微弱的灯光,肖建发现对方是一个女孩。肖建有些诧异地问道:“你是谁?”

女孩低声说道:“我是来帮你的。”并示意肖建松手。有了上次的教训,肖建不敢大意。

在这里没有朋友!这句话肖建还记着呢。只见肖建非但没有松手,相反拧住女孩胳膊的手更加使劲了。

肖建沉声说道:“不说实话,我拧断你的胳膊。”

女孩忍住疼痛,没有挣扎,说道:“真的,这儿不是说话的地方,咱们换个地方。”肖建也觉得此地确实不宜久留,于是拉着女孩快步离开了走廊。

两个人来到了实验基地的一块空地上,肖建环顾四周,确定没人跟踪，也没有监控器监视后，松开了手，将女孩一把推到空地中央说道："说吧，要是不说清楚，你今天是走不了的！"

女孩看着肖建，说出了几个数字："51025。"

肖建没想到女孩会说出这几个数字，因为在对方说出这个数字的时候，他应该回答"54120"。可这样的对话只限于他和蒋钦之间，除此之外是没有第三个人知道的。

为什么这么说呢，那是有一次肖建和蒋钦去买手机号，营业员给他们推荐了两个手机号，一个尾号是51025，一个尾号是54120。本来两个人都没觉得这两个手机号有什么特别的，可是营业员介绍说，尾号51025的谐音是"我要你爱我"，而54120的谐音是"我是要爱你"。两个人这才发觉这两个号码很有意思，就记下了。

买下号码以后，蒋钦表示如果有意外情况发生的话，这就是她和肖建之间的联络暗号，一方说51025，另一方就得回答54120。

难道这个女孩是蒋钦安排进来的人？可事先蒋钦为什么不说呢？当然，这个女孩如果是蒋钦的线人，那就另当别论了。因为按照公安纪律原则，发展特勤人员都是单线联系，蒋钦不告诉肖建也是情有可原的。

想到这里，肖建试着回答了一句："54120。"女孩看见肖建和自己对上了接头暗号，笑着说出了事情的原委。

事情还得从肖建入狱以后，蒋钦为肖建寻找无辜证据那会儿说起。

蒋钦追查氰化钾的来源，认识了实验基地配药房的护士杜雪。一来二去，杜雪指出当时从实验基地拿走氰化钾的人是明成而不是米阳，这让事情出现了转机，同时也让蒋钦看到了杜雪的正直。

氰化钾事件过去之后，可能是因为明成觉得自己拥有CRG，随时都可以控制自己想控制的人，所以杜雪居然没有被明成辞退，还继续在基地上班。

蒋钦得知肖建要进入实验基地卧底后非常担心，于是私下里找到杜雪，发展杜雪成为她的线人，在寻找犯罪证据的同时，暗中帮助肖建。

现在，杜雪看见肖建有危险，所以果断地出手相助。杜雪说道：“刚才你出没的地方很危险，周围布满了摄像头，一不小心就会被发现。”

本来肖建觉得自己已经很小心了，却没想到实验基地的戒备是这么的森严，他在心里暗暗感激蒋钦的安排。

杜雪看肖建没有说话，于是问道：“你需要我帮你做什么，尽管开口。”肖建想了一会儿，让杜雪找一本叫作《思想道德修养》的书，明天设法让蒋钦看见。

虽然还没有拿到明成的犯罪证据，但是肖建已经找到米阳，他要把这个重要的信息传递出去。

肖建想，如果明天的见面不能单独进行，可能就需要杜雪帮忙传递消息了。按照事先安排好的计划，明天来见面的人应该是蒋钦，肖建知道该怎么做。

第三十八章　黄雀在后

监控画面里，肖建被人按在椅子上，宋可凡把最大剂量的CRG注入肖建的体内。

药效开始在肖建体内发作，肖建的身体不住地发抖，他在努力让自己不要失去意识。

随着大脑中立威廉的身影渐渐远去，最后变得无影无踪，肖建看上去彻底丧失了意识，瘫软在椅子上。

夜已经很深了，市局情况判断分析中心的办公室里，蒋钦还没有离开。蒋钦现在坐在办公桌前，手里拿着照片，脸上满是幸福的笑容。照片上是蒋钦穿着婚纱骑在狼身上的漫画图案，这是肖建潜伏到实验基地之前，临别时送给她的。

蒋钦现在的心情既紧张又高兴。

紧张的是，她怕明天自己会出差错。其实她不会。作为一名身经百战的老干警，这些接头任务不过是家常便饭。只是她知道肖建在里面的危险，知道明成的可怕，她太想帮助肖建完成任务，让肖建早日胜利归来了。

高兴的是，明天她又可以见到肖建了。因为她心里有个问题想问肖建很久了，她有些急不可耐。

蒋钦坐在桌前正胡思乱想的时候，黄正英走了进来。黄正英问道："这么晚了，还没休息呢？"

蒋钦睡不着，她担心肖建，可她又不敢说。在工作中牵扯儿女私情,是做公安最忌讳的。但好像无论如何都会或多或少地有些牵扯,毕竟我们都是人。黄正英是过来人,这些道理她都懂。

黄正英说道:“这小子你不用担心!再说,明天你不是会见到他吗?”想到明天要见肖建,蒋钦的脸上又泛起了笑容。

黄正英看蒋钦显得很开心的样子,马上说出了自己的担心,这是她来找蒋钦的目的。黄正英说道:“但我要提醒你一点,去到那儿一定要注意,实验基地到处都是陷阱,不要让明成看出破绽来。”

蒋钦表示请黄正英放心,她已经是一名老侦察员了。蒋钦说这话的时候,表情已经变回原来不苟言笑的模样。在这副模样下,你是无法猜到蒋钦的内心到底在想些什么。看到这里,黄正英放心地离开了。

第二天中午时分,蒋钦带着情况判断分析中心的人来到了实验基地的门口,明成为了表示重视,亲自到门口迎接。

蒋钦走到明成面前,明成握手欢迎,两个人开始了简单的客套。蒋钦说道:“例行回访,有劳院长亲自迎接!”明成表示理解和支持,说道:“应该的,应该的。”

两个人正说着话,一个助手跑到明成面前说道:“院长,您那边的实验准备好了。”

明成马上表示抱歉,因为上午他还有一个实验,所以不能作陪了。明成说完转身对助手吩咐道:“那你带着市局的同志去吧,有什么要求尽量满足,别出什么差错。”蒋钦表示谢意以后,明成急匆匆地离开了。

明成这是要去看看宋可凡准备得怎么样了,不能出差错这句话,他也是说给自己听的。

目送明成离开以后,助手带着蒋钦一行进入了实验基地主楼的大厅。

明成走进注射室,肖建在宋可凡的指令下正在脱去衣服。宋可凡看见明成进来,暂时中止了对肖建的行动。肖建像木偶一样,一动不动地站在原地。

宋可凡走到明成面前说道："按照您的吩咐，马上准备注射最大剂量的 CRG，肯定没问题！"

明成虽然觉得应该没有问题，但还是再次叮嘱道："一切必须谨慎小心，我现在就去中央控制室，一切按照我的指令行事，如果听到铃声，马上结束！"

宋可凡点头表示明白。明成离开注射室，他要在中央控制室里掌控一切事态的发展。

蒋钦和明成留下的助手互相了解完情况后，助手带着蒋钦前往见面的房间。走在实验基地的走廊上，蒋钦突然停住脚步说道："对不起，我想去趟洗手间。"

在助手的指引下，蒋钦进入洗手间，消失在中央控制室的监控画面里。

走进洗手间，蒋钦在确认了四处都没有监控探头后，打开了随身携带的背包，拿出摄像机，按动了开关。

一切准备就绪，蒋钦抬头看着镜子中的自己，深深地吸了一口气。

蒋钦从洗手间里走出来，重新回到了中央控制室的监控画面中。

而在另一个监控画面里，肖建被人按在椅子上，宋可凡拿着针管走了过去，把最大剂量的 CRG 注入肖建的体内。

药效开始在肖建体内发作，肖建的身体不住地发抖，他在努力让自己不要失去意识。

肖建在大脑里不断地重复着立威廉说过的那句话，"我们无法预知药物的多少，而且抗体本身具有不确定性，所以最后的一切，都要取决于你的意志力。"

随着大脑中立威廉的身影渐渐远去，最后变得无影无踪，肖建看上去彻底丧失了意识，瘫软在椅子上。

明成在中央控制室里命令道:“可以开始了！”

得到指示以后,宋可凡让身边的两名护工架起肖建,走出了注射室。

实验基地的走廊上,肖建和蒋钦同时来到门口,蒋钦想和肖建交流一下眼神,没想到肖建目光迷离,根本没有理会,蒋钦预感到情形不容乐观。

两边的人分别从两个门走进房间。房间里的设置居然和监狱探视间一样,各个位置都有摄像头,在中间隔了一层玻璃,玻璃上没有电话筒,只有几个孔,让对方的话可以传过来。

这样一来,就算是正常人说话也很难听清楚,更何况是这种状态下的肖建呢?

蒋钦最终只能同意在这个房间见面,肖建被带了进来。

为了安全起见,中央控制室里,明成伸出左手,放在警示铃上。而见面的房间里,蒋钦皮包里的针孔摄像头也在拍摄着。

肖建面无表情地坐在对面的椅子上,好像全然不认识对面坐着的蒋钦。

“还认识我吗？”蒋钦问道。

肖建自顾自地摇头晃脑,没有理睬。

蒋钦感到肖建的状态很成问题，于是又问道:“有什么想说的没有？”

肖建茫然地看着蒋钦,蒋钦以为肖建要说话,把自己的脸尽力贴向玻璃窗,这样显得离肖建更近了。

肖建看了蒋钦一会儿,并没有说话,而是把脸又转向了别处。明成对这样的结果很满意,放在警示铃上的手也放松地收了回来。

站在一旁的宋可凡解释道:“他刚刚接受了新的药物治疗,现在只生活在自己的意志里,还无法跟他人交流。”

宋可凡的话是在下逐客令，可蒋钦却不能让探视就这么结束，她在来实验基地之前是做了充分准备的。

蒋钦提出想换个房间，可是没有获得同意。理由很简单，那就是肖建是狂躁症患者，容易攻击他人。蒋钦又提出，肖建的状态很萎靡，她必须近距离查看。答复是，这正是治疗的结果。

反正蒋钦提出的任何希望与肖建之间有更近距离接触的建议，都被实验基地的人以各种理由回绝了。

见面之前设想的困难局面出现了，对方极度不配合，满嘴说的又都是专业术语，这让蒋钦没了主意。

蒋钦心中不免烦躁起来，她站起身，在房间内来回走动。绝不能就这么离开，就是干耗着也要耗到最后。蒋钦心里这么想。

就在蒋钦一筹莫展的时候，玻璃窗那头的肖建站起了身，开始在房间里来回走动。摄像头对准肖建，也跟着来回移动。

明成在控制室用对讲机示意宋可凡可以结束了。宋可凡接到指示后说道："要不，今天先到这儿吧。"

蒋钦示意宋可凡等等。在漫长的等待中，肖建除了来回走动，再也没有别的举动，更没有坐下来交谈的可能。无奈之下，蒋钦只能点头同意，起身准备离开。

这时，肖建突然冲到玻璃窗前，冲着蒋钦手舞足蹈。接着，肖建嘴里哼起了贝多芬的《英雄交响曲》，并不停地胡蹦乱跳。

坐在中央控制室里的明成，看着监控画面里发生的变故，愣了一下。接着，他马上按响警示铃。

在宋可凡的指挥下，护工拥入，把肖建按倒在桌子上。肖建一边挣扎躲闪着一边继续哼唱着《英雄交响曲》。

直到最后，肖建开始口吐白沫，在桌子上抽搐起来。蒋钦被肖建的举动吓了一跳，本能地朝前凑了过去。

宋可凡上前解释说："药物的正常反应，一会儿就好！"说完，立刻命令护工把肖建抬了出去。

蒋钦也跟着走出门，看着护工抬着肖建离开。从走廊远处走来的杜雪，正好和抬着肖建离开的护工撞了个满怀。

杜雪手中的书本掉在了地上，书的封面上清晰地写着《思想道德修养》。这一幕，蒋钦看得很是真切。

宋可凡把蒋钦一行送到了实验基地门口，在蒋钦即将离开的时候，明成追了出来。

明成抱歉地说道："不好意思，听说刚才出了点意外，让你受惊了。"

蒋钦表示没什么，这种情况也算是司空见惯了。

蒋钦说完客套话，和明成道别的时候，明成突然问道："听说，你曾经是肖建的女朋友？"没想到明成会这么直截了当地挑明肖建和自己的关系，可能是肖建刚才怪异的举动让明成有些担心。

蒋钦没有正面回答明成的问题，而是调侃道："怎么，院长对个人的隐私很感兴趣？"

明成还是很直接，说道："从事过心理研究的人，对别人的隐私都有一定的嗜好，你难道不是吗？"

蒋钦心想，明成把自己的底细摸得真够仔细，没有人知道她在心理学方面还有研究，就算在市公安局也没几个人知道。明成确实是个不简单的对手。

既然明成已经知道了，蒋钦也不再隐瞒，谦虚地说道："改天约个时间，向明成院长好好请教。"

明成看从蒋钦嘴里一时半会儿也问不出什么，于是伸出手说道："随时恭候！"

第三十九章　命悬一线

一切准备就绪后，明成来到三号楼重症监护室内，肖建躺在床上，身上布满了各种插管。

明成看着监控仪器，对宋可凡说道：“再注入一次 CRG，剂量加大两倍！”宋可凡表示再加大剂量，肖建就会死亡。明成打断宋可凡的话，说道：“没有必要再让他醒来了！”

回程的路途是漫长的，蒋钦坐在车上一直在回忆刚才的场景，肖建嘴里哼唱的《英雄交响曲》，是要传递什么情报信息吗？如果是，那是什么意思呢？离开的时候，杜雪怎么会突然出现在走廊里，而且还故意和医护人员撞在一起，这个刻意的举动是要告诉自己什么呢？

想来想去，蒋钦的脑子里闪现出杜雪掉落书本的画面，书本封面上的“思想道德修养”几个大字，让蒋钦想到了一件事。

这得从几年前蒋钦和肖建在警校念书那会儿说起。当时，课堂里，教官正在上情报分析课，由于年代久远，和现在的刑侦破案没什么太大的关系，一般在这个时候，肖建都趴在桌上睡觉。

为了不被教官察觉，肖建竖着一本《思想道德修养》，挡在自己的面前。可教官早把这些看在眼里，讲到半截的时候，点了肖建的名字，问道：“肖建同学，你怎么认为啊？”

教官这是蓄谋已久，一定要治治这个总在他上课的时候打瞌睡的学生。坐在肖建身边的学员把他推醒，使坏地说道：“老师要你做个示范,哼首歌。”

肖建睡得懵懵懂懂,信以为真,于是随口哼起了《英雄交响曲》:“啦啦啦,啦啦啦,啦啦啦啦啦……”

同学们看肖建出了洋相,互相看了看,偷偷坏笑起来。坐在一旁的蒋钦则狠狠地用眼神瞪着使坏的学员。

肖建没明白大家笑什么, 还在继续哼唱着。教官让肖建停下,说道:“这就是你对‘摩斯码’的见解吗?”

同学们不再顾忌,课堂上哄堂大笑。肖建一看这情形,知道自己出糗了,于是转身看着蒋钦求助。

这时,蒋钦举手发言。蒋钦说道:“大家不要笑,其实你们都没有明白肖建同学的意思,现在由我给大家解释一下。

“肖建同学是这样想的,他把歌曲音符的节奏不自然地断开,形成时通时断的信号代码,就像用一个电键可以敲击出点、画以及中间的停顿,代表页数、行数、字数,而这本《思想道德修养》就是代码表。回答完毕!”

教官被蒋钦的回答说愣了,问道:“肖建,你是这么想的吗?”

“对,完全正确,这就是我对‘摩斯码’的理解!”肖建说完,朝教官鞠了一躬。没想到被戏弄的肖建最后能有这么精彩的应对,同学们全部被折服了,一时间掌声四起。

杜雪让蒋钦看见掉落的《思想道德修养》可能就是这个意思,蒋钦这么想。当然,等到回去破译以后,一切自然就清楚了。

回到情况判断分析中心, 蒋钦立刻把情况向黄正英做了汇报,黄正英立刻组织专案组的人开会。

市局的会议室里,蒋钦偷录下来的画面正在墙上放映着。专案组的人围坐在一起,根据画面的情况进行着分析。

摄像头先拍到的是房间的布置,蒋钦说道:“见面的房间里四处都是探头,防备很严密。”

紧接着,是肖建被人带到了对面的椅子上坐下。通过对肖建面部神情的观察,立威廉说道:“从肖建的精神状态来看,肯定是被注射了CRG,而且是大剂量的。”

然后肖建来回走动,最后手舞足蹈地唱着《英雄交响曲》,直到口吐白沫,浑身抽搐。

立威廉看着画面接着说道:“他在用意志力坚持,很难想象他能坚持多久。”

画面播完以后,黄正英问道:“就这些吗?这些能说明什么?”看来,黄正英对这个结果很不满意。现场鸦雀无声,因为谁也不知道这里面有什么有价值的线索,谁也看不出来。

黄正英看没人说话,于是点名问道:“蒋钦,你还有什么要补充的?”在开会过程中,蒋钦一直在翻看《思想道德修养》,她正在对肖建的哼唱进行破译。

蒋钦本想稍后再向黄正英说明的,现在既然被点了名,而且她已经基本破译了肖建传递出来的信息,便回答道:“‘摩斯码’!”

大家对蒋钦做出这样的解释很是吃惊,蒋钦看大家有些不解,就接着说道:“就像左宗队长生前爱用手指敲击和肖建交流一样,肖建用‘摩斯码’把他的情报传递给了我们。这就是他为什么坚持到最后口吐白沫的原因。杜雪手中的那本书,就是代码表。”

大家面面相觑,蒋钦说得很玄乎,但听上去也还符合逻辑。

蒋钦最后说道:“我刚才试着破译了一次,翻译过来的意思是——米阳找到,安全,正在获取证据。”蒋钦说完,黄正英紧锁的眉头松开了,脸上露出了满意的笑容。

会议结束后,唯一不开心的人是蒋钦,她现在变得更加焦虑,因为视频里显示,肖建很痛苦,蒋钦能感觉到肖建快撑不住了。

蒋钦拦住了准备离开的立威廉,她让立威廉不要隐瞒,明确告诉她肖建目前的身体状况。因为立威廉是蒋钦从国外请回来的,他对蒋钦没有保留。立威廉直言相告,肖建现在每一秒都受着煎熬,每一秒都有可能面对死亡。

听到这里,蒋钦意识到自己帮不上忙,只能站在原地无助地落泪。准备离开的立威廉看见蒋钦哭了,于是宽慰道,其实他现在一直在研究一种新药,如果成功了,再大剂量的 CRG 也能化解。在蒋钦的再三恳求下,立威廉决定加班研制,毕竟实验多日,新解药的出现指日可待。

蒋钦想着,立威廉一旦把新的解药做好,就通过杜雪把解药送进去,肖建的痛苦就能得到缓解。想到这里,蒋钦给杜雪打了个电话。

此时,实验基地内,正在值班的杜雪心神不宁地胡乱翻着书。她的内心很焦急,因为她有很重要的情况要通知蒋钦,可是她的电话被没收了,所以只能等。于是她把自己的夜班调到了值班室,等着蒋钦打来电话。电话终于响起,值班员拿起电话,确认是杜雪的姐姐后,喊杜雪接听电话。

杜雪拿起听筒,听见电话那头是蒋钦的声音,心里的石头终于落了地。两个人开始用暗语交流。

杜雪神情自若地说道:“姐,今天我换班了,不回家。”

杜雪这句话的意思是,单位里所有人突然都不让离开,不知道出了什么状况。

蒋钦回答道:“临时加班嘛,正常。快考试啦,功课复习得怎么样?”

蒋钦这句话的意思是,可能和今天的见面有关。如果明成察觉了,可以用考试搪塞他。

杜雪回答道:“正在复习,今天晚上准备开夜车。”

杜雪这句话的意思是,明白,现在就开始伪装,不让明成看出破绽来。

蒋钦最后说道:“老师刚跟我通过电话,表扬你了。”

蒋钦这句话的意思是,杜雪今天的表现得到了上级领导的表扬。

杜雪表示自己很高兴后,蒋钦用暗语问到了肖建现在的状况。

杜雪的回答是,送三号楼的重症监护室了。杜雪这句话的意思是,明成要对肖建动手了。这也正是杜雪着急和蒋钦联系的原因。

电话结束以后,蒋钦来到立威廉实验室的门口,焦急地等待着。肖建确实有危险,她要在第一时间把新解药送进实验基地。

蒋钦的担心是对的,杜雪的信息传递无误,明成现在确实有所察觉。这还得从蒋钦带着情况判断分析中心的人离开说起。

蒋钦走后,明成和宋可凡回到了中央控制室。两个人站在屏幕前回放视频,观察刚才肖建怪异的举动。宋可凡认为自己疏忽了,于是说道:“院长,因为我事先没有察觉,所以一时没办法控制,对不起!”

明成认为不关宋可凡的事,这件事上,他觉得自己也有责任。宋可凡告知肖建还没有醒,明成表示想一个人静会儿。

宋可凡离开后,明成不停地进行着视频回放,越看越奇怪,却又看不出什么名堂,直到突然想起了他的老同学立威廉。

是得看看这位老同学在干什么了!想到这里,明成拨通了立威廉的视频连线。电脑屏幕里,视频连接显示成功,立威廉的脸闪现出来。立威廉在电话那头很热情地说道:“老同学,好久不见!”

明成问道:“现在在享受哪国的风光呢?”立威廉回答说自己现在在威尼斯的一个小镇上。立威廉说到这里,还主动转动摄像头让明成观看。摄像头里显示,屋里的摆设确实都是意大利家居的格局。

明成没有看出什么破绽,于是说道:“确实不错。不过年纪大了,落叶还是要归根的,没想过回国吗?”

立威廉拿起杯子喝了一口水,回答道:“习惯了,如果回去,反而会感到陌生。听说你现在干得不错啊！”

在立威廉喝水的一刹那，明成按下按钮，立威廉喝水的杯子被定格拍成了照片。

明成回答道：“还行，就是希望你能回来助我一臂之力啊！”

立威廉表示再考虑考虑，要实在没地方去了，一定会给明成打电话的。

在愉快的氛围中，两个人结束了聊天，视频终止。明成把刚才聊天时偷拍的照片拉了出来。画面里，立威廉正在用茶杯喝水。明成把画面放大，然后把焦点对准了立威廉手中的杯子。那是一个在宾馆使用的标准配置的瓷杯。

随着画面比例被不断放大，杯子上的文字显现出来，上面清晰地印着——南江市公安局招待所。

正如宋可凡所料，立威廉来到了南江市，而且人现在就在市公安局招待所，刚刚还对明成撒了谎。明成意识到问题的严重性，他马上按响警示铃，说道：“可凡，马上把肖建送入三号楼重症监护室！”

一切准备就绪后，明成来到三号楼重症监护室内，肖建躺在床上，身上布满了各种插管。

明成看着监控仪器，对宋可凡说道：“再注入一次 CRG，剂量加大两倍！”宋可凡表示再加大剂量，肖建就会死亡。明成打断宋可凡的话，说道：“没有必要再让他醒来了！”

本来杀死肖建是早晚的事，明成让肖建活着，无非是把他当作和公安局周旋的砝码，可现在情况危急，明成顾不了那么多了。

按照明成的吩咐，宋可凡加大了 CRG 的剂量，最后用注射器注入肖建的体内。消除了一个隐患，明成觉得自己暂时安全了，满意地离开了。

走在走廊上，经过米阳房间的时候，明成觉得应该把这个消息告诉米阳，毕竟肖建是她心中最爱的那个人。想到这里，明成推门走了进去。

病房内，米阳木然地坐在床上，目光呆滞地望着远方。

明成坐在米阳身边说道："我今天来，是要对你说一声抱歉。你最心爱的人，永远都不会见到了！本来，我还想多留他一会儿，只是你的朋友确实给我出了不少难题。今天真的很险，差点就露出破绽。你知道，我的世界不允许有意外，所以我不得不除掉他！我要让一切重新回到原点。"

明成说完，起身离开。米阳转过头来，神情变得异常清醒。

空无一人的走廊里，米阳房间的门被打开。米阳从房间里探出头来，她四处张望，确定无人以后，从房间里走了出来。米阳一边走一边躲避着监控摄像头，快步沿着走廊跑了出去。

她知道现在去找肖建已经晚了，可不晚又能怎么样，她帮不上忙。现在，她只想最后再看肖建一眼。

米阳在三号楼内，一个房间一个房间地寻找，也不知过了多久——当然，她也不在乎多久——只要能见到肖建，就算死了也是值得的。

透过重症监护室的玻璃窗，米阳终于看到了肖建。此刻，肖建静静地躺在病床上，丝毫没有醒来的迹象。米阳走了进去，在肖建床前坐下说道："对不起，都是因为我，把你变成了现在这个样子。"说到这里，米阳已经泣不成声。

过了一会儿，米阳停止了哭泣，恨恨地说道："你放心，我会替你完成你要做的事情！"米阳说完，起身准备离开，没想到病床上的肖建忽然伸手抓住了米阳。

米阳转身，发现肖建居然还活着，一下子惊呆了。正在这时，监护室内的屏风后面传来轻微的响动，米阳再次惊讶地张嘴望去，蒋钦和杜雪走了出来。

原来是蒋钦拿到立威廉最新配置的解药及时赶来,在杜雪的帮助下来到肖建身边,救了肖建一命。

米阳擦干眼角的泪水,高兴地说道:“幸亏你来得及时!”

蒋钦对米阳报以同样的微笑,说道:“是啊,否则后果不堪设想!”

正在大家庆幸肖建平安无事的时候,门口传来了脚步声,杜雪跑到门口张望,是明成正朝这里走来,气氛一下子又变得紧张起来。

明成发现自己疏忽了一件事,就是如果立威廉被公安局请来对付自己——立威廉是有 CRG 的解药的——那 CRG 对于肖建来说,并不一定致命。所以明成想过来查看一下肖建的情况。

目前还不能用别的方式让肖建快速死去,因为明成要给市公安局一个合理的解释,因此只能设计成肖建在治疗过程中偷服药物过量造成死亡,这样就算是公安局来验尸,他明成也不怕。

第四十章　证据的代价

宋可凡的聪明和忠心,这次用错了地方。他不该和明成耍小聪明,更不该擅作主张。他要加害的人是米阳,这是明成绝不允许的。所以,最后倒下的人不是米阳而是他自己。

明成推门走进重症监护室,他首先走到监控器前,上面显示肖建已经没有了心跳,明成再向病床上看去。

病床上,肖建静静地躺着,脸上戴着呼吸罩。明成想,这肯定是宋可凡做的。宋可凡的意思是想让旁人看来肖建在死亡之前是经过全力抢救的,但明成觉得未免有些画蛇添足。

实验基地的三号楼,外人根本进不来。最关键的是,明成希望时刻都能看到肖建的脸,这样他才觉得放心。

明成走到病床前,伸手想摘肖建脸上的呼吸罩。这下可急坏了在门口偷偷监视的杜雪。不是怕明成摘下呼吸罩后发现肖建还活着,而是因为躺在床上的人根本就不是肖建,而是蒋钦。

在米阳到来之前,肖建就和蒋钦商量好,既然明成已经对肖建下了杀手,那么肖建继续潜伏的日子就不会太长,谁也不会让一个死人在实验基地里待太久。而且肖建一旦暴露,对计划也会有影响。

不过,蒋钦既然来了,肖建就暂时多了一个帮手,再加上米阳和杜雪,肖建觉得这次有机会潜入中央控制室,获取明成的犯罪证据。

计划定下来以后,肖建带着米阳直奔中央控制室,蒋钦则留下来假扮肖建拖延时间,而杜雪则负责掩护蒋钦不露馅。

现在,眼看蒋钦就要被戳穿了,杜雪突然推开门喊道:“院长,米阳不见了!”

明成转过身来,发现说话的人是杜雪,心里有些狐疑,因为按照规定,杜雪不应该出现在这个地方。

正在这时,宋可凡也从走廊跑了进来,说道:“米阳不见了!”

米阳可不能丢,明成所有的秘密米阳都知晓。明成命令道:“马上带人去找!”

宋可凡离开后,明成又看了一眼病床上的“肖建”,犹豫了一下,最终没有取下呼吸罩。明成对杜雪说道:“你现在哪儿也不许去,在这儿给我看着病人,直到我回来为止!”

得到杜雪的肯定答复后,明成转身离开了。对于明成来说,无论何时,米阳都太重要了。

明成离开以后,“肖建”脸上的呼吸罩被摘了下来,露出了蒋钦的脸。蒋钦长出了一口气,坐了起来。她不能任由明成带人找到肖建和米阳,她要扰乱明成的视线,为肖建和米阳赢得时间。蒋钦让杜雪给自己找了一套和米阳一样的病号服穿上,也走出了门。

蒋钦离开以后,杜雪也没闲着,她现在手中有一张地图,是一张从地下通道出去的地图,她要把地下通道的路线弄清楚,等肖建他们拿到犯罪证据,大家会合到一处后,从地下通道一起逃走。杜雪的任务也很重要,能不能离开这里就看她的了。

此时,肖建在米阳的帮助下,已经来到了明成办公室的门口。肖建用杜雪给的磁卡,和米阳轻易地走了进去。

明成的办公室内,肖建和米阳在寻找暗门的开关,两个人仔细地搜索着，绝不放过任何一个地方。

一圈下来，还是一无所获，最后米阳的目光落在了大厅的墙上，墙上是一幅巨大的曼陀罗唐卡。

米阳走近仔细观察着，她依稀记得暗门好像和这幅画有关，但又不记得开关在哪儿。于是走过去，东扯扯，西碰碰，最后开关居然被触碰到了。唐卡卷起，露出了后面的暗门。

此时，蒋钦为了给肖建和米阳赢得时间，一直在和基地内搜索的人群周旋着。穿着病号服的蒋钦，尽可能地把人群引向远离明成办公室的地方。蒋钦在走廊里一阵急行，随着身后的手电光离自己越来越近，她闪身躲入了暗角。

明成和宋可凡各带着一队人马在走廊上碰到了一起。宋可凡说道："都找遍了，没看见。"

明成思索着，米阳会去哪儿呢？

宋可凡和明成突然想到了一起。宋可凡说道："会不会……"

"控制室"三个字同时从明成和宋可凡的嘴里蹦了出来。

躲在暗处的蒋钦听得真切，她不能现在就让明成带人赶过去。虽然蒋钦离追捕她的人很近，但她顾不了那么多了，闪身从暗角里跑了出来。

明成身后的保安看见蒋钦的身影，喊道："在这儿，院长，在这儿！"明成没有上当，他示意宋可凡带人追击，自己则转身朝中央控制室走去。

在蒋钦的掩护下，肖建和米阳顺利地进入中央控制室。明成的电脑已经被打开，米阳在电脑里快速地翻阅着。米阳曾经是明成的秘书，打开明成的电脑易如反掌。

肖建在一旁催问道："找到没有？"

米阳打开一个文件夹说道："应该就是这个！"

肖建走到电脑前，他看见了张月、雷达等人的照片，每个人的详细资料，以及杀害方式，等等。

看来证据找到了，高兴之余，肖建发现最后一个文件夹无法打开。文件夹显示的时间是明天。难道明成明天有新的目标？肖建暂时顾不了那么多了，他对米阳说道："全都拷下来，这是证据！"

米阳点头，把肖建递过来的U盘插入电脑。随着手指在键盘上的敲击，电脑开始传输数据。

肖建和米阳紧张地盯着电脑屏幕。数据终于拷贝完了，肖建和米阳打开暗门，回到了明成的办公室。然而，就在他俩正要离开的时候，门外传来脚步声，紧接着明成推开办公室的门走了进来。

明成按下开关，办公室的灯亮了起来，他四下打量了一下，屋内空无一人。明成随手关上门，走到办公桌前打开暗门走了进去。

明成离开房间后，肖建和米阳从明成的办公桌下露出脸来。很险，明成只要再往前多走一步，他们就被发现了。可能是明成急着回到中央控制室，所以忽略了屋内的动静。不管怎么说，肖建和米阳现在暂时安全了。

而蒋钦现在却很危险，在追逐过程中，她渐渐被宋可凡带人逼入了死角。而这个死角，恰恰是明成让宋可凡新修的地下通道。蒋钦看见了墙上的标识，在走投无路的情况下，硬着头皮钻了进去。

昏暗的灯光下，蒋钦努力前行，寻找着出路。蒋钦走到通道的拐角处，前面没有灯，一片漆黑。蒋钦在墙上四处摸索着，无意中触动了机关。蒋钦想躲开，但已经来不及了，身体的前后方向同时竖起了两堵墙。

中央控制室的监控录像里，明成看见身穿病号服的蒋钦走入了机关。明成误以为是米阳，心中一惊，马上按下按钮。但为时已晚，机关的门已经封闭。明成起身，冲出了暗室。

地下通道封闭的小屋内毒烟四起。蒋钦在努力地寻找着出口。无奈四周都被封死,蒋钦无路可逃。机关收起的时候,蒋钦瘫软在地上,她已经身中剧毒,生命垂危。

杜雪从通道的另一处跑过来,把蒋钦抱起,哭着问道:“蒋钦姐,你怎么了?”

通道的另一个入口,宋可凡带着众人围在一起,明成跑了过来,厉声问道:“米阳人呢,为什么不拦住她?!”

宋可凡回答道:“我们追到这儿的时候她已经跑进去了,根本拦不住。”

因为通道里的机关已经被触发,明成担心米阳现在已经中毒,所以他执意要往里走,被宋可凡伸手拦住。明成推开宋可凡的手,大声喊道:“你想干什么?把手给我拿开!”

宋可凡示意周围的人散去,到远一点的地方去寻找。众人离开后,宋可凡说道:“院长,你比我更清楚里面有什么!本来设计这个机关就是为了防止有人逃跑,里面的毒气是经过我们改良的,一旦被吸入,活的希望就不大了,所以您没必要去冒这个险!”

明成听宋可凡说完最后一句话,狠狠地给了他一记耳光。宋可凡没有生气,继续说道:“如果院长一定要进去,等我叫人拿来防护服再进去也不迟!”说完,用步话机通知,让人拿来了防护服。

地下通道内,杜雪还在抱着蒋钦哭泣,肖建和米阳从通道后面摸索了过来。肖建不知道发生了什么,看见蒋钦躺在杜雪怀里,连忙问道:“怎么了?”

杜雪哭着说道:“本来这条通道是我偷看图纸知道的,这是最安全隐蔽的出路,但我不知道里面会有机关!”

听说蒋钦中毒了,大家都争着要送蒋钦去医院,却被蒋钦一口喝住。蒋钦喊道:“都闭嘴!谁也不许送我,我自己能走!”蒋钦说完,努力地站起身冲肖建问道:“证据拿到了吗?”

肖建一边说“拿到了”一边把手中的U盘递给蒋钦。蒋钦拿着U盘朝前走了几步,突然一张嘴,一口血喷出来,摔倒在地上。

肖建一改往日的语气,柔声说道:“‘帅哥’,咱能不死扛吗?”

蒋钦咽下嘴中的血水回答道:“不是我要硬撑,而是不想前功尽弃!你们三个人无论谁离开这里,都会惊动明成,可能还没等把证据送回去,明成就跑掉了。所以你们谁也不能走,现在任务已经完成,你们都回去,我会把U盘带出去的!”

蒋钦想再次强行站起,可是身体却不听使唤。这时,通道里传来脚步声,应该是明成带人来了。

米阳突然说道:“肖建,你带蒋钦姐出去,杜雪赶快回病房给肖建做掩护,剩下的我来应付!”

肖建本来想问米阳准备怎么应付,可是看着米阳坚定的眼神,他选择相信米阳。再说都到这个时候了,已经没有时间,也没有别的办法了,只能选择相信。肖建点头说道:“好,我把蒋钦送到高速公路口就回来!大家分头行动!”

米阳微笑着点头应允。看着肖建、蒋钦和杜雪都离开了自己的视线,米阳走到通道的中央,按动了墙上的机关。等明成带人赶到的时候,米阳已然瘫坐在一角,嘴角流着鲜血,看得出她也吸入了毒气。

明成冲到米阳面前,把米阳抱起,关切地问道:“米阳,米阳,怎么样了?”

米阳睁开眼睛想说些什么,接着马上又昏了过去。明成喊道:“送急救室!”众人上前,从明成手中接过米阳,背出了通道。

肖建背着蒋钦从地下通道里出来,在荒野上快速地奔跑着。一切生的希望只有跑到高速公路再说——因为蒋钦换病号服的时候,没想到会回不去——她把手机留在了重症监护室里。

蒋钦听见肖建的喘息声有些沉重，知道肖建也快没力气了，她在肖建的背上虚弱地喊着："放我下去！他们会追上来的！"

蒋钦这辈子就这性格，从来不服输，就爱死抬杠。蒋钦说放下，肖建偏不。他们是一路人。

肖建说道："你说放就放了？我偏不放！"

肖建不是要惹蒋钦生气，他知道蒋钦这次伤得不轻，他要可劲地逗蒋钦说话，他怕蒋钦一旦昏迷过去，就再也醒不过来了。

肖建拼命地耍着嘴皮子，连他自己都没有想到，自己竟然这么能说。肖建说道："谁追得上我呀，忘了军训那会儿我是怎么背你上山的了？我要是去田径队练练，刘翔的奥运冠军就是我的。"

听完肖建说的俏皮话，蒋钦本来想乐，没想到嘴里却咳出一口血来，一阵又一阵的昏厥感越来越强烈。蒋钦说道："肖建，我有点累，你让我歇会儿咱们再走。"

肖建听见蒋钦嘴里说出这样的话，心里一沉，他知道蒋钦快扛不住了。这可不是什么好兆头，肖建拼命地加快步伐，可脚下却越发地沉重，步子没跑快，还崴了几下脚。

肖建心里着急得不行，嘴里却装作没事似的说道："'帅哥'，这不是你风格啊！再挺会儿，咱们马上就到了！"

摔了几跤之后，肖建半跪着爬上高速公路，他也精疲力竭了。眼看着蒋钦还算清醒，肖建心中很是欣慰，看来蒋钦能挺过去。肖建心里想着，嘴里继续调侃道："到了公路就有车，有车咱就能去医院了。现在医学这么发达，你这点小伤算不了什么，养个三五天，就又活蹦乱跳的了。"

肖建嘴上说着，脚下却没闲着，他还在咬牙往前走，只是步子越来越慢，步幅越来越小。肖建必须咬牙坚持，因为他知道蒋钦最喜欢和他较劲，只要他能抗，蒋钦就一定能抗。肖建想到这里说道："你知道我最欣赏你什么吗？就是这种死扛到底的性格。”

听肖建这么说，蒋钦勉强地笑着。这时，车灯从身后亮起，一辆车远远地驶来。肖建看到了希望，他得意地说道：“我说什么来着，能扛着就一定能胜利！”

肖建说完，转身拦车，没想到汽车根本不理会他们，呼啸而过。蒋钦看着汽车从身边开过，她实在忍不住了。她刚才一直强忍着喉咙里汹涌而出的鲜血，她想上车以后再吐出来。她不想让肖建看见担心。她知道肖建送她上车以后，还要回去继续完成任务。可现在她实在忍不住了，一大口血从嘴里喷出，接着又是一大口。

肖建被蒋钦吓着了，顿时手忙脚乱。他真恨死了刚才的司机，也恨死了自己，怎么拦辆车都拦不下来呢？肖建在心里乞求着：“老天爷，别让蒋钦有事，给我一次机会，我一定好好珍惜，行吗？”他还有好多话没有说，好多事没有做，这些年他只知道破案，现在他后悔极了。肖建一边呼喊着昏昏欲睡的蒋钦一边继续调侃道：“‘帅哥’，还记得咱们爬山那会儿吗？那么长的山路你都走下来了，这种小伤，一定要扛住了！”

蒋钦这时多想继续和肖建一起抬杠啊，可是她已然没了力气，只是努力地睁着眼，看着肖建微笑。她的笑容是在告诉肖建，她在坚持。

终于，远处又有一辆汽车驶来。肖建这次学乖了，他跑到路中央，伸出双手不停地招手。车慢慢地停了下来。肖建点头：“谢谢，谢谢！”

肖建急忙回头去抱蒋钦，没想到司机看见两个人浑身是血，怕惹上什么事，忽然把车开走了。肖建抱着蒋钦追了几步，却始终也追不上。汽车渐渐地不见了踪影。

肖建只得再次背着蒋钦倔强地朝前走。肖建一边走一边大声地喊着：“有什么呀，老子爬也能爬到医院！”

这话是说给蒋钦听的，也是说给自己的。蒋钦已经快不行了，他也快晕倒了，可是怎么办？只能死扛！在肖建的字典里，永远都没有“放弃”两个字。

躺在肖建背上的蒋钦突然开口说话了，吐字还很清晰，她说道：“‘大尾巴狼’，能说句‘我爱你’吗，就一句，我现在想听！”

肖建知道这是回光返照的表现，“老坛子肉”走的时候也是这副模样。肖建喊道：“我不说，你也不许说！前面就是医院，到了医院咱再说！”

蒋钦趴在肖建的背上一笑，手臂从肖建的肩膀上滑落下来，接着身子往后一仰，摔倒在地上。肖建赶忙回头，趴在蒋钦身旁，拼命地给蒋钦做人工呼吸，蒋钦这才缓过劲来。

肖建知道蒋钦已经不行了，但他不能让蒋钦死。说好的要结婚呢？说好的要过日子呢？说好的要手牵着手看夕阳呢？

肖建一边手忙脚乱地给蒋钦全身做按摩一边哀求着蒋钦：“‘帅哥’，再难咱们也扛过来了，你说不是吗？你就再挺会儿，我求你了，行吗？”

又有一辆汽车开过来，肖建冲到路中央跪下，拼命地磕头乞求。可是汽车还是避开他开远了。肖建终于无助地痛哭起来。

蒋钦看着不远处跪在地上的肖建，她真不想离开这个世界，这个男人她真的很爱，如果有下辈子，她还要和他在一起。可惜，现在要说再见了。

蒋钦不想让肖建为了自己跪在那儿磕头乞求，犹如乞丐。蒋钦用尽最后的力气说道：“‘大尾巴狼’，别求人，我看着心疼。”

肖建跑到蒋钦身边，把她抱在自己的怀里，说道：“‘帅哥’，我不想让你死，只要你不死，我谁都可以求！”说完，眼泪止不住地往下流。

蒋钦伸手替肖建擦眼泪，嘴里想说：“下辈子见！”最后一个“见”字还没说完，蒋钦的手从肖建的脸庞上滑落下来，彻底停止了呼吸。

肖建和蒋钦认识这么多年，肖建从来没有对蒋钦说过一句“我爱你”。其实在他心里，这句话他说过好多遍，但他不说是怕说多了就腻了。他希望自己和蒋钦之间,日子过得久远一点。没想到,今天以后,他就再也没有机会让蒋钦听见这句话了。

肖建看着蒋钦已经没有了呼吸,喃喃地说道:“知道吗,‘老坛子肉’走了,现在你也走了,能让我开心的人都走了,可这辈子我只想对着你们笑!你说这辈子要我娶你的,记得吗?为了这一天,我一直在努力,我从来都没有放弃过,你知道吗?”

我们的世界就是这样,再强的人扛到最后,也扛不过命运。

良久以后,终于有一辆汽车在肖建身边停下,肖建给龙大打通了电话。等龙大带人赶来,交接完以后,肖建顾不上痛苦和悲伤,再次潜伏回实验基地。因为在那里,他还有任务没有完成;因为在那里,还有米阳和杜雪,他不回去,她们就不安全;因为在那里,最后的抓捕时间还没有到来。

这段时间里,明成已经给米阳做完手术,现在米阳被明成送回了病房。米阳躺在病床上,明成细心地给她盖上被子。刚才很险,要不是他及时赶到,米阳就不可能有生还的机会。明成心中暗自庆幸。

这时,宋可凡走进米阳的房间,这让明成心中相当不悦。因为明成交代过,米阳的房间,除了他本人,任何人都不允许进入。现在宋可凡居然连招呼都不打就自己闯进来了,自己现在就坐在这儿呢。

当然,宋可凡进来是有很重要的情况汇报。他没有注意到明成的不悦,虽然他很了解明成的脾气,可是事情太过紧急,他必须汇报。

宋可凡把一份报告递到明成面前说道:“您想过没有,米阳怎么会醒过来?怎么会出现在那个地方?这一切都是预谋,是肖建的预谋。刚才中央控制室的监控显示,地下通道的机关开启过两次,第一次进去的人是她——那个白天来咱们基地回访的女警察!”

明成接过打印出来的照片,照片显示确实是蒋钦。明成想了想,起身离开。这事确实很蹊跷。

宋可凡看着明成离开，并没有跟着，而是走到米阳的床前说道："对不起,没想到第一个踏入机关的人是你。你知道吗？院长在我心中就和亲生父亲一样,他居然不惜冒险去救你——一个阻碍行动计划的危险人物！我真的很妒忌,有比他的计划还重要的东西吗？虽然可以理解,但不能一错再错,他不能做的,我来替他完成。"

宋可凡从上衣口袋里拿出事先准备好的针管,走近输液瓶,针管里是剧毒氰化钾。汇报情况是假,调开明成是真,情况看起来越来越不受控制,宋可凡想帮明成斩草除根。

但是宋可凡的聪明和忠心,这次用错了地方。他不该和明成要小聪明,更不该擅作主张。他要加害的人是米阳,这是明成绝不允许的。所以,最后倒下的人不是米阳而是他自己。

明成并没有真正离开,他早就知道宋可凡想对米阳下手了,他明成绝不允许。所以宋可凡手中的针管还没有扎入输液瓶,就被明成从身后夺去,扎进了他的颈部。宋可凡用万般不相信的眼神看着明成,然后慢慢地倒了下去。他大概是想说,他做的这一切都是为了明成,他没有私心。

明成看着地上奄奄一息的宋可凡说道:"在我的世界里,谁都可以没有,她不可以。看来你是忘了。"

宋可凡到死才明白,原来米阳在明成心中是这么的重要,可是他已经没有机会补救了,随着氰化钾在体内发作,宋可凡闭上了双眼。

离开之前，明成看着病床上熟睡的米阳说道:"如果一觉醒来,世界上已经没有了我,你是不是会觉得寂寞……"明成深吻了一下米阳的额头,然后离去。

处理完宋可凡的尸体,回到中央控制室以后,明成发现电脑被人打开过。明成似乎察觉到了什么,他快步离开自己的办公室,在走廊里疾行。

明成几乎是冲进重症监护室的。他冲到肖建的病床前，拔掉呼吸罩，却发现躺在床上的的确是肖建。明成狐疑地站在原地，按照他的推断，在他寻找米阳的这段过程中，有人进入了中央控制室，而这个人思前想后，只有可能是肖建。在这么短的时间内，只有肖建有这样的手段。

可如果是肖建，他已经拿到犯罪证据了，为什么不离开，还躺在这儿呢？难道等着让他宰割吗？明成的脑子有些大了，他弄不明白。

这时，杜雪走进来问道："院长，出什么事了吗？"

"他一直都躺在这儿吗？"明成问道。

杜雪回答道："是啊。您让我在这儿看着，我一步也没有离开过，他一直都没有醒。"

明成看着床上的肖建，回头望向杜雪。明成口袋里还留着刚才没用完的剧毒氰化钾，他现在就可以调开杜雪，一针扎死肖建。但是他心中有了另一种怀疑，最终还是选择了离开。

记得前面说过，明成一直都是一个很有办法的人，虽然他损兵折将，情况危急，但他活到现在，每一天都是这么过来的，只要给他时间，他就会有办法，他并不在乎自己的死活，他只在乎计划的完美。当然，米阳除外。

再次回到中央控制室，明成把贝多芬的《英雄交响曲》找了出来，播放的同时，他又从监控录像里找到肖建和蒋钦见面的那一段，不停地回放。明成在寻找其中的奥秘。

直到看见监控录像里，肖建被护工抬出门，来到走廊碰到杜雪的时候，明成看出了蹊跷。

如果说在这个世界上还有一个和肖建一样执着的人，那就是明成了。

明成再次来到重症监护室，肖建还是安静地躺在病床上，而杜雪正坐在门外的值班室里看书。明成走到杜雪的身后，伸手拿过来杜雪手中的书，问道："复习功课呢？"

杜雪没想到明成突然出现在自己的身后，吓了一跳，慌忙说道："院长，您吓我一跳。成大要考试了，临时抱下佛脚。"

明成翻了翻杜雪复习的书籍，封面上写着"思想道德修养"几个大字。明成把书递了回去，问道："今天不该你值夜班，怎么换班了？"

杜雪回答道："我过两天要考试，就调班了，有什么问题吗？"

这个理由确实没有问题。在杜雪的再见声中，明成离开了值班室。

回到中央控制室后，明成在电脑上输入了"手势、节奏、暗语"几个词语，几次搜索以后，"摩斯码"的字样跳出了屏幕。

明成用鼠标点击"摩斯码"，进入内页。电脑画面在翻转，明成彻底明白了，肖建是用这种方式把情况信息传递出去的。

而米阳的突然消失，让实验基地所有的人忙了大半夜，其实是在为肖建赢得时间。中央控制室的电脑被人开启过，说明里面的内容已经被人获取。而蒋钦意外地出现在实验基地，自然是来拿走已经获取的情况信息的。当然，蒋钦中毒牺牲的事明成不知道，也和明成的计划没有关系，他不会细想。现在看来，留给明成的时间不多了，刑警队的人随时都可能出现，对他进行抓捕。

想到这里，明成在电脑中打开一个页面，这是所有大脑被植入芯片的"木偶人"的总控制页面。明成点开之后，启动了装置。

明成来到地下室，一个被控制的"木偶人"开始活动起来。"木偶人"拔掉身上的所有插管，从床边站了起来。

明成命令"木偶人"穿上衣服，然后带他离开了地下室。

穿好衣服的"木偶人"，戴着鸭舌帽，被明成送到了实验基地门口，和明成挥手道别后，开车离去了。

明成重新回到中央控制室，打开电脑页面，所有被害人的照片开始在鼠标的点击下逐一出现。

时间不多了，明成用一种胜利者的姿态，最后重新审阅了一下他为之奋斗多年的目标，随着张月、欧阳、刘永志、雷达、齐飞、郑罗等人照片的不停翻转，明成被带回到那个让他梦魇多年的时代……

图片在快速翻转，最后竟然跳出了赵志高的照片。明成的思绪从回忆中跳了回来，他双眼紧盯着赵志高的头像，头在不停地抖动着。是的，他最后的目标就是——赵志高。

外面的天空开始泛白，天快亮了。明成按下回车键，确定。自毁程序开启，电脑里的内容顷刻间销毁殆尽。

做好了一切准备工作后，明成等待着赵志高的到来。今天本来是个好日子，是实验基地落成剪彩的日子，也是明成最后和赵志高摊牌的日子。但现在一切还没开始，胜负就已经分出。

明成并不怕，他觉得只要还有时间，就一定要放手一搏。生死对他来说，早就变得不那么重要了。

其实没有马上抓捕，是和明成身份的特殊性有关。掌握了明成杀人的证据，可那都是明成操控他人做的。明成他自己呢？按照传统刑侦思路，针对明成的指控还是不足，如果刑警队贸然抓捕，到时候会面临各种压力。就凭明成和领导之间的关系，赵志高这一关首先就过不去。

想来想去，黄正英做出了一个冒险的决定，因为肖建拿回来的没打开的文件夹也已经被破译，明成的下一个目标就是赵志高，只要明成亲自对赵志高下手，那就可以人赃俱获，抓现行。而且明白了真相的赵志高，一定不会再为明成说话。但谁都知道，这样做，真的很冒险。

第四十一章　垂死挣扎

赵志高此时明白了一切，他想逃，可双腿发软；他想喊，却无力发声。脑子里的意识变得越来越模糊。明成眼看时机已到，张嘴说道："婆娑自比小山，寂寞甘同苦行！"

赵志高被明成催眠了。在CRG的作用下，他已经变成了"木偶人"。现在，赵志高正按照明成的指示，一步一步地走向天台的边缘……

实验基地门口，赵志高的车队缓缓驶来。明成穿着崭新的西装迎了上去。一切看上去都那么的正常。

明成把赵志高从车里接了出来，然后领着赵志高向事先准备好的主席台走去。明成一边在前面领路一边说道："欢迎省里和市里的领导光临指导。"

赵志高示意明成可以开始了。明成朝台下挥手，台下人头攒动，鞭炮齐鸣，锣鼓喧天。在众人的欢呼声中，赵志高和明成走到主席台中央剪彩。

剪彩仪式完毕，明成带着赵志高一行参观实验基地。明成忙前忙后地为各位领导解答疑问，面面俱到，到场的各位领导都纷纷点头，表示对明成的赞赏。

很快到了午餐时间，明成把领导们请到了主楼的顶层，这里是实验基地的食堂。大家对明成把食堂放在顶层颇有异议。

明成解释说，那是希望工作人员在工作之后，可以一边吃饭一边观赏基地的全貌。这样一来,会让工作人员精神放松,体力恢复加快。看上去是花费了一些来回的时间,其实是提高了生产效率。

大家没想到明成的解释这么独到,都戏称明成要是下海经商一定能挣大钱。明成笑着示意工作人员拿矿泉水来给大家,看着众人全部喝下水后,明成走向顶楼的天台。

水里他已经放入了 CRG。

明成的助理跑到赵志高面前小声说道:“您能出来一下吗?院长有事跟您说。”赵志高欣然起身,跟着助理走出食堂。

赵志高走到天台以后,助理随手关上了门。赵志高没有在意,因为这个项目他一手抓到现在,今天看来各方面都不错,尤其是得到了省委的认同,他很高兴。

现在他站在天台上,看着基地的美景,心情舒畅。他决定要好好表扬表扬明成。这时明成出现在了赵志高的身后,赵志高转身说道:“干得不错!还有什么想法和要求,尽管提出来!”

赵志高以为明成把自己单独叫出来是要钱的。做得这么好,追加点预算,他赵志高绝对同意。可是明成并没有提钱,而是一改往日的谦和,冷冷地说道:“还记得三十年前吗?也是在您站的这个地方,有一个人就是从这儿跳下去的。”

赵志高听完明成的话不由得一愣,他依稀记得好像还真有这么一回事。

明成接着说道:“这个人带着满腔热血从国外归来,想施展一身的本领报效国家。可事与愿违,所有的人都跟他作对,先是秘密研制的科研成果走漏风声,然后有人从中作梗,有人见利起意,有人玩忽职守,有人中途退却……更有甚者,釜底抽薪,坐视不理!直到最后,他被逼得没有办法,跳楼自杀!”

赵志高问道:“你说的是……”赵志高想起明成在说谁了,可是他不知道明成在这么高兴的时候提这个人干什么，难道这是明成独特的要钱方式？有的时候，不到最后，他真不明白这类心理学家想说什么。

明成说道："这个人叫段致远，他是我的父亲。"

赵志高听到这里明白了，原来明成把这里建设得这么好，是有他父亲的功劳。赵志高说道："经过两代人的努力，才有了今天这样的成果，真是不容易！"

明成看赵志高还没有真正明白自己的意思，于是继续说道："我的父亲，他是那么的和蔼、善良，你们却没有给他任何施展抱负的机会。我想事情不应该就这么结束！故事里的每一个人都可以帮他一把，包括你！但你们都选择了袖手旁观，熟视无睹。他唯一的错误就是相信了你们！一个才华横溢的科学家，就这样被你们毁了，所以今天你们都必须偿还！"

赵志高听到最后一句，察觉到了一丝危险。偿还？怎么偿还？你们？那就是也包括他赵志高了？

赵志高问道："你想干什么？"

"杀了你！"明成直截了当地说道，"与其让罪恶如影随形地陪伴你一生，不如就此做个了结！"

明成说完，从兜里掏出了金属球。赵志高此时明白了一切，他想逃，可双腿发软；他想喊，却无力发声。脑子里的意识变得越来越模糊。明成眼看时机已到，张嘴说道："婆娑自比小山，寂寞甘同苦行！"

赵志高被明成催眠了。在 CRG 的作用下，他已经变成了"木偶人"。现在，赵志高正按照明成的指示，一步一步地走向天台的边缘，准备跳下去。

在这千钧一发之际，天台的门一下子被撞开，肖建带人冲了进来。

特警们把明成围在了中央。明成手中的金属球掉在地上，赵志高一下子清醒过来，望着还差半步就到边缘的高台，吓得倒退了几步，最后被特警们护送着离开了现场。

趁大家的注意力都集中在解救赵志高的时候，明成跑到天台的边缘，准备跳楼自杀。

肖建心中巴不得明成早点死，可是纪律原则不允许。因此肖建现在不但不能杀明成，而且还得尽量说服明成不要自杀。

肖建在远处喊道："走之前，难道不想听听你在别人心目中的形象吗？干了那么多事，放在心中那么多年，不说出来，难道不憋屈吗？"

明成停住脚步，思考了片刻，最后还是准备往下跳。

肖建再次喊道："今天不要你说，你只管听！有一个人花了三十年的时间把你的故事写完了，你不想听听他是怎么说的吗？你如果听得不爽，随时都可以跳下去！"

肖建的话说到这里，明成暂时放下了跳楼的念头，他现在确实想听听。因为他想看看在这个世界上，还有哪个人对这件事比他自己还清楚，早死和晚死反正都是要死，确实不在乎多等这么一会儿。

龙大看到明成停了下来，立刻示意方东带人在下面展开营救，同时示意肖建尽量拖延时间。

得到龙大的授意后，肖建开始了讲述——

"今天，这个人没有在场，所以请允许我代他讲述。你原来的名字叫段鹏飞，段致远是你的父亲。你当时是上海医科大学一名同时修心理学和生物医学的双修研究生。

"我先从你的父亲说起。20世纪80年代初期，中国的改革开放正进行得如火如荼。你的父亲段致远是一名生物学家，由于在国外搞科学研究时遇到阻力，进展不顺，所以决定回国发展。

"回到老家奉埠后，虽然研究所的同事们很热情，但无奈科研经费一直是个问题，工作进展得非常缓慢。你的父亲不得不来到南江市谋求发展。

“经过一番走动，你父亲的科研项目居然得到了市里的认可，并且表示要大力支持。而最支持的那个人就是今天的省委领导，当时南江市的常务副市长——赵志高。你的父亲看到科研项目得到市领导的肯定，进而信心大增。

“然而，项目在审批阶段遇到了问题。那个年代，药品的临床试验控制得很严，而你父亲研制的 CRG 副作用很大，容易让人产生幻觉，导致自杀。也是因为这个原因，这个项目在国外被禁止了。

“但你父亲一意孤行，又想立竿见影，于是很快就备感压力。他当时已经拿到了市政府的合同，所以在正面渠道被堵死的情况下，开始在旁门左道方面做文章。

“你父亲本身是一名科研人员，并不认识什么旁门左道的人。于是通过家乡的关系，打听到老家的街坊刘永志在南江市混迹，便找到他，让他从黑市上寻找人体来源，供自己进行临床试验。

“张月是你父亲在奉埠老家研究所认识的实习生，因为勤奋肯干，被你父亲带到了南江市。你父亲让张月负责和刘永志联系，没想到刘永志垂涎张月的美色，强暴了张月，这才生下了后来的米阳。

“刚开始，因为有人体提供，进展还算顺利。而此时，由于市场开放搞活的原因，药厂之间的竞争也很激烈。当时另外一个药厂的老板何为，看到你父亲工作进展不顺，就让当时在药监局保卫科工作的郑罗，向当时药监局的领导齐飞说情，几个人串通起来，想抢走你父亲手中的指标。

“这一切都通过刘永志传到了你父亲的耳朵里。你父亲得知药监局的齐飞会在临床试验的事上做文章后，不得不加班加点地进行实验，希望尽快找到突破口。

“可是，药物自身强大的副作用，让参与临床试验的人不敢再来，实验进展再次慢了下来。

“时间一再被拖延，当时的赵志高决定，再通过不了临床试验，就换项目上马。你父亲为了保住指标，向赵志高和药监局立下军令状。争取到时间以后，你父亲决定放手一搏。

“在最后的攻坚阶段，你父亲让刘永志出高价，找来了当时的妓女春燕。春燕想挣钱，却害怕药物的副作用，于是在最后关头选择了逃跑。这让你父亲的实验彻底停了下来。

“眼看着最后的约定时间就要到来，你父亲决定亲自进行临床试验。最后，CRG的副作用让你父亲产生了自杀倾向。而这一切本来是可以避免的，可当时在实验基地值班的欧阳是个酒鬼，没有把你父亲拦下，导致了段致远跳楼身亡。”

明成站在天台上，听得有些入神。在这个世界上，还有那么一个人，把他心中的故事讲得这么完整。

龙大看着天台下各种救援措施都在紧张地进行，消防队的人已经从楼下开始攀爬，他示意肖建继续。

肖建继续说道：“你在得知父亲的死讯后回家奔丧，然而在奔丧期间，你发现父亲的死因并不是那么简单，或者说死得很委屈。于是在调查完事情的来龙去脉后，你很快就决定开始报复。因为你们父子间的感情一直很深！

“首先要报复的人，并不是第一死者张月，而是当时的南江市副市长赵志高。因为是赵志高命令的，临床试验不过关，药品就不能通过最后审核。所以在三十年前，你偷了一杆双管猎枪，埋伏在赵志高回家的必经之路上，因为你知道赵志高那时不喜欢坐汽车，都是骑自行车上班。可惜你枪法不准，没有打中赵志高，却误伤了一个路人。这一切恰恰被路过的张月看见。

“你没有料到误伤的人最后因为伤势过重而死去了，不得已，你选择了逃亡。并不是因为你懦弱，不敢承担责任，而是因为你怕没有机会复仇了——你家除了你，已经没有别人了！

“于是你想到了一个绝妙的计划，你找到一个和你同龄的人，叫韩毅，你把他骗入家中，用你所学的心理学知识催眠了他，最后把他烧死在家中。

“这样，你就制造了你畏罪自杀的假象。虽然你才思过人，处处想得都很周全，可这毕竟是你第一次杀人，你的内心必定是惊慌的，所以忙中出错，在犯罪现场留下了杀人的工具——金属球。

“可惜的是，当时的中国还没有几个人能明白世上还有这样的杀人方法，于是侦破方向从一开始就南辕北辙，你才得以轻松逃脱。

“你潜回到上海医科大学，烧毁了那里的档案室，因为你所有的材料都在那里，尤其是照片。从此以后，无论在中国任何一个城市，都不会有人知道你的真实身份。

“在这之后的一段时间里，因为没有身份，你躲入空门，假扮成苦行僧，到处流浪。不久以后，你选择了偷渡，逃亡国外。这并非多此一举，而是你发现烧毁了所有的身份后，你需要一个新的身份，还得是一个显赫的身份！这在国内，以你当时的能力，显然是办不到的。但为了复仇，你却必须拥有这样的身份。

“因为你最终还是要回到这里，把曾经伤害过你父亲的人一一找出来，然后杀死他们。无论当时是有心还是无意，在你的字典里他们都是一类人——杀害你父亲的凶手！

“去到国外以后，以你的学识和能力，很快就获得了新的身份，同时也让你找到了复仇的方式——用催眠的手段诱导他人自杀！因为你要杀的人实在太多了，只有这样才不会被警方盯上，或者说过早察觉。

“你会在每个死者的身上截取一段人体器官，因为那代表着他们犯下的过错，张月的舌头、欧阳的肝脏、雷达的四肢，等等。你并不惧怕有人会找到你，因为你已经不再亲自犯案，你利用 CRG 的副作用和学到的催眠术,可以轻易地操控他人替你犯罪,以及承担罪责。

“然而你没有想到,有一个和你一样执着的警察,为了抓住你,苦等了三十年!你的一切,从你杀害第一个人开始,他就像猎犬一样紧紧地咬住你不放,直到令你真的感到紧张。

“于是,当线索追查到你的替罪羊——张恒身上的时候,你不得已下达了杀害左宗队长的指令。虽然你不想杀害和你复仇无关的人,但一旦受到威胁,你还是会这么做。从杀害韩毅的那天起,你就已经习惯了用杀害他人的手段来保全自己!”

肖建看见龙大示意各方的救援准备已经就绪,于是说道:“今天,我替牺牲的左宗队长把这个故事讲完了,你满意吗?”

明成听完肖建的讲述,嘴角露出了微笑。本来他是想把这些故事烂在肚子里,等自己变成尘土的时候再去回味的,现在他对肖建产生了些许敬佩。

明成说道:“‘摩斯码’有点意思,贝多芬的《英雄》确实不赖,想到这里,我不得不说,你表现得很完美,我都有些舍不得离开了。”

明成的这句话让在场的人产生了错觉,以为他放弃了自杀。其实并没有,明成一说完,就纵身跳下了高楼。

楼下的保护措施对他没有起到丝毫的作用,因为明成站在天台的围墙上,从一边跑到了另一边,看到脱离了保护措施的范围后,决绝地跳下了高楼。他拒绝了生,选择了死。

案件告破,“破茧”行动到此结束。如果不是明成的自杀,这个案件从侦破角度来看,应该是完美的。

但一切已经无法挽回,没有掌声,没有鼓励,因为从左宗牺牲到蒋钦殉职,大家觉得这一仗打得过于惨烈,代价太大,每个人的心头都是沉甸甸的。

第四十二章　重生(上)

明成留这一手的目的是什么呢?现在看来只有一种解释,那就是万一刺杀赵志高的任务没有完成,最后就由“大爪”来补缺。

可是现在明成已经畏罪自杀了,一个死人难道还可以对活人发号施令吗?肖建心里直犯嘀咕。

在沉闷和压抑中,肖建结束了在实验基地的化装侦查任务,胜利归队。大家开始了后续的收尾工作。

黄正英和龙大一行在肖建的引领下,来到明成秘密建造的地下实验基地里,龙大也被眼前的这一幕震慑住了。数以百计的人都被明成变成了“木偶人”,躺在各自的病床上,身上插满了各种导管。正如明成所说,走进这里就恍如进入了他的世界。

黄正英指示,把所有实验基地的工作人员和患者都集中在实验基地主楼的广场前,分成若干队,然后逐一进行排查。

立威廉在手术室内负责对筛查出来的受害者进行手术,取出他们脑中的芯片。

情况判断分析中心的小刘则在中央控制室内破解主电脑的程序。因为在明成自杀之前,电脑已经被明成损毁,现在需要重新恢复。

肖建没有被分配任务,因为他确实太累了,龙大给他的命令是回家休息。结束任务的肖建,一时间竟不知道去哪儿。

家,从小就没有。

原来以为"老坛子肉"的家就是自己的家,可"老坛子肉"走了。

后来以为可以和蒋钦一起有个家,现在蒋钦也走了。

肖建发现自己原来没有地方可去,他在大街上晃荡了好久,最后回到了刑警队的档案室。

肖建在收拾屋子,他把所有和"破茧"行动相关的资料都收拾在一起。因为一个案件的结束,就意味着另一个案件的开始,他要为下一个案子挪出地方。

这时,方东敲门走了进来。他把手里端着的一个纸盒递给肖建说道:"龙大说这个交给你,你看还缺什么。"

方东的话语温柔而亲切,让人听着略有几分伤感。肖建低头看去,是蒋钦留在办公室里的一些物品。这些东西应该直接转交给直系亲属的,肖建和蒋钦还没有结婚,所以也不知道怎么会转到他这里。肖建想,应该是情况判断分析中心的人想让肖建再看蒋钦最后一次吧。肖建随手在纸盒里翻找了两下,他看见了那张合影——那是肖建和蒋钦在左宗生日那天照的照片,那是在他逃亡的日子里相依为命的照片,那还是他向蒋钦求婚的照片。

肖建把照片反转到背面,那张他亲手画的漫画还在,画面里穿着婚纱的蒋钦也还在,只是在现实世界里,她已经不在了。

方东看肖建满含热泪,他不想打断,他知道现在应该赶快离开,好让肖建痛快地大哭一场。在这个世界上,除了方东,已经没有人可以这么了解肖建了。

只是,方东有龙大交代的任务,他不得不打断肖建,虽然他不忍心。方东问道:"蒋钦的追悼会在大礼堂举行,龙大问你用什么音乐?"

肖建回答道:"贝多芬的《英雄》吧,这是她生前最喜欢的!"

方东点头,虽然曲子有些大,但他觉得蒋钦够得上这个分量,蒋钦绝对是大家心目中的英雄。

方东离开以后，肖建在蒋钦的纸盒里发现了一首未写完的歌词，名字叫《不表白》。这是蒋钦的个人爱好,她不喜欢诗词,却喜欢歌词,她觉得歌词写起来更自由。

附言写着：

送给我心中最爱的人！

如果有一天我必须离去,我会选择不表白,因为我只是万千世界中的一粒尘埃！

接下来是正文：

你看
那潮水正在涌过来,
那是
我内心热血的澎湃;
不管
漫天飞舞的尘埃,
只想
轻轻地,把你揽入胸怀。
世间男女表白最爱,
用的
永远只是那一句告白。

不表白,因为爱！
有的人,生来就明白！
即使
现实没有惊喜,只有意外！
不表白,因为爱！

无论
相聚还是离开，
都在心中，
翘首以待！
如果能回到那片时间海，
我只祈求 One Night，One Night；
不停地说着那句告白！

肖建看着最后一句，再也控制不住自己的泪水。从认识蒋钦到现在，他确实没有说过一句“我爱你！”他知道，蒋钦写的《不表白》，是自己这种闷坨子性格的真实写照，可见蒋钦一直在试图理解他。肖建现在觉得自己真的很过分，很自私。

在刑警队的档案室里，在这个暂时无人的地方，肖建放声痛哭起来。随后是疯狂的发泄，他几乎弄翻了手边所有的东西，直到一个金属球掉落在地上，那是早年间明成杀害第一个受害人韩毅时的作案工具。

肖建并没有理会这些，虽然他在保护证物方面从来都做得很严谨，可今天他全然不顾了，就像一匹脱缰的野马，拼命地宣泄，直到最后精疲力竭，坐在了地上。

痛苦中的肖建狠命地抓着自己的头发，一撮头发掉落下来。看来，常年超负荷的身心压力，让这个不到三十岁的年轻人，开始过早地衰老了。

实验基地的收尾工作漫长而烦琐。方东带着龙大的指示，拎着消夜去犒劳熬夜工作的同事。

方东来到中央控制室把消夜分给大家。只有情况判断分析中心的小刘没有过来吃东西，方东以为自己没有叫小刘，便亲手打好饭菜端了过去。

方东走到小刘身边说道:“先歇会儿,吃消夜了。”

小刘一边问着“带什么好吃的犒劳我们”一边手里也没闲着。因为他在解密一个文件夹,马上就好了,他想先做完再吃。

方东说:“鱼香肉丝还有回锅牛肉。”小刘回了句:“搞定,吃饭!”然后用手敲击回车键。

数据条显示解密进度的时候,小刘拿起了方东递过来的盒饭,还没吃两口,解密已经完成。电脑的画面中跳出了一个广场的结构图,同时还有一张人像照片。

方东问道:“这是什么?”

小刘回答道:“从前面解密的文件和显示的时间来看,这应该是明成后面的行动计划。”方东似懂非懂地“哦”了一声,就没再问。因为他想,明成已经死了,还能怎样呢?

几天以后,方东正在对最后一批人员进行排查的时候,肖建来了。肖建把手中的照片递给方东问道:“这个人在这儿吗?”

方东接过照片看了一下,说道:“一直都没有这个人啊,怎么了?”

肖建手中拿着的是一张“大爪”的照片,在他印象里,“大爪”的脑袋里应该也被植入了芯片,可是在筛查人员名单中,居然没有“大爪”的名字,肖建感到有些不妙。要知道这些大脑被植入芯片的人一旦回到社会,谁也不知道会出什么岔子,谁也不想生活中又多一个张恒。

肖建觉得事情有些严重,于是就跑了过来。

方东领着肖建来到中央控制室,肖建说明情况后,小刘开始调取之前的监控录像,看“大爪”有没有离开过实验基地。

监控录像经过一段回放后,终于出现了那天晚上,实验基地大门口,明成送“鸭舌帽”离开的画面。

肖建喊了一声“停”,然后对小刘说道:“可以看看站在明成对面的这个人的脸吗?”肖建说的是屏幕里和明成道别的“鸭舌帽”。

小刘回答道:“我尽量试试，这个人站的角度恰恰是摄像头的死角,我得看看别的摄像头有没有录到。”

明成布置得天罗地网般的监控摄像头也不是没有好处,在另外一个摄像头里,“鸭舌帽”果然被录到了。随着画面的放大,“鸭舌帽”的脸显得很清晰,就是“大爪”。肖建随即问道:“这应该是什么时间?”小刘看着监控器的屏幕说道:“23号,夜里3时。”

明成在对终极目标赵志高实施报复行动的当天,居然把“大爪”放走了,这是为什么?

肖建依稀记得,原先解密的文件里,有一个刺杀赵志高的行动计划,执行人就是“大爪”。

为了确定自己的猜测准确无误,肖建让小刘把已经解密的这个文件再找出来。文件显示,肖建没有记错。

行动设计的是在一个广场上,狙击手从高楼上用狙击步枪远距离狙杀被害对象。可能是因为难度系数高,所以直到最后明成也没有实施。

明成放“大爪”走的目的是什么呢?现在看来只有一种解释,那就是万一明成刺杀赵志高的任务没有完成,最后就由“大爪”来补缺。

可是现在明成已经畏罪自杀了,一个死人难道还可以对活人发号施令吗?肖建心里直犯嘀咕。

不管怎么说,事态还是很严重的,毕竟关系到省委领导的生命安危,肖建决定马上上报给龙大。

事情经过层层上报,最后报到了黄正英那里。黄正英现在正在情况判断分析中心处理一件棘手的事。刚刚在市郊兵营发生了一起枪支失窃案件。

黄正英在听了龙大的汇报后,马上把两件事联系在了一起。理由很简单,兵营里失窃的正是一支狙击步枪。

经过快速排查,“大爪”的所有相关信息全被摸了上来。现在,大家围坐在情况判断分析中心的会议室里进行情况汇总。时间是紧迫的,因为黄正英刚给省厅保卫局打过电话,赵志高这几天的确会出席一个剪彩活动,地点是开发区的广场。

“大爪”的照片被投射到会议室的屏幕上,刑警队的百川在介绍情况。

百川说道:“陈汉声,绰号‘大爪’,1979年生人,曾服役。复员后回到南江市,因为枪法很好,一直在体工队工作。后因精神出现问题,被送往精神病院治疗。其间经其家人同意,参加了实验基地新药配制的人体试验。”

百川做完介绍后,龙大问道:“他是在哪个部队服役的?”百川回答是某某部队,龙大让百川马上联系他们。就在百川离开的时候,方东走了进来,他有更重要的情况汇报。

方东走到龙大面前说道:“赵志高的秘书刚刚打来电话,三天后在开发区的剪彩活动,赵志高一定要参加。”

明知道有这样的事,赵志高还一意孤行,龙大显得很无奈,他向黄正英求助。黄正英想了想,从兜里掏出电话拨了出去。

电话接通后,黄正英说道:“喂,唐秘书,我是市公安局的黄正英。开发区的剪彩活动能不能不参加了,情况现在很复杂。”

唐秘书回答道:“不是还有三天时间吗?你们尽力破案,就算有危险,也一定要参加,因为很重要!”

黄正英没再说什么,把电话挂了。唐秘书的语气很坚定,黄正英可以肯定赵志高就在电话旁不远处听着呢。黄正英知道这个决定已经更改不了了。

黄正英把手放在桌面上有节奏地敲击着,这是她碰到问题时的习惯性动作。简短地思考后,黄正英做出决定。

黄正英说道:“把陈汉声的照片发给他服役过的原部队,请他们确认。联系机场、车站、码头的各个卡、哨、点,增派人手;每个旅馆、酒店、洗浴中心,只要是可能落脚的地方,都要严加盘查。现在行动!”

行动命令下达以后,方东和百川装扮成铁路工作人员,在出站口检票的同时,观察着出入人员的模样。

放过一轮旅客离开后,百川说道:“咱守株待兔都两天了,这不瞎耽误工夫吗?人家肯定知道我们在这儿等着呢,还等你来抓?这不自投罗网吗?”

方东问道:“那你说怎么办?”

百川回答道:“GPS 定位他的手机,一旦跟某人联系就可以追踪。确定方位,一抓就着,省时省力。”

方东笑着说道:“他大脑是被植入芯片的,和机器没什么两样,他就是执行命令,跟谁打电话呀?瞎掰!”

百川没有想到这点,摸着脑袋说道:“是啊,我把这事给忘了。”

百川看着方东,没想到几天不见,方东也会分析案情了,以前可都是方东跟在他后面,屁颠儿屁颠儿地追着他问的。想到这里,百川本想调侃方东几句,还没开口,就被方东把话噎了回去。

方东说道:“来人了!”旅客们相继拥来,下一轮的检票开始了。

第四十三章　重生(下)

(大结局)

“大爪”的左肩被击中,各个小组迅速冲上钟楼的天台。龙大一脚把门踹开,其他人快速鱼贯而入。

只见“大爪”中枪的肩头正在往外淌血,“大爪”靠在墙角喘着气,众人迅速将他包围起来。

“大爪”没有丝毫逃跑的意思,也没有害怕,他居然笑着对龙大说道:“螳螂捕蝉,黄雀在后!”

由于事关重大,龙俊飞来到了南江市人民警察学校。他来这儿是找一个人。这个人叫庄娄山,是一名枪械专家。退休以后,他在警校打靶场管理枪械。

打靶场内除了有一个人在打靶外没有其他人。庄娄山在房间里擦拭着枪械。龙大走上前去,开门见山地说道:“庄老师,我今天需要请您帮个忙!”

庄娄山头都没抬,回答道:“是不是开发区广场的案子,要请我出山啊?”

龙大没想到庄娄山的消息这么灵通,不免有些诧异,问道:“是!不过您是怎么知道的?”庄娄山指着不远处唯一一个在打靶的人说道:“有人比你先到了。”

这时,打靶场内的射击刚好结束,打靶的人摘下头盔,龙大看见了肖建的脸。原来,肖建又抢先了一步。

肖建走进小屋还枪械,龙大训斥道:“不请示汇报,又准备擅自行动了？”肖建刚要解释，却被庄娄山打断。庄娄山说道：“情况紧急，咱们还是边走边聊吧。”

三个人不再扯闲篇，一边走一边开始讨论案情。

对案情做了简单的熟悉后，庄娄山一行人来到了开发区广场，这里将是赵志高当天剪彩的地方。

广场上，工人们正在布置舞台，庄娄山他们走了过来。庄娄山站在广场中央，环顾四周以后，闭上了双眼。一阵微风吹过，庄娄山睁开双眼，回身望向对面的高楼。他刚才一直在等风，现在根据风向，他确定了狙击手的藏身位置。

市局专案组的人在庄娄山的带领下，来到了开发区广场对面的一个楼顶。

从楼顶往下望去，广场上的舞台、忙碌的人群，全部一目了然。

庄娄山给大家介绍这儿是狙击位置的原因。庄娄山说道：“八五式狙击步枪，1979 年设计定形，1985 年生产定形。全枪长度为 1225 毫米，枪管长 610 毫米，枪体重 4.31 千克。枪的膛线共四条，子弹击发后的旋转模式为右旋。导气式自动方式，枪机回转式闭锁，十发弹匣供弹，四倍光学瞄准镜。它有一个致命的缺点，主要是瞄准镜的燕尾槽和步枪上的突笋结合时间隙较大，瞄准镜上的齿形螺母不能将紧定扳手调整到合适的程度，所以枪、镜不能很好地结合在一起，在实弹射击时，由于武器的后坐力和震动，使瞄准镜经常出现松动的现象，影响射击精度，也没有相应地开发高精度狙击弹。所以，这里将是他最佳的狙击位置。”

因为解释得非常专业，大家对庄娄山的话很是信服，每个人的心里都松了一口气。然而，事情的经过并非如大家所想的那样，因为犯罪分子绝不会束手就擒，也不会按照你的剧本发展，除非这是事先编排好的电视剧。

刑警队接到线报,被通缉的“大爪”可能藏匿在一处废弃的楼房内。百川带着长庆赶到后,藏匿地点已经人去楼空。在现场搜索的过程中,百川和长庆先后发现了用于焊接的工具,以及废弃的钢管和一张图纸。

图纸上清晰地显示,如何把狙击步枪的枪管加长,就可以进行更远距离的射击。

得知这个消息,刑警队的气氛再次变得异常紧张。因为这意味着当天狙击手可以选择周边的任何一个高点来完成狙杀任务。

剪彩的时间眼看就要来临,除了加强安保力量外,暂时也没有更好的办法。龙大给曹方勇打去电话,告知事态的严重性。曹方勇在电话里表示,自己也会亲自带人前往开发区广场。

挂断电话,龙大带人来到了开发区广场。他把刑警队的人分成三组,布置在不同的位置,并要求每隔三分钟必须汇报一次情况。

紧张和不安中,赵志高的车队从远处开进了开发区广场。赵志高从车内走下来,在曹方勇等一帮保卫人员的簇拥下,走到了台上。

龙大、肖建和方东等刑警队的人紧张地搜寻、张望着四周的高楼。现在就是狙击手下手的最佳时机,谁也不敢大意。

方东发现远处一座钟楼的顶端,瞄准镜在太阳的反射下发着光。方东喊道:“在那儿!”

肖建听见方东的呼喊,看见了危险,转身向台上的赵志高跑去。随着一声枪响,赵志高的贴身保卫中枪倒地,人群瞬间四散而逃。

第二枪的子弹呼啸着飞向赵志高脑门的时候,赵志高被肖建扑倒在地,子弹最终打在了他身后的旗杆上。

肖建拉着赵志高寻找躲避的地方,却被狙击手的子弹打得抬不起头来。肖建紧张地思考着对策,步话机里传来龙大的声音。

龙大命令道:“肖建,方东开车马上到你的位置,上车先撤离到安全房！”

肖建拿起步话机回复道:“明白！”肖建拉着赵志高四处躲避,枪声不断,肖建身旁一时硝烟四起。

方东开车冲了过来,一个急刹车停下。肖建拉起赵志高躲进了吉普车。钟楼上的狙击手也意识到赵志高要逃跑,枪声更密了。

但这是一辆防弹车,子弹打在上面如同挠痒痒。吉普车载上赵志高以后,方东一脚油门,转眼就消失在大家的视线里。

见赵志高已经安全撤离,龙大下达了抓捕的命令。龙大拿起步话机命令道:“包围钟楼,不要让他跑了！”

接到命令的各单位、各小组,迅速朝钟楼包围过去。

钟楼上的狙击手枪法奇准,各个小组的进攻都受阻,一时间谁也进不到钟楼内。

而此时,另一处高楼的楼顶,庄娄山手拿一支狙击步枪正在瞄准。钟楼上的“大爪”慢慢地被他锁定。

瞄准镜的反光让“大爪”感觉到了庄娄山的存在。就在“大爪”准备掉转枪头的时候,庄娄山的枪响了。

“大爪”的左肩被击中,各个小组迅速冲上钟楼的天台。龙大一脚把门踹开,其他人快速鱼贯而入。

只见“大爪”中枪的肩头正在往外淌血,“大爪”靠在墙角喘着气,众人迅速将他包围起来。

“大爪”没有丝毫逃跑的意思,也没有害怕,他居然笑着对龙大说道:“螳螂捕蝉,黄雀在后！”

龙大以为“大爪”是指庄娄山,不服庄娄山从别的地方偷袭他。龙大没多想,反正已经抓到了,哪那么多废话,难不成再比试一次？这又不是小孩子过家家！

龙大没理会“大爪”的话,大声命令道:“带走！”“大爪”刚被带走没多久,龙大的电话就响了,来电的是黄正英。

黄正英告诉了龙大一个天大的坏消息,电话里还没说完,龙大的手机就吓得摔在了地上。龙大安定好心神,这才拿起地上的电话继续听黄正英把话说完。

情况是这样的:市局情况判断分析中心的小刘,在实验基地的中央控制室内,破解了明成的最后一个文件。文件显示,最后补缺替代明成实施刺杀任务的不是“大爪”,而是肖建!“大爪”只是终极行动开始时的一个诱饵而已。

从解密文件来看,肖建在很早以前,也就是明成对他进行第一次催眠治疗时,就被有意识地降低了自我意识的保护能力,换个角度说,就是肖建很早就被明成选中,成为他刺杀行动中的一员,只是看明成想什么时候使用而已。

这样的结果也得到了立威廉的认定。立威廉通过对解密文件的分析得出的结论是,肖建在进入实验基地以后,被明成植入了不一样的芯片,应该是一个子母扣。也就是说,立威廉给肖建取走脑中芯片的时候,代表的不是结束,而是行动的开始。

而让龙大扔掉手机的,是黄正英转述立威廉的那句话,说明成通过数据链,已经把自己大脑中的记忆全部转移到了肖建的大脑中。从某种意义上说,除了外表,肖建已经变成了明成!

龙大弄清楚来龙去脉后,拿起步话机喊道:“方东!方东!”

可步话机那头根本没有人应答。龙大知道事态已经变得非常严重,他大声吼道:“所有人,现在马上赶到安全房,要快!”

步话机其实就放在离方东头部不远的地方,只是不管里面怎么呼叫,方东此刻都听不见了。因为他已经被肖建制伏,现在晕倒在地上,不省人事。

躲在安全房里的赵志高听见屋外的打斗声,在沙发上坐立不安。

他起身走到走廊,正好看见肖建把昏迷的方东拖进另一个房间。

赵志高吓得浑身直打哆嗦,但他努力装作很镇定,拿起身边的杯子去打水。

肖建把手伸到赵志高的面前说道:“我来给你倒杯水吧。”赵志高连忙点头,自己则趁机回到沙发上坐下。肖建走了进来,把水杯放在赵志高面前。

赵志高想把肖建支走,于是装作无意地说道:“你先出去,我想一个人静一下。”

肖建点头,朝外走了两步,最后停住了脚步。肖建慢慢地从兜里掏出金属球,嘴角露出了一个迷人的微笑。这个笑容和明成的一模一样。赵志高吓得从沙发上站起来,喊道:“段——明成!”

肖建一字一顿地说出了“赵志高”三个字,随即弹响了手指。

等龙大带人从安全房外冲进来的时候,赵志高和肖建已经不见了踪影,只有方东躺在走廊的地上。

长庆上前扶起方东,喊道:“方东!方东!”方东摸着自己的后脑勺醒了过来。

龙大关切地追问道:“人呢?肖建人呢?”方东迷迷糊糊地回答道:“不知道。”龙大一拳重重地砸在墙上。

就在大家急得像热锅上的蚂蚁,互相追问肖建下落的时候,醒过来的方东第一时间想到了米阳。方东知道,如果肖建变成了明成,那么这个世界上唯一知道明成秘密的人,也就只有米阳了。

米阳当然不会让方东失望,她让方东带着自己再次回到了实验基地明成的办公室里。米阳让方东取下挂在墙上的巨幅曼陀罗花图案的唐卡,因为所有的秘密都在这上面。

方东领着米阳来到了刑警队的会议室,米阳让方东把带来的唐卡铺开,同时又让方东拿来一张同比例的南江市市区的地图,然后米阳把两幅图案完全重叠在了一起。

米阳让龙大标出曾经跳楼的几个人的出事地点。标记完成后,她把重叠在一起的两幅图案挂起来,借着强光,大家惊奇地发现,所有的作案地点居然都和唐卡内曼陀罗花图案的尖角相重叠。

米阳解释道:“今天是明成父亲的忌日,明成一直都想用一种特殊的方式来祭奠自己的父亲,黑色曼陀罗花的花语是复仇,死的八个人在不同的八个地点,如果连接起来,就是曼陀罗花的外延,明成认为最合适的地点应该在这里。”

米阳用对角线将这几个点连接起来,最后交汇在一处。米阳接着解释道:“这个交叉的点就是花蕊所在,他用自己的邪教理念,要在这个最理想的位置,处死自认为罪孽最深重的人。”

龙大问道:“这是什么位置?”百川走到地图前确认道:“晴川路和香山路交叉路口附近。”

龙大命令道:“查一下晴川路和香山路交叉路口附近的所有住户名单,还有和明成可能有关系的所有的人、公司、企业……只要在晴川路或香山路有注册登记的,马上上报!”

米阳说得没错,已经变成明成的肖建,此刻就在晴川路的神秘小屋内。墙上是巨大的曼陀罗花图案,每个器皿里都放着不同的人体器官。穿衣镜里映出肖建站在图案前念念有词。

赵志高被绑在椅子上,一脸紧张地看着肖建。他现在真不知道该称呼眼前的这个人是肖建还是明成。

肖建突然睁开眼,望向赵志高,把赵志高吓了一跳。这两天,赵志高一直生活在恐惧中,神经极度衰弱。

赵志高现在很懊悔,他觉得当时要是听黄正英的就好了。可是世上从来就没有卖后悔药的,他反悔是没有用的。

肖建走到盛满器官的器皿前,向赵志高介绍道:“张月,要不是她多嘴多舌,胡乱指人,别人就不会知道是我杀的人,所以我割了她的舌头;欧阳,要不是他喝酒误事,我父亲也不会跳楼,我取了他的肝脏;雷达,这种偷鸡摸狗的东西,我理所当然地砍了他的双手;春燕……"

"够了,够了!我不想再听了!"赵志高喊道。

肖建看赵志高抗拒,感觉很开心。他就是想看到赵志高受刺激的样子。肖建说道:"那就说点别的。今天早上熬的汤,你是不是觉得很美味?那是我用他们中的一个人的骨头给你熬制的。其实他们每个人的肉我都尝过,你没发现他们都只有一半的器官放在这里吗?"

听肖建说他吃了人肉,而且让自己也吃了,赵志高顿时感到一阵恶心,开始呕吐起来。

肖建抬头看了看墙上的时钟,可能感觉祭祀的时间快到了,于是问道:"你有话要说,还是很迫切地想知道你将会是什么样的下场?"

赵志高试图劝阻肖建,说道:"那个年代,改革开放初期,资金很困难。你父亲当年送来审批的药品还不成熟,存在缺陷,我们只能暂时放在一边。你父亲他操之过急,居然亲自进行人体试验,最后是药品的副作用导致他死亡。我们都承认他是一个不错的医药学家,都为他的逝去感到惋惜。明成,你醒醒,这一切都是误会!"

肖建显然不想听这些,他打断了赵志高的辩解:"够了,我会让你的血浸透这块唐卡,直至最后一滴!"

确认了神秘小屋的位置后,龙大命令全体出动。

出发前,方东从肖建的抽屉里翻出了那个糖盒,他希望这个糖盒能够唤醒肖建的意识。

大批警车把晴川路包围得水泄不通,这里已经是插翅难逃。而在神秘小屋内,肖建对外面的变化一无所知。当然,他也不想知道,因为他没想过离开。

肖建看着墙上的时钟已经指向祭祀的时辰,于是把五花大绑的赵志高推倒在图案的花蕊正中。

赵志高知道这是最后的时刻了,他在不停地辩解。他认为这一切真的只是一个误会。

赵志高大声喊道:“当你拿着跟你父亲类似的药品出现在我面前的时候我很惊讶。我不断地告诉自己,不管你是谁,现在什么条件都有了,可以放手去做了。我们有时间……”

肖建站在赵志高的身后,没有理会他的辩解,慢慢地举起了手中的刀。

就在这时,龙大带着一组人破门而入,特警的一组人破窗而入,两组人同时进入小屋。

肖建看到自己已经被包围了,于是把赵志高挡在胸前,迅速地退到了小屋的角落里。

眼看着龙大和特警们一步步逼近,而自己已无路可退,肖建用匕首抵住了赵志高的喉咙。

肖建喊道:“都退后,否则我现在就杀了他!”众人在龙大的示意下,一边喊着“住手!放下刀!”一边慢慢后退。双方僵持在了一起。

窗外不远处的高楼上,狙击手已经就位瞄准,狙击步枪的红点在肖建的脸上移动着。

赵志高看肖建大势已去,劝解道:“明成,你是一个科学家,不是一个刽子手。因为多年前的一场误会,你残害了多少人。明成,收手吧!”

肖建一笑,举起了匕首。他既然选择了这样的方式,就绝不会收手。就在狙击手扣紧扳机准备击发的时候,走廊上传来响声,方东摇着糖盒走了进来。

方东满含热泪地说道:“还记得这个糖盒吗?你有低血糖,每天你都离不开它,否则你就会头晕。这是蒋钦送给你的,上面有你最喜欢的图案。”

方东一边说一边朝前走着,距离肖建越来越近。肖建用手中的匕首指着方东喊道:“别过来!”

方东走到离肖建不远处的镜子旁边停了下来,说道:“你不是明成,你叫肖建,是一名优秀的公安干警。你之所以这样,是因为你的大脑里被植入了一枚可以操控你行为的芯片。你看看自己的脸。”

穿衣镜翻转过来。镜子里,肖建看着自己的脸。方东跪在肖建面前,激昂地唱着《人民警察之歌》。

方东的情绪显然感染到了肖建。肖建拿着匕首的手垂落下来。看来方东这一招奏效了!

然而,就在赵志高推开肖建的手,起身走向一旁的时候,肖建突然再次举起手中的匕首,朝赵志高刺去。最后关头,肖建的自我意识还是没能逃脱明成的控制。

千钧一发之际,随着一声枪响,肖建倒在了地上。枪响之后,对面的狙击手摘下面罩,是庄娄山。

肖建用他自己的方式最终救了自己一命。在执行任务之前,肖建已经预感到自己的身体发生了微妙的变化。他去警校打靶场,把立威廉的新发明交给了庄娄山。

那是一个空包弹头,弹头里有少量的CRG抗体,冷冻后结成冰。肖建希望在自己失去意识的时候,庄娄山可以帮助自己。看来,这次他赌对了!

肖建和明成的故事到这里讲完了,您现在知道我是谁了吗?

《曼陀罗疑云》第一部完

但我可以给讲一下……

下一部……的开头……

中缅边境的一个小镇，还是一个广场内，有人拿着狙击步枪在高楼上等候目标的出现。

一辆白色林肯加长轿车领头的车队和另一列奔驰车队同时进入了广场。

白色林肯车上走下来一个白西服男子，而黑色奔驰车上则走下来一名红衣女子。

就在白西服男子和红衣女子的手握在一起的那一刻，埋伏在天台上的狙击手扣动了扳机。

枪响之后，枪管冒着青烟，狙击手摘下面罩。

面罩后面显现出肖建的脸。是的，他又开始执行新的任务了……